本书获得北京第二外国语学院 2023 年度校级出版基金资助

新时代中外人文交流丛书
主编 常宇

结构-解构之维
郑敏的诗歌与诗学

刘 燕◎著

社会科学文献出版社
SOCIAL SCIENCES ACADEMIC PRESS (CHINA)

序

不灭的生命之光*

——纪念郑敏先生

王家新

在我见过的诗人中，有两位的眼睛让我难忘，一位是晚年的特朗斯特罗默，虽然在中风后半瘫，丧失了语言能力（"他在灰烬中幸存/像一只供人参观的已绝迹的恐龙"），但他的眼睛却是那样清澈，目光甚至像多年前那样锐利……

另一位就是郑敏先生，一位百岁老人的眼神，那样清澈、晶莹，承载着不灭的生命之光，并且仿佛时时还在打量和质询着什么。望着它，我就想起了奥登的诗句"一个人的眼光包含着历史"。让我不无惊异的是，正如诗人在垂暮之年变得瘦小，她的眼瞳似乎也变小了，因而更为晶亮。似乎诗人的整个生命，最后就化为这样一种眼睛的存在……

那是在 2020 年 12 月 24 日，郑敏先生的女儿、我们多年的诗人朋友童蔚邀请我们去和老人家一起过平安夜。郑敏先生的丈夫童诗白教授早已过世多年，她的儿子一家在美国，清华园的家里只有她和一直照顾她的女儿和外孙，还有一位保姆。

自几十年前认识郑敏先生以来，我多次去过她家，看望她，听她谈诗，还多次听到她在童教授的钢琴伴奏下歌唱。这些已一一融入我的生命记忆。但这一次，她似乎已认不出我了（童蔚早就告诉我她妈妈什么都不记得了，有时问她"你是谁"，有时干脆像个天真的小女孩一样叫她"妈

---

* 原文发表于《文艺争鸣》2022 年第 3 期。笔者特此致谢中国人民大学文学院王家新教授欣然允诺以其文作为本书之序，收入时有少量校正。

妈"）。我在她耳边提高了声音同她谈起冯至、穆旦，她像是恍然忆起了什么，语调中带着兴奋，然后又安静了……

但是在后来的晚餐桌上，在大家为她举杯祝福之后（这一年是她100周岁寿辰），忘了是谁提议，请她唱一支歌时，老太太竟一字不误地唱起并尽力唱完了她青年时代的歌《送别》：

长亭外，古道边，芳草碧连天。晚风拂柳笛声残，夕阳山外山。
天之涯，地之角，知交半零落。一壶浊酒尽余欢，今宵别梦寒……

在那个难忘的冬夜，我们几乎都带着内心的战栗，轻声应和着先生的歌声。在她唱时，她是否也在回忆她的一生？或是望见了"芳草碧连天"之外更远的生命行程？我真的很惊异，几乎不会说话了的她，唱起这首歌来却是那么清晰和用力！她又回到了早年的爱了吗？她已和她生命中某种更神秘的力量永远结合在了一起……

在生前最后的这些年，郑敏先生往往被称为"最后一片九叶"。这样称呼当然很恰当。1981年，在思想解放的气氛中，由江苏人民出版社出版的《九叶集》，堪称新诗史上一个重大的"考古发现"，它不仅发现了九位"被埋葬"的优秀诗人，而且将20世纪40年代中国新诗对"现代性"的追求及其成就令人惊异地展现出来。记得在1981年四五月份，我们应唐祈先生邀请参加兰州诗会（该诗会因故临时取消，但很多诗人已去报到了），同行的北岛在那里第一次读到《九叶集》之后就很感叹：没想到他们那时就写得那么好！

不过，就新诗史而言，《九叶集》的编选和出版虽然有特殊的历史作用，"西南联大诗人群"这种指称可能更具有标志性意义。它构成了新诗史上一个少有的奇观：在那个战争年代，以昆明的西南联大为中心，不仅聚集了闻一多、朱自清、冯至、李广田、卞之琳等名家和"师长辈"诗人，也涌现了穆旦、杜运燮、袁可嘉、郑敏、王佐良等一批优秀的"学生辈"新锐诗人。这两代诗人的合力，不仅在当时坚守和推进了诗的发展，也注定会对中国现代诗歌产生深远的影响。

在我看来正是这样，纵然新诗的历史丰富多样，但"西南联大诗人群"所体现的诗歌精神、创作成就,尤其是对现代性的锐意追求,构成了中国新诗最重要的、在今天依然值得我们珍惜的"现代传统"。而郑敏先生的意义,不仅在于她是"九叶"诗人中的最后"一叶",更在于她是这个传统和精神传承的重要一环。

据一些回忆材料,郑敏在当时的西南联大校园中并不活跃,她师从的是冯至和冯至译介的里尔克、歌德,而不是穆旦他们所追随的充满"介入"锐气和"现代敏感性"的奥登(虽然这"英、德两系"互有交集和共同点)。郑敏自己在《恩师冯至》一文中就这样写道:"在国内,从开始写诗一直到第一本诗集《诗集 1942—1947》的形成,对我影响最大的是冯先生。这包括他诗歌中所具有的文化层次、哲学深度,以及他的情操。"

郑敏自己说得很清楚了。她不仅找对了自己的导师,也几乎从一开始就找准了自己一生的路。她从冯至和里尔克、歌德那里师承的,是德国式的存在之诗,是"诗与思的合一",是进入更为深沉、肃穆的生命与艺术的领域。她的早期名作《金黄的稻束》,就具有这种"诗性"特质,它不仅具有油画之美,雕塑之美,更重要的是,有一种精神之光,照在它的每一个细节上。

耐人寻味的是,据郑敏自己回忆,冯至先生当年第一次看了她的诗后,除了鼓励的话,最后还特意说了一句:这是一条寂寞的路。冯先生为什么这么提醒?他所说的"寂寞"是一种怎样的寂寞?

不管怎么说,郑敏一生记住了这样的教诲。她不仅记住了,在她作为一个诗人的成长时期"居于幽暗而自己努力"(这是冯至先生 1943 年《工作而等待》一文中引用的里尔克的一句诗),而且在后来还要以自己的全部努力来体现和促进这种诗歌精神的"血液循环"(这是郑敏先生自己在谈论西方现代诗与中国新诗时的一个说法)。

也许正因如此,1991 年初,香港《诗双月刊》拟推出"冯至专号",郑敏先生除了自己撰写文章外,还特意来信请我也写一篇,大概她很希望看到冯至在年青一代诗人身上的传承吧。这当然也是我很想写的一个东西,因为冯至先生的诗文曾是我年轻时代最重要的启蒙读物,也因为我深感到体现在冯至身上的那种诗歌精神对我们今天的重要。我的题目是《冯至与我们这一代人》。我谈到自己与冯至的"因缘",谈到上高中时一本偶然发现的《冯至诗文选》对我生命的唤醒,谈到上大学后读到冯至译介的里尔克是怎样促使了我们一场深刻的创作转变。当然,我还着重从新诗漫长曲折的历史和当下的文化处境中来谈论并阐发冯至的意义:"我深深感到冯至是那种我所喜欢的并为这个时代所缺乏的纯粹而严肃的知识分子诗人……这和他的气质有关,和他所攻读的德语文学与哲学有关,但是更根本的,是与他要求自己必须把写作当作一种对真理的探求有关。"现在来看,这大概也是当代诗论中(借冯至)最早和集中谈论"知识分子精神"的一篇:"我深深感到五四以来的新诗发展中,消沉者沉湎于文人趣味,激进者趋于时代所求……但是在 40 年代初,也正是这场冲突剧烈演化的阶段,在冯至的诗中却闪耀着夺目的知识分子精神。"而这足以让人省思,"何谓'知识分子'?他不仅是社会的一员,他还应是人类千百年来所创造的一个'灵魂';正因为如此,越是在动荡和危机的年代,人类的理智和良知越是要求他能够守住一线文化的命脉,能够拒绝各种现实诱惑,而能独自维系并深化人类更根本的精神存在。"

由此,我还具体谈到以《十四行集》为标志,冯至完成的一次令人惊异的蜕变和超越。经历了这样巨大的艺术转变,在新诗史上,恐怕只有冯至一人,"它道破一切生的意义:'死和变'"。遗憾的是,冯至先生并未能像里尔克那样达到自己辉煌的峰顶——"在半路上,他被推向了另一个方向"。

最后我这样说:"自然,这不仅仅是诗人自己的悲剧。在今天,当我们试图谈论诗歌时,我们就必须对我们的时代和历史有所意识,就必须接受我们的前辈大半个世纪以来从皮肉上熬出来的真理。付出的代价过多,而剩下的日子不多了。在这 20 世纪的最后十年,我们的当代诗歌是到了更深入地回溯、发现、反思,并在一个更大的时空背景下重新调整自己的时候了。"

这大概是我在那时在创作的同时从事诗学探讨和批评所写的最长一篇诗论,也是最下功夫的一篇。我把文章寄给郑敏先生后,很快就收到她一封很兴奋的回信(遗憾因为多次搬家,这封信和许多其他重要信件都找不到了),大意是比她期待的还要好!甚至为此还要感谢我(郑敏先生就是这样,她很少谈自己,却总是为她所信奉的那些精神价值做辩护。这是她身上最可贵的一点)。她的这封信也很长,除了高度认同我的观点外,还做了她自己的发挥。她写这封信,用一般的"兴奋"还不足以形容。她的文字在燃烧。

附带说一下,该文经郑敏先生推荐在香港《诗双月刊》发表后,后来又发表在《读书》杂志1993年第6期。它的确受到诗歌界和读书界的关注。为此时任《读书》主编的沈昌文先生还专门请我吃饭,要感谢我的"好文章"。

现在回想起来,这是我和郑敏先生之间最重要和难忘的一次交流。它也把我们的"关系"奠定在了一个更深刻的基础或交汇点上。

当然,郑敏先生后期的主要贡献及影响,更体现在她的创作、评论研究和诗歌译介上。同冯至先生一样,她的创作生命也经历了某种"死和变"。在坚冰破裂、历史激荡的20世纪80年代前后,她像是"从冬眠中醒来",绽放出源源不绝的新绿。现在来看,无论在幸存的"九叶"诗人中,还是在一个更大的范围,郑敏先生"复出"后的创作成就都是很突出的,不仅创作量大,创作时间持久(从1979年到21世纪的头十年),而且有多方面新的重要突破和超越。在她20世纪80年代前后的诗中,有重新回到诗的怀抱的喜悦,有对历史的痛彻回忆,有历经沧桑后对"光"的更执着的追求:

> 不能忘记它
> 虽然太阳已经下山了
> 山峦的长长的肢体
> 舒展地卧下
> 穿过穿不透的铁甲
> 它回到我的意识里
> 在那儿放出
> 只有我看得见的光

——《心象组诗》(1985)

这让我想起了她早期的名诗之一《小漆匠》:"他从围绕的灰暗里浮现""它的纯洁的光更增加了我的痛楚"。的确,郑敏先生一生的精神和美学追求都是前后贯穿的。只不过比起早期的诗,她后期的创作更多了些历史磨难的内涵,更多了些对人生的领悟和艺术的尝试,语言形式也有了经过多年磨洗后的简练。她有几大组诗,如《心象组诗》《诗人与死》等,还试图对她的一生进行更高的总结,这都需要我们更深入地研究。就我本人来说,我更看重先生在 20 世纪 90 年代初因诗友唐祈先生的死写下的《诗人与死》(组诗十九首),这组力作远远超越了一般的悼亡,不仅有对现实世界生与死的痛彻感受,也有里尔克《致俄耳甫斯的十四行诗》的遥远回响;不仅有对诗人命运的不懈追问,也深刻折射出中国现代知识分子多年来的心路历程。这组诗把郑敏先生一生的创作推向了一个更深远的境界:

> 严冬在嘲笑我们的悲痛
> 血腥的风要吞食我们的希望
> 死者长已矣,生者的脚踵
> 试探着道路的漫长

关于郑敏先生的诗,已有大量评论和研究,我自己还会找时间一一重读。这里不能不提到的,是她与创作同时进行的哲学、诗歌研究和译介。因为对我们这代人更有影响的,是她在 20 世纪 80 年代率先对西方后现代哲学思潮(德里达)、后现代主义诗歌(阿胥伯瑞①)的译介,是她对英美现代诗歌的深度研究(《英美诗歌戏剧研究》,北京师范大学出版社,1982),是她对美国一些当代诗人的翻译——她的译著《美国当代诗选》(湖南文艺出版社,1987),是一笔留给我们的宝贵诗歌遗产。

尤其是郑敏先生发表在 1984 年第 5 期《世界文学》上美国诗人罗伯特·勃莱②的七首诗、三首散文诗及诗论《寻找美国的诗神》,同王佐良稍早一点对勃莱的翻译一样,都属于令人喜悦、开人眼界的"发现性翻译"。因为王佐良、郑敏的翻译和大力举荐,美国"新超现实主义"或称"深度意象"诗人很快引起了中国诗人的关注,这在当时一些年轻诗人如王寅、陈东东、黄灿然的创作中,包括在我自己的创作中,就可以明显见出其启

---

① 即美国诗人 John Ashberry (1927~2017),郑敏翻译为约翰·阿胥伯莱。——本书作者
② 即美国诗人 Robert Bly (1927~2017),郑敏翻译为罗伯特·布莱。——本书作者

示或影响。

为什么郑敏自己对美国"新超现实主义"或"深度意象"诗人感兴趣,不仅在于这些诗人都曾受到中国古典诗歌的启发,他们的诗中还有一种非理性的惊人联想、智力与想象力的跨越和深层暗示,正如勃莱所说"好诗总是向我们日常经验之外延展,或者说,向人的表层意识之下隐藏着的东西延展"(王佐良《诗人勃莱一夕谈》)。郑敏先生是非常清醒和敏感的,她要通过译介这样的诗来突破多年来那种偏重于理性的写作模式,更深地打开自己,并重获创作的活力和生机。因此她的作品选取和翻译风格与王佐良的硬朗的翻译有所不同。可以说,她对勃莱的翻译更能深入一个幽暗的生命世界,也更具有神秘感和启示性,如《傍晚令人吃惊》的最后一节:

  白昼永不休止,我这么想:
  我们有为白昼的亮光而存在的头发;
  但最终黑夜的平静水面将上升
  而我们的皮肤,像在水下,将看得很远。

她倾心翻译的勃莱的《圣诞驰车送双亲回家》①,已在中国成为名诗名译:

  穿过风雪,我驰车送二老
  在山崖边他们衰弱的身躯感到犹豫
  我向山谷高喊
  只有积雪给我回答
  他们悄悄地谈话
  说到提水,吃橘子
  孙子的照片,昨晚忘记拿了。

---

① 郑敏编译《美国当代诗选》(1987)的这首译诗题为《圣诞驶车送双亲回家》:"穿过风雪,我驶车送二老"。该诗的题目、正文与此引文有一字之别;"吃橘子"写为"吃桔子"——本书作者

他们打开自己的家门,身影消失了
橡树在林中倒下,谁能听见?
隔着千里的沉寂。
他们这样紧紧挨近地坐着,
好像被雪挤压在一起。

"橡树在林中倒下,谁能听见?"但郑敏先生精确传神的翻译让我们听见了,不仅如闻其声,还看到了他们"紧紧挨近地坐着,/好像被雪挤压在一起"!

而郑敏先生翻译的勃莱的诗论随笔《寻找美国的诗神》,在我看来可能更重要,实际上也对我们产生了深刻持久的影响。它启示着中国诗人们怎样摆脱各种各样的影响来寻找自己的诗神。在该文中,勃莱所运用的青蛙的童话让人印象极深:"如果我们抛弃了青蛙,我们将无法与古老的本性的品质发生联系。"最后他这样告诫人们:"恪守诗的训诫包括研究艺术、经历坎坷及保持蛙皮的湿润。"勃莱自己一生长期住在明尼苏达西部的乡村,不到大都市或大学里谋求职位,这或许就是他忠实于诗人的品性,"保持蛙皮的湿润"的体现。说实话,勃莱的这篇诗论,对我的人生和艺术的重要意义,一点也不亚于我更早读到的冯至翻译的里尔克《给青年诗人的信》。

在我人生的不同阶段,我都曾一再想起《寻找美国的诗神》,现在我也更多地理解了为什么郑敏先生会选择和翻译这篇诗论:

任何一种艺术形式,如果长期为人们所钻研,就会逐渐显示出它内蕴的尊严、秘密的思想及它和其他艺术形成的联系。它需要你不断以更多的劳动来侍奉它。我最终理解到诗是一种舞蹈。我也许不会跳舞,但我理解它。我年纪大了后自觉更能从悲痛中得到养分,并认识到悲痛不同于压抑。

悲痛是为了什么?在遥远的地方
它是小麦、大麦、玉米和眼泪的仓库。
人们走向那圆石上的仓库门。

仓库饲养着所有悲痛的鸟群。
我对自己说：
我愿意最终获得悲痛吗？进行吧，
秋天时你要高高兴兴，
要修苦行，对，要肃穆，宁静，或者
在悲痛的深谷里展开你的双翼。

我不知海子诗中"黑夜的谷仓"的意象和勃莱的"小麦、大麦、玉米和眼泪的仓库"有什么关系，但他受到勃莱的某些影响是肯定的。至于我自己，在我生命的一些艰难时刻，耳边都一再响起"在悲痛的深谷里展开你的双翼"这样的诗句。好的翻译，心血凝聚的翻译，能够提升精神与语言的翻译，让我们心中首先涌出的是感激。

至于具体的翻译本身，我们可再以郑敏先生译的挪威诗人罗夫·耶可布森的一首诗《向阳花》为例。郑敏的翻译依据勃莱的英译（勃莱本人为美国挪威移民后代），如果和勃莱的英译相对照，我们会发现郑敏先生在意象上、句法上、节奏上和一些词义的转换上都有许多重要的变动，我们会惊讶于她的"大胆"，但也会体会到她在汉语接受上的精心考虑。她甚至比新诗史上的许多诗人译者都更有勇气，其结果是有力参与了一首诗的诞生，是原作在汉语中更耀眼的再生：

向阳花

是哪个播种人，走在地上，
播下我们内心的火种？
种子从他紧握的掌心射出，
像彩虹的弧线，
落在
冻土上，
沃土上，
热沙上。

它们静静地睡在那儿，
贪婪地吸着我们的生命，
直到把土地轰裂成片片，
为了长出
这朵你看到的向阳花，
那株草花穗，或是
那朵大菊花。

让青春的泪雨来临吧，
让悲哀用宁静的手掌抚摸吧，
事情并不是你所想的那么阴暗。

Sunflower

What sower walked over earth,
Which hands sowed
Our inward seeds of fire?
They went out from his fists like rainbow curves
to frozen earth, young loam, hot sand,
they will sleep there
greedily, and drink up our lives
and explode it into pieces
for the sake of a sunflower that you haven't seen
or a thistle head or a chrysanthemum.

Let the young rain of tears come.
Let the calm hands of grief come.
It's not all as evil as you think.

郑敏翻译的耶可布森的几首诗发表在《诗刊》1981年第1期，如同她翻译的勃莱等诗人，让我们这一代诗人都颇为受益。如果说"九叶"女诗人陈敬容翻译的九首波德莱尔的诗（载《译文》1957年第7期）曾深刻影响了早年的"朦胧派"诗人，在那个苦闷的年代激起了一阵"新的战栗"；郑敏的诗歌翻译，同样深刻介入了中国当代诗歌的历程。她的翻译不同于泛泛的译介，她总是立足中国当代诗歌内在的精神和艺术诉求，同时和她自己的创作有着深刻的对应关系。就翻译本身来看，郑敏不像中国的大多数诗歌译者那样拘泥于忠实原文，而是走在一条庞德当年开辟的翻译之路上，具有作为一个诗人的创造性与个性，其译文不仅有着纯熟流利的语感，而且有时候有着原文所没有的出神入化，带有中国诗歌的意境，这是一般译者难以达到的层次。

不用多说，我本人一直很看重郑敏先生的诗歌翻译，它的数量并不太多，但却为我们展现出一位卓然的翻译大家，一位比起一般的创作更为优异和纯粹的诗人。近十年前我曾派两位研究生去采访她，请她专门谈谈翻译，但她年事已高，或是觉得翻译本来就是一个诗人分内的事，她谈得很少，而总是在谈些别的。对此我也猜到了，我猜她更愿意把两位女学生带到她的花园，一起观赏她热爱的花卉和植物，实际上她也多次对来访者们这样做了。（一次她对来访者说："我把这个花园交给了上帝。"接着她又补充说："上帝是我的园丁！"）

同许多前辈诗人一样，郑敏先生经历了一个中国现代知识分子充满希望和忧患的一生，经历了作为诗人、译者、诗歌研究者和教育工作者的一生。在后期，她也对新诗的历史进行认真的反思。她发表在《文学评论》上的《世纪末的回顾：汉语语言变革与中国新诗创作》，着力批评五四以来的文化激进主义和新诗与传统的割裂，很快引起了很大反响和争议。我虽然对郑敏先生的一些观点和判断持保留态度，但我却能理解她的初衷。有一次在她家，她对我说："你看看繁体的'愛'字多好！字里面有个心，现在这个简体的'爱'连心都没有了。"

当她这样说时，我能说什么？我只能说更理解她了。我感到的，是一颗对历史和文明充满忧患、怀着最真挚和痛切的爱的诗人之心。

的确，诗人在晚年"呼唤传统"，对之有一种乡愁，但她并没有完全否定新诗，也没有否定自早年起对现代性的追求。她也不可能"转身"成为一个狭隘的文化保守主义者。1992年，可能就在她写作那篇《世纪末的回顾》的同时，有访谈者请她举出一首对她一生影响最大的诗，她最后说出的，仍是里尔克的《圣母哀悼基督》。她认为此诗"短短的诗行，简单的语言，却捕捉到一个说不清的复杂，这里是不可竭尽的艺术魅力……"下面，我们来看郑敏先生自己翻译的这首诗：

>现在我的悲伤达到顶峰
>充满我的整个生命，无法倾诉
>我凝视，木然如石
>僵硬直穿我的内心
>
>虽然我已变成岩石，却还记得
>你怎样成长
>长成高高健壮的少年
>你的影子在分开时遮盖了我
>这悲痛太深沉
>我的心无法理解，承担
>
>现在你躺在我的膝上
>现在我再也不能
>用生命带给你生命

　　悲剧性的情感冲动，达至语言所能承载的极限。它看上去"简单"，但却锥心刺骨，庄重、悲痛而又神圣。它就像米开朗基罗的名作《哀悼基督》（现存梵蒂冈圣彼得大教堂）一样，把石头的雕塑变成神圣的音乐，变成了无尽的爱和悲悯……

　　郑敏在晚年举出里尔克这样一首诗，其心境、其贯穿一生的生命追求和艺术追求，我们都可以从中好好体会。

　　郑敏先生在102岁时离开了我们，我本来以为她还可以多坚持几年。我认识她也有35年了。在最初"归来"的那些年月，她意气风发，密切关注着这个国家的一切。每次到她家，或是通电话，她往往一谈就停不下来。而到了晚年，作为"最后一片九叶"，作为她那一代最后一位"幸存者"和唱挽歌的人，她生活在深深的宁静和寂寞中。这是人生的寂寞吗？不，她告诉来访者她的生活并不寂寞，她是生活在"知识的寂寞"中。

好一个"知识的寂寞"！它是精神本身的寂寞、某种超越了具体生活的形而上的寂寞吗？这也使我想起了冯至先生当年对她说的话：这是一条寂寞的路（而且越走到后来越寂寞）。不管怎么说，当一个诗人漫长的一生最后把她推向了这样的寂寞，我们自己最起码也应该安静下来。我这篇纪念文字，其实也说得过多。

2022 年 1 月 11 日写于纽约长岛

目 录

绪论　郑敏：百年现代汉诗的亲历者 / 001

第一章　时间之花：郑敏的生平与诗性写作 / 014
第一节　"闷葫芦"之旅（1920~1939）/ 015
第二节　爱丽丝的漫游（1939~1955）/ 026
第三节　静默后的寻觅（1955~1985）/ 045
第四节　迂回中的复归（1985~2022）/ 057

第二章　从现代主义到后现代主义的诗歌转型 / 075
第一节　40年代现代主义诗歌的形塑 / 077
第二节　孤独与寂寞：人类的思想者 / 088
第三节　80年代后现代主义诗歌的蜕变 / 108
第四节　向死而生：对理想主义的反思 / 126

第三章　从结构主义到解构主义的诗学重构 / 149
第一节　诗人译诗：跨文化翻译与阐释 / 150
第二节　结构-解构-重构的循环批评 / 169
第三节　迪论-道论：中西诗学的汇通 / 185
第四节　东西方超越主义与天地境界 / 194

第四章　郑敏诗歌在海内外的译介与传播 / 206
　第一节　北美：英语译介与经典化进程 / 206
　第二节　欧洲：多语种译介与国际声誉 / 213
　第三节　东亚：日韩语译介与学术研究 / 215
　第四节　英译《诗人与死》的翻译策略 / 219

结语　带着诗的语言行走与飞翔 / 236

附录　郑敏年表（1920～2022）/ 243

参考文献 / 266

后　记 / 280

绪论

郑敏：百年现代汉诗的亲历者

2022年1月3日早上7点，在这个晨光熹微、凛冽冰冷的新年伊始的冬日，"九叶派"的最后一片"常青藤叶"，悄然凋谢，静默地躺在医院的病榻上。这位跨世纪的百岁诗人——郑敏（1920~2022）先生，在百年岁月中历经颠簸、漂流与磨砺之后，永远地离开了她无比挚爱的世界，离开了热爱其诗歌的读者。

我不敢相信，这一天猝然降临；一阵阵震惊、刺痛与哀思，如黯然飞扬的残花枯叶，涌向灰暗的、寒冷的北方天空。我的脑海中萦绕着少女郑敏在大学时代写下的一首短诗《一瞥》：

> 从日历的树上，时间的河又载走一片落叶
> 半垂的眸子，谜样，流露出昏眩的静默
> 不变的从容对于有限的生命正也是匆忙
> 在一个偶然的黄昏，她抛入多变的世界这长住的一瞥

一

与郑先生的相遇相识，于我是一个偶然，或是生命中的一个必然？无论如何，这都是一种神奇的缘分。

1997年9月，我考入师资雄厚、人才辈出的京师学府北京师范大学文学院，师从知名教授童庆炳先生攻读文艺学博士学位。于是，我也有机会认识童先生的学术同伴与密友——正在外语学院任教的诗人郑敏，我上大

学时特喜欢她的名诗《金黄的稻束》。机缘巧合的是，我的室友萧莎是郑敏的博士生，于是，我们可以幸运地分享彼此的"导师"：我有时与萧莎一起，兴致勃勃地奔赴位于清华园的郑敏家中，与几个博士生围绕在当时年近八旬的老教授身边，听她讲"德里达的解构主义批评"；萧莎也时不时地到文学院串门，旁听童先生开设的"文心雕龙研究"。结束之余，我们一群人还会就两位老先生各自的学术关注点，从中国古典诗学到后现代的先锋文艺思潮，激烈地讨论一番，碰撞出许多灵感的火花。

那时，萧莎正在帮助郑老师校对两本书稿：一本是即将由清华大学出版社出版的《结构-解构视角：语言·文化·评论》；另一本是即将由北京大学出版社出版的《诗歌与哲学是近邻——结构-解构诗论》。在广西师范大学中文系主办的《东方丛刊》做过编辑的我，也主动参与其中，这不仅让我很快了解到郑敏的"结构-解构"诗学思想，也对我后来的教学与学术研究产生了深远的影响。

我对郑敏产生浓厚兴趣，主要源于自己对20世纪以来的中西方现代主义诗歌与诗学的喜好与钻研。我的硕士论文是有关爱尔兰意识流作家J.乔伊斯的作品《尤利西斯》的时空形式研究，博士论文是关于现代主义诗人T.S.艾略特的诗学思想研究，而郑敏、穆旦、杜运燮、袁可嘉等一批在40年代涌现的"自觉的"现代主义诗人，在西南联大读书期间受到了里尔克、庞德、艾略特、奥登等西方现代主义文学思潮的滋养。王佐良、穆旦、杜运燮、袁可嘉等的英语文学老师是来自剑桥大学的高才生燕卜荪（W. Empson, 1906-1984），他是著名新批评家瑞恰兹（I. A. Richards, 1893-1979，曾于1929~1930年在清华大学外文系任教）的高徒，于1937~1939年在北京大学、西南联大外文系任教。这里聚集了吴宓、朱自清、李广田、冯至、闻一多、卞之琳、沈从文、钱锺书、叶公超等著名学者和"老师辈"作家，也涌现了王佐良、穆旦、杜运燮、袁可嘉、郑敏、汪曾祺等"学生辈"新锐作家。师承冯至，郑敏主要吸收了里尔克的现代主义诗歌艺术风格，从此踏上了诗歌与哲学的漫长探索之旅。巴金于1949年4月亲自编辑出版郑敏第一本诗集《诗集1942-1947》，这本小小的薄册子，标志着年轻的郑敏登上现代主义诗坛。

在阅读郑敏的诗歌与诗论的过程中，我总是惊诧于她回归诗坛后的才思迸发、灵感飞扬。一个年过六旬的老人，却勇敢地迎接人生的"第二个春天"，在沉寂了三十年之后重放异彩，叱咤文坛。这位从20世纪20年代一路走过来的现代女性，要以多么卓越的学识与才情，要以多么顽强的毅力与自信，才能挣脱民国女性所面临的各种禁锢与枷锁，于荆棘丛生之地踏出一条属于自己的曲径幽道。郑敏，在光阴的追赶下勤勉地耕耘着，在钟爱的诗苑种下美与爱的种子，默默劳作，最终开出充满诗意哲思的美丽花朵。

一个多世纪以来，郑敏走过了与现代汉诗发展历程几乎同步的足迹：她孤独寂寞地穿越历史的沼泽、经受岁月的磨砺和生命的艰辛，用晶莹剔透的诗句和锐利深邃的批评坦诚地呈现一位中国现代女性知识分子心灵所经受的种种矛盾、惶惑、痛苦、创伤与挣扎；她在爱与美、生与死、历史与现实、结构与解构、存在与不存在、有与无、纠结与平衡中，不断地反思、超越、顿悟、书写与创造……

二

郑敏于1948年赴美留学，除了完成布朗大学的硕士论文，并没有从事写作，大部分时间是学习、打工，或者继续提升自己在音乐、绘画等艺术方面的素养。自1955年郑敏与丈夫童诗白一起回国工作后，在长达三十余年的岁月中，她几乎处于蛰伏状态，在文坛销声匿迹，无人知晓她曾是一位诗人，她也有意地掩盖（抹去）自己的诗人身份。像许多从海外归来的知识分子一样，她积极主动地适应周遭的社会环境，参加各种政治理论学习，真诚地紧跟时代的步伐。但思想单纯的她偶尔"出言不逊"，被认为思想落后，1960年不得不调离热爱的科研机构，到北京师范大学外语系教英语语言课（而非熟悉的外国文化或文学课），大部分时间在参加各种学习会；后来，正常的教学工作一度中止。

直到1979年，郑敏作为40年代现代主义诗歌写作的归来者之一，重浮地表。1981年7月，江苏文艺出版社出版了《九叶集：四十年代九人诗选》，即辛笛、陈敬容、杜运燮、杭约赫（曹辛之）、郑敏、唐祈、唐湜、袁可嘉、穆旦九位成名于40年代的诗人的一部合集，收录了郑敏诗20首。

这部诗集迅速在诗坛引起了巨大的震动与争论,甚至引发了读者对现代主义诗歌的大讨论,与当时兴起的朦胧派构成了一种奇妙的默契与呼应。批评家沿用书名或刊名,将这一批具有现代主义风格的诗人称为"九叶派"或"中国新诗派"。

自20世纪70年代末80年代初,郑敏开始了"第二度"创作,硕果累累,出版了诗集《寻觅集》(1986)、《心象》(1991)、《早晨,我在雨里采花》(1991)、《郑敏诗选(1979-1999)》(2000);文集《英美诗歌戏剧研究》(1982)、《结构-解构视角:语言·文化·评论》(1998)、《诗歌与哲学是近邻——结构-解构诗论》(1999)、《思维·文化·诗学》(2004);译诗《美国当代诗选》(1987);等等。2012年4月,北京师范大学出版6卷本《郑敏文集》,汇集郑敏1940~2011年发表的诗歌、诗论、译诗等主要作品。应主编章燕之邀,我作为该书的编辑委员会成员之一,撰写了较为详尽的《郑敏年表》。

因此,与其说我对郑敏的诗歌与诗学感兴趣,不如说,我对这个具有顽强的生命力、惊人的智慧与悟性的祖母辈女性更为好奇:她不太为人所知的一生是如何度过的?为什么她能始终保持一颗童心与诗心?她的百年生命轨迹和诗性书写对我们来说意味着什么?这些疑惑与探究,贯穿我整个学术研究与教学生涯。

在高校工作期间,我为研究生开设了"九叶派诗歌研究"与"中国现代诗歌研究"的课程。2007~2015年,我尽可能找机会带着选修这门课的研究生登门拜访郑敏,让年轻人面对面地感受老诗人的绝代风华。于我们而言,到清华大学荷清苑小区的每一次拜访,都是一次诗歌的朝圣之旅。年轻学子们见到祖母辈的女诗人,亲身感受她的慈爱灵敏、精神矍铄、思绪飞扬。一旦郑先生打开回忆的闸门,她甚至可以连续两三个小时滔滔不绝,谈笑风生,居然不喝一口水,也不怎么挪动身体,就那样坐在沙发上。她身上洋溢着超乎寻常的精、气、神,在让我们的思维得到启发的同时,也获得了对生命的顿悟——无论何时何地,都应永葆童心,找到属于自己的那个敢于冒险与探索的"爱丽丝"。

为了深入了解郑先生的学术之路,我于2010年4~5月来到位于普罗维斯登(Providence)的布朗大学访学,在英语系走访她当年求学时所在的教学大楼,在图书馆查阅她用油墨纸打印的厚重论文《论约翰·多恩的爱情诗》(The Love Poems of John Donne,指导老师是 Clarence M. Webster 教授)。为了推荐这位布朗大学的杰出校友,我特意找到校董事会,向时任董事长谭崇义(Chung-I Tan)先生推荐郑敏的文学成就。恰巧此时,北岛被布朗大学授予"荣誉博士",我告诉布朗大学的几位中美诗人(如 Forrest Gander、雪迪)、文学教授(Kerry Smith, Harold Roth, Dore Levy)、时任黑人女校长 Ruth Simmons,郑敏毕业于布朗大学英语系,是联结20世纪40年代九叶派与80年代朦胧派的著名中国现代诗人之一。

也许是为我的热情与执着所感动,谭崇义教授特地介绍我认识了布朗大学社会学系的华裔教授胡其瑜(Evelyn Hu-DeHart)。2011年11月,胡教授到清华大学访学,我与她一起策划了一场"郑敏诗歌朗诵会",布朗大学北京校友会的中外校友和诗歌爱好者到场聆听,郑敏愉快地接受了印有母校校徽标识的纪念物(丝巾等),并用英文朗诵了自己的几首代表作,年过九旬的她还用美声高唱了一首英文歌。本次现场录制的视频在布朗大学举办的2011年"中国年作家论坛"(Writers' Symposium for Year of China at Brown)上进行了放映。

郑敏诗歌在欧洲的译介与传播得益于荷兰汉学家、诗人汉乐逸(Llody Haft)。早在1979年,在莱顿大学东亚系攻读博士学位的汉乐逸到北京拜访了卞之琳、郑敏等诗人。后来,他又多次邀请郑敏出席在鹿特丹举办的"国际诗歌节",将其代表作翻译为英语和荷兰语。有缘的是,2011年秋,我在北京举办的一个汉学家会议上偶遇汉乐逸先生,探讨中国现代诗歌在欧洲的翻译与研究现状。当他从我这里得知郑敏的近况后,希望再次拜访她。于是,10月17日这天,我在北京大学旁的一个地铁口接上汉乐逸及其夫人苏桂枝,带他们一起来到郑敏家中,老朋友相见甚欢。次日,在郑敏女儿童蔚的精心安排下,我们又共进午餐,讨论中国新诗及中西文化交流等话题,其乐融融。

在一次诗歌交流活动中,诗人西川(现为北京师范大学国际写作中心驻校作家)提及郑敏发表于《人民文学》1994年第1期的组诗《诗人与死》代表其创作的最高成就。虽然这首长诗曾被提名为当年最好的诗之一,但由于涉及诗人之死的主题、微妙的反讽与含混的隐喻,最终落选,并未在诗坛获奖。这似乎也印证了郑敏对唐祈的评价："一位老诗人，不追求诗坛荣誉，不急于跻身所谓'主流'，只是默默地思考中国诗歌创作繁荣的道路，这种艺术品德本身就是诗，生活中的诗。"① 由此而言，郑敏不也是如此吗？她并不热衷于跻身所谓的诗坛"主流"，长期甘居"边缘"，拒绝做"红花"而喜为"绿叶"，知行合一，坚持不懈地思考着中国新诗的发展道路，如珠贝般在静默的闭锁孕育与痛苦蜕变中绽放光芒。

我多次向北京文艺网的总裁、画家杨佴旻先生介绍郑敏在中国新诗界的独特地位与取得的丰硕成果，他了解后很感兴趣，认真阅读了郑敏的诗歌，向该"诗歌评委会"推荐，最终授予郑敏"2017年度北京文艺网诗人奖"。在10月28日的授奖之夜，97岁的郑敏在女儿童蔚和外孙林轩的陪同下，身着红色唐装，神采奕奕地莅临现场。诗人食指（郭路生）为郑敏颁奖，朦胧派的发起人热情地拥抱着从20世纪40年代"走来"的前辈诗人，这一瞬间被时隔两代人的直面交流所照亮。诗人批评家杨晓滨教授致授奖词："作为百年新诗的重要诗人，'九叶诗派'诗人郑敏先生在新诗的历史光谱中占据着特殊的地位，代表了从白话诗出发而历经的中国现代诗向当代诗转换的重要里程碑。……作为一位在东西方文化交界处不倦探索的诗人，郑敏也大量吸收了欧美现代主义写作资源，将'横的移植'与'纵的继承'融合在一起，为汉语现代诗的发展树立了典范。"② 在颁奖典礼上，郑敏以清晰的思维和充满激情的语调发表了感言："我只是我们诗歌界的一位幸运之人。我们的诗歌有着极大的潜力。……我们走过长长的路，我们确实要回首看看，尽量写出我们的感慨和感受，让我们的后辈知道我们的一切都不是很随便地就得到的，我们的民族是非常了不起的，在各种各样的困难的历史阶段，还能唱出最令人鼓舞的诗，这是我为什么喜欢新诗的原因。"③

为了送给郑先生百岁华诞一份小礼物，在我的建议下，北京师范大学

---

① 郑敏：《跟着历史的脚步长跑而来》，载《诗歌与哲学是近邻——结构-解构诗论》，北京大学出版社，1999，第379页。

② "2017年度北京文艺网诗人奖"有关郑敏获奖的新闻报道与颁奖视频，参见：http://www.chinawriter.com.cn/n1/2017/1113/c403992-29643323.html。

③ 同上。

文学院的刘洪涛教授提供了支持,他参与主编的英语期刊《今日中国文学》(*Chinese Literature Today*,美国俄克拉何马州立大学出版)在2020年第2期刊登了6首郑敏英译诗,译者是香港女诗人何丽明(Tammy Lai-Ming Ho);我主要负责选编郑敏代表性诗作,并撰写英文简介。

我肩负着承前启后的教育责任,从一个曾师从郑敏的学子,逐渐成为郑敏文学的研究者与传播者,期盼越来越多的青年人、诗歌爱好者走进现代汉语诗歌的园地。

三

那么,如何用一个形象的比喻或某些恰当的语言来描绘郑敏的形象呢?

每当凝视这位高贵豁达、超凡脱俗的祖母辈诗人,我眼前总是浮现一朵在时光长流中傲然绽放的艺术之花——她经受了百年的喧嚣浮躁、风霜雪雨、跌宕浮沉;她的精神逐渐摆脱了此岸世界的羁绊和时间的捆绑;她的灵魂毫无倦息地遨游在东方与西方、哲学与诗歌、古典与后现代之激流中,脚下既有坚定的文化基石与智慧根基,又有委婉如水的变形、曲折与浩渺,彰显一种傲然挺立的姿态,一个文雅知性的女性知识分子形象。

在跌宕起伏的岁月中,郑敏把她生命中所经受的一切寂寞、孤独、哀愁、悲伤、痛楚或美好都慢慢地沉淀下来,升华为哲思深刻、意象凝练、节奏优美的诗歌,哀而不悲,伤而不屈,如《诗的话语在创伤中》(1998):①

> 瞧那摇摆的学步
> 幼小的青涩也难免深冬的寒霜
> 春天的怒放终于接受早夏的暴雨
> 诗歌长在疼痛的伤口中
>
> 每个童年都有孤独寂寞

---

① 本书引用的郑敏诗歌,皆出自《郑敏文集:诗歌卷》(上下),北京师范大学出版社,2012,只注诗名,不注页码,特此说明。

结构-解构之维：郑敏的诗歌与诗学

　　无助地面对自己生命的谜
　　黑葡萄的眼睛，小蜜桃的面颊
　　也曾在黑夜里向星光询问道路

　　不能：没有孤独去承受创伤
　　没有寒暑去刻下年轮
　　没有骨节让竹林听风雨
　　没有浸泡于暴晒而成良材

　　人是什么雕刻成的？
　　歌颂那枯皱的面庞变形的手指
　　它们是竹林和原始的树干
　　记载了历史的风雨和内心的创伤

　　造物没有允诺任何生命长在
　　恒温与不变的蓝天、海洋
　　一切生命带着自己的创伤
　　带着诗的语言行走、飞翔

　　我喜欢这首诗的最后两行："一切生命带着自己的创伤/带着诗的语言行走、飞翔"，这种"创伤书写"代表了 20 世纪作家对现代性的生命体验与痛苦思考。英国著名历史学家艾瑞克·霍布斯鲍姆（Eric Hobsbawm，1917-2012）在其著作《极端的年代：1914-1991》（*The Age of Extremes*: *A History of the World*, *1914-1991*）（1994）中，将 20 世纪视为人类历史所经历过的最骚动、最惨痛、最极端的时代。这包括：两次世界大战以及无数局部战争给人类带来的苦难，"冷战"造成的隔离与不安，科技进步的利与弊，社会、教育、文化变革的长与短，资本主义发展的荣与衰，社会主义进程的得与失，民族独立与民主运动的起伏，等等。伴随着革命性的科技突破与全球化的到来，21 世纪的前景显得晦暗不明。郑敏只比这位英国历史学家小三岁，一生经历了这个时代加诸个人身上的各种烙印，承受

绪论　郑敏：百年现代汉诗的亲历者

着"历史的风雨和内心的创伤"。郑敏在快两岁时患上脑膜炎，死里逃生；被过继给父亲的留学时期的朋友，度过了孤独寂寞的童年。抗战期间，她与家人一路颠沛流离，迁徙重庆。在西南联大报名时，她选择了无人问津的冷门专业——哲学，在艰苦的战争年代中执着于哲与诗的玄思；在留学海外的困窘生活中，她一边打工养活自己，一边坚持不懈地求知，提升在音乐与绘画方面的艺术修养。回国后的三十年中经历了工作调动、下放劳动、改造思想等，一度压制写诗的冲动，沉默寡言。这些痛苦、磨难在晚期郑敏的写作中留下了深深的印迹。她背负着百年的历史重荷与个人创伤，"带着诗的语言"行走在大地，翱翔在天空，跨越于东西、古今之域，遨游于思想与词语的自由之境。

英国浪漫主义诗人雪莱视诗人为时代的预言家和先知。因为一个民族的灵魂往往寄寓于其伟大诗人的想象与创造中，真正有良知、追求自由与正义的诗人承担了他（她）生活的历史时代的阴影与创伤，并肩负起见证、记录与反思的使命。郑敏以充满变化的创作风格、中西融通的诗学智慧和跨越东西方的人生境界，为中国现代文学的创新拓宽了边界，也为现代女性的成长建构了不断突破自我、坚强睿智的形象。

我感兴趣的是作为女性个体的郑敏与她所经历的时代之间的复杂关系：她是如何走上独立自主之路，摆脱几千年来女性身上的桎梏，成为一位充满诗情画意而又思想深邃的现代诗人？面对人生的孤独与寂寞、失意与伤痛，她是以怎样的一种言说方式探索自身"生命的谜"，"在黑夜里向星光询问道路"？在经受"深冬的寒霜"和"早夏的暴雨"之后，为何她能像青松一样兀立于悬崖峭壁、探险于巅峰与山谷？随着我书写的深入，这些问题亦会逐一破解。本书展示了我的一些学术思考和回答，但我深知，郑敏研究仅仅是一个开始，我将持续上下求索。

四

百岁郑敏是中国现代汉诗从出发到拓展、从稚气到成熟的亲历者与见证者，其持续不断、充满激情的创作为新诗的现代化与世界化树立了独特的典范，她是"东方与西方的女儿"，"代表了从白话诗出发而历经的中国现代诗向当代诗转换的重要里程碑"①。2006 年，郑敏获得了中央电视台新年诗歌会授予的"年度诗人奖"，被誉为"中国女性现代性汉诗之母"。此外，她还获得了"2013 年两岸诗会桂冠诗人奖"、"2017 年度北京文艺网诗人奖"和 2018 年"玉润四会"首届女性诗歌终身成就奖等多项荣誉。2000 年，全国语文高考试卷中出现了有关郑敏《金黄的稻束》的试题，激发了中学生阅读与理解中国现代诗歌的热情。

作为承接 20 世纪 40 年代（现代主义）与 80 年代（后现代主义）两个时期诗歌转型的百岁诗人，郑敏的存在独一无二，意义非凡。九叶派不仅是 40 年代中国现代主义诗歌与世界同步的代表诗潮，而且是将现代主义文学传统保持下来，最终作为"归来者"在 80 年代重新"浮出历史地表"的诗派。郑敏在十四行诗、组诗、图形诗、语言诗、域外诗、译诗、英美现代主义与后现代主义文学研究、结构-解构诗学等领域成果丰硕，其创作聚焦于汉语诗歌的现代性与后现代性，对西方诗学与古典诗学进行了积极的阐释与转化，促进了中国现代文学与世界文学的接轨，以其富有哲思、想象丰富、视野开阔、流动闪光的诗句，享誉海内外诗坛。自 60 年代至今，郑敏的现代诗逐渐得到中外学界的认可与读者的欣赏，她也成为为人瞩目的国际诗人。刘绍铭（Joseph S. M. Lau）与葛浩文（Howard Goldblatt）主编的 1995 年版《哥伦比亚现代中国文学作品选集》（*The Columbia Anthology of Modern Chinese Literature*）收录了华裔美籍翻译家许芥昱（Kai-yu Hsu）1963 年翻译的郑敏两首诗《一瞥》（A Glance）和《荷花》（The Lotus Flower），其名字与徐志摩、闻一多、李金发、冯至、戴望舒、卞之琳、艾青、何其芳相提并论，是入选的七位中国现代诗人中的唯一女性，这在某个层面上确立了她在世界文学中的经典地位。

从结构-解构视角而言，每个人都是历史这部伟大的总书写者笔下的一个对象，从个人的经历、性格、感悟及其命运的波折和文字的印痕中都不难搜索出各种踪迹（traces）。作家的所有文字就是其一生的"自传"。通过多种形式的写作，郑敏记录了少年时期的颠沛流离、青春时期的苦涩寂寞、留学时期的艰辛求索、"文革"时期的沉默忍耐、新时期的勇敢突

---

① 参见"2017 年度北京文艺网诗人奖"郑敏获奖的新闻报道与颁奖视频：http://www.chinawriter.com.cn/n1/2017/1113/c403992-29643323.html。

围、晚年的古典回望与东西方超越主义愿景。

郑敏是在喧嚣时代不愿同流合污、保持良知的文人之一；她长期甘居文坛边缘，做一个非主流的局外人或观察者。在无法写作的禁锢年代，郑敏坚守自我灵魂的自足性，保持内心丰盈。在新的历史语境下，年近古稀的她重新提笔，在诗歌、批评、翻译、学术研究与教育等多个领域勤奋耕耘。她勇敢地挥舞着"结构-解构"的理论长矛，像塞万提斯笔下的堂吉诃德一样，所向披靡地消除僵化陈旧的二元对立的思维结构，拆解令人窒息的陈规陋习，其发表于20世纪90年代的《世纪末的回顾：汉语语言变革与中国新诗创作》在学界引发了一场有关"新诗有无传统"的讨论，留下了不少令人深思的辩论文章或访谈录。郑敏从深刻的精神层面领悟到人类所面临的现代性困境，自觉地走出前现代和现代主义的精英、封闭、自我中心、一元论的藩篱，倡导后现代主义的平等、开放、多元、富于想象力与创造性的生命境界，在东与西、古与今的多种文化之间融会贯通，对当代文学中的陈词滥调、人文教育中出现的语言危机、全球化过程中发生的战争暴力和不公正现象发出尖锐的批评之声。她是一个坚守"自由之思想，独立之精神"的诗哲，一位充满博爱精神、倡导和平的人文主义者。

我认同诗人童蔚对其母亲的一段生动描述："她如何成为她，是由于她用一生的时光打磨三把钥匙：其一是她对莎士比亚的研究；其二是她对中国古典文学的挚爱；其三是她对德里达哲学的深度钻研。她用这三把钥匙打开文学批评的各种锁，而且总爱抓大问题、'重要的'，要引起更多人的注意，她要搅动被抑制住的思维之力，直到自己仿佛也意识到走入深深的'黑洞'。"① 实际上，郑敏的钥匙不止三把，还有许多把金色钥匙：中西神话、文艺复兴（但丁）、玄学派（多恩）、浪漫主义（歌德、华兹华斯、布莱克、济慈、雪莱等）、现代主义（里尔克、艾略特、庞德、冯至等）、后现代主义（威廉斯、布莱、普拉斯等），当然还有老庄、柏拉图、海德格尔、弗洛伊德、德里达、海森堡、贝多芬、梵高、卡拉扬、王维、杜甫、苏轼、王国维、汤用彤、冯友兰等古今中外哲学家、诗人、艺术家、心理学家和科学家。其知识结构是文史哲交叉，诗书画音交织，古今

---

① 童蔚：《死亡是最后的艺术——回忆郑敏晚年生活片段》，《诗探索》2023年第2辑，第27页。

中外融汇，人文与自然对话，观于物而书于心，最终抵达"变"与"死"、"实"与"虚"、"结构"与"解构"、"有"与"无"之循环往复的天地境界。

自从我认识郑敏以来，一直在追踪着她的创作与生命轨迹。因此，本书的酝酿与写作也是一个由小而大、不断孕育的过程，持续二十余年。笔者旨在以"结构-解构之维"为主线，全面把握郑敏诗歌与诗学的变化轨迹，透视其生命蜕变、创作转型、诗哲思想、国际声誉与文学贡献，为中国现代诗歌史留下一份女诗人个案研究的档案。第一章"时间之花：郑敏的生平与诗性写作"，以传记方式对郑敏的生平、人生经历与写作风格进行了较为详尽的梳理。第二章"从现代主义到后现代主义的诗歌转型"，运用新批评、形式主义、现代-后现代思潮、结构-解构批评、女性主义等方法，分析郑敏诗歌的主题（孤独与寂寞、诗思、不存在的存在、向死而生、母性书写等）、形式（自由体、十四行体、试验体）、思维方式、性别身份与艺术创新等多个方面的变化与突破。第三章"从结构主义到解构主义的诗学重构"，从跨文化翻译与阐释、"结构-解构-重构"的循环批评、"迪论"与"道论"的互证互补、东西方超越主义与天地境界等几个方面，探讨郑敏在新诗与古典传统、解构-道家的中西诗学汇通等领域的发问、争辩与洞见。第四章"郑敏诗歌在海内外的译介与国际传播"，介绍了郑敏诗歌在海内外的翻译、研究与国际传播，她在世界现代文学经典中占据一席之地，逐渐获得了世界性声誉。结语"带着诗的语言行走与飞翔"，指出郑敏的艺术成就促进了中国现代诗歌与诗学走向多元、开放的创新之路，这对于当下我们思考现代汉诗的得失成败和推进其健康发展具有启示意义。

郑敏一直迂回行走、穿越在中西文化两岸，从事着对话融通与"修墙"工作。其跨文化的崎岖生命旅程与不断冒险突围的文学探寻，为我们留下了一道可供观察的中国现代知识女性的曲折轨迹。其丰富多样的写作、超越自我的诗性智慧与精神追索，为中国现当代诗歌的承续与发展提供了一种新的可能，也为现代女性的成长塑造了拓展自我、自强不息的楷模。诗歌评论家吴思敬高度评价她："其沉思、宁静、既富于音乐的流动感又具有凝重的雕塑之美的诗歌哺育了数代人。任凭岁月流逝，世事变迁，郑敏的诗歌始终在中国新诗崎岖漫长的道路上闪烁着独特的光辉，照亮着那些坚持在这条道路上行走的人们。"①

在跌宕起伏的百年中,作为生命的冒险者和词语的书写者,郑敏历经了一次次的孤独寂寞、徘徊创伤、沉默寻觅与觉醒探索,在"诗"与"思"的探索中以惊人的想象和深邃的悟性披荆斩棘,静默绽放,虚实圆融,直抵浩瀚无垠的天地境界。诗人虽已远逝,但她留下的晶莹剔透的诗句、勇敢而灵动的生命"踪迹",如同海滩上撒落的无数贝壳珍珠,闪烁着永恒之美,等待着觅珠人——捡拾、清洗与擦亮。

在2022年元旦后的寒冬送走九片叶子中的最后一片后,来自北京师范大学文学院的诗人学者张清华写下一首诗《悼郑敏》,兹录结尾,遥寄我们深切的缅怀之情:

> 当一月的风想用寒意测量这叶子的分量
> 你已从雪花的高度,无声地落下
> 这汉语因此,而一片肃穆的洁白……②

---

① 吴思敬、宋晓冬:《代序:郑敏——诗坛的世纪之树》,载吴思敬、宋晓冬编《郑敏诗歌研究论集》,学苑出版社,2011,第11页。
② 张清华:《郑敏先生二三事》,《文艺争鸣》2022年第5期,第126页。

第一章

时间之花：郑敏的生平与诗性写作

每一个新生命的到来，好似从混沌的黑暗中破晓而出的一点点黎明，雾霭弥散，阳光乍现，这个独特的个体便携带着命定的种族、文化形态与个体基因，被放逐到了世间，开始一段孤独、寂寞而漫长的生命旅程，或在时代的惊涛骇浪中随波逐流，销声匿迹；或在浩瀚无垠的大海上漂游，激荡远行；或以己之力，逆流而上，焕发出个体独特的艺术光芒。百岁诗人郑敏的一生，是富有创造力的"诗性"的一生，她不仅在诗歌创作上追求玄思诗意，将哲学与诗歌、诗歌与艺术（绘画、雕刻、音乐等）融为一体，而且在学术研究、翻译阐释与教育事业中追求真知灼见、卓越创新，力求达到思想性与艺术性、知与行的和谐统一。

1949年，批评家唐湜在阅读郑敏出版的第一本作品《诗集 1942—1947》后，激动地写下一篇评论文章《静夜里的祈祷——郑敏论》，其中有一段颇具预言意味的精辟之语："抗战时期出现的年轻诗人中，昆明湖畔的一组 trio 是有着深沉气象的一群。这三人里，杜运燮比较清俊，穆旦比较雄健，而郑敏最浑厚，也最丰富。她仿佛是朵开放在暴风雨前历史性的宁静里的时间之花，时时在微笑里倾听那在她心头流过的思想的音乐，时时任自己的生命化入一幅画面，一个雕像，或一个意象，让思想之流里涌现出一个个图案，一种默思的象征，一种观念的辩证法，丰富、跳荡，却又显现了一种玄秘的凝静。"[①] 时过境迁，我们发现，这朵绽放在骚动、苦涩和浑浊之中的"时间之花"出淤泥而不染，她寂寞地、静谧地伫立着，敏锐地、持久地忍耐着，吐露着奇异的诗性芬芳。

---

① 唐湜：《静夜里的祈祷——郑敏论》，收入1950年3月平原社（北京）出版《意度集》，载唐湜《九叶诗人：中国新诗的中兴》，上海教育出版社，2003，第184~185页。

第一节　"闷葫芦"之旅（1920~1939）

1920 年 7 月 18 日（农历六月初三），在位于北京东华门与北池子大街附近的闷葫芦罐（今福禄巷）的王氏家中，一个女孩呱呱坠地。谁也未料想到她的一生将与众不同，将在纷繁巨变、骚动不安的一个世纪中，留下曲折跌宕的生命见证，留下富有个性色彩的书写踪迹——她就是著名诗人、批评家和翻译家郑敏。

一　漂流河上的"葫芦"女孩

在《诗歌自传》(1993) 中，郑敏把颇有寓言意味的出生地——北京的一个小胡同"闷葫芦罐"与自己的命运联系在一起，自喻平生乃是一场"闷葫芦之旅"，"是一个大大的问号。因为它比任何拼贴艺术更纷乱，复杂"[①]。不过，这个"葫芦"女孩往往在最危急的时刻化险为夷，并赢得了令人钦慕的"禄福"与"寿康"。郑敏的一生坎坷漂泊，但她无疑也是一个幸运儿，她凭借自身的天赋、才华和勤勉好学，不仅赢得了智慧女神的青睐与庇护，也收获了缪斯女神的激励与恩宠。在写于 20 世纪 80 年代中期的一首诗《破壳》中，郑敏描摹了一只小鸟在风暴、狂乱与扭斗的痛苦孕育后从"小胡同"破壳而出的幼鸟，这显然带有一种自喻的意味：

> 嘴喙感到进攻的欲望
> 啄穿小胡同的大门
> 破壳而出
> 在颤抖的腿上
> 站起来，又跌倒

[①] 郑敏：《诗歌自传（一）：闷葫芦之旅》，载《诗歌与哲学是近邻——结构-解构诗论》，北京师范大学出版社，1999，第 477 页。

结构-解构之维：郑敏的诗歌与诗学

> 用半睁着的眼睛
> 看着那充满了爆炸的世界

郑敏本名王敏，祖籍福建长乐（今福州市长乐区），出身于一个书香门第——王氏家族。祖父王又点（或王又典），为1885年举人，以诗词闻名于故里。生父王子沅怀抱科技强民救国的理想，辛亥革命之后，他与当时的莘莘学子一样，漂洋过海，在法国、比利时的大学留学，学习数学。王子沅回国之后在外交部工作，主要做一些翻译工作。但由于身体虚弱（患有肺结核病），他不得不离职休养，此后长时间吃斋念佛，导致本不富裕的家庭陷入穷困潦倒的境地。这位"海归"曾在出门借钱购买食物之时误入古寺庙宇，干脆参禅诵经，直至日薄西山，空手而返，让一家人忍饥挨饿。疾病缠身、万念俱灰的王子沅在四十出头便撒手而去，抛下了困窘无助的一家人。

郑敏的生母林耽宜来自福建闽侯（今福州市闽侯县），系王子沅的第二个夫人，育有两男四女共六个孩子，分别为：长子王勉[①]、长女王勍（金陵女子大学毕业）、次女王勘、三女王敏（改姓后的郑敏）、次子王勩（jì）、幼女（被一个亲戚抱养）。林耽宜在私塾接受过启蒙教育，聪慧好学，舞文弄墨，爱好诗词，喜用闽调吟咏诗词，对孩子们有着潜移默化的影响。由于王子沅病逝过早，她在三十多岁就守寡，生活艰辛。郑敏的两个姐姐、一个弟弟和妹妹多数时间寄居在外祖父家。

郑敏快到2岁时，患上了严重的脑膜炎，命悬一线，碰巧父亲的好友魏子己来家中探望，看到这个女孩危在旦夕，提及自己有个姓陈的朋友，儿子也得了这种病，因为及时送到医院治疗而康复。在他的建议下，郑敏立刻被送到医院治疗，转危为安。为了感谢魏子己，痊愈后的郑敏喊魏子

[①] 王勉（1916~2014），20世纪30年代就读于清华大学社会学系，师从吴景超、潘光旦等名师，自西南联大毕业后曾在昆明工作，担任过中国远征军的美军翻译。新中国成立后在上海工作，历任海燕书店、新文艺出版社、古典文学出版社（上海古籍出版社前身）编辑，因抗战时担任过中国远征军的美军翻译曾被劳动改造。1976年获得平反，回到上海古籍出版社工作，编辑出版了许多古典文学研究著作，包括《红楼梦研究集刊》；著有传记《吴伟业》，并以鲲西之名发表《三月书窗》《推窗集》《清华园感旧录》《深宫里的温莎娘儿们》《听音小札》等。王勉对郑敏的影响较大，兄妹关系也最密切。

己为"干爹"。经过这次事件，家人意识到有必要改善郑敏的成长环境，王子沉夫妇便把她过继给福建闽侯人郑礼明、林妍宜夫妇。

郑礼明（号朗昭）是一个接受了欧洲现代文明熏陶的开明人士，他在福建海军船政制造学堂毕业后，留学比利时黎业斯大学，学习电力机械等实用的工程专业。与王子沉一样，他满怀报国理想，期望用所学实用知识与技能改变贫弱的祖国。回国之时，思想开放、浪漫多情的郑礼明带回了一位法籍夫人，可惜因无法适应中国的生活环境，不久便离去。郑礼明与王子沉曾结为"把兄弟"。郑家、王家、林家等几个福建世家交往频繁，彼此熟悉。后来，两家联姻，郑礼明娶了林耽宜的妹妹林妍宜，他比出身旧式家庭的林妍宜年长16岁。嫁给郑礼明后，林妍宜过着衣食无忧的生活，但由于身体原因无法生育。于是，郑敏被过继给了母亲的妹妹（姨妈），跟随养父改姓郑，成了郑礼明的独生女。郑敏的姨妈成为自己的养母，亲而不疏，她实际上有了两个母亲和两个父亲，无论在物质上还是在情感上都获得了双倍的呵护与关爱。

二 桃花源中的寂寞童年

回国后的郑礼明先是在民国政府下设的机构担任一名公务员，后离职，与志同道合的朋友一起，在河南安阳的六河沟煤矿生产基地[①]，成立了一家煤矿公司，他担任总工程师，引进了比较先进的采矿设备。于是，年幼的郑敏离开了北京，被养父母带到河南安阳一处与世隔绝的偏僻矿山生活了近8年，直到10岁左右才返回北平读小学。

六河沟煤矿是一处远离尘嚣的"桃花源"。在郑敏日后的追忆中，它给人一种既中又西、不伦不类、稀奇古怪之感。这大概是因为山上的几十户居住者多为受过西方教育的海归工程师或资本家；山下居住的则是从未了解外界、忠厚敦实、封闭贫困的农民。山上的外地资本家与山下的当地

---

① 1903年河南安阳人马吉森与山东维县人谭士桢、河南开封人顾瑗等集资白银2万两，开办了六河沟煤矿，马吉森积极吸纳外部资金，德国人莫纳根、比利时人马楣等外商入股投资，六河沟煤矿的规模不断扩大，成立了六河沟煤矿股份有限公司。它成为北方近代民族工业的发祥地，20世纪二三十年代达到鼎盛期。郑礼明与朋友合办煤矿公司就是受此开发潮影响。

农民构建了近在咫尺却相互隔离的两个迥异的生存世界。虽然工程师与（矿工）农民会在工地或田间擦肩而过，偶尔有所接触，却没有太多的交集。

山上，各家都有欧式风格的独栋小院，由于经济状况和地位不同，房子的大小也不尽相同，一般会有一个很大的院子和篱笆墙，院子里种满果树，错落在山坡上。郑家的宅院位于半山坡，是围着一道院墙的一层平房，左边是饭厅、过道，另外有书房、父母的卧室、郑敏的卧室、保姆房和客房。屋后的大园子中种满了南瓜秧；东墙靠着后山坡，坡上散落着不少野坟。屋前院墙外，有一条通向山下的马路，连接着山上与山下，也连接着孤立的矿山与散落的村庄。来来往往的行人和四季交替的风景，好像一幅幅水墨画，年少懵懂的郑敏常常站在半山坡，远距离地静观行走于画中的形形色色的人，猜测着现实世界正在展开的有趣人生：

> 这条经过我家墙下的马路也就成了这个小村子的舞台，或者不如说是矿山宿舍的台历。每天打那马路上经过的工程师、技术员、工人，及家属、青少年，对我这个孤寂的孩子而言都是很有吸引力的舞台人物。譬如说，每天下午放学时就有一对梳着长辫子的姑娘走过，在马路对过的院墙外边，她们分手时，彼此深深地鞠躬，那种温文尔雅的举止，加上那长裙短袄的服装留给我很深的印象。不久，其中的一个得了肺病，另一个每天来去时显得十分孤单。①

在这个敏感孤寂、寡涩内向的小女孩眼中，每一个普通人的日常生活都犹如一个舞台，变幻莫测。孩童时代的郑敏总是独自站在篱笆边，细致入微地注视着那些来来往往的行人，常常与朝阳、落日、星空对话，显得有点儿古怪而落寞："虽说有时也有些孩子来找我玩，但更多的时候，是我一个人在院子里游荡。也许这种孤寂的童年使得我日后总喜欢和山川草木花鸟交朋友，好像自然界这些不说话的东西都能告诉我一些什么有意思

---

① 桤木、项健整理《郑敏：跨越世纪的诗哲人生》，载《郑敏文集》（诗歌卷，下），北京师范大学出版社，2012，第766页。

的事。"① 毫无疑问，封闭、孤独而寂寞的童年生活培养了郑敏敏锐的观察力和丰富的想象力，以及她对万事万物的好奇心和同情心，这些都是她成为诗人的潜质。在她沉思默想的内心世界中，每一个人、每一种动物、每一处风景与每一种感觉，诸如树木、花朵、流云、日光、山雾、池塘、春天、鸽子，甚至孤独、寂寞、生命、死亡（墓园）与时间等，都是静默的心灵对话者。

在这个远离都市、与世隔绝的小天地，这些深受欧洲文明熏染的洋派工程师和资本家聚居在山腰，过着某种异域情调的西式生活，同时又不乏"古典式"的怀旧格调。郑敏在悠然自得、恬静封闭的田园中度过了孤寂而无邪的童年。在十岁之前，她的全部世界就是父母、邻居、私教老师、保姆、小伙伴和自然风光。当男人们上班，太太们聚在一起喝茶聊天、打牌或打麻将消遣的时候，郑敏便与邻居家的几个孩子在各自保姆的陪同下一起玩耍，他们就像散养在山坡草地上的一群小羊，无拘无束地奔跑嬉戏着，自然而活泼地成长着。

郑家的隔壁是煤矿公司的总经理蔚家。一副绅士派头的蔚经理从小在英国长大，接受的是欧式教育，英语说得比汉语还流利。不过，他的太太却是出身豪门、受过私塾教育的大家闺秀，高贵典雅，温柔娴静。蔚家育有四女一男共五个孩子。大女儿像她母亲一样爱看书，恬静优雅。二女儿活泼漂亮，洋气十足。老三、老四是一对淘气的双胞胎姐妹；最小的男孩与郑敏一般大。蔚经理喜欢用英式教育方式训练自己的孩子们，例如他把孩子们一个个扔进水中游泳；让女儿在冬天穿着短裙，打扮得像洋娃娃一样漂亮可爱。

蔚家的保姆与郑家的保姆恰好是一对母女，她们是晚清没落贵族的后裔，做事细致，有着一种温文尔雅的古典韵味。每当年近半百的旗人保姆以温柔的语调呼唤着"郑小姐"时，小郑敏总是兴高采烈，因为她可以从保姆那儿听到一些宫廷贵族的逸闻轶事。20 世纪 20 年代，大多数中国家庭依然以男性为权威，封建保守，比较歧视女性，但接受过欧风美雨熏染的郑礼明，却以他那个时代最开明的方式教育郑敏，以平等、尊重的态度

---

① 桤木、项健整理《郑敏：跨越世纪的诗哲人生》，载《郑敏文集》（诗歌卷，下），北京师范大学出版社，2012，第 766 页。

跟女儿说话，不仅教授她一些科学知识，还鼓励她独立思考问题。当郑礼明在书房看报纸时，郑敏就会溜到他身边转悠，提出各种天真的问题。在谈到父亲对自己的深刻影响时，郑敏心怀感激之情："我的养父是一位工程师，充满了法国大革命为人类留下的自由、平等、博爱的理想。他是我最贴心、慈爱的亲人。如果在人生的种种磨难面前我能够走过来，那都是因为他积极热情的人生态度对我的熏陶。"①

与蔚经理一样，郑礼明特别重视女儿的身体锻炼和品质的磨炼。郑敏从小就学会了游泳，和同伴们一起爬山登峰。健康的体魄、敏锐的观察力、顽强的毅力让郑敏终身受益，为她此生经受各种凄风苦雨、艰难磨砺奠定了坚实的身心基石。在郑敏五岁的时候，郑礼明请了一位家庭教师，教她识字，背诵古文。这位老师是煤矿上的一个职工，家学渊源，写一手漂亮的毛笔字。可是，年幼的郑敏不喜欢背诵单调乏味的古文，多数时候是心猿意马，总是被书斋外面的自然景象所吸引，只有当他讲到与自然有关的词句时，她才忽然着了魔似的专注聆听。当老师讲解松、竹、梅"岁寒三友"时，正好是一个大雪飘飘的日子，郑敏听得十分入神，下课后还跑到后花园探索一丛半埋在雪里的细竹，好像它们是个坚强挺拔、不畏寒霜的"高人"。

在自然科学方面，郑礼明亲自教郑敏数学，还费尽心思地制作了一些小的实验用具，希望她长大后学习自然科学。看见郑敏喜欢晚上站在院廊上观察星星，郑礼明便鼓励郑敏长大后成为一位天文学家。但她却天生对数理化之类的自然科学不太感兴趣，倒是爱翻阅书架上的《西游记》、《红楼梦》、《三国演义》和《水浒传》。于是，郑礼明每天晚上念一段"孙猴子"的故事给女儿听，白天再让她重复一次。在郑敏的想象中，孙猴子、花果山、水帘洞成为充满神奇的幻想之地，好似爱丽丝的奇幻世界。

这个处于偏僻之地的矿区虽然偏僻闭塞，却是一个有趣喧哗的小世界，无论是喜怒哀乐，还是雪雨风霜，都一点一滴地在郑敏的童年记忆中铭刻着。有时，傍晚时分，山坡上会传来一阵哭声，正是一队披麻戴孝的乡民往山上送葬；有时，矿井下出事，受伤的工人被送到矿山医院。可是

---

① 桤木、项健整理《郑敏：跨越世纪的诗哲人生》，载《郑敏文集》（诗歌卷，下），北京师范大学出版社，2012，第766页。

医院的经费被院长贪污了，因此连纱布、棉花也都短缺，工人的悲惨命运让郑敏感到担忧和恐惧。每当她路过那个有红砖矮墙的医院，就觉得里面阴惨得很。不过，到了春天，漫山的桃花和李花绽放，引来山下的老乡骑着驴来看花：男人牵着驴，女人头上扎着红头绳侧身坐在驴背上，两条腿垂在一边。在当时，对穷山沟的女子来说，这就是最幸福的时光。春天，山下沟里还会有庙会，矿上也会举办职工运动会。

可是，山上宁静平和的生活却不断被军阀混战所干扰。在直奉两系的拉锯战中，小煤矿被抢来抢去。有一次，煤矿厂长准备了"欢迎直军"和"欢迎奉军"两种标语，一会儿贴上这种，一会儿又急忙换上那种，成天提着糨糊在马路上跑动，有时他会走到郑家来歇歇脚，在炉火前暖和一下手脚，对着火苗发愣。在煤矿被溃散流窜的败兵袭击时，郑敏就跟着家人一起迅速转移到山下，等他们离开了才敢返回山上。"这些童年的环境都使得我和一个城市里长大的孩子不一样。我没有他们那种待人接物的训练，在生人面前显得局促不安。这种窘涩的外表使我在整个青少年时期都显得不懂事和孤僻。"[①] 显然，这个与城市隔绝的环境无形地塑造了郑敏的某些秉性，如不谙世事，单纯无邪，甘于寂寞与孤独，喜欢观察人事，沉思默想，热爱自然，安静隐忍，等等。

三　迁徙：从北平、南京到重庆

郑敏快满十岁时，郑礼明夫妇决定让她返回城市接受正规的学校教育。1930年春，养母林妍宜带着郑敏回到北平，郑敏又见到了亲母，获得亲人们的更多呵护。因她是一个"自学"儿童，家人托付一个亲戚将她插班到培元女子小学（今北京市第19中学）四年级。这所学校主要招收中下层子弟，校舍条件一般、教学质量也不高，而且管理严苛，打手心和罚跪是当时老师对付劣等生的惯用手段，而老生又常常欺辱新生。返回大城市的郑敏极不适应这种令之恐惧的生活。每天早上五点钟她就得起床上学，由于紧张，早饭也不敢吃。到了学校，由于不擅长与同学一起玩会遭

[①] 桤木、项健整理《郑敏：跨越世纪的诗哲人生》，载《郑敏文集》（诗歌卷，下），北京师范大学出版社，2012，第767页。

到嘲笑戏弄，功课跟不上又会被老师惩罚。家人送来的饭菜很快就被同学抢吃了，尤其是同桌一个姓朱的女生很霸道，郑敏只好眼睁睁地看着自己的饭菜落入别人嘴里，忍气挨饿。

　　从相对较高的社会阶层突然落入较低的社会阶层，郑敏一时无法融入如此陌生而疏离的环境中，第一学期不仅功课跟不上，而且经常生病。两位母亲都很着急，于是在暑假请来了老师，给她补习小学课程。秋季开学后，郑敏转到一家教会办的贝满女子中学附小（今北京市第一六六中学）读书。这所学校的校长和老师对待学生很友善。郑敏与同学渐渐熟悉起来，自信心加强，成绩逐步提高，开始过上与过去相比更为开阔舒畅的少年时光。

　　在北平的两年给郑敏留下了深刻的印记，有些成为她早期诗歌创作的素材。她每天坐洋车去上学，"早上一出门，招招手，对面的车夫就立马过来接我。那个师傅总是一声不吭，有时候看起来似乎是生病了，但还是卖力地跑着。当时我对拉车的车夫们产生了强烈的同情感，我后来创作的许多诗中的艺术形象是取材于这一时期的生活的，如《人力车夫》、《清道夫》等"①。吃苦耐劳、沉默奔跑的人力车夫如同充满爆发力的坚忍的雕塑：

> 举起，永远地举起，他的腿
> 在这痛苦的世界上奔跑，好像不会停留的水，
> 用那没有痛苦的姿态，痛苦早已经昏睡，
> 在时间里，仍然屹立的人
> 他是这古老土地的坚忍的化身。
> ……
> 举起，永远地举起，他的腿
> 奔跑，一条与生命同始终的漫长道路
> 寒冷的风，饥饿的雨，死亡的雷电里
> 举起，永远地举起，他的腿。

---

① 桧木、项健整理《郑敏：跨越世纪的诗哲人生》，载《郑敏文集》（诗歌卷，下），北京师范大学出版社，2012，第768页。

从一个普通的人力车夫身上，郑敏感受到了一种超乎现实的顽强力量，其形象被升华为"古老土地的坚忍的化身"和寄寓希望的殉道者。这体现出她善于透过日常生活的普通形象把握事物的内在精神："他用那饥饿的双足为你们描绘／通向千万个不同的目标的路径"；她洞察到"它已成为所有人的祈求／现在在遥远的朦胧里等候"。正是这种对未来的信念和热切的渴望深深地召唤着年轻的郑敏，不畏艰难险阻地走向充满多种可能的新天地。

1931年，日本侵略者发动了九一八事变，中国面临着前所未有的危机，抗日战争爆发。郑敏的父亲无法继续在河南六河沟煤矿安身，离职后先在安徽蚌埠工作，后又到淮南煤矿任职，最后到南京，任度量衡局局长。于是，郑敏随养父母和生母一家人，从北平迁居南京，此时还未读完小学六年级的她跳了一级，考入江苏省立南京女子中学上初一。很快，她便适应了新的环境，还学会了说南京话。除了温暖的父爱，她同时得到了两位母亲的关照。生母林耽宜和养母林妍宜两姐妹关系一直很好，虽然性格不同，但都重视女儿的教育。在郑敏的印象中，养母养尊处优，带点儿娇气，过着优雅闲适的生活；而生母则朴素、恬淡，她总是捧着一杯茶，坐在窗边读书，时不时会用闽南语调吟诵音乐感和节奏感都极强的古典诗词。这对郑敏感悟古典文学和理解美产生了潜移默化的影响。在后来的追忆中，郑敏对生母满怀感恩之情：

> 我母亲读过私塾，聪慧好学，有文学的天赋。那时我的母亲和一些大家族里受过私塾教育的孩子们，都喜欢用闽调咏古诗，让我领略了中国古典诗词回肠荡气、慷慨激昂、柔情万种的抒情力量和音乐性，所以在中学时期最吸引我的就是语文课的诗词部分。最早接触的《古诗十九首》给我留下十分深刻的印象。课下自己开始半懂不懂地读些词，特别是岳飞的《满江红》，李后主（即李煜）和李清照的词。当时我既不了解这些词的历史背景，也不真正理解作者的身世和他（她）所要表达的情怀，但词中的一弹再三叹的感慨和节奏感，以及词藻的美都深深地吸引着我。应当说是古典诗词的音乐性和汉语文本字词本身所自有的魅力吸引了我，启发了我对文

学的审美本能。①

郑敏在学校表现出色，成绩很好，虽然字写得比较随意凌乱，但她运用语言文字的能力颇强，很爱思考问题，得到老师们的青睐。在上初三时，她遇到一位北京大学中文系毕业的高才生、国文老师张俊仪，在其引导下，郑敏的课外阅读量骤增，开始了一段如饥似渴的求知旅程：

> 中学阶段的学习，开阔了我的眼界和胸怀。我的国文教师是一个北京大学毕业生，她强调坚持刻苦自学和独立思考的能力。在她的鼓励下我打开了阅读的广阔天地。那时候，我常常课余时间躲起来看翻译小说，看郑振铎主编的《世界文库》，这套书在当时影响很大，通过它我接触了西方文学的精华和有哲学深度的散文。我相信，郑振铎主编的《世界文库》对20世纪40年代中国白话文的发展起了很大的作用。当时参与这套丛书翻译的都是名家，譬如李健吾等人。我印象最深刻的一本是尼采的《查拉斯图特拉如是说》，它是我的哲学启蒙书籍。40年代的白话文对比二三十年代有很大不同，和这些翻译文集很有关系。②

1936年初中毕业后，郑敏继续在南京女子中学上高中一年级。这时，她和六位兴趣相投的同学办了一个读书会——七人文学阅读会（戏称"七只手"），这几个同学经常到她家碰头，一起看书，每周六讨论读过的中外文学作品，这培养了郑敏严肃思考文学、质疑权威的良好习惯。有一次，教育局长来学校演讲，告诫学生们不要只讲权利，要多讲义务。郑敏自小受父亲崇尚的民主、自由思想熏陶，对此很反感，于是写了一篇讽刺小品，反驳这位教育局局长的观点，揭露其迂腐和虚伪的言辞，这显示了她勇于对抗权威、敢于发声的叛逆个性。

1934年，郑敏的大哥王勉考入清华大学社会学系读书，师从吴景超、潘

---

① 栖木、项健整理《郑敏：跨越世纪的诗哲人生》，载《郑敏文集》（诗歌卷，下），北京师范大学出版社，2012，第769页。
② 栖木、项健整理《郑敏：跨越世纪的诗哲人生》，载《郑敏文集》（诗歌卷，下），北京师范大学出版社，2012，第768页。

光旦等名师。他思想活跃,嗜书如命,常从北平、上海购买新书带回南京,与勤奋好学的妹妹一起阅读,谈天说地。在王勉的推荐下,郑敏接触到许多的新文学作品,包括鲁迅的杂文,周作人的散文,丁玲的白话小说,徐志摩、陈梦家、废名、戴望舒的白话诗以及胡适、梁实秋的随笔。面对各种流派、不同风格的新文学,她都充满好奇,一概兼收并蓄,尤其对废名的禅诗情有独钟,这可能与生父信佛参禅有关。郑敏对新文学的热爱主要是从散文开始的,虽然也读过一部分当时流行的新诗,但那时兴趣并不是太大。

1937年七七事变爆发,拉开了全国抗日战争的序幕。在风雨飘摇的战乱时代,个人的命运亦随之而变。国难当头,南京局势不稳,国民政府不得不迁都重庆。郑礼明拖家带口,随着浩浩荡荡的难民向西迁徙,辗转流亡。一家人先在江西省九江市的庐山脚下避难,住了将近一个月。暑假后,他们经湖北省武汉市乘船去往重庆。在一路险滩、惊涛骇浪的颠簸行程中,郑敏亲历了闻名遐迩的长江三峡。轮船在深夜停泊在滟滪堆,月亮又大又圆,挂在峭壁之上,置身其境,郑敏体会到李白诗中"两岸猿声啼不住,轻舟已过万重山"的意境,为如此天然险峻的自然地貌所惊叹。经过重重险阻,一家人终于安全抵达山城重庆。他们的家位于沙坪坝的一处幽静的山坡上。郑礼明在上清寺附近开办了一家事务所,让郑敏进入张伯苓主办的公立"南渝中学"继续读高中。这是一所从天津南迁的"南开中学"战时学校,学习氛围轻松活跃,市民味较足。

郑敏喜欢音乐,参加了学校举办的歌咏比赛。高二时,在一位才华出众的国文老师孟志孙的鼓励下,她更广泛地阅读了一些新文学作品,加深了古文方面的修养。读高三时,郑敏得了一场大病,但她依然抱病参加了1939年的大学入学考试,如愿以偿地考上了当时国内师资力量最好的"西南联合大学"(简称"联大")。[①] 这位憧憬美好未来的19岁少女面对即将到来的新生活,张开青春的翅膀,向一个充满未知而辽阔的蔚蓝天空飞去。

[①] 自1937年七七事变起,平津各大学不能开学。北京大学、清华大学和南开大学三校校长均在南京,决定在长沙设临时大学,由三校校长和教育部委派的代表组成委员会领导校务。1938年2月,学校迁到昆明,改称西南联合大学。由三校校长任常务委员,校务由常委共同负责。联大设有理、文、法、工、师范五个学院,下分各系。联大成立后,三校不再招生。三校学生均为联大学生,教授由三校自聘,通知联大加聘、排课、发薪。联大体制一直维持到抗战胜利后的1946年,前后共8年。

第二节　爱丽丝的漫游（1939~1955）

在描述青春蜕变与生命成长的过程时，郑敏喜用"爱丽丝"（Alice）来描述另一个本真的、天真的自我，一个不为外界所污染的内在自我。这个形象来自英国文学家刘易斯·卡罗尔（Lewis Carroll, 1832-1898）的童话小说《爱丽丝梦游仙境》（*Alice's Adventures in Wonderland*）（1865），主人公是一个具有好奇心与求知欲、勇于冒险与探索的英国小女孩。爱丽丝追赶一只揣着怀表、会说话的小白兔，不慎掉进了一个兔子洞，开启了在地下世界的一段神奇而疯狂的漫游，她遇见一些奇怪的小动物和奇葩人物，帮助兔子寻找丢失的扇子和手套，让将被王后砍头的三个园丁藏起来，还在荒诞的法庭上大声抗议国王和王后对好人的诬陷。爱丽丝在探险漫游的过程中不断追问"我是谁""我去哪里"等问题，在逐渐成长为一个"大"姑娘时，她猛然惊醒，发现原来这一切只是自己的一个梦。

在小传《我的爱丽丝》中，郑敏写道："我突然看见一个小女孩，她非常宁静、安谧，好像有一层保护膜罩在她的身上，任何风雨也不能伤害她，她就是我的爱丽丝。这保护罩是什么？我回答不出。也许是诗，是哲学，是我的祖先在我的血液里留给我的文化。从此我知道她就是我的生命的化身。"[①] 正是有了充满活力与冒险精神的爱丽丝的陪伴和保护，郑敏学会了在寂寞中不孤独，在屈辱中不悲哀，在绝望中不悲观，在逆境中不放弃希望。她携手心中的爱丽丝，跋山涉水，在开花的季节，绽放着诗意的芬芳与锐利的光芒。

一　昆明求学：西南联大哲学系

1939 年 8 月，郑敏准备去位于昆明的西南联大上学，考虑到山路比较艰险，郑礼明为她找到了一位朋友的女儿，两个女生结伴同行。她们一起

[①] 郑敏：《我的爱丽丝》，载《诗歌与哲学是近邻——结构-解构诗论》，北京大学出版社，1999，第 414 页。

搭乘被当地人称为"黄鱼"的货车，从重庆出发，经过贵州到达昆明。一路上货车颠颠簸簸，她们在路途中也曾入住老鼠横蹿的阴湿小客栈。虽然周遭的环境有点儿诡异，但两个女孩并无恐惧畏怯之感，因为她们发现西南地区的人大多淳朴敦厚。

抵达晴空万里、阳光明媚的昆明，到联大入学、填报专业①时，郑敏在外文系与哲学系之间犹豫不决，"因为想到哲学自学很困难，我就临时决定不入外语系，改修哲学系"②。"从此奠定了我此生在写作和科研上必然会走上一条跨学科的道路，也就是念着哲学，为了更深地理解文学和写诗。"③ 这一独立自主的抉择是如此关键——决定了她将穿梭在哲学与诗歌之间，踏上一条充满荆棘的寂寞小路。这体现出她罕见的理性思考力与成熟度。郑敏也没有选择就读中文系，主要原因是她觉得当时的文学教育比较古板，多为老套的古文，因循守旧，缺乏新思想，而在阅读世界文学的过程中，她感悟到西方文化的底蕴是哲学，它可以打通文史哲之间的界线，而且她可以选修或旁听中文系、历史系的一些课程。后来，郑敏一直庆幸自己就读于当时云集了一流师资的西南联大哲学系。相比之下，民国时期的文科才女在选择专业时，大部分爱选国文系、外语系、历史系或师范教育系之类，如陈衡哲（1890~1976）就读美国瓦沙学院和芝加哥大学，学习西洋史和西洋文学；苏雪林（1897~1999）就读于北京女子师范大学国文系；冰心（1900~1999）就读协和女子大学文学系和威尔斯利学院英文系；凌淑华（1900~1990）、赵萝蕤（1912~1998）就读燕京大学外文系。与郑敏同年出生的张爱玲（1920~1995）就读于香港大学文学系。林徽因（1904~1955）则是个例外，1924 年就读宾夕法尼亚大学的美术学院，同时选修建筑系的课程，获得了美术学士学位。④

---

① 西南联大文学院设有中国文学系（简称中文系）、外国语文学系（简称外文系）、历史学系、哲学心理系（简称哲学系），参见谢泳《西南联大与中国现代知识分子》，福建教育出版社，2009。
② 桤木、项健整理《郑敏：跨越世纪的诗哲人生》，载《郑敏文集》（诗歌卷，下），北京师范大学出版社，2012，第 770 页。
③ 《〈金黄的稻束〉和它的诞生》，载《郑敏文集》（文论卷，下），北京师范大学出版社，2012，第 874 页。
④ 宾大在当时规定女生无法在建筑系直接注册，林徽因不得不"曲线"求学，进入美术学院就读，以便选修建筑系课程。直到 2024 年，她才获得宾大追授的建筑学学士学位。

初到联大，郑敏发现校园环境简陋，且时不时有警报声响起（可能遭遇日军空袭），却是一个特别"松散"的自由自在之地，学生获得了自主学习、独立思考和密切交流的空间。多年后，郑敏依然清楚地记得大学时代艰苦的求学环境及母校在中国教育史上取得的非凡成就：

> 那段历史，正处于抗战时期，是中国最复杂最严峻的关头。学习环境亦十分艰苦，教舍很破，一面墙，围着一块荒地，后面都是坟；铁板盖着的房子，有门有窗，但窗子上没玻璃，谁迟到了就得站在窗子边上旁听吹风。逃警报是经常的。警报一响，老师和学生一起跑出铁皮教室，跑到郊外的坟地底下，趴下来。只见得飞机在我们的头顶上飞过。图书馆是一个很大的大筒仓，藏书很少，也没有上架一说。记得《西洋哲学史》大家都要抢着看。走进食堂，大家站着吃饭，挑着米饭里的沙子、小石头和稗子。所谓蔬菜都是很清的汤水，肉是不常见的，好在我年轻的时候不爱吃荤。我父亲每月给我寄两块五，晚上可以去吃米线。米线是两毛钱一碗，加一个鸡蛋就是两毛五。这就很奢侈了。

> 西南联大当时的校舍简陋，图书不全。我们文科的教室，就是几排铁皮房子；弄了一个拱门，就权当校门口了。没有正规的宿舍，很多老师和学生，就在学校外面租民房。清贫且不说，还要时常躲避飞机的轰炸，尽管如此，学校里却聚集了国内顶级的教授和大师，他们思想敏锐，学术空气活跃，创造了中国教育史上的罕见奇迹。[1]

此时的联大云集了当时国内最优秀的师资。郑敏得益于冯友兰（1895~1990）、冯至（1905~1993）、闻一多（1899~1946）、沈从文（1902~1988）、卞之琳（1910~2000）、陈梦家（1911~1966）、李广田（1906~1968）等名师，他们为她打开了通向哲学、文学和文化的一扇扇大门。大学期间她必修、选修或旁听的主要课程有：冯至的"德语"和"歌德"；郑昕的"康德"；冯友兰的"中国哲学史"和"人生哲学"、冯文潜（冯

---

[1] 桤木、项健整理《郑敏：跨越世纪的诗哲人生》，载《郑敏文集》（诗歌卷，下），北京师范大学出版社，2012，第770~771页。

至的叔叔)的"西洋哲学史"和"美学"、沈有鼎的"数理逻辑"、汤用彤的"魏晋玄学"、闻一多的"楚辞"、沈从文的"中国小说史",等等。虽然后来郑敏从事的不是纯哲学研究,而是外国文学和文学理论研究,但其学识之基础扎根于中西哲学、文化的深厚沃土,形成了中西汇通的思辨的、玄学的诗意研究风格。除了知识传授与思维启发,这些名师更成为她迈向艺术之路的楷模。晚年的她回忆道:"当时西南联大有一种极为特殊的学术风气,每位教授,走在那狭小的昆明石板小径上,都像是沉浸在自己的学术思考中,对于我来讲,他们就像孔子或柏拉图一样,是智慧的化身,一言一行都向围绕着他们的青年学子散发着他们自己的深邃的思想和领悟。智慧并不只是锁在课堂中,而是弥漫在整个新校舍的四周,包括大西门一带的茶馆里。"[1] 师生同聚,耳濡目染,大道隐于自然。

联大以培养学生的自由、独立精神为核心,管理比较松散,老师上课很少点名,没有统一的教材,几乎是每位老师各自研究的随兴发挥或研讨主题,考试不拘一格,学生可以旁听其他系的公开课,常有机会遇见名师怪杰,如海归学者、著名作家、泰斗级人物或外籍教师等,都可以获得人文学科的前沿知识。在郑敏的印象中,中文系的闻一多教授在上"楚辞"课时姿势奇特,他一边叼着烟斗,一边讲授,黑板上一个字也不写。讲授"中国小说史"的沈从文先生则刚好与之相反,特别爱写黑板字。[2] 冯友兰的"人生哲学"对她影响深远:"他颇具中国古风,长髯长袍,与刚从国外回来、十分欧化的金岳霖先生,形象对比鲜明。他二人在教室外相遇,金先生问冯先生:'芝生,到什么境界了?'冯先生回答:'天地境界'。二人相对哈哈一笑,各自走进教室。"[3] 德语老师、海归诗人冯至是位严师,对学生要求颇为严格;卞之琳的诗人气质浓郁,他刚从英国访问回来,给学生们介绍艾略特、奥登等英美现代主义诗歌以及17世纪玄学派诗歌,1941年出版的诗集《十年诗草:1930-1939》成为学子们争相模仿的诗歌

---

[1] 郑敏:《忆冯友兰先生的"人生哲学"课》,载《郑敏文集》(文论卷,下),北京师范大学出版社,2012,第837~838页。
[2] 据郑敏回忆,大学期间她曾与一女友结伴去呈贡县游玩,身无分文之际来到了沈从文的家中求助,不巧他不在家,其夫人给她们一些钱,才得以买票返回昆明。
[3] 许进安采访、王仁宇整理《实说冯友兰》,北京大学出版社,2008,第42页收录任继愈、郑敏等20多位名人的访谈。

样本；讲授魏晋玄学的汤用彤虽然身材瘦小，给大班上课时嗓门却特别大；数理逻辑学家沈有鼎教授逻辑课，据说他喜欢吃蛋饼，讲课时总爱盯着自己的手，可惜郑敏的逻辑课学得并不是太好，上课时常常走神。

给郑敏印象最深的是刚从德国留学回来的郑昕老师开设的一门课程"康德哲学"。像康德一样，郑昕总在探讨一个永远无法解决的难题：是否有超生死的物本身存在（是否有物之外存在的物自身）？康德在这个问题上困惑了很久，郑昕也陷入矛盾中苦思冥想。虽然没有获得现成的答案，但郑老师对哲学（存在）探寻的精神却注入年轻学子的心中，成为他们不断探索未知世界、思考生命意义的动力。谈到联大的简陋设备与学子们的学习热情，王佐良提及："联大的屋顶是低的，学者们的外表褴褛，有些人形同流民，然而却一直有着那点对于心智上事物的兴奋。在战争初期，图书馆比后来的更小，然而仅有的几本书，尤其是从外国刚运来的珍宝似的新书，是用着一直无礼貌的饥饿吞下了的。这些书现在大概还躺在昆明师范学院的书架上吧；最后，纸边都卷如狗耳，到处都皱叠了，而且往往失去了封面。"① 总之，联大自由开放、包容探索的教育氛围，一群个性迥异、才华卓越的名师都令郑敏受益匪浅、心怀感恩，她回忆道：

> 我觉得西南联大教育一个最大的特点，就是每个教授——他这个人跟他所学的东西是融为一体的。在那个特殊的时代，有时走在昆明的路上，就可以碰见几位名师。在西南联大，所有的教授好像跟自己所思考的问题合成一身，好像他的生命就是这个问题的化身，他们的生活就是他们的思想，无论什么时候都在思考。这对我的熏陶极深，我就生活在一个浓厚的学者的文化艺术氛围里面，这种无形的感染比具体知识的传授要大得多，像是注入了一种什么东西到我的心灵里面，以后我对艺术的尊敬，对思考的坚持，都是从这里来的。西南联大的教育就有点像孔子带着他的弟子们走来走去。老师整个地就成为思考的化身，这种精神是我以后在任何学校都找不到的。②

---

① 王佐良：《一个中国诗人》，载《穆旦自选诗集》，天津人民出版社，2010，第168页。
② 楷木、项健整理《郑敏：跨越世纪的诗哲人生》，载《郑敏文集》（诗歌卷，下），北京师范大学出版社，2012，第771~772页。

联大很注重发挥学生的自主性与研究兴趣,这一点特别符合好奇心强、天性散漫的郑敏,她在无拘无束、自由自在的学习环境中如鱼得水:

> 我的分数并不是很高,但是联大四年,令我终生受益。那时候并不是现在的教育模式,没有统一教材,不用相同的模子来教育人。甚至当时许多哲学课都没有课本,老师随时地讲他在哲学上思考的每一步,学生也听得其乐融融。仿佛有很多的种子掉到了土地里,这些种子在今后生根发芽。①

如同散落在土地上的幸运种子,联大的才子们注定要茁壮成长,大有作为。在大学一年级,闻一多、徐志摩、卞之琳、废名(冯文炳)等人创作的新诗和西方意识流小说已经进入了郑敏的阅读范围。徐志摩的《偶然》和废名的一些极富禅意的诗对她有着非同寻常的魔力,而昆明又是风景如此迷人的城市,石板路、石榴花,突然来又突然去的急雨,人字墙头的金银花和野外的木香花,促使青春萌发、生性敏感的郑敏不断寻找一种方法抒发内心的真情实感。于是,她开始写诗了,用一个随身携带的小纸本记下这些不知不觉降临到想象光圈内的诗句。

此时,郑敏的大哥王勉刚从清华大学社会学系毕业,在昆明工作,担任中国远征军的美军翻译。王勉擅长交际,他与冯至、闻一多、蒋南翔等人交往甚密;时不时到联大校园探望妹妹,借书给她看,有空就带她外出改善伙食,不仅在生活上照顾她,还在文学上启蒙她。

诗歌彻底进入郑敏的世界,缘于三年级的一个偶然时机。学校规定哲学系的学生必修第二外语,郑敏被分到外文系冯至的德文班上。冯先生总是身穿长衫,拿着一根手杖,神情肃然,言谈真挚诚恳,虽笑容可掬,却没有和学生闲聊的习惯,也从不开玩笑。郑敏回忆说:

> 在我大学三年级时,一次在德文课后,我将一本窄窄的抄有我的诗歌的纸本在教室外递上,请冯先生指教。第二天德文课后先生嘱我

---

① 桤木、项健整理《郑敏:跨越世纪的诗哲人生》,载《郑敏文集》(诗歌卷,下),北京师范大学出版社,2012,第770页。

在室外等他,片刻后先生站在微风中,衣襟飘飘,一手扶着手杖,一手将我的诗稿小册递还给我,用先生特有的和蔼而真诚的声音说:"这里面有诗,可以写下去,但这却是一条充满坎坷的道路。"我听了以后,久久不能平静,直到先生走远了,我仍木然地站在原地,大概就是在那一刻,注定了我和诗歌的不解之缘。①

在冯至的劝勉和引导下,郑敏"蹒跚学步",继续诗歌写作。当时的联大处于战时状态,师生平时在简陋的铁皮教室相遇,还不时地应急"跑警报",这使师生的关系密切,在课外交流的机会不减反增,因此课内、课外两个学堂并行不悖。郑敏还记得夜访冯至寓所(位于钱局街)的难忘经历:

冯至先生、姚可昆先生(冯至先生的夫人,北京女子师范学院毕业)和我坐在一张方桌前,姚先生在一盏油灯下不停地织毛衣,时不时请冯先生套头试穿,冯先生略显犹豫,但总是很认真地"遵命"了。……当时青老间的师生关系无形中带上不少亲情的色彩,我还曾携冯姚平(冯至先生的长女)去树林散步,拾落在林里的鸟羽。但由于那时我的智力还有些混沌未开,只隐隐觉得冯先生有些不同一般的超越气质,却并不能提出什么想法和他切磋。但是这种不平凡的超越气质对我的潜移默化却是不可估量的,几乎是我的《诗集1942—1947》的基调。②

冯至先生的家与我们的宿舍离得很近。我不知道为什么,会经常冒冒失失跑到冯先生家去坐着,卞之琳等人有时候会去看冯先生,他们聊天的时候我就坐在边上听,一言不发,他们也不会赶我走。我非常尊重冯先生,可是无法跟他瞎聊,好像我一定要带点什么问题去请教他,否则不会到他那儿去串门。有相当一段时间我经常去找他,但每次去他那儿好像上课似的,你如果不提问题他绝对不说,尤其是生

---

① 桤木、项健整理《郑敏:跨越世纪的诗哲人生》,载《郑敏文集》(诗歌卷,下),北京师范大学出版社,2012,第774页。
② 桤木、项健整理《郑敏:跨越世纪的诗哲人生》,载《郑敏文集》(诗歌卷,下),北京师范大学出版社,2012,第773页。

活琐事，与他无关的事。①

虽然郑敏作为学生还没有能力参与老师们的对谈，但他们睿智风趣的言说却给予她温润厚实的艺术滋养。冯至还送了一套杜甫的小诗集给郑敏。冯友兰、郑昕、汤用彤等哲学名师的课程，开启了郑敏将哲学与诗歌结合在一起的创作道路。在哲学系学习的同时她又选修了中文系和外文系的课程，打下了文史哲与外语的坚实底蕴和人文基础。哲学与文学留在郑敏心灵深处的不是具体的知识，而是两者相通的悟性与灵动，特别是诗，像酿成的香气四溢的酒，每当一个情景或事件触动灵魂时，她就为这种酒香所陶醉，身不由己地写起诗来。

关于联大自由开放的学风与浓厚的文学创作氛围，袁可嘉描述道：

> 联大校园内的空气是活跃而自由的。青年诗人们既读卞之琳的《十年诗草》和冯至的《十四行诗》，也看意象派诗选和奥登的《战地行》。他们有的参加诗社，也办壁报，不少新作在当地的《文聚》杂志以及桂林的《明日文艺》、香港《大公报·副刊》等报刊上发表。闻一多先生在《现代诗钞》中收录了他们的作品，更是对他们的极大鼓舞。②

虽然郑敏没有参加名目繁多的诗社之类的文学社团，但诗作的发表园地却与联大才子们相同。在冯至的推荐下，其处女作《诗九首》发表在陈占元主编的《明日文艺》1943年第1期，包括《音乐》、《晚会》、《变》、《怅怅》、《冬日下午》、《无题》（之一）、《无题》、《无题》（之二）、《云彩》等。《晚会》是郑敏写下的第一首诗，表达了两个年轻人的朦胧苏醒的爱意；《鹰》和《马》是对昆明的蓝天和入暮小巷的景致的描写；《无题》后改名为《金黄的稻束》，成为郑敏早期最优秀的代表作之一。

1943年夏，郑敏完成了本科论文《论柏拉图的诗学》，顺利毕业，获

---

① 槟木、项健整理《郑敏：跨越世纪的诗哲人生》，载《郑敏文集》（诗歌卷，下），北京师范大学出版社，2012，第774页。

② 袁可嘉：《诗人穆旦的位置》，载杜运燮、袁可嘉、周与良编《一个民族已经起来——怀念诗人翻译家穆旦》，江苏人民出版社，1987，第16页。

得了哲学学士学位。从哲学到诗歌，不知不觉中，青春焕发、思维敏锐的郑敏与杜运燮、袁可嘉和穆旦等其他才子一起，踏上了冯至、卞之琳、闻一多等开辟的中国现代主义诗歌道路。联大成为郑敏人生之路的一个转折点，成为"那唯一放射在我们记忆里的太阳"，正如她在《西南联大颂》中充满深情的诗句：

> 呵，白杨是你年青的手臂，曾这样
> 向无云的蓝天举起，仿佛对我们允诺
> 一个同样无云的明天，我们每一个都愿
> 参与，每一个都愿为它捐舍。
> ……
> 终于像种子，在成熟时必须脱离母体，
> 我们被轻轻弹入四周的泥土。
> 当每一个嫩芽在黑暗中挣扎着生长，
> 你是那唯一放射在我们记忆里的太阳！

自联大毕业后，郑敏从昆明返回重庆，先是在位于北碚的一所护士学校当语文和英语老师。不久，在父亲一位朋友的引荐下，郑敏到中央通讯社工作，翻译《每日新闻》（*Daily News*）等英文报纸上的新闻稿，每天仅上班四小时，这不仅训练了她的英语译介能力，也使她有机会了解世界局势，还有大量时间阅读和写作。

1945年9月2日，日本签署《投降书》，历时14年的全面抗战胜利结束。国民政府从陪都重庆迁回南京，此时百废待兴。不久，郑敏也随中央通讯社从重庆返回南京。虽然她在南京政府部门工作，但由于性格孤僻单纯，不喜欢参与社会活动，因此没有留下太复杂的历史问题。在南京工作期间，郑敏笔耕不辍，诗作大多发表在冯至等主编的天津《大公报·星期文艺》①。

---

① 《大公报·星期文艺》于1946年10月13日创刊，终刊于1949年1月2日。先后由沈从文、朱光潜、冯至主编，最后半年由袁可嘉负责。尤其是，沈从文主编的四种副刊（《大公报·星期文艺》《大公报·文艺》《益世报·文学周刊》《平明日报·文学副刊》），大量登载年轻作者的新诗文。

如《墓园》《鹰》《清道夫》《残废者》发表在《大公报·星期文艺》1946年11月23日第23期；《寂寞》发表在《大公报·星期文艺》1947年2月23日第19期；《傍晚的孩童》《人们》《生的美：痛苦，斗争，忍受》《荷花（观张大千氏画）》《兽（一幅画）》发表在《大公报·星期文艺》1947年3月9日第21期；《马》《一瞥》发表在《大公报·星期文艺》1948年6月20日第86期。后来，《Renoir 少女的画像》《生命》《求知》《最后的晚祷》等陆续发表在上海创刊的《诗创造》《中国新诗》。

冯至成为郑敏走向诗歌之路的良师与楷模，他们一直保持着亦师亦友的密切关系。1993年2月寒冬，郑敏特地到北京协和医院探望恩师，后写下两首十四行诗《告别（当一位敬爱的诗人离开尘世时）》："没有依恋没有悲伤/变轻的脚步蹬着/一层层的石阶//眺望那谷中的众生/你惊奇自己也曾寄托/无涯的幻想在其间"。时隔近半个世纪，师生之间的诗歌风格得以延续，郑敏成为冯至"中文十四行"诗体的嫡传弟子，承前启后，在现代新诗的拓展与创新方面更是"青出于蓝而胜于蓝"。

值得一提的是，在上海工作的巴金（1904~2005）及其夫人萧珊（1917~1972，毕业于西南联大外文系）热心提携包括郑敏、穆旦、陈敬容在内的40年代初出茅庐的年轻作家。1947年底，巴金找到郑敏，希望她整理文稿，把它纳入其主编的系列文集《文学丛刊》（共10辑）。于是，郑敏把汇集了62首诗的诗稿交给了巴金。1948年4月，郑敏的《诗集1942-1947》由上海文化生活出版社出版，这本薄薄的诗集成为她作为"自觉的中国现代主义者"的见证，不久引起了诗歌界的瞩目。

二 美国留学：布朗大学英语系

二战期间，美国在缅甸战场曾投入不少军力。外文系的穆旦成为中国远征军杜聿明部队的一员，担任罗又伦参谋长的翻译。在去往缅甸战场的行军途中，穆旦与同行战士遭遇了中缅交界处野人山肆虐的原始森林，目睹了许多士兵死于饥饿、瘴疠和疟疾。这些九死一生的经历在其诗中得以呈现，如《森林之魅——祭胡康河谷上的白骨》。二战结束后，由于美国的人文环境比满目疮痍的欧洲好得多，因此成为不少中国年轻人留学的首选地。1947年，

结构-解构之维：郑敏的诗歌与诗学

穆旦收到了芝加哥大学英语系的硕士录取通知书（此时其女友周与良在芝加哥大学化学系攻读博士学位），他从东北到南京办理留学事宜，顺便约见郑敏。后来，郑敏还记得小聚的细节："他请我去新街口喝咖啡，我们谈到晚上，聊了很多对教育和诗歌的看法。我意识到他是一个个性鲜明，很有历史感的年轻人，这在'二战'后的中国，是一种优点。但是当历史正在选择道路时，个性强的个人的处境，往往并不如所想得那么容易。这次是我和穆旦唯一一次见面。"[①] 郑敏的预感很准，后来两人迥异的命运也印证了这一点。

看到昔日的同学纷纷留学，郑敏也感觉有必要出国深造，拓展国际视野。她申请了几所学校，最终收到美国常青藤大学之一布朗大学（Brown University）的研究生录取通知书，在英语系攻读英国文学硕士学位。这所大学提供了奖学金，可免去学费，但其余费用得自付。郑敏的留学愿望得到了父母的支持。赴美的船票很贵，郑礼明毫不犹豫地卖掉了南京的房产，换成金条，送女儿远渡重洋。不久，他从民国政府退休，告老还乡，回到福建老家。此次一别即诀别，郑敏再也没有机会见到慈爱的父亲了。

1948年夏天，郑敏登上了驶往太平洋彼岸的轮船，开始了她的"爱丽丝异国漫游"。布朗大学位于罗得岛州（Rhode Island）普罗维登斯（Providence），虽然校园规模不大，不如哈佛大学、耶鲁大学发展得那么迅猛，但却是一所极具贵族气质和历史感的大学。刚到普罗维登斯时，郑敏与一位年龄稍长的女护士合住在一个公寓里，房东是一个老太太。这位护士是一个虔诚的天主教徒，友善温和，星期日常带郑敏去做礼拜，这使郑敏有机会深入了解美国的基督教文化，获得切身的宗教体验。房东嫌郑敏太穷，时刻提防着，后来担心她交不起房租，干脆劝她搬走。

读硕士期间，郑敏虽然无须缴纳学费，但得挣钱养活自己。举目无亲的她不得不半工半读，为赚取生活费、住宿费而节衣缩食、奔波忙碌，每天匆匆忙忙上完课后，就得忧心忡忡地赶去打工，再拖着疲乏不堪的身体走回住宿地。她先是在一个小饭馆为老板收款算账，因为数学不好，加上心情紧张，第一天就算错了账，只好干洗碗的杂事。随后，郑敏又去珠宝首饰厂穿珠子，为工厂数电容器。这都是强度很大的体力劳动，干起活来，连上厕所都

[①] 郑敏：《再读穆旦》，原刊于《诗探索》2006年第3辑，载《郑敏文集》（文论卷，下），北京师范大学出版社，2012，第901页。

紧张，得在原地吃饭节约时间，每天都有定额任务，不能有错误，如果出了差错，老板就要扣工资。

为了免费住宿和挣得一日三餐，郑敏搬到青年会妇女宿舍居住，目睹每天都有不少来找工作的外地人和无家可归者。郑敏结识了不少华工，不少人在海外漂流了大半生，积攒了一些钱，在抗战胜利后回国工作，但局势混乱，只好又到美国谋生。郑敏对这些同胞深表同情。20世纪40年代末，美国正处于资本主义的发展时期，竞争充斥着现实中的每一个缝隙，金钱渗透到每个人的毛细血管。曾经衣食无忧、生活相对优渥的郑敏，在异国他乡不得不忍辱负重，自食其力。当然，这也使她有机会接触到底层社会的民众，了解富国表象之下赤裸而真实的贫困。

读研期间，郑敏选修了西方文学的一些课程，较为系统地学习欧美文学史和文化史，深入接触以庞德、艾略特、威廉斯等为代表的西方现代主义文学流派。其硕士导师威伯斯特（C. M. Webster）是17世纪英国文学主讲教授。上课时，他留意到这个中国女留学生总是躲在教室后面的一角，与周围的同学格格不入，不过她每次提交的论文质量却都很高。他感到好奇，询问郑敏："你的脑袋很奇特，是不是每个中国人的思维都像你这样的？"郑敏也觉得有点惊讶，毕竟她在国内就读的专业不是英语语言文学，直接交流还是有些困难，而且她性格内向，不善言谈。由于她学过哲学，理论思辨与分析能力比较强，所以每篇论文都写得与其他美国同学不太一样，具有东方人的思维特质。郑敏幸运地遇到了一位善于理解、赏识她的导师，把她引向了更深广的英美诗歌研究领域：

> 艾略特挖掘并重新解释了17世纪的诗人庄顿（John Donne，又译约翰·多恩），庄顿就成了20世纪40年代最受瞩目的诗人。我就选择了庄顿作为我后来的硕士论文题目。……我的导师威伯斯特教授是布朗大学的17世纪英国文学主讲教授，他一直给予我鼓励和支持。……应该说，我的导师对我是很好的。但与其说我从威伯斯特身上学到很多，还不如说我从艾略特研究的17世纪诗歌中得到更多。[①]

[①] 桠木、项健整理《郑敏：跨越世纪的诗哲人生》，载《郑敏文集》（诗歌卷，下），北京师范大学出版社，2012，第776页。

艾略特用现代的批评眼光重新阐释以多恩为代表的17世纪英国玄学派诗歌传统，让它越过了19世纪的浪漫主义，一跃成为最"现代"、最具创新意味的文学标杆。郑敏觉得有必要挖掘现代主义诗歌的深厚根源，重新解读艾略特的个人创新与文化传统的观点。她领悟到艾略特的诗歌现代性是从欧洲古典传统借鉴、转化而来的，只有深挖欧洲文学传统才可能真正理解西方现代主义诗歌的特质。在硕士导师的指导下，郑敏确定硕士论文题目为《论约翰·多恩的爱情诗》。这为她未来的诗歌创作和学术研究奠定了扎实的根基。

但此时，经济的窘迫像巨石一样沉重地压在了郑敏的身上。在她的记忆中，美国中下层的贫苦人民是走在黄金堆里的乞丐。对于像她这样在珠宝厂当临时工的穷学生，那些光彩夺目的陈列橱窗只会引起一阵阵的头晕目眩，她的眼睛曾因珠光的刺激而流泪，她的胃曾因赶定额而出现痉挛。像许多穷困的女性一样，郑敏在妇女宿舍的餐厅洗碗，以换得免费食宿，未完成的硕士论文更像大山一样令她不堪重负。

1950年是郑敏留学美国的第二年，已接近硕士毕业，她虽修完了课程学分，却未按时提交毕业论文。按校方规定，逾期需自动离校。为了延长硕士论文的写作时间、拿到学位，情急之下的郑敏想到了一个"缓兵之计"，她随即向伊利诺伊州立大学（Illinois State University）申请就读博士预科，并幸运地获得了录取通知书。

三 奇缘：在秋天遇见爱侣

1951年秋，郑敏从东海岸的普罗维登斯来到了中西部的小镇布卢明顿-诺默尔（Bloomington-Normal），此处是创建于1857年的伊利诺伊州立大学所在地，这所公立大学的学费相对便宜，吸引了许多华人留学生，尤其是理工科高才生。

此时的郑敏已年过三十。大学期间她虽有些朦胧的情愫萌动，但情感方面几乎空白。1948年在去往美国留学的轮船上，她曾偶遇一位清华大学的留学生，两人一路谈论文学艺术，有着共同的兴趣和话题。这位在芝加哥大学读书的男生常给郑敏写信，成为她的"文学知己"。但因忙于功课和打工，加上两校相距甚远，郑敏没有多少闲情发展这段关系。有一次，在学校的舞会上她认识了一个中国留学生，他们都欣赏西方音乐，交往了一段时间，彼此觉得不太合适，便分手了。伴随着生活的窘迫、学业的压力和情感的失落，郑敏忐忑不安地来到中西部的这个小城，前途未卜。

一扇窗关闭，另一扇门却奇迹般地打开，郑敏再一次得到命运的恩宠。当郑敏走进伊利诺伊州立大学的校门时，一个身材修长、热情憨厚的小伙子出现在面前，他是"中国学生伙食团"派来接待新生的学长童诗白（1920~2005）。他刚见到郑敏，就劝说她加入几个男生的"膳团"，还主动说道："明天我帮你搬家吧！我有车。"第二天，童诗白骑来了一辆破旧的自行车，帮助郑敏搬到价格便宜的宿舍。言谈之间，他们发现彼此是联大校友，在北京胡同居住过，因此一见如故。也许是两人的家庭出身和文化背景相似，也许是他们对音乐、艺术、哲学有高度的默契，也许是童诗白的悉心关照温暖了这个疲惫落魄的女生，郑敏对突然出现在眼前的这个男生顿生好感。①

童诗白是满族人，1920年2月14日出生在奉天省奉天市的一个教育世家。有缘的是，两人出生于同年，童诗白比郑敏大一点。童诗白的祖父童恩格曾任奉天省教育厅厅长、奉天省立女子师范学校校长、奉天省图书馆馆长；父亲童寯（1900~1983）获清华大学本科学位，曾留学宾夕法尼亚大学（University of Pennsylvania）建筑系（1925~1928），获得硕士学

---

① 童蔚在回忆录《父亲》中写道："父亲的最大特点，是在协调世界上不同的事物方面，展现出惊人的能力。童年时，父亲和自己的母亲相依为命，在旧式大家庭里生活，往事艰辛而繁复，却练就了他处事圆熟的本领。父亲一生引以为傲，多次跟我说，'我从来不让母亲操心。'……在祖父外出读书时，他安慰祖母，在心理的层面上很早就懂得'交流'的技艺。只是生性内向，但他也懂得，深刻而含蓄是东方人感情的特点。父亲极重感情、念旧。这一点对于他的亲朋好友至关重要。小时候，他住过北平胡同，后来迁居上海里弄，这期间，他热衷和小伙伴们玩耍，经常是拿着树棍表现战争场面，或在极窄的弄堂里踢足球，他已然有点儿像个'孩子王'。再后来，情迷小提琴。爱乐使他于1946~1947年在清华任职教期间，加入清华管弦乐队；琴声伴随到老年，当年的琴友、校友，时常在一起联欢，父亲俨然就是台前幕后的'总指挥'。当父亲把这样一种引领众声喧哗的能力，运用到事业上的时候，他发挥了团结一班人，努力做事业的品质，乃至他创建的工业电子学教研组，基础得以奠定，人才得以继承。说他是一个天生的'奠基人'，并非出于个人意愿。主要因为，他承袭了先祖良好的文化传统，又具备审时度势的眼光。他懂得，一切的科学、一切的创造都在于变通。"

位，与梁思成是同窗好友。童寯的妻子关蔚然毕业于师范学校，从事小学教育。他们养育了三个儿子：童林弼、童诗白、童林凤。童诗白是三兄弟中的老二，1942年毕业于上海之江大学土木工程系；又于1946年就读西南联大电机系；1946～1947年在清华大学电机系任助教，喜欢音乐，是校管弦乐队的小提琴手。童诗白与郑敏同一年赴美留学，1948年10月就读于伊利诺伊州立大学电机系，攻读硕士、博士学位。1951年的秋天，童诗白在接待新校友郑敏时，已快要完成博士学业。这一对求学于异国他乡的才子佳人相逢，命中注定要碰撞出情感的火花。

相识一个多月后，童诗白第一次约郑敏外出吃饭。这个女孩从远处走来，怀里抱着一摞书，不知何故，莫名其妙地跌倒在地。等候在一旁的童诗白急忙过去搀扶，帮她捡拾散落在地上的书。对于这份冥冥之中的良缘，郑敏记忆犹新：

> 在那样的年代，我们的相遇其实并不浪漫。我们俩从相遇到相识、相知再到结婚，就几个月时间。用现在年轻人的话来说，算得上"闪婚"了。同在西南联大读书的经历和对音乐的共同爱好，使我们有了许多共同的话题。刚认识的时候，谈音乐、谈哲学，对很多作品和观点都有高度的默契。童诗白的音乐天赋很高，小提琴拉得很好。原来在清华大学的时候，曾经在清华乐团担任过小提琴手。我本来是比较内向的人，不爱主动与人交往，那时刚从布朗大学转去童诗白所在的伊利诺伊州立大学，一切都很陌生，童诗白就主动联系我、照顾我……那时候我们中国留学生搭伙做饭，每逢轮到童诗白做饭的日子，我就帮他洗菜、打下手，顺便一起聊聊天。[①]

在某些决定自身命运的关键时刻，郑敏总能化险为夷，这得益于幸运天使给予她的意外惊喜和赐福。"干爹"魏子己在她病危时提出的医治建议让她重获生命；养父郑明礼给她提供了优渥的生活和开明的教育，生母与养母都陪伴、关心着她的成长；大哥王勉是一个呵护有加的兄长和启蒙

---

① 桤木、项健整理《郑敏：跨越世纪的诗哲人生》，载《郑敏文集》（诗歌卷，下），北京师范大学出版社，2012，第779页。

者，常送给她新书，一起讨论新知；在她走向哲学学习与诗歌创作的道路上，冯友兰、冯至、巴金、曹辛之、唐祈、牛汉、屠岸、叶维廉等恩师或诗友给予她慷慨的支持，或推荐她发表诗歌，或帮她出版诗集，或与她通信切磋诗艺，或邀请她出国访问。正当她在学业方面焦头烂额、情感与生活陷入困窘之际，一位嘘寒问暖、文质彬彬的同乡出现在身边，令之怦然心动。郑敏发现童诗白看似木讷，实属内秀。他心地善良，天性乐观，幽默风趣，人缘奇好。他给郑敏一种兄长般的安全感与保护感。在童诗白眼中，郑敏与众不同，气质出众，个性鲜明，才华逼人。虽然郑敏在外人面前略显羞涩，但实际上热情善言；而童诗白在众人面前不善言辞，却是一个善于倾听、富于理解力的人，他往往通过拉小提琴来表达内心的细腻情感。对音乐、艺术的共同爱好，使得两人一见如故，无话不谈。

1950 年后美国陷入长达 5 年的"麦卡锡主义"（McCarthyism）时期，对来自社会主义国家的留学生和左翼人士进行打压。1951 年 4 月，美国国会通过"公法 535 号"，规定就读工科、理科、医疗等专业的中国大陆留学生必须得到移民局允许才能离开。华人科学工作者每三个月就要向主管部门进行一次汇报，方便当局随时掌握他们的动向。童诗白因参加了华罗庚等同学组织的"留美中国科学工作者协会"，上了学校的黑名单。主管留学生的院长汉密尔顿找他谈话："我们美国与你们国家目前处于敌对状态，按照美国宪法，你们属于敌对国家公民，一概不得擅自离美；如强行离开要罚款、遭禁闭。"这位官员接下去说的这番话，更让他大吃一惊："你看我们美国培养你们那么多年，你回去帮共产党打我们美国人，说不定你一个人的作用要顶一个师，顶成千上万个士兵呢？你还是老老实实地在这儿待着吧！"这引起了童诗白的深思："如何才能做到一个人顶成千上万个士兵呢？他很快也很自然地得出结论：做一个教师，从事教育工作为祖国培养优秀人才。"[①]

既然暂时无法回国，童诗白只得找工作谋生，博士毕业后他获得了纽约布鲁克林理工学院电机系的聘任机会。1951 年冬，他到达纽约后，随即

---

① 桤木、项健整理《郑敏：跨越世纪的诗哲人生》，载《郑敏文集》（诗歌卷，下），北京师范大学出版社，2012，第 779 页。

结构-解构之维：郑敏的诗歌与诗学

给郑敏写了一纸"求婚信"，信里并没有多少甜言蜜语，只是画上了两副碗筷，中间有花纹的碟子里盛着一尾鱼，体现着这位理工科博士生朴素而现实的幽默感。两个年轻人从相识、相知到相爱，总是围绕着做饭吃饭、饮食日常展开。在遇见童诗白之前，郑敏并没有马上结婚成家的想法，但童诗白如同风筝之线，紧紧拉住了飘在天上的浪漫不羁的郑敏。两人结识仅三个多月后，迅速结为连理。郑敏记得人生中的这一重要的抉择：

> 1951年冬天，我们在伊利诺伊州立大学里的教堂举行了简单而神圣的婚礼。童诗白请他的导师当主婚人，那位洋博导可是吓坏了，他谆嘱童诗白："人生大事可要慎重、慎重！"遇事一向谨慎的童诗白，这回则是慎重又果断。出席婚礼的还有我们俩的许多同窗好友。婚礼很简单，但在我看来很隆重，我还亲手为自己缝制了一件婚纱。[①]

在这场简单而温馨的婚礼上，见证人除了童诗白的美国导师，还有罗元梓、刘瑞文等同窗好友。最初郑敏计划在伊利诺伊州立大学就读博士预科，由于童诗白在纽约找到了教职，她考虑到如果回国任教硕士学位也足够，于是放弃了读博的想法。1952年初，郑敏跟随丈夫到纽约居住。婚后两人的生活虽清贫却甜美，有了属于自己的小家，遮风挡雨，心境安宁。郑敏无须外出打工，也不必为日常生活担忧，只需专心完成硕士论文。童诗白付费100美元，请专业人员为妻子的论文打字、装订。1952年5月，郑敏向布朗大学提交了硕士论文《论约翰·多恩的爱情诗》，顺利通过答辩。后来，郑敏收到导师威伯斯特的信，称赞这篇论文具有一种特殊的东方哲学意味，并询问她有无出版的计划。但此时郑敏的兴趣已不在英国诗歌研究，她希望接触了解纽约的文化与艺术，花更多时间学习西方的音乐。

爱好音乐的童诗白非常支持妻子的想法，付出1小时10美元的学费，资助郑敏跟随茱莉亚学院（The Juilliard School）声乐系的老师学习声乐，其中有位泰乐教授专门训练郑敏练习意大利发声法，将近两年。闲暇时他

[①] 桤木、项健整理《郑敏：跨越世纪的诗哲人生》，载《郑敏文集》（诗歌卷，下），北京师范大学出版社，2012，第779~780页。

们一起去画廊、美术馆看展览,听音乐会。印象最深的一次是1952年的某一天,俄裔美籍小提琴家米斯卡·艾尔曼(Mischa Elman,1891-1967)在纽约路易斯露天体育场举办音乐会,郑敏到现场聆听。当音乐家演奏贝多芬的《D大调小提琴协奏曲》的第三乐章时,郑敏激动不已,领悟到艺术的源泉来自对生命的深入骨髓的感悟。实际上,对绘画、雕塑、音乐等其他艺术的吸收与转化始终贯穿郑敏的创作,不同的艺术形式赋予其诗歌绘画的色彩感、雕刻的立体感和音乐的节奏感。例如,写于20世纪40年代的诗歌《荷花(观张大千氏画)》、《兽(一幅画)》、《Renoir少女的画像》和《献给贝多芬》,写于80年代的《画与音乐组诗》(由《戴项链的女人》《云鬟照春》《忏悔的马格黛兰》《贝多芬的寻找》4首诗组成);此外,还有描写大理石雕刻的《垂死的高卢人》、描写歌手的《卡拉斯的不朽》《卡拉斯的歌声》等,都是她对中外名画和雕塑进行凝视与观察、对音乐沉浸聆听后的诗意表达。

冷战期间,个体命运往往被世界局势所左右,充满着酸甜苦辣、悲欢离合。久居异国他乡而无法回国的中国留学生倍感压抑,与美国社会也格格不入。在美国生活了近八年,郑敏主要是读书、打工、补课,充实自我;即便是在纽约的几年闲暇时光中,她也毫无写作的冲动与灵感。

> 那时我经常去艺术画廊看画展,还去听音乐会,虽说在文化生活方面比学生时代要丰富,但我是抱着多补上一些文化素养课的目标进行这些活动的。从心里我们都知道自己是不会在这块异国土地扎下根的,在我们血液里有鲜明而强烈的自己民族的思想感情,这种感情和思想所需要的营养只有在自己的国家和民族的生活中才能获得。西方的文化有它令人敬佩的成就,但并不能营养我们整个心灵,我们需要的是真正的生活,在自己的国土上和自己的人民在一起的生活。①

郑敏夫妇时刻关注来自国内的各种信息,等待着回国的机会。有一天,她突然收到国内寄来的巴金主编的《诗集1942-1947》,看见自己的初

---

① 桤木、项健整理《郑敏:跨越世纪的诗哲人生》,载《郑敏文集》(诗歌卷,下),北京师范大学出版社,2012,第778页。

作付印成册，她欣喜万分，更坚定了回国工作的信念。1954年4月26日至7月21日，以周恩来为首的中国代表团参加了瑞士日内瓦会议，会议通过了《日内瓦会议最后宣言》，这为"留美学生归国"带来了希望；美国政府在5月14日发表正式声明，表示"已经消除了对每一位愿意离美学生的限制"。听到这个消息后，郑敏夫妇迅速向美国移民局递交了回国申请书。一开始，大学极力挽留像童诗白这样的高科技人才，但由于他去意坚定，只好放行。郑敏对此记忆犹新：

> 直到1955年，一个假日，我和童诗白在乘车回家的路上，听到了周总理在日内瓦会议上抗议美国扣押中国留学生的发言，当时非常兴奋。顿时感到作为一个中国人腰板硬起来了，民族自豪感在心头油然而生。后来，美国对留学生的政策有所改变，有很多同学都留在了美国。我们还是马上做了决定：在美国过的总好像是试管婴儿的生活，这样的日子，不能再延续下去了，要马上回国！我们先向移民局递交了申请书，很快就得到了回答，先是不准离境，后又同意离境，但限制在十天以内。我们清醒地意识到，这明明是阻挠。但思念"母亲"的心太切了，我和童诗白毅然决定丢下两人辛辛苦苦筑起来的"窝"，匆忙启程。当时萦绕在我们头脑中的念头只有一个，早日回到祖国母亲的身边去。"母亲"再穷，也是自己的，儿女是不会嫌弃的；美国再阔也是人家的，寄人篱下的日子已经过够了。①

1955年6月中旬，思乡心切的郑敏夫妇放弃了在纽约的温馨小家，冲破了重重阻力，从旧金山乘坐美国邮轮"克利夫兰总统号"；与他们一道登船回国的有20余名留学生，包括杜连耀、刘铸晋、蔡强康、席克正及其妻子郝日英、钱宁及其妻子龚维瑶等在各个领域做出杰出贡献的知名人士。此次跨越太平洋的漫漫归途，经洛杉矶、檀香山、东京、马尼拉，转至香港，最后从罗湖桥进入深圳。

---

① 桤木、项健整理《郑敏：跨越世纪的诗哲人生》，载《郑敏文集》（诗歌卷，下），北京师范大学出版社，2012，第780页。

第三节　静默后的寻觅（1955~1985）

去国八年（1948~1955），郑敏回到了朝思暮想的北京，这是她的出生地，也是她熟悉的故园。这一次，她身边多了一位亲密的伴侣童诗白，有了一个稳定而甜蜜的家。新生活在张开欢乐翅膀的同时，却也投下了日渐沉重的阴影。

一晃三十载，光阴倏忽，曾经意气风发的诗人郑敏已是白发稀疏、皱纹弥散的六旬长者。当思想解放的春风吹来时，她作为"归来的诗人"并没有退却或沉默，而是从时代的废墟中坚强地站起来，重新思考、行走与写作，寻觅着失落的诗神，回应着心中爱丽丝的呼唤，开始了人生的"第二个春天"。

一　冬眠：新生活的调适与旁观

1955年7月中旬，郑敏和童诗白夫妇收到了国务院向留学生颁发的"欢迎回国参加建设"的证明信。工作安排提上了议事日程，在填写去向时，童诗白毫不犹豫地选择回到母校清华大学电机系任教，这是他最喜欢的工作岗位。郑敏则被安排到中国科学院文学研究所西方组（后改为中国社会科学院文学研究所）工作，主要从事外国文学研究。此机构人才济济，郑敏与钱锺书、袁可嘉、陈敬容等成为同事，但彼此并无交集。

郑敏夫妇在清华大学的教工宿舍新林院安家[①]，最初他们心情舒畅，生活安定，工作顺意。一年后，1956年10月，郑敏生下女儿童蔚，孩子的到来为这个小家庭增添了无限的欢乐。与此同时，他们也不得不花费精力适应新的社会生活，跟上国内的政治形势。作为科技人才的童诗白利用他的才学，在清华大学筹建了新中国最急需的工业电子学教研组，带领几个专业老师编辑电机方面的新教材，成为这一学科的开拓者。但对于从事外国文学研

[①] 郑敏一家长期居住在清华大学的教工宿舍，先是新林院，后迁居17公寓，最后是荷清苑。郑敏作为清华园的家属，在此留下了许多难忘的记忆，并在一些诗中有所呈现。

究的郑敏来说,则面临着思想上的困惑和挑战。她尽力接受思想改造,认真学习领袖著作,参加政治会议。作为怀有理想的人文知识分子,郑敏认识到新中国的当务之急是建立一个强大的社会主义国家,在伟大的历史使命面前,表达个人情感的现代诗不足为道,于是她心甘情愿地割舍"小资"情结式的写作,与过去一刀两断。

国内的政治形势不断变化。1960年,郑敏被认为不适合从事学术研究,被调到北京师范大学刚刚成立的外语系任教。郑敏远离喜爱的学术工作,在大学里只能教一些基础英语、语法之类的课程,但这一特殊的生活经历也成为后来经验反思的源泉之一。

"大跃进"时期,郑敏被下放到山西省临汾市的一个农村劳动了半年,她与当地农民吃住在一起,接受思想改造。也许是留学时经历过类似的艰苦生活,比起从城市下乡的一些同事,郑敏更能适应环境。由于粮食歉收,食品缺乏,她饿得浑身肿疼,几乎脱了形。郑敏目睹了农村的贫困和农民的忍辱负重,对普通人抱有深切的同情。

1962年9月16日,郑敏生下儿子童朗,当时已是42岁的大龄母亲。除了在北师大教授基础英语,郑敏将大部分时间都放在抚养两个孩子上。她总是小心谨慎、沉默寡言,既无法做心爱的外国文学领域的学术研究,也不愿写赞美新潮流的抒情诗。1966年5月,"文化大革命"爆发,学校停课,郑敏偷偷地销毁了家里的外文书和带回国的纪念物,与诗友们断绝了一切往来,成为一个躲在象牙塔内的隐身者。她回忆道:"在'文革'中,写诗成了诗人的罪状。在一阵阵口号喧嚣的白天过后,我独自在自己的书房,借着降临的夜幕,悄悄地将手头惟一庋藏的一部《诗集1942—1947》付之一炬。当时我很悲观地想,此生再也不可能写诗了,中国再也不需要诗歌了。"[①]

像那个时代大多数知识分子一样,一方面,郑敏自愿放弃创作,并诚恳地改造自己。另一方面,出于不善言辞和旁观者的姿态,郑敏甘居时代的边缘。在这个特殊时期,她以自己的方式适应着新环境。每当夜幕降临,她便和丈夫紧闭门窗,偷偷地拿出一两张唱片,默默地听着心爱的音乐,尽可能保持内心平静。在日常生活中,童诗白除了主持教学科研工作,还会操

[①] 桤木、项健整理《郑敏:跨越世纪的诗哲人生》,载《郑敏文集》(诗歌卷,下),北京师范大学出版社,2012,第781页。

持家务，每天采购记账，做饭打扫。只有这样，郑敏才不必过多地操心柴米油盐的琐事，得以沉浸在自我的幻想世界里，享受着被呵护的甜蜜。

在赴美留学（1948~1955）、回国工作（1955~1979）的近三十年中，郑敏没有发表过一首诗或一篇文章，她有意地掩盖自己曾是一个小有名气的诗人的身份，在文学界销声匿迹。不过在美国的中国诗歌研究界，一些华裔学者却很关注中国现代诗歌，进行译介并加以传播。1963年，联大校友、华裔学者许芥昱编译《二十世纪中国诗选》（*Twentieth Century Chinese Poetry: An Anthology*），收录了郑敏《诗集1942-1947》中的12首。1972年，钟玲（Chung Ling, 1945-）与著名诗人王红公（Kenneth Rexroth, 1905-1982）合编汉诗英译《兰舟：中国女诗人》（*Orchid Boat: Women Poets of China*），收录了郑敏2首英译诗《学生》（Student）和《晚祷》（Evening Rendezvous）。1978年，*The Penguin Book of Women Poets* 再次收录了钟玲和王红公的英译郑敏诗《学生》。可见，20世纪60~80年代，伴随着西方后现代主义和女性主义思潮的兴起，郑敏作为一个少有的中国现代主义女诗人，开始被海外学界发现与译介，为英语世界的读者或大陆之外的中文现代诗歌圈所知。而此时的郑敏却对此一无所知。

二 解冻：40年代诗友与九叶派

中国当代诗歌的转机有赖新时期的开启。1978年12月18~22日，党的十一届三中全会在北京举行，彻底否定"两个凡是"的错误方针，高度评价关于真理标准问题的讨论，决定将全党的工作重点和全国人民的注意力转移到社会主义现代化建设上，提出改革开放。

冰河解冻，万物复苏。1978年12月23日，由北岛、芒克等主办的《今天》正式创刊，创刊号发表了北岛起草的《致读者》："历史终于给了我们机会，使我们这代人能够把埋藏在心中十年之久的歌放声唱出来，而不致再遭到雷霆的处罚……过去的已经过去，未来尚且遥远，对于我们这代人来讲，今天，只有今天！"[①] 围绕《今天》杂志，涌现了一批优秀的青

---

① 北岛：《今天·致读者》，《今天》1978年创刊号。

年诗人——北岛、芒克、食指、多多、严力、顾城、舒婷、江河、方含、杨炼等。因此,浮出地表的"白洋淀诗群"、朦胧派也被称为"今天派"。《今天》的出版,为新诗潮的崛起提供了机遇,但当时的主流诗坛多以否定的、批判的态度对待这类晦涩难懂的"朦胧诗":"他们对四周持敌对态度,他们否定一切、目空一切,只有肯定自己。他们为抗议而选择语言,他们因破除迷信而反对传统,他们因蒙受苦难而蔑视权威。这是惹不起的一代。"[1] 他们中的一些著名诗人,如艾青并非不知道40年代诗坛已涌现了卞之琳、冯至、穆旦、郑敏、陈敬容等一批"晦涩朦胧"的现代主义诗人,但此时的文艺气氛依然沉闷,一时难以突破。

1978年改革开放之后,国内学术界迎来了实事求是、思想解放的新气象,写作空间得到释放。"春江水暖鸭先知。"在新的形势下,郑敏的思想与感觉也悄然发生变化。1977年暑假,郑敏夫妇携童蔚、童朗一起回南京探亲,祝贺童诗白之父童寯[2] 80岁生日。郑敏与学贯中西的童寯交流后,备受鼓励。回到北京,他们开始用英语写信,畅谈内心的感受。在9月的新学期,郑敏为北师大英语系开设了一门新课"美国文学英语选集",她一改之前只重视语言训练而忽略西方文学与文化的倾向,增加了英语教学中的文学阅读与理论分析。此时,随着英语教学地位的提升,她的教学任务也越来越重,承担毕业班的论文指导工作。1978年,郑敏被聘为副教授;1982年晋升为教授。

郑敏开始与诗友们恢复联系。1979年的某一天,郑敏意外地收到了远在甘肃兰州的西北民族学院汉语系工作的唐祈的来信,提及与在世的20世纪40年代诗友会面之事,商讨出版一本诗歌合集的可能性。得知这个消息后,郑敏兴奋不已,内心洋溢着快乐和好奇,虽然她早已熟知这几位同道诗人,但多数无缘相见或深交,只闻其名不见其人。郑敏与西南联大外文

---

[1] 艾青:《从"朦胧诗"谈起》,载姚家华编《朦胧诗论争集》,学苑出版社,1989,第167页。
[2] 童寯(1900~1983):字伯潜,满族人,出生于奉天省城东郊(今沈阳市郊),著名建筑学家、建筑教育家,中国第一代杰出建筑师,近代造园理论和西方现代建筑研究的开拓者。他是清华大学建筑系的1925级毕业生,考取公派留学,毕业于费城宾夕法尼亚大学建筑系(1925~1928),与梁思成同学,被公认为"建筑四杰"之一;后任教于南京大学、东南大学建筑系,著有《江南园林志》《新建筑与流派》《东南园墅》《近百年西方建筑史》等。

系的杜运燮、穆旦（查良铮）、袁可嘉一起被誉为"联大四星"（或"联大诗歌群"），可惜在校期间她没有结识他们。1947年末在南京时，她与准备赴美留学的穆旦匆匆见过一面。遗憾的是，1977年2月26日穆旦突发心脏病逝世，他们再也无缘相聚。

在决定去赴这次诗友之约后，郑敏有些惴惴不安，好像是要参加一场不可告人的"黑会"，唯恐发生意外。1979年的一个早春，郑敏乘公交车，从清华大学出发，到达王府井附近一个小胡同，小心翼翼地找到了某个四合院——时任中国美术出版社编辑、装帧家曹辛之（笔名杭约赫）的家。她怀着忐忑不安的心情，敲了敲一扇木门，身材颀长、风度翩翩的房屋主人曹辛之打开门，站在身边的是其夫人赵友兰。在郑敏眼中，这两人真是天生一对，一样颀长，一样漂亮，一样有艺术风度。这个长方形院落三面有房，右手的两间屋子里坐着40年代诗友们——辛笛、唐祈、陈敬容、袁可嘉、唐湜和杜运燮，相隔三十多年的南北现代派诗人终于会面了。这对当代新诗界来说是非凡的一天，它注定要在中国现代文学史上写下重重的一笔。郑敏对此次见面，记忆犹新：

> 这次见面，我感到他们都是非常热情、积极和充满信心的。那次聚会我们还没想出这本集子该叫什么名字。第二次聚会，好像是在陈敬容家中。会上要求大家每人都想一个名字。后来辛笛说，"我们是九个人，但总不能自己称自己为九朵花吧，那我们就是九片叶子吧"。当时我记得艾青写过一篇纪念中国新诗60年的文章。在文章中，老诗人以非常大度的姿态称我们为当时四十年代的盆景。这说明，即使在最开明、开放的诗人的脑子里，我们在40年代的诗不过是点缀式的盆景。用我们的叶子来扶持革命的红花，所以我们就都接受了。当时我们决定由曹辛之来设计封面，诗集就叫做《九叶集》。①

一群20世纪40年代登上诗坛的诗友酝酿着一起出版一本青年时代的诗歌合集，纪念他们共同经历的创作岁月，为年轻人提供一些有益的参

---

① 桤木、项健整理《郑敏：跨越世纪的诗哲人生》，载《郑敏文集》（诗歌卷，下），北京师范大学出版社，2012，第782~783页。

考。经过了三十年，诗人们感慨万千，他们谈到二战以后诗歌在反映先锋前沿的思想时往往引领时代，"文革"后活跃于诗坛的一些年轻诗人虽有所突破和创新，却对1949年前新诗积累的经验和传统知之甚少。

除去世的穆旦外，八位诗人从筹划、选诗到最终出版这部合集，耗时两年。1981年7月，《九叶集：四十年代九人诗选》（以下简称《九叶集》）由江苏文艺出版社隆重推出，按照出生年龄排列，收录的九位诗人是：辛笛（1912~2004）、陈敬容（1917~1989）、杭约赫（曹辛之，1917~1995）、穆旦（1918~1977）、杜运燮（1918~2002）、唐祈（1920~1990）、唐湜（1920~2005）、郑敏（1920~2022）、袁可嘉（1921~2008）。《九叶集》作为1949年后出版的第一本现代主义流派诗集，一经面世就获得了巨大的反响，成为新时期文学觉醒的先声，引起了诗坛巨大的骚动、震惊与争论，尤其是它与当时正在崛起中的朦胧派形成了奇妙的呼应。根据这本诗集的名字，批评家为20世纪40年代的现代主义诗人群冠名"九叶派"。

1947年7月，杭约赫、林宏等在上海成立"诗创造社"，出版《诗创造》丛刊。1948年6月，他们又成立"中国新诗社"，出版《中国新诗》月刊。围绕《诗创造》《中国新诗》两个诗刊，40年代形成了以现代主义诗歌风格为主导的"中国新诗派"，故"九叶派"又被学界称为"中国新诗派"。在此过程中，陈敬容扮演着联系南北诗人的重要角色："她实际上是把九叶的两半结合成一派的关键人物：1947年《诗创造》分裂后，在上海创刊《中国新诗》的五位同人中，她首先著长文推荐寓居北方的'西南联大诗派'，写信联系他们。……全世界也没有事隔三十年才相互认识并且命名的派别。这话不错，但是全世界也没有一群精神相契的诗友，大多居于同城而三十年不能相认相识。而在最后集合之前，恐怕也只有陈敬容与每个人都认识。"[①] 1956~1960年郑敏在中国科学院外文所工作；陈敬容于1956年调到外文所下设的《世界文学》编辑部，袁可嘉也在外文所，但他们之间并无实际交往。

时过境迁，袁可嘉依然对现代派文学充满热情，亲自为《九叶集》作序，强调九位诗人共同的现代主义特质："他们力求智性与感性的融合，

---

① 赵毅衡：《诗行间的传记·序》，载《陈敬容诗文集》，复旦大学出版社，2008，第3页。

注意运用象征与联想，让幻想与现实相互渗透，把思想、感情寄托于活泼的想象和新颖的意象，通过烘托、对比来取得总的效果，借以增强诗篇的厚度和密度，韧性和弹性。"① 不过，对于诗歌界以"九叶派"命名40年代现代主义诗派，郑敏一直持有谨慎的态度，多次强调这个流派只是40年代相似的现代诗风的集合体，实际上每位诗人的具体创作差别甚大。到80年代"浮出地表"后，他们各自发展不同的诗歌风格，或偏向浪漫主义，或偏向现实主义，或坚持现代主义道路。在80年代初写给唐祈的信中，郑敏甚至提及某种顾虑："我已不觉得以'九叶'群发表的方法有什么优点了，别人忘记我们是'个人'，只把我们当'一群'看这极不利。……我们必须发展每个人自己的性格诗风，而不是什么与某流派对称的一派而已。……我们别再要求人们把我们看成流派给一席之地了，那只是历史，我们要能'独唱'，别老'合唱'。"② 看来，郑敏对个人创作有了高标准和创新要求，她期待超越青春时代的自己，用新的声音书写自我之歌，而非老调重弹。

三　作为归来的诗人：《寻觅集》

1979年1月28日至2月5日，邓小平正式访问美国，轰动世界。对郑敏而言，与40年代诗友在北京的相逢，合作出版诗集，不仅是一次跨年代的历史回望，更是她诗歌写作的重生之日。就在八位诗人在京聚会的那个春风料峭的初春，郑敏坐在返回海淀的拥挤的公共汽车里，按捺不住内心的兴奋，以腹稿的形式构思着诗句，回家后一挥而就，完成了搁笔三十年后的第一首新作《诗啊，我又找到了你》，迎来了第二个创作之春。对此，她一直念念不忘：

当时我在公交车上驰回西郊。我们刚开过第一次"九叶"碰头会，我也是第一次见到唐祈、陈敬容和曹辛之这几位在京的"叶"

---

① 袁可嘉：《九叶集·序》，江苏文艺出版社，1981，第16页。
② 张天佑辑注、唐真校：《"和你通信往往促使我思考和计划"郑敏致唐祈十一封信》，《新文学史料》2022年第2期，第143页。

友。由于大家的鼓励,我觉得仿佛又回到了诗的王国,在汽车里这首"诗啊,我又找到了你!"突然连同它的题目、声调、感情、诗行,完整地走入我的头脑。回家后我很快把它写下。令人惊讶的是,我搁笔30年后的这第一首诗,居然就这样自作主张地来到我的笔下……①

郑敏用略带感伤的内心独白的形式描述了一个在荒野上迷失的少女,那个像爱丽丝一样的寻觅者,她在痛苦的时代(秋冬)不得不埋葬心爱者(诗歌精灵)。如今,在这个绿色透明的早春,她怀着欣喜的心情,从垃圾堆、废墟、黑色的沃土中发现了长久埋藏在心中的"轻盈的精灵":

> 绿了,绿了,柳丝在颤抖,
> 是早春透明的薄翅,掠过枝头。
> 为什么人们看不见她,
> 这轻盈的精灵,你在哪儿?哪儿?
> "在这儿,就在你心头"她轻声回答。
> ……
> 我吻着你坟头的泥土,充满了欢喜,
> 让我的心变绿吧,我又找到了你,
> 哪里有绿色的春天,
> 哪儿就有你,
> 就在我的心里,你永远在我的心里。

郑敏搁笔三十多年后再次提笔写下的这首诗显示出深厚的文化底蕴和高超的诗歌技巧,与当时诗坛流行的政治抒情诗截然不同,呈现了丰富的想象和舒缓的节奏。诗人运用象征主义技巧,设置了与日常现实疏离的自然场景,如两个季节(萧瑟干枯的秋天与透明滋润的春天)、两种色调(冷酷的坟墓与地上的草儿,黑色与绿色)所象征的两个时代,不同的意象形成鲜明对比,节制而冷静,深情而柔和,用词典雅细腻。这首意味深

---

① 郑敏:《郑敏诗集(1979-1999)》,人民文学出版社,2000,序第9页。

长的"再生之诗",又以《如有你在我的身边——诗啊,我又找到了你》为题,收录于《心象集》。

此后,郑敏一发不可收,长久受到压抑的诗泉如潮水般汩汩而流。1979 年早夏她创作了《雨夜遐思》;秋天写下《石碑的请求》《诗信(致 N.L.)》;冬天写下《冬天里的夏天》《希望与失望》《转化》《新与旧》《让我们在树荫下行走》《母亲的心在秋天》《诗人的心愿——致寻找真和美的人》等。一些诗歌,如《诗信(致 N.L.)》《桥(诗信之二,答 N.L.一月三日信)》《六十弦》陆续发表在 1980 年第 3 辑香港《八方》的"文艺丛刊"上。1980 年,郑敏创作了《山与海——记青城山》《风筝(之一)》《风筝(之二)》《古尸(之一)》《古尸(之二)》《珍珠》《麦种》《我听见了什么声音?》《干枝》《雕玉》《消息》《妈妈教我飞翔》《致瀑布》《岩石》《鱼网只是给鱼儿织的》《诗啊,请原谅我》《冬天怀友》《锚》等诗作。1982 年写诗《第二个童年与海》(组诗 3 首)、《白杨的眼睛》、《真正的故乡》、《早春的冬树》、《我渴望雨夜》、《晓荷》、《有什么能比这……》、《钢的赐予》、《假象》。1983 年写诗《一个引水员的心》《登山》。1984 年写诗《和海的幽会》《山神与小鹿》《彩虹门和雪山》等。

郑敏将以上发表和未发表的 50 首诗歌结集为《寻觅集》,1986 年 5 月由四川文艺出版社出版,它荣获"全国作协及诗刊社 1987 年最佳十册诗集奖"。这本诗集按主题分为四类:人与土地、沉思的时候、为了诗、悒念的时候。第一类、第二类诗歌,主要书写作为个体的自我与历史(祖国母亲、大地、自然)的对话,尤其是其中的咏物诗,感物抒怀,充满哲理与思辨,对生命、历史、自然的沉思,死亡中的再生,青春的萌发以及母女之情,如《岩石》《古尸(两首)》《昙花又悄悄地开了》《母亲的心在秋天》。第二类是诗人对诗歌(艺术)的寻找、发现与认识,努力寻觅内在的自己,获得确证与自信、力量与灵感,如《诗啊,请原谅我》《诗人与诗》;第三类属于比较个人化的生活记录,写给友人的赠别诗。

《寻觅集》虽书写了复苏后的喜悦、痛苦、忧思与人生经验,但郑敏自认为没有解决好诗歌形式问题,主题上没有突破主流话语,整体上并未恢复到 40 年代的艺术水平。如《祖国呵,我紧紧拥抱你!》《石碑的请求》《寄情》《修墙》《真正的故乡》等抒发爱国情感、故土情怀和理想的诗,在表达情感上过于理念化，缺少含蓄与克制。写于 1980 年的《祖国呵，我紧紧拥抱你！》，以强烈而饱满的情感呈现了她这一代知识分子的爱国情怀，以及回国报效故土的理想和行动：

> 祖国呵，我紧紧依附在你的身上，
> 我不能没有你，不能失掉你，
> 　不能离开你……
> 不管寒冬多冷，他乡的暖流
> 　引不起我的幻想。
> 不管那里多富丽，
> 　她永远代替不了你。
> 我们冒着风雪回到你的怀抱，
> 我们知道必须等待自己的春天来到。
> ……
> 没有你，吉卜赛人饱尝流浪的痛苦，
> 没有你，我们能扎根在哪里？
> 我曾流浪他乡，看见
> 　诗人发狂，青年吸毒，
> 人们预言人类末日的来到。
> 　我们只有在自己的土地上
> 　建立理想！

　　这首抒情诗的主题是爱祖国、抒发理想，与艾青的《我爱这土地》"为什么我的眼里常含泪水？/因为我对这土地爱得深沉……"异曲同工，都是直抒胸臆，个人抒情与宏大叙述融为一体，其人称视角、意象、语言、节奏都摆脱不了 20 世纪 50~70 年代"革命浪漫主义+革命现实主义"的政治抒情诗的影响。当然，这也是郑敏留美回国的真实动机以及回国后的切身感受，像许许多多对新中国充满热爱、怀抱爱国情怀和民族理想的归国知识分子一样，她感觉到只有在祖国的土地上，才能释放青春，拥抱理想。对她而言，祖国母亲遭受的痛苦是暂时的，"结冰的小河""寒冬"

"风"都会过去。比起她在1986年之后的创作,这类诗的主题还较浅显,缺乏对苦难的反思和历史感,诗人还未摆脱思想的禁锢和流行话语的束缚,未找到源自内心的自我之声。

自80年代开始,郑敏恢复了与师友、亲人写信的习惯。在此期间,沟通和鼓励尤显重要。童蔚回忆:"那段时间,她经常一天发出数封信,那些信,短句子,语气坚定,除了交代具体事宜,谈见解,还时不时咒骂几句阻挡进步的恶势力,透出真正属于那个时代的强大感,她全情投入,但她也说,自己总是想很多,懒于行动。"[1] 例如,在1980年12月寄给杨苡、赵瑞蕻夫妇的信中,郑敏写道:"回北京后,生活又纳入紧张和枯燥的常规。在南京和成都激起的一些浪花开始淡薄了。但工作,工作,总是可靠的岩石,它不会消失。在工作中也会听到朋友们的声音,而且得到了鼓励和支持。"[2] 尤其是,郑敏与热爱诗歌事业、充满工作热情的唐祈开始频繁的通信,他们互通文坛消息,相互鼓励开展合作。在1982年2月寄给唐祈的一封信中,郑敏写道:"我们的新诗确实必须走自己的路,既不排外,也要有自己的独特性,并且继承自古以来中国人在诗风、命意、境界上的优良传统。"[3] 自1979年开始,郑敏与童儁用英文通信,他们推心置腹,分享阅读文学的体会和改革开放的新气氛,交流读书的喜悦。童儁在信中给郑敏介绍了他的大学同学、复旦大学的莎剧研究学者林同济先生。与学贯中西、亦父亦友的著名建筑师的通信,使郑敏获得了极大的鼓励。1983年童儁去世后,郑敏写诗《沟——悼念T.J老人》:"一天/在巨大的震动中/我徒然伸长我的手臂/却不能抓住他的手/在我的脚下只有/一个无底的深渊。"

此时郑敏年过六旬,按照正常的退休年龄,她可以回家享受天伦之乐。可是对工作与写作执着忘我的她,怀抱一颗被"无边的海洋迷惑着"的"不肯安息的心",比任何时候都期盼自己像年轻人一样跑起来,追回

---

[1] 童蔚:《死亡是最后的艺术——回忆郑敏晚年生活片段》,《诗探索》2023年第2辑,第19~20页。

[2] 童蔚:《死亡是最后的艺术——回忆郑敏晚年生活片段》,《诗探索》2023年第2辑,第19~20页。

[3] 张天佑辑注、唐真校:《"和你通信往往促使我思考和计划"——郑敏致唐祈十一封信》,《新文学史料》2022年第2期,第139页。

那些被耽搁、被荒废的岁月。除了写诗，她还废寝忘食地琢磨如何给学生开课。1977年恢复高考后，她不再满足于只教一些英语语言基础课，而是增加了莎士比亚戏剧、英国浪漫主义诗歌、17世纪玄学诗歌、西方文论等内容。自1981年起，郑敏在北师大外语系（现为外语学院）招收硕士研究生，开设英国文学通读及文学史、现当代英美诗、西方文艺思潮等课程；1986年她开始招收博士研究生，开设当代美国诗歌、中国现当代诗歌、20世纪西方文论、解构主义批评等课程。

在此教研阶段，郑敏悉心研究新批评、结构主义、叙述学等文学理论，以此阐释英美文学戏剧与诗歌，发表了一系列论文，结集为《英美诗歌戏剧研究》（1982），它收录了研究莎士比亚戏剧《李尔王》《恺撒大帝》的两篇文章，其余6篇为英美诗歌研究成果：《意象派诗的创新，局限及对现代派诗的影响》《诗的内在结构——兼论诗和散文的区别》《英美诗创作中的物我关系》《英国浪漫主义大诗人华兹华斯的再评价》《诗的魅力的来源》《探索与寻找——19世纪末到20世纪初英美诗歌的一些变化》。由这些文章的题目不难窥见，此时的郑敏从浪漫主义流派（华兹华斯、雪莱、济慈等）转向了意象派、后期象征主义流派的几位关键诗人：庞德、艾略特、威廉斯等，一直延伸到了美国20世纪50~70年代诗人罗伯特·弗罗斯特（Robert Frost，1874-1963）、"深度意象派"的罗伯特·布莱、詹姆斯·赖特（James Wright，1927-1980）、"垮掉的一代"的艾伦·金斯伯格（Allen Ginsberg，1926-1997，又译阿伦·金斯堡）等，这表明她对英美诗歌流派发展趋势、形形色色的后现代诗歌流派保持着密切的关注，并进行了对比研究。

郑敏在《英美诗歌戏剧研究》的"写在前面"中指出："法国已故学者罗兰·巴特及许多新起的西方结构主义派学者，多从语言学、语法、语义学等角度研究文学在语言方面所包含的结构问题，对此，我的兴趣在于找出诗的结构对于发掘主题思想，抒发感情，以及引导读者领悟真理等方面的关系。"[1] 通过探索英美诗歌流派的演变轨迹与内在逻辑，郑敏反观新诗的发展脉络与当下的突破，并在个人的写作实践中寻觅恰当的表达方

---

[1] 郑敏：《英美诗歌戏剧研究》，北京师范大学出版社，1982，第2页。

式。以其哲学思辨与诗歌敏感性，郑敏运用新批评、结构主义、叙述学、解构主义等多种文学理论，对英美诗歌的结构、意象、心理时空、物我关系、文体风格等进行了文本细读与分析归纳："从歌颂人文主义的个人英雄、到怀疑否定个人的作用，又回到重视个人的力量是美国诗歌从19世纪末到今天所走过的道路。……每个民族，每个国家的文学发展都有自己的特色，看看别人的历史是会启发我们去考虑和理解自己的经验的。有一条也许是世界文学的共同点，这就是随着历史前进，文学也必然要突破原有的情况，相应地发展和变化。"① 郑敏意识到当代诗歌应与时俱进，不断变革。

70年代末80年代初，当归来者恢复写作之时，朦胧诗正异军突起，伤痕文学、反思文学、寻根文学也蔚为壮观，此时文坛很需要文学理论、创作观念上的突破。郑敏感到新诗与西方隔绝近三十年后，无论在创作观念、思维方式还是艺术技巧、语言表达等方面都远远滞后，需要创新。于是她透过西方文学的"他者"，反观自我，以此突破假浪漫主义或伪现实主义等的僵化模式。作为老一辈的归来者，她一方面重返现代主义起点——20世纪40年代以庞德、艾略特、里尔克、冯至、卞之琳为代表的现代主义诗歌道路，另一方面又立足80年代的地平线，迅速研究、吸纳与转化50—70年代的西方后现代诗歌成果，力图在古典诗与外国诗、现代诗与当代（后现代）诗之间寻找兼容并蓄、融汇创新之道。

第四节　迂回中的复归（1985-2022）

"迂回"（detour）是一种绕道而行的出走或游离，旨在"复归"（return），重新认识自我与他者、个性与传统、东方与西方的复杂关联，确立自身的文化身份（identity）。"他者"（the other）与"自我"（self）是相对、相反又相辅的存在，我们之所以需要"他者"，是为了更好地认知"自我"。法国哲学家、汉学家于连（F. Jullien）把这种通过借用他者而返

---

① 郑敏：《探索与寻找——19世纪末到20世纪初英美诗歌的一些变化》，载《英美诗歌戏剧研究》，北京师范大学出版社，1982，第104~105页。

结构-解构之维：郑敏的诗歌与诗学

回自身的思考路径，总结为"迂回与进入"："这在遥远国度进行的意义微妙性的旅行促使我们回溯到我们自己的思想。"① 因此，从遥远"他者"的思想旅行中能够获取观照自我的镜像，这种从统一、中心秩序中逃逸出来的能量充满着解构的离散的痕迹。

在与海外隔绝了近三十年后，异域空间的旅行与移位、"迂回"与"复归"的跨文化之旅，成为晚年郑敏思维、心灵、意识与创作风格蜕变或转型的催化剂。借助"他者之镜"中的镜像折射、自我观察与比较文化视角，诗人从现代主义逐渐向后现代主义艰难地转型，她找到那个长期备受压抑的爱丽丝——本真自我，试图寻回以本土文化为根基的自我身份认同——东方之魂。

一 启航：异国他乡的跨文化之旅

郑敏与美国的关系十分密切，这个充满活力与创新精神的年轻国家成为她生命中的重要驿站。首先是1948~1955年，郑敏在布朗大学攻读英国文学的硕士学位，结婚后随丈夫在纽约定居，这一段异国求学与生活的经历奠定了她在西方哲学、文学与艺术方面的人文根基，使她具备国际视野与跨文化交往的能力。1978年的改革开放为对外交流带来了契机，郑敏有机会多次出国访问、教学或探亲访友，再次"充电"。光阴虽把一个妙龄少女变为两鬓白丝的长者，但她像一块被抛入太平洋的海绵，不断敞开，以来自他者（歧异）的能量挑战禁锢冰冻的自我，这是一个既痛苦又兴奋的过程。1985~1986年，她在加州大学圣地亚哥分校（University of California, San Diego）（也译为加州大学圣迭戈分校）、明尼苏达大学双城分校（University of Minnesota, Twin Cities）接触到美国后现代诗歌和解构批评思潮，打开了思维与创作的新视域。由于儿子童朗在美留学工作，她又多次赴美，于1995年9~10月在巴尔的摩、波士顿等地探亲访友；1999年7~11月在伊萨卡（Ithaca）居住3个多月，探望在康奈尔大学工作的儿子一家。郑敏于1984年、1986年、1994年多次赴欧，参加在荷兰（鹿特丹）

---

① 〔法〕弗朗索瓦·于连：《迂回与进入》，杜小真译，生活·读书·新知三联书店，1998，前言第3~4页。

举办的"国际诗歌节"(Poetry International Festival Rotterdam)及世界作家会议。[①] 1991年9~10月，郑敏应斯德哥尔摩大学东方系的邀请，访问了瑞典、挪威、丹麦等北欧国家，与瑞典汉学家马悦然（Göran Malmqvist, 1924-2019）交流。诗人在国外写下了一系列异域题材和具有实验风格的诗歌。每一次跨国之旅，或多或少会在郑敏的诗学与诗歌写作中留下踪迹。

具体而言，1985年9~12月，应加州大学圣地亚哥分校人文学院的华裔学者、著名诗人叶维廉（Wai-lim Yip, 1937-）的邀请，郑敏作为访问教授，开设英文课程"中国现代诗歌"。她自己也有机会"恶补"，在图书馆和书店如饥似渴地阅读各种书籍，了解二战后丰富多彩的西方文化，尤其是极富实验精神、流派众多的后现代诗歌令之豁然开朗："美国当代诗歌使我意识到自己尚拥有一片受忽视受压迫的沃土。我们的写作习惯于由预设的逻辑程序控制思路和情绪。如何能让月亮那不朝向地球的另一面——无意识——也能参加写作呢？这是一个无法说清的问题。写作的艺术正在于能使意识接受无意识的暗示和冲动，对于一般作者这是可遇而不可求的，因为每一个来自意识的干预都会使无意识更深更远地逃避开。但纯粹的无意识写作也同样不可能。意识与无意识的对话如何能为作者所窃听是写作艺术转换的关键。"[②] 郑敏认识到以弗洛伊德为代表的精神分析理论提出的"无意识"是开启诗歌创新之门的一把钥匙，美国当代诗歌的多元实践更是有目可见的范本。郑敏为之着迷，于是深入探究其内在动因。

1986年2~6月，作为"中国最佳十位学者"之一，应美国科学院对华学术交流委员会（CSCPPC）的邀请，郑敏再次赴美，访问了哥伦比亚大学、明尼苏达大学双城分校等高校。[③] 哥伦比亚大学位于纽约，这是郑

[①] 荷兰鹿特丹"国际诗歌节"：1970年由荷兰作家马丁·莫伊（Martin Mooij）创办，该诗歌节享有"世界三大文学盛会"和"头号国际诗歌节"之美誉，主要邀请在荷兰尚不为人所知的外国诗人。1984年，贺祥麟是应邀参加的第一位中国学者与诗人；1985年参加的诗人有郑敏、北岛。多多在1989年参加鹿特丹"国际诗歌节"后，长期侨居荷兰。此外，何晓林、马高明、舒婷、顾城、杨炼、芒克、西川、王家新、翟永明、于坚、张枣、孙文波、肖开愚、童蔚、伊沙、车前子、颜峻等也参与过该诗歌节。

[②] 郑敏：《郑敏诗集（1979-1999）》，人民文学出版社，2000，序第2~3页。

[③] 郑敏在其论著中将访问的明尼苏达大学（明尼阿波利斯）写为明尼苏达州立大学，笔者统一修正为明尼苏达大学双城分校。

敏留学时曾居住多年的大都市，充满着繁华与丰富、忙碌与喧嚣。相比之下，她更喜欢明尼苏达大学双城分校。这所建于1851年的公立常青藤大学位于"双子城"明尼阿波利斯市-圣保罗市，以密西西比河为界，分为东岸和西岸。郑敏在此地见到了心仪已久的"深度意象派"（Deep Imagism，又称"新超现实主义"）主将罗伯特·布莱。他出版了包括中国古诗在内的三十多本译诗集，创作了近二十本诗集，代表作有《雪地里的宁静》（Silence in the Snowy Fields）（1962）。在艺术实践上，布莱受到西班牙超现实主义诗人洛尔卡（F. G. Lorca, 1898-1936）、奥地利诗人特拉克尔（Georg Trakl, 1887-1914）、智利诗人聂鲁达（Pablo Neruda, 1904-1973）等非英语诗歌传统的影响，译介了中国、西班牙、拉美、奥地利、北欧等诗歌，以此摆脱艾略特-庞德式的现代主义学院派过度理性的规定钳制，主张跳出事务性的、功利的角度来观察发展中的事物，穿透表面现象描写真实的内心世界，意象富有灵动性和梦幻感，这给当代诗坛带来新的活力和源泉。

与以庞德为代表的"意象派"不同的一点是，"深度意象派"吸收了"超现实主义"的自动写作与"无意识"想象力，把幻想（而非意识中）的意象作为诗歌写作的焦点，"通过对无意识的开掘，使得想象的跳跃和比喻的转换成为可能，使意象从心灵深层跃起"，是"对50年代新批评派智性诗或新形式主义诗的一种逆反"[1]。布莱认为庞德的"意象"是"湿漉漉黑色树枝上的花瓣"，而他主张"深度意象"是"湿而深的吉他琴路上的死亡"；"确信诗的力量存在于下意识的主观意象之中，它们来自意识的深处"[2]，诗人应该在意识与无意识之间找到一种"隐秘的联系"，使得意象之间的转换、跳跃自然而流畅。对于布莱的诗歌，郑敏并不陌生，她在1984年第5期《世界文学》上就译介了勃莱（当时使用的译名）的7首诗、3首散文诗及诗论《寻找美国的诗神》。与布莱的直面交流，带给郑敏以极大的欣喜（虽然布莱比她年轻6岁）。在明尼苏达大学演讲厅，她体验了其亲授的无意识"催眠"法：

他在课堂上让每位听众在毫无思想准备的情况下看入自己内心深

---

[1] 张子清：《二十世纪美国诗歌史》，吉林教育出版社，1995，第728页。
[2] 袁可嘉：《欧美现代十大流派诗选》，上海文艺出版社，1991，第746页。

处，寻找那曾经是自己童年的象征的小女孩或小男孩。他深信这个童年如今虽然已深埋在无意识中，但仍对今后的道路有着深刻的影响。我突然看见一个小女孩，她非常宁静、安谧，好像有一层保护膜罩在她的身上，任何风雨也不能伤害她，她就是我的爱丽丝。这保护罩是什么？我回答不出。也许是诗，是哲学，是我的先祖在我的血液里留给我的文化。从此我知道她就是我的生命的化身。①

自1979~1985年第二度写作开始，郑敏意识到传统的现实主义或现代主义诗歌模式已经过时，也意识到新诗所固守的清规戒律限制了诗的能量的发挥，但她一直徘徊不定，找不到解决的方案，面临着走入死胡同的危机，布莱的诗歌理念与艺术创新如同禅宗"棒喝"，让她领悟："诗歌是一种可能性，也就是说，即使所有的诗歌都是有规范的，那么也有很多种规范，正如同感受的形式也是多样的。"② 布莱如同一位经验丰富的精神分析大师，其诗歌催眠引导法让郑敏关注到"无意识"不仅是个体的无意识和童年的记忆（"爱丽丝"——本真自我），也是流淌在血液中的文化传统和民族记忆（集体无意识——东方之魂），是一个人与生俱来的坚硬的生命内核和基因。郑敏学会在创作中放弃理性逻辑和外在束缚，去追随一种自发性的、本能原始的、直觉性的思考方式，充分挖掘潜意识里自由接受的意象，注重在无意识领域的情感挖掘。20世纪50~60年代，弗洛伊德和荣格的心理学理论已经在西方文艺界普及，但对于70~80年代的中国学界而言，认识到这一点尚需时日。郑敏幸运地成为80年代先锋思想的探索者之一，这既得益于她良好的哲学底蕴、坚实的世界文学功底和没有阻碍的英语交流能力，更得益于她具有敢于挑战自我、开启新生命旅程的跨文化视角。

郑敏与布莱心有灵犀，因为他们有着诗学交汇点。深度意象派诗人对美国之外的他者文化持有开放的态度，尤其对中国文化、古典诗词的理解和汲取不再停留在庞德时代的异国情调方面，而是深入内在意蕴与审美特

---

① 郑敏：《我的爱丽丝》，载《诗歌与哲学是近邻——结构-解构诗论》，北京大学出版社，1999，第414页。
② Peter Stitt, Frank Graziano, *James Wright: The Heart of the Light*, University of Michigan Press, 1990, pp. 9-10.

质，包括诗人的文化品格、东方的感悟方式、老庄逍遥与禅道灵性等深层次的精神领域。布莱欣赏王维、陶渊明、李白、白居易，"受益于中国诗，尤其是在景色中隐藏深远意境"[①]。这给予置身异国而找寻"东方之魂"的郑敏以极大的触动，她在美国现代与后现代诗歌中反观到中国古典诗歌契合时代的"现代性"，中国文化传统亦成为英美现代诗歌的突破点或创新之源："正是中国诗这个异质因素使得美国现代诗人们在一定程度上认识到了现代西方文化的本质特征及其症候，从而建构出了一种既反浪漫主义又反象征主义的现代诗学，促进了美国诗歌的现代化。"[②] 郑敏观察到美国后现代诗歌非常平民化（不再以精英自居），很少写艾略特式的高贵而严肃的主题，而是在平庸或日常口语化的表达中，对现代文明进行深入骨髓的、反讽式的戏拟与调侃，而中国先锋派（或后现代）诗歌恰恰缺乏这种在平淡庸常中见深刻的历史观与精神深度，反抒情、反诗语、反崇高、写日常、泛散文化的倾向导致了诗歌的肤浅与精神天地的狭小。

此时访美的郑敏与她三十年前作为留学生的窘迫与卑微不可同日而语，其身份是中国著名诗人、教授和高级访问学者，她受到了美国学者、诗人和读者的热烈欢迎和尊重，被邀请参与各种学术活动和诗歌朗诵会，心情舒畅，活力四射，赢得了多种声誉。郑敏被聘为明尼苏达大学人文学院的名誉研究员；在加州参加了旧金山湾区圣何塞（San Jose）市举办的诗歌朗诵会，还获得了该市"名誉市民"（Honorary Citizen）的称号。同样，与美国学者、哲学家、著名诗人或文学爱好者的密切交往，让郑敏开阔了眼界，深度参与到美国的文学活动之中，尤其是与叶维廉、布莱等诗人的相遇相交，增强了她的自信心，她力图"寻找中国的诗神"，其诗歌创作风格也悄然发生了突围和变异，从前期里尔克-艾略特式的带有古典色彩的现代主义风格中摆脱出来，转向了威廉斯-布莱式的后现代主义诗歌传统，比较关注创作中的"无意识"和"开放的形式"，从梦、存在之不存在、无与空、禅意玄学、黑暗幽深（心象）、生命境界等主题或意象角度呈现不同于前期的哲学思辨与东方悟性。

异国他乡和异文化成为诗人眺望世界、回顾历史的窗口。通过"他

---

① 赵毅衡：《诗神远游：中国如何改变了美国现代诗》，四川人民出版社，1985，第60页。
② 杨乃乔主编《比较文学概论》，北京大学出版社，2002，第250页。

者"发现自我,郑敏经由研究以庞德、布莱为代表的美国现代诗人之路而反观、反思中国新诗,对胡适、陈独秀等新诗倡导者对古典诗歌传统的态度持批评观:"这就迫使我们必须在近百年的隔绝后,再一次打开通向自己汉诗艺术传统的大门和幽径,舍此我们的新诗将永远是一个流浪儿,一个寄生在他者文化外壳下的寄生蟹,无源之水,无根之木,如何能生长出硕果,如何能涌出汩汩泉水。"① 基于此种思考,晚年郑敏越来越"复归"古典传统,频繁"回"看历史,探寻新诗向古诗学习之路径,包括简而不竭、曲而不妄、音乐性、意象性、对偶、道、境界等。这种不断穿梭在中与西、今与古之间的文化姿态,显示出郑敏不断追求创新的诗人气质:既新(先锋)又古(传统);既开放又"迂回";既是解构式的也是结构式的不断往复循环,螺旋向上。

二 偶遇:与德里达的直面切磋

1986年2~6月,郑敏在明尼苏达大学访问期间的另一个惊喜收获是与解构主义哲学家德里达的相遇。当时她参加了该校举办的一场关于解构主义对康德第三批判的讨论会,现场聆听了德里达及其他学者的报告。在这次会后,她与德里达进行了交谈:"我问德里达在全力以赴的解构之后,他有没有考虑文化建设问题。……当时德里达的回答是,眼前只能解构,因为这个过程还远远没有完成。至于未来可能要建设,只是今天还没有任何人能完全摆脱旧的思维来想象如何建设,因此那是未来的人的任务。"②

在访美之前的20世纪80年代初,郑敏已通过阅读英文书籍初步接触到解构思想,并被其吸引。在写于1983年8月的文章《美国当代诗与写现实》中,她提及:"借用法国后结构主义者雅克·德里达(Jacques Derrida)的说法,可以说当代美国诗学是解体性(deconstruction)的,因为它反对形而上学的哲学体系,反对以传统伦理道德为诗的主题中心,反对传统的关于语言

---

① 郑敏:《试论汉诗的某些传统艺术特点——新诗能向古典诗歌学些什么?》,载《诗歌与哲学是近邻——结构-解构诗论》,北京大学出版社,1999,第362页。
② 郑敏:《解构主义与文学批评》,载《结构-解构视角:语言·文化·评论》,清华大学出版社,1998,第19~20页。

与思维的关系，反对封闭的诗的形式，等等。"① 在此，郑敏运用德里达的 deconstruction（当时的中译文为"解体性"）思想阐释美国后现代诗歌的特质。如果考虑到80年代初大部分中国学者或作家还停留在结构主义的思维模式与知识体系之中，甚至就朦胧诗语言晦涩、意象跳跃等文学问题争论不休或打压新生力量的情形，我们就会惊讶郑敏已逐渐迈出庞德-艾略特式的现代主义模式，意识到威廉斯-奥尔森式的后现代主义正在崛起："对美国当代诗人来说，这是一个反建设的时代，他们要继艾略特之后，进一步摧毁西方文学哲学传统。他们相信，像威廉斯所说：破坏与建设是并存的。"② 也正是力图突破二元对立的传统结构主义认知模式的内在冲动，让郑敏密切关注西方后现代哲学与诗学、诗歌创作之间的互渗互动关系。

与德里达的交流对郑敏产生的影响是持久而深远的，她在势如破竹的"解构"力量的激发下，获得了想象力的释放以及一种新的诗歌表达方式："美国当代诗的变异使我于1986年后很自然地从后现代诗学走向了后现代的理论核心：解构主义。从那里我找到了自己当前诗歌写作的诗歌语言，结束了40年代的带有古典后现代主义色彩的里尔克式的诗歌语言。"③ 从此，郑敏更深入地研读德里达的著作，用之反观、批评中国现代诗学和新诗发展中的种种积弊。最明显的证据是，自1986年后，德里达的名字以及解构诗学的各种术语、观点成为郑敏思考、建构"结构-解构诗学"（Structural-Deconstructive Poetics）的哲学基石，在其诗歌与批评中留下了无所不在的印记。一方面，郑敏以明晰易懂的学术方式引介、传播德里达的解构理论及其要义、"耶鲁解构派"的文学批评方法；另一方面，她又自觉而灵活地挥舞着"解构之矛"，梳理、破解、拆除新诗（以及现代文学）在思维认知（二元对立、你死我活的斗争话语）、语言观（五四以来激进的白话文运动）、表达方式（一元的、绝对的摹仿论）等方面的僵化与压制模式，诊断近百年来我们在语言、文化、诗歌、文字改革、教育等方面的各种弊端，从结构-解构视角重审传统，修正各种偏颇过激之处，

---

① 郑敏：《代序：美国当代诗与写现实》，载郑敏编译《美国当代诗选》，湖南人民出版社，1987，第17页。
② 郑敏：《代序：美国当代诗与写现实》，载郑敏编译《美国当代诗选》，湖南人民出版社，1987，第17页。
③ 郑敏：《郑敏诗集·序》，人民文学出版社，2000，第14页。

重建文化身份与文化自信。自20世纪90年代以来，她连续发表了《解构主义与文学批评》《解构思维与文化传统》《汉字与解构阅读》《20世纪围绕语言之争：结构与解构》《20世纪祖国大陆文学评论与西方解构思维的撞击》《保罗·迪曼的解构观与影片〈红高粱〉》等论文，并结集为《结构-解构视角：语言·文化·评论》（清华大学出版社，1998）。由此书名可窥探郑敏对于解构理论的阅读与融化，她自认为"解构理论如同一个辐射轴散射在各篇论文中，使得貌似散在的诸篇论文获得一个潜在的完整的内在联系"[1]。因此，郑敏也被视为中国批评界的"保罗·迪曼"。此外，郑敏率先在北京师范大学为硕士生、博士生开设西方现代文论、解构主义批评理论等前沿课程。其博士生的论文选题几乎都与解构主义研究有关，她培养了一批该专业领域的优秀学者，如北京师范大学外文学院的章燕教授、中国社会科学院外文所副研究员和《外国文学评论》副编审萧莎、重庆大学外国语学院的李永毅教授等。

在一个全球化的世界文学时代，这种来自异域的"他者"文学影响力无所不在。周宪认为："不妨把跨文化研究看作是一种不断在自我和他者文化间的往返运动……交互参照和反观越是频繁，所看到的东西也就越具有'跨'文化性质。"[2] 空间地理上的跨国旅行与国际学者的跨文化交流，让郑敏迅速脱离了既定的结构主义轨道，击碎了曾经被圈囿的自我之硬壳。与叶维廉、布莱、阿什贝利（John Ashbery）、德里达、汉乐逸、马悦然等诗哲和汉学家的相遇及跨语际交往，打开了郑敏意识中封闭僵化的闸门，随之而来的则是不可阻挡的情感激流，被长期压制的创作冲动得以释放。多次置身美国的郑敏灵感迸发，在圣地亚哥写组诗《我的东方灵魂》9首（1985），完成论文《美国当代诗与写现实》。1995年9~10月，郑敏到波士顿探亲，与多年不见的儿子童朗短聚。看见美国紧张的都市生活，儿子争分夺秒的教学科研工作，她深感人生漂流不能自主，充满了生离死别的无奈之感，写下了《母亲没有说出来的话》《不是〈哀悼耶稣〉》《孙闻森在美半岁，寄诗》等追忆、离别、祝福的诗歌，是诗人作为母亲、

---

[1] 郑敏：《前言：从结构观走向解构观的必然性》，载《结构-解构视角：语言·文化·评论》，清华大学出版社，1998，第8页。

[2] 周宪：《跨文化研究：方法与观念》，《学术研究》2011年第4期，第127~133页。

祖母的感慨与柔情之记忆。《诗与形组诗》（实验的诗）则是让诗有画的形象、使用古典绝句形式写下的短诗，是现代汉语与古典汉语混合的图形诗。例如，为儿子写下的《1995.9.16朗33岁诞辰赠诗》，排列形状类似一个朝前飞去的箭头，寄托了母子分离、母爱似箭之情。《两棵树》的诗行版式排列为两棵不同的树形；《秋天的街景》写到雨丝，诗行排列为淅淅沥沥、断断续续的五个三角模块，好似从天而降的雨水。这些实验诗体现了诗人开拓现代汉诗的新形式、图像与视觉化的尝试。1999年7~11月，郑敏在儿子工作的康奈尔大学所在地伊萨卡探亲，写下了《伊萨卡日记》（组诗8首）、《距离与别离套曲》（组诗8首）等记述伊萨卡秋景、母子关系、相聚与别离主题的系列诗歌。此外，郑敏多次前往欧洲，参与在荷兰鹿特丹举办的国际诗歌节或其他国际会议，流连忘返于异国都市的博物馆、画廊、街道与人流，写下《不再存在的存在》（包括组诗4首《梵高的画船不在了》《两把空了的椅子——一幅当代荷兰画》《手和头，鹿特丹街心的无头雕像》《成熟的寂寞》）。这些"异域诗"记录了行走者郑敏丰富的内心体验与开放流动的生命足迹。

可见，频繁的出国交流、跨文化之旅开阔了郑敏的国际视野和比较视域。她有机会不断地丰富与积蓄生命能量。通过对异国文化的体悟与审察，她运用"迂回"曲折的他者之镜重新发现自我、个性与文化身份，从思维方式、语言认知和情感体验等方面自觉转型：从二元对立的单一的结构式思维转向了非二元对立的多元包容的解构式思维；从现代主义迈向了后现代主义的中国当代诗歌的创新之路。与同时代年龄相近的诗人或学者相比，郑敏对现代诗歌的感受力与批评力愈显敏锐、深邃而先锋，她没有故步自封，也没有停下来享受安逸舒适的晚年生活，而是不断地实现自我蜕变与自我更新，正因为如此，她才能够成为诗坛与批评界永葆青春的"常青藤"。

三 结缘：与香港诗友的密切合作

1990年10月，应好友叶维廉的再次邀请，郑敏赴香港中文大学讲授"中国新诗史"。东方明珠香港是一个充满魅力和生机勃勃的国际大都市，由于地理位置毗邻广州、深圳等，它也成为中西文化的交汇地。对内地作家来说，香港具有特别的吸引力，一方面，其国际文化氛围浓厚，相对自由、开放和包容，内地作家的作品可以借由香港快速地传播到海外；另一方面，从地理和语言文化角度说，内地作家和学者更方便赴港交流，彼此很快建立起密切的合作关系。

中国现代主义诗歌在香港得到了比较多的关注与青睐，一些出版社、国际性期刊也为20世纪80年代初复出的九叶诗人发表新作提供了良好的机遇与平台。① 郑敏作为德高望重的前辈女诗人，在香港文学界获得了特别的瞩目和较高的评价。钟玲将郑敏与冰心、白薇、林泠等女作家相提并论，在《灵敏的感触——评郑敏的诗》中评论："她诗中感触的空间和层次，不是静态的，也非用于平铺直叙的方式表达，而是倏然的、跃动的，常有意想不到的转折，带着读者跃入一个全新的境界。"② 陈德锦发表《折叶看脉纹——论〈九叶集〉里郑敏的诗》，认为郑敏是"有个人的创作风格，独抒己意的诗歌者"；同时他也提出其早期诗存在"先有基本概念而再赋以形象描述"、"思想深度不够而流于清浅浮滑"等不足之处。③

郑敏与香港诗人也斯（本名梁秉钧，1948~2013，曾任香港岭南大学中文系主任）的跨代友谊成为一段佳话。1991年7月，郑敏的第四本诗集《早晨，我在雨里采花》（繁体版）由位于香港的突破出版社推出，作为也斯主编的《各方文集》之一。封面由香港装帧设计者梁以瑚精心设计——一位少女置身于花团锦簇的印象派画的色彩中，充满朦胧之美。这本诗集囊括了郑敏1943~1990年写作的73首诗，包括5卷，卷一"金黄的稻束"，选了《诗集1942-1947》中的14首；卷二"心中的声音"，选录内地未刊诗稿10首；卷三"诗呵，我又找到了你"（1979~1989）选录《寻觅集》和《心象》诗16首；卷四"幽香的话"选录1989~1991年未发表的14首诗；卷五"诗人与死"首次选录写于1990年的《组诗十九首》，这

---

① 1984年11月，在美国学者木令耆的帮助下，《八叶集》由香港三联书店、美国《秋水》杂志联合出版，这是继《九叶集》后八位"九叶"诗人（杭约赫除外）在新时期发表的诗歌合集，选录郑敏写于1979~1981年的22首诗。
② 钟玲：《灵敏的感触——评郑敏的诗》，载《八方》（香港）1980年9月"文艺丛刊"第3辑，参见钟玲《文学评论集》，台湾时报文化出版公司，1984，第142页。
③ 陈德锦：《折叶看脉纹——论〈九叶集〉里郑敏的诗》，载《诗风》（香港）1982年第11卷第4期，转引自曾立平《郑敏研究述评》，《中国文学研究》2005年第2期，第110~112页。

首十四行组诗直到 1994 年才在《人民文学》发表。也斯为郑敏的这本诗集写序《沉重的抒情诗——谈郑敏诗的艺术》，他指出郑敏这一代诗人发展出与前辈诗人不同的抒情诗风格："这一种抒情诗要求感情的节制，融入哲理的反省，要在题材上不落俗套，尤其要以更敏锐的观察、更专注的检视，代替伤感的倾诉。"① 这种风格既不同于以徐志摩为代表的浪漫诗，也不同于以冰心为代表的显露而简浅的哲理或抒情小诗，而是以里尔克式的凝练与深度代替了感情的流泻与抒情。在也斯看来，"如果说画是代表纯粹的视觉，音乐是叙事和言语的动作，郑敏的抒情诗实在是两者的结合。"② 应该说，也斯对郑敏诗歌的评价很中肯准确，也是他向前辈诗人的致敬。

1990 年 10 月 8 日，郑敏应邀到香港中文大学讲学，这个被浩瀚大海包围的喧闹多彩的都市激发了她的灵感，写下了几首与大海、沙田风景有关的诗，如《海底的石像》《有什么能隔开》《黎明》《片刻》《雨后的马鞍山》等。诗人记录了马鞍山烟雨迷离与云雾缥缈的独特风景："几天烟雨、迷雾/消散了。云团、云片/长着长长短短的脚/从马鞍背后爬上来/一步、一团、一片在行走/征服着山的高昂。"透过外在的观景，诗人寄寓的却是解构式的哲思："若没有云的否定/哪里有山的苍葱？""若没有云的嬉戏/哪里有山的凝聚？"在此，不断流动、飘逸嬉戏的云之"否定"映衬高耸挺拔的马鞍山更加苍葱高昂。

此时的郑敏在专心研读德里达的几本专著，她有意识地将解构批评用于学术研究与诗歌创作中，并与香港学者和作家交流了自己对中西文化和文史哲的思考。她发表了《知其不可而为之：德里达寻找自由》一文，从"知"的角度，比较了德里达与庄子这两位不同的自由探索者，他们代表了 20 世纪西方文化与中国古典文化的同与异。1990 年 12 月 1 日，郑敏参加了香港中文大学的一个文学史研讨会，发言题为"两种文学史观：玄学的和解构的"，提出了两种文学史观：一种是传统的向心的玄学（结构）文学史观，另一种是离心的非中心的解构文学史观。虽然郑敏认可前一种玄学文学史观

---

① 也斯：《沉重的抒情诗——谈郑敏诗的艺术·序》，载郑敏《早晨，我在雨里采花》，香港：突破出版社，1991，第 9 页。
② 也斯：《沉重的抒情诗——谈郑敏诗的艺术》，载郑敏《早晨，我在雨里采花》，香港：突破出版社，1991，第 12 页。

具有存在的功能和意义,但她更倾向于后一种解构文学史观,即由传统踪迹而汇集的一部新的文学史,这将开辟文学历史阐释的新天地:"我们能对这种文本间、文史间、文学与人之间的踪迹作出一些阐释,找出一些内在关联,我们就能写成某一种文学史,而且是透过现象外层的文学史。"① 郑敏提出的这种开放而流动的文学史观让我们获得了一个新的视角,重新认清、评价现代文学史走过的曲折道路,为当代文学的健康发展提供可资借鉴的图景。

四 跨学科视域:诗歌与哲学是近邻

郑敏特别喜欢海德格尔的话"诗歌与哲学是近邻",甚至以之为自己的一部著作命名,这与她当年就读西南联大哲学系有着密切的关系。东西方哲学和比较文化扩大了她对文学艺术的理解,奠定了她观察世界、书写心灵的超越性视野。柏拉图的哲学为她不断探索人生、生死、理想提供了一个视角。康德哲学关于物自身的分析有助于她从内在本质思考问题。德里达的解构主义建立在对西方形而上学的反思基础之上,破除了那种一元、一个中心、永恒不变的存在的理念,肯定了宇宙的多元性和万物的差异存在,将二元对抗转化为二元互补。它所主张的"无"生万有的思维与老子关于"道"的宇宙观及阴阳相互转换的理论有相通之处。老庄和魏晋玄学提供了不同于西方哲学与诗学传统的一种活泼泼的自如境界。

郑敏对于诗歌与哲学(以及音乐、绘画等)的跨学科关联有着深刻的感悟:"诗是高高枝头上的桃子,充满鲜活的生命的果汁。哲理是那深埋在黑土里潮湿的地气,矿物质,甚至人肥。从哲理到诗,一段不可预测、无从计量、无限曲折的变化历程。它包括人的无意识,社会的无意识,民族的无意识,诗人的无意识,读者的无意识。无意识才是那只写诗的手;意识,逻辑在无意识的邀请下建设了精美的天梯,从那上面缪斯徐徐步入人寰。"② "无意识"为盛开在哲学沃土之上的诗歌之花提供了丰富的养料。正是以哲学为根基的美学想象赋予郑敏诗歌长久的生命力,使得她不断地超越自我、

---

① 郑敏:《两种文学史观:玄学的和解构的》,发表在《二十一世纪》1991年第3期,载《结构-解构视角:语言·文化·评论》,清华大学出版社,1998,第54页。
② 郑敏:《诗、哲理和我》,载《思维·文化·诗学》,河南教育出版社,2004,第1页。

时代、社会、历史的各种阻碍，坚持不懈地向未知的艺术领域开拓。诗歌创作涉及悟性、知性和感性间的关系，从感性出发，又寓知性与悟性于感性，是创作历程的完成。20世纪40年代的郑敏置身现代主义潮流中，其知性来自德国哲学和西方文学对她的影响，较多沿袭了以歌德为代表的西方浪漫主义和以里尔克为代表的现代主义路向，包含理想主义和人文主义情怀，诗歌意蕴明确，非常有悟性，但感性略显不足。郑敏经历了三十多年的沉默，随之而来的是70年代末改革开放、各种后现代主义思潮的冲击以及高科技与商品大潮下全球生态环境的恶化，其知性和悟性由结构主义的确定性与一元性转向了后现代（解构主义）的开放性与多元性，感性变得"有血有肉"，无意识、不存在的存在、道与境界、刚柔相济、自由嬉戏构成其诗歌更为深邃而充满生机的魅力。

索绪尔、海德格尔和德里达的语言哲学促使郑敏进一步探寻神秘的无意识"黑洞"中的深渊："这种走向无意识的语言结构的理论动向被称为'语言转折'（linguistic turn）。它促使诗人及其他作家在60年代后进入无意识的开拓时代。作家纷纷将他的敏感的触须调向这个心灵黑洞，它时时爆发它的黑子，它是人们心灵中的黑太阳，包含着极大的原始能量，诗人们实验着在诗里捕捉它的辐射，揭开尚未开发的人的深层意识。"[①] 郑敏及时跟上了这个时代的语言学与心理学的转向，把诗歌触须伸展到记忆与想象的无意识深渊，寻找童年时代的"爱丽丝"："寻找另一条小径，另一个新的果园。果园总是隐藏在无意识的黑郁的原始森林中。……诗之果长在陌生的园子里，你要悄悄地、独自地寻找它。"[②] 郑敏在诗歌的果园里探索，越挖越深，力图让个人无意识抵达民族集体无意识的深层——千年悠久、黑郁茂盛的中国文化之原始森林，"从深深的黑色的海底，捕捉到我自己和历史的映像"[③]。如同果子随时间而成熟，她对于古典传统的认知与呼唤才会越来越强烈："传统是一种不断生长的秩序，爱护传统就是爱护一个民族心灵的创造，

[①] 郑敏：《天外的召唤和深渊的探险》，载《诗歌与哲学是近邻——结构-解构诗论》，北京大学出版社，1999，第411页。

[②] 郑敏：《我的爱丽丝》，载《诗歌与哲学是近邻——结构-解构诗论》，北京大学出版社，1999，第414~415页。

[③] 郑敏：《天外的召唤和深渊的探险》，载《诗歌与哲学是近邻——结构-解构诗论》，北京大学出版社，1999，第412页。

只有让这种创造不断地在时空中自我调整和延续才能不使先人几千年的创造毁于我们之手。"①

越来越多的研究者注意到深受欧美文化与西方文学影响的另一个郑敏：为"传统性"与"古典性"所萦绕、所浸染的晚年思索者，无疑是更为"立体而多面"的郑敏。罗振亚指出："如果说对西方诗歌的开放使郑敏拥有了世界性的视野，能够贴近全球的先进艺术水准；传统诗歌的制约则使她逐渐摆脱对西方的效仿，走上了一条自觉的创造道路，西方诗歌与传统诗歌在郑敏那里是相生相克、互为辅佐的。"②透过"他者之镜"，郑敏愈加回溯与生俱来的中国文化基因和心灵中的集体无意识，它是基于感性、直觉的一种东方式的生命哲学而非抽象化、理论化的西方分析哲学。正如她在《根》中所写："根从很远处伸来/走过了几千年的地下通道"；"我用带血的手指/画着辟邪的符号/我知道我挖不了它/它是我们的坟墓的母亲。"在诗人看来，这棵参天大树是悠久深厚的五千年华夏文化，是养育了我们的土地母亲，是汉语言文化生生不息的种子和源泉。从比较诗学的模式论来看，"文化及其产生的美感感受并不因为外来的'模子'而消失，许多时候，作者们在表面上是接受了外来的形式、题材、思想，但下意识中传统的美感范畴仍然左右着他对外来'模子'的取舍"③。显然，以道家为根柢的中国古典美感范畴与汉语母语思维方式，构成中国文人的精神皈依，也是现代中国人绕不过去的无意识文化遗产。晚年郑敏不无忧虑地看到，新诗在一味反传统、向西方学习的道路上，抛弃了古典诗的意象、境界、神思、言外之意等优秀传统，而以庞德、布莱、赖特、施奈德为代表的 20 世纪美国现代诗歌却有意识地、创造性地吸收了中国古典诗歌的长处，如诗化意境、跳跃联想、用典与暗喻的艺术方式。如此，现代新诗移植西方诗艺并融化中国古典诗艺的做法就是合情合理之举。

郑敏的诗歌觉醒与诗学转型得益于解构哲学与中国古典哲学的古今激发，以及两者之间的互证与互补："中国人讲境界，要跳出事物的表面，

---

① 郑敏：《新诗与传统》，载《思维·文化·诗学》，河南教育出版社，2004，第 185~186 页。
② 罗振亚：《借镜西方的另一面——论郑敏 20 世纪 40 年代诗歌的"传统"倾向》，《文艺争鸣》2022 年第 3 期，第 13 页。
③ 叶维廉：《东西方文学中"模子"的应用》，载《寻求跨中西文化的共同文学规律》，北京大学出版社，1986，第 17 页。

找到一个实质。中国人的哲学境界是生命学的，是生命的生长，不是刻意讲哲学，是对于生命的哲思。西洋的哲学，注重客观的解释和对宇宙的看法，西洋哲学家冷静。我希望哲学是带着生命的感觉的哲学。"① 虽然人们以为鱼和熊掌不可兼得，但郑敏却不这么认为，她拥抱的是多元交汇、包罗万象的存在，在《生命之赐》（1995）中写道：

　　诗，我在追求
　　哲学，我在寻觅
　　然而诗与哲学
　　并非鱼与熊掌
　　也许是鱼烹熊掌
　　也许是熊掌烩鱼
　　在一个中有另一个的厚味

诗与哲，是郑敏于无穷天地间寄托身心、安放灵魂的家园。

五　跋涉：百岁诗人的世纪之旅

除了留美回国后在中国科学院工作过一段时间（1955～1960）外，郑敏自1960年后一直在北京师范大学外语系（现外文学院）工作，直至退休，是典型的学院派诗人。她勤奋钻研，成为一代名师；她精神矍铄，在"第二个春天"再度焕发蓬勃的创作热情；她勇于突破时代与思维的禁锢，提出了融汇道家思想的"结构-解构诗学"；她试图融汇古今东西方文化，在后现代的"延异"与古典的"道"之间进行创造性的对话与贯通。

与其他八位"九叶"诗人相比，郑敏是一个被命运女神庇护的幸运儿。虽然她也经历了风霜雨雪，在无法写作的三十年中保持沉默，但她具有处事不惊、洞察世情、保全自我的睿智或机巧，隐忍低调，甘居边缘，而在机会到来之际，则善于审时度势，不懈进取，在创作上再创辉煌。

---

① 棨木、项健整理《郑敏：跨越世纪的诗哲人生》，载《郑敏文集》（诗歌卷，下），北京师范大学出版社，2012，第788~789页。

第一章 时间之花：郑敏的生平与诗性写作

郑敏童年在优渥开明的环境下成长，本科与研究生都毕业于名校，婚姻家庭美满，福寿双全。丈夫童诗白一直在清华大学电机系工作，是本学科开拓者与带头人，喜奏小提琴曲，爱做家务，体贴能干，为郑敏提供了一个温馨而舒适的生活与写作环境。郑敏也算得上半个"清华人"，她长期居住在清华大学的教师公寓，变化的只是从一栋楼搬到另一栋楼。夫妇二人养育了一双才华出众的儿女童朗与童蔚。童朗追随父亲的理工科足迹，1985 年毕业于清华大学电子工程系，不久赴美国留学；1991 年获诺特丹大学（圣母大学）工科博士学位，随后在斯坦福大学做博士后研究；自 1998 年起在康奈尔大学任教，现为电子与计算机工程学院教授，有一儿一女，即郑敏的孙子童闻森、孙女童闻雯。童蔚遗传了母亲的文学天赋，毕业于某大学中文系，任《中国妇女报》编辑，直至 2010 年退休。童蔚自 20 世纪 80 年代起活跃在当代诗坛，成为朦胧派诗人圈和女性诗歌圈的活跃诗人之一，曾参加荷兰鹿特丹国际诗歌节，出版《马回转头来》（1988）、《嗜梦者的制裁》（2011）、《脑电波灯塔 2011-2015》（2016）等诗集；写诗之余，也从事绘画创作，其子林轩就读首都师范大学艺术系，获美国雪城大学艺术硕士学位，是一位初出茅庐的音乐人。这些家庭背景和个人细节，有助于我们了解郑敏的人生经历与创作之间的关系，例如，她为公公童隽、丈夫童诗白、一双儿女以及孙辈们写下了不少充满关切、温情与慈爱的诗歌，比起宏大的主题和抽象的玄思，这些个人日常生活细节的书写更温馨动人，充满人情味、爱心和童心。

在工作上，郑敏是一个孜孜不倦、勤勉耕耘与探索的学者，充满了好奇与冒险精神，一片赤诚，她性情温柔平和，宁静淡泊，富于同情心与人文关怀。她是一个富有思辨力与敏感性的女性，一个坚持精神独立的诗人和批评家。虽然在人生旅途上她也经历了磨难，却初心不改。面对各种困难，她机智思考，沉潜写作，担负着一个人文知识分子的责任。她曾如此定位自己："我的所有的诗都记载着我在两种教育、两种制度下生活的几十年中的内心情况，我的心态中的阴晴喜怒。也许在将来有人为了了解 20 世纪一个中国知识分子所经历的精神旅行，会有兴趣挖掘一下埋在那表面平易的诗行深处的那些曲折复杂的情思吧。"[①] 中国文坛有郑敏作为百年亲

[①] 郑敏：《闷葫芦之旅》，原刊于《作家》1993 年第 4 期，载《诗歌与哲学是近邻——结构——解构诗论》，北京大学出版社，1999，第 482 页。

历者，何其幸哉！在《记忆的云片——自传（组诗）》（2004）中，郑敏从儿童的智慧、矮墙与矿山、上学、南迁、历史的转折点、告别、年龄七个方面记录了一个世纪的生命轨迹与岁月变迁，在诗歌结尾处，她写道：

> 年龄是生命的泥土
> 我的已经由小小山丘
> 经过长长的造山运动
> 长成峭壁峻岭，直指苍穹
> ……
> 现在我已来到主峰之巅
> 一支支巨石之笔在苍穹
> 上书写人的渺小和伟大
> 一切都消融入宇宙无穷
>
> 沉寂了，我的生命
> 大海的一丝笑意
> "无名"中的"有名"
> 夕阳里山的记忆……

郑敏一个世纪所积累的人生经历与永不止歇的诗哲探索，皆呈现在其紧张思考、真诚感受和追求创新的书写中，为我们留下了一个现代知识女性曲折奋进、坚忍不拔而内蕴丰富的生命记忆。她以诗歌的形式与审美的话语，带着创伤与喜悦、寂寞与博爱行走在大地，翱翔在天空。正如李怡和徐惠的纪念文章所言："郑敏先生以 102 岁的高龄辞世，成为中国新诗史上年龄最大的诗人。只有百岁的先辈才配得上百年的中国新诗，她的存在，本身就是 20 世纪中国新诗的一个符号，一个象征。"[①]

---

① 李怡、徐惠:《"诗"与"思"的合唱——郑敏先生祭》，《文艺争鸣》2022 年第 3 期，第 20 页。

第二章

从现代主义到后现代主义的诗歌转型

现代主义（modernism）与后现代主义（post-modernism）是20世纪出现的最重要的思潮，渗透在哲学、文化与文学艺术中，构成了这个时代令人眼花缭乱的景观。这两者有什么关联？区别何在？总体精神及其基本特征是什么？这些都是学界争论不休的问题。正如我们无法笼统地概括"现代主义"这个错综复杂、自相矛盾的概念，"后现代主义"更是因其"无中心、不确定、零散化、多元性"等特征，无法被确切地定义。"后现代主义在否定共同特征的同时，又试图确立自己的特征：用无中心来充当中心；用不确定来给予确定；用零散化来建构整体。"[1] 或许只有在与"现代主义"的对峙、否定与对比之中，"后现代主义"才能获得比较明确的特质。作为批评家的郑敏对此进行了详细的梳理与概括。为了一目了然，用表2-1呈现。[2]

表 2-1　现代主义与后现代主义之别

序号	现代主义	后现代主义
1	承认超验的本体论，希望通过矛盾斗争达到宗教的哲学的最后和谐	反对超验本体论
2	真理一元，有标准	真理多元，或无结论
3	强调预先设计、控制，有最终目标地开展创作也是这样	认为变是一切，不可能预先设计，事物生生灭灭，永不停止，应当抓住此时此刻此地的现实生活，给予表达

---

[1] 刘象愚等主编《从现代主义到后现代主义》，高等教育出版社，2002，第11页。
[2] 郑敏：《威廉斯与诗歌后现代主义》，载《诗歌与哲学是近邻——结构-解构诗论》，北京大学出版社，1999，第145页。

续表

序号	现代主义	后现代主义
4	认为作家要能自觉地将杂乱的生活现象组织成一个有机的整体,并道出其中的意义	创作不必寻求杂乱现象的统一,更不必将其结构成有机的整体以传达什么固定的意义
5	创作不是自发的、即席的	强调创作要追随多变的想象力的流动,没有预定设想,可以自发地随机创作
6	文字是表达的工具,文学有表现的功能,不怀疑表达会失真	对文字、文学是否能如实地表达作者的意图持怀疑或否定的观点
7	重视事物(包括诗歌)的普遍性、世界性	重视事物(包括诗歌)的特殊性、地域性
8	强调封闭式诗歌形式	强调开放式诗歌形式

值得注意的是,现代主义与后现代主义之间并不是一种"有他没我,有我没他"的二元对立(binary opposition)关系,而是一种你中有我、我中有你、既爱又恨的复杂矛盾(ambivalent)关系。"后现代主义要否定的并不是现代主义的存在,而是它的霸权,不是它的优点,而是它的局限。它欣赏现代化给人们带来的物质和精神的进步,同时又对现代化的负面影响深恶痛绝。这种'既爱又恨'的关系决定了后现代主义对现代主义的否定不是机械的否定,而是某种程度的'辩证否定'。"[①] 如果说,后现代主义以解构的方式拆解了现代主义,那么,它同样以重构的方式吸纳了现代主义的各种踪迹与潜文本,开启了新一轮的理论建构,这也契合郑敏提出的"结构-解构-重构"的诗学逻辑,而她走过的诗歌道路,呈现了从现代主义走向后现代主义,吸纳融化(前现代)古典传统的不断综合、生成的流动轨迹,形成了迥别于当代西方的基于本土化意义的后现代主义,有人称之为"新现代主义"(New Modernism,以台湾诗人纪弦为代表)、"另现代主义"(Other-Modernism)或"别现代主义"(Bie-Modernism,以批评家王建疆为代表),甚至是跨现代主义(Transmodernism,以阿根廷-墨西哥哲学家恩里克·杜塞尔为代表)。这种非西方式的杂糅式与创新性的文化艺术现象值得我们进一步探究。

---

① 〔美〕大卫·雷·格里芬等:《超越解构:建设性后现代哲学的奠基者》,鲍世斌等译,中央编译出版社,2002,第5页。

第二章　从现代主义到后现代主义的诗歌转型

第一节　40年代现代主义诗歌的形塑

新诗是在白话文运动下产生的,在激进的反文言文传统和大规模翻译模仿西方诗歌的过程中孕育成长,逐渐形成了不同于古典诗歌的现代诗歌。在短短的一百年中,它涌现了浪漫主义(创造社、新月派)、象征主义(象征派、现代派)、现实主义(左翼诗歌、七月派、政治抒情诗)、现代主义(九叶派、朦胧派)到后现代主义(后朦胧诗、后新诗潮、后实验诗)等众多流派,各个时期的诗人相互影响或相互对峙,以痛苦撕裂的时代体验和实验性的语言,不懈地探索着20世纪中国走向现代化、全球化的艰难历程,记录了现代中国人在意识、心灵、情感、精神、语言、文体、风格等各个方面的骚动和裂变。郑敏的诗歌创作之路既是这一现代文学历程的继承者,也是它的发展者与反思者,其多重身份与形象值得深入探讨。

一　百年新诗发展的四个阶段

与一般的中国新诗史研究者不同,诗人批评家郑敏主要是从结构－解构的语言观出发,探讨了新诗在与传统决裂、创造现代诗歌语言形式方面取得的成就及遗留的一些问题,她是以一个亲历者和研究者的双重角色,深入其中又超出其外。在2002年发表的《中国新诗八十年反思》一文中,郑敏梳理了新诗从诞生到发展的四个阶段。[1] 如下所述:第一阶段(1920～1930)是向古典汉语文化彻底告别的分离阶段。白话文运动的发起者持有绝对的反传统姿态,要求摒弃古典诗词传统以换得新诗的诞生。郭沫若《女神》走的纯粹是学习西方浪漫主义的路子。诗人们在诗歌语言的建构方面是艰难而又充满困惑的。从某方面而言,胡适所谓的"放大脚"论恰好说明诗人们在审美感觉和理性认识间的矛盾。第二阶段(20世纪40年

---

[1] 郑敏:《中国新诗八十年反思》,原刊于《文学评论》2002年第5期,载《思维·文化·诗学》,河南教育出版社,2004,第135～148页。

代）是引进西方诗学的高峰时期，诗歌语言大量采用欧化口语，出现了西式文学语言的辞藻和句法，代表者既有30年代早期的中年诗人冯至、何其芳、卞之琳、闻一多和艾青等，也有一批正在成长中的年轻诗人穆旦、杭约赫、唐祈等。冯至《十四行集》最为典型，其语言既朴实又具有深邃的哲思，形成了一种成熟的现代诗歌语言。穆旦以特殊的思想感情，创造出一种略显聱牙但很有力量的欧化诗语，但也隐藏了日后将会呈现的某种危机，它离真正的成熟还有差距。趋于多元诗美的40年代新诗探讨着建立现代诗的语言风格，可惜随着时代的变迁，这一努力很快就中断。第三阶段（1950~1978）是一个政治术语占主导地位的阶段。诗歌写作除了使用学院派的政治语言，也吸收民间的政治化口语。第四阶段（1979年至今），1985年前的朦胧诗最早走出个人化道路，强调诗人要作为个体抒发情感，诗歌语言摆脱了概念化，拥有丰富亲切的感性色彩，创作的想象力得到解放，语言凝练，意象新颖，表达有力。郑敏对新诗语言的认知在北岛那里也有类似的表达："现代汉语实际上我觉得是一个年轻的语言，和中国古代诗歌语言比较起来，或和其他比较成熟的语言，比如英文，法文，现代英语是一个发展久远的语言，现代汉语还是年轻的语言，并没有真正的成熟，那么同时又在当代中国社会中，比如说40年代，政治话语对现代汉语有极大伤害，从20、30年代受到西方语言的影响，它的语言结构有了变化，其实到我们'文革'这一代，最初为了反抗官方语言的压力，我们也在往西方靠拢，从西方的诗歌，语言或通过翻译寻找新的形式，现代汉语确实存在西化的问题——它的语言结构，它的表达形式，它的音乐性。"[①]诗人如何解决新诗写作中所面临的现代汉语的问题，成为自五四以来的现代文学延续百年之久的一个关键点。

在郑敏看来，自1985年起诗人争先恐后追逐"先锋"，诗派四起，诗坛陷入空谈，作品多而浮，貌似繁荣，实则单调。90年代诗坛掀起更激烈的"创新"浪潮，但各派门户对立，阻碍了新诗的发展和走向成熟。因此，新诗在20世纪还没有搞好基本建设，还没有通过创作实践建立起一整套的诗学传统。郑敏运用结构-解构批评理论，对新诗发展每个阶段的主

---

① 杨邦尼：《临近北岛这个"词"——北岛访谈》，《蕉风》2007年第500期，第49页。

旨、风格、语言变化进行了反思与评价,诊断出当代诗坛缺乏创新动力的主要原因有两点:一是持有二元对抗的落后思维方式和浮躁的写作心态;二是缺乏一整套的诗学传统。郑敏肯定了新诗学习、模仿西方诗歌流派的做法,以此突破强大的古典诗歌语言传统束缚,在蹒跚学步之后有所进步、有所创新,尤其是在冯至、穆旦、艾青进行诗歌创作的40年代几乎趋于多元诗美,但这个探索发展的过程中断了三十年之久,直到改革开放后才恢复元气。郑敏作为归来者诗人重审新诗八十年的历史,其目的是对1985年以来的当代诗坛进行批评,并对某些乱象予以矫正。

如果以此为标准,郑敏如何定位自己的诗歌阶段?她的写作探索,有哪些成功经验或失败教训?她如何正视个人诗歌创作范式的转向?对此,郑敏有着清醒的认识与反思:"我的诗歌创作历程也分好几个阶段。我觉得40年代出版的《诗集1942-1947》可以代表我早期的风格。我个人觉得它的优点是在艺术形式上比较完整。当时我还是一个哲学系的学生,继承西方的东西比较多一点,但有一个缺点,那时我并没有深入到社会中去,跟中国社会的深层现象没有矛盾,在艺术上就比较完满。到1979年后,我重新写诗的时候,我感到一个最大的矛盾是我必须找到一种新的艺术形式。我后期的诗败笔之处可能就出在艺术方面,但是它的好处就是更接近现实生活了。至于哪些诗是代表呢?我觉得早期的作品中关于画的诗,在艺术上比较完整,另一首比较长的诗《寂寞》,剖析了我的内心。90年代我写了一首《诗人与死》,也比较完整,我还写过一组《诗的交响》,比较能够融合我的各个方面。其他零散的作品就不太好说了。但是我知道自己只是一个过渡者,是中国新诗寻找、走向成熟阶段的一个诗人,后来人看来肯定会发现很多不完美的地方。"[1] 郑敏态度谦和,颇有自知之明,当她把自己视为新诗的"过渡者"时,她当然有理由对当代诗坛的纷乱现状表示不满,并以一位亲历者的长者身份,对年青一代诗人提出更高的要求,好似一位祖母或母亲苦口婆心的劝说。

总体上,按照郑敏的自叙及其诗歌创作理路,其诗歌大致分为三个阶段:第一阶段是1942~1947年趋于现代主义阶段,以知性、经验、观察为

---

[1] 桤木、项健整理《郑敏:跨越世纪的诗哲人生》,载《郑敏文集》(诗歌卷,下),北京师范大学出版社,2012,第785页。

主导，依然留有一些浪漫主义的抒情痕迹，十四行诗的风格得到形塑，《金黄的稻束》《Renoir少女的画像》《寂寞》《马》等是优秀代表作。第二阶段是1979~1984年的过渡期或恢复期，一些诗作中留下了政治抒情诗的套语、僵化的思维方式或空泛的语词，如《诗啊，我又找到了你》《第二个童年与海》等。在此过程中，郑敏开始研究西方诗歌发展的最新状况，在艰难的寻觅中慢慢恢复自我的声音，不知疲倦地探寻着艺术的个性。第三阶段是1985~2012年的后现代主义阶段，郑敏开放地阐释、吸纳后现代哲学思潮，完成了思维方式、语言观、心境、自我意识的蜕变，从现代主义向后现代主义进行转化，以及古今中外的多种传统的综合，她力图在诗歌的内容与形式、结构与解构、有（存在）与无（不存在）之间达成某种平衡，风格自成一体，《心中的声音》《心象组诗》《诗人与死》是代表作。

"耶鲁解构派"批评家之一哈罗德·布鲁姆（Harold Bloom，1930-2019）提出"影响的焦虑"（the anxiety of influence）的诗学理论，用以阐释诗歌发展与创新的艰难过程。他指出"诗的传统"是一个父亲形象，当代诗人就像一个具有"俄狄浦斯恋母情结"的儿子，试图通过各种有意识和无意识的"误读"（misreading），来贬低和否定传统（父权）的价值观念，产生了一种俄狄浦斯式的"弑父"情结，以此达到树立自己诗人形象的目的。"诗歌是对影响的焦虑，是误读，是被约束的悖理。诗歌是误解，是误释，是误联。"[①] 由此而言，为了抗拒古典文学"父权"传统造成的过度压抑而导致的"影响的焦虑"，中国现代文学的开拓者最初是通过翻译、模仿、化用等路径，借助外来资源反抗、颠覆古典传统，甚至否定自身文化历史。但同样，大量庞杂陌生的外来资源也会以"他者"之强势压制、阻碍新诗的健康发展和原创性。于是，中国现代诗人不得不承受双重压力：古典的中国诗学传统与他者的异国诗学传统。如果他们要摆脱传统（前辈）或异国（他者）的"影响的焦虑"，走出压抑或模仿的阴影，就必定对古典或外国文学作品进行创造性的"误读"，以此完成文化"弑父"，从而消除前辈（他者）的影响，走出被压抑的阴影，确立自身的地

---

① 〔美〕哈罗德·布鲁姆：《影响的焦虑：一种诗歌理论》，徐文博译，中国人民大学出版社，2019，第101页。

位。可见，一部诗歌史既是一部充满抗争又不断被误读的路线史（map of misreading），也是一部压抑与反压抑、焦虑与反焦虑的历史。

如果我们从"影响的焦虑"和创造性"误读"的角度观照郑敏对于新诗的尖锐批评，就比较容易理解其所作所为、所思所想。她是以结构-解构诗学为刃，反思新诗从浪漫主义、现代主义到后现代主义的发展进程、范式转型及其遭遇的多重危机（语言、传统、社会政治与艺术形式等），试图探寻突破困境、摆脱阴影、发展个性的可能路径。无论是向他者或异域学习（模仿与借鉴），还是回归古典传统，都或多或少地体现了她这一辈诗人所经历的曲折与伤痛，但她最终以结构-解构的方式迂回地、螺旋式地出走与复归、叛逆与创造。在郑敏看来："文学史的客观存在是一团由文学作品所合成的开发的无定形的银河样的星云，这些星云由踪迹（trace）所汇集而成，踪迹本身是恒变的，不断地在活动，它们留下的痕迹（trace-track）之间有着内在的联系。修史者的研究对象就是那隐藏在踪迹间的内在联系，他必须用科学分析和创造性的想象去揭示它们。"[①] 不难看出，郑敏提出的新诗发展史是一种"解构的踪迹"构成的诗歌史而非"玄学的分析"构成的诗歌史；她对于新诗四个阶段的划分和评价，是以自我为出发点，是对个人在新诗谱系中的位置、得失、困局的一种突围；她试图"纠正"新诗缺乏"传统"的迷途，希望使之与古典传统"准确地"接轨。这一切思考的动机都旨在激活新诗发展的多股源泉。也许郑敏的一些言辞激烈的个人论断并不准确，也遭到了一些学者的质疑或反驳，但她以结构-解构-重构的方式"释放"新诗的踪迹、汉语语言的潜力，却是令人倍感钦佩的批评之举。

二 追随现代主义者里尔克-冯至

与穆旦、陈敬容等诗人的早期创作经历了 20 世纪 30 年代流行的浪漫主义（抒情或主情）阶段不同，郑敏从事诗歌创作之初几乎就一脚踏入现代主义，这一方面与她就读西南联大的哲学系有关，另一方面在于她受到

[①] 郑敏：《两种文学史观：玄学的和解构的》，载《结构-解构视角：语言·文化·评论》，清华大学出版社，1998，第 52 页。

了海归诗人冯至及其传授的歌德-里尔克诗歌传统的影响。冯至在柏林大学留学期间（1930~1935）攻读文学、哲学与艺术史，后来以论文《自然与精神的类比是诺瓦利斯作品中的文体原则》获得了1935年海德堡大学的哲学博士学位。1935年回国后，他先是在同济大学任教（1935~1938），随后转到西南联大任教七年（1939~1946）。20世纪20~30年代，冯至的诗风深受浪漫主义的影响，出版了《昨日之歌》（1927）、《北游及其他》（1929）等诗集，被鲁迅誉为"中国最为杰出的抒情诗人"。留德期间，他研究诺瓦利斯、里尔克的具有神秘主义、象征主义风格的诗歌，译介了里尔克的《给一个青年诗人的十封信》《马尔特·劳利兹·布里格随笔》等诗文。① 冯至于1939年担任西南联大外文系德语教授，教授德语、德国文学和《浮士德》的同时，继续写诗，结集为《十四行集》（1942），诗风从早期的抒情浪漫转向了沉静玄思，讲究情感的节制与诗行中蕴含的哲学味。这部诗集融合了西方诗哲（如歌德、诺瓦利斯、里尔克）的思辨探索精神和中国文人（如杜甫、蔡元培、鲁迅）的高尚情操，把西方的十四行诗与中国格律诗融会贯通，拓展了中国风格的十四行体诗（Chinese Style Sonnet）。十四行诗是源于文艺复兴时期意大利的一种民间诗体，它构思精巧、排列适中、音律严谨、结构优美，适宜有节奏地表达情感，经彼特拉克、但丁、莎士比亚、斯宾塞、弥尔顿等诗人的发展，逐渐成为一种深受欢迎的格律诗体。从浪漫主义诗人华兹华斯、济慈，到象征主义诗人波德莱尔、马拉美、里尔克、奥登等都有十四行诗佳作。在新诗兴起的20世纪20年代，"这种外国诗体的汉化几乎与新诗'同龄'，对它的引进、改造、'驯化'，伴随着新诗发展的进程"②。从1920年第一位写汉语十四行诗的郑伯奇开始③，到孙大雨、闻一多、卞之琳、冯至等，"我国的固定形式探索，就是在移植中创作的汉语十四行体诗，至今已经有数百位诗人写出数千首十四行诗，形成了具有特色的三种类型：对应移植的格律十四行体诗、局部变格的变格十四行体诗以及大胆改造的自由十四行体诗。这是中

---

① 冯至译《马尔特·劳利兹·布里格随笔》刊发于1931年《华北日报·副刊》；《马尔特·劳利茨·布里格随笔》刊发于1934年《沉钟》；《给一个青年诗人的十封信》作为《中德文化丛书》之一，由商务印书馆1938年出版。
② 吕进：《中国现代诗体论》，重庆出版社，2007，第350页。
③ 郑伯奇：《赠台湾的朋友》，《少年中国》1920年8月，第2卷第2期。

国诗人对世界现代诗的重要贡献"[1]。在 40 年代的诗坛，冯至《十四行集》与卞之琳《慰劳信集》（1940）是十四行诗在中国本土化的重要成果，郑敏也走在前辈开辟的中国十四行诗道路上。

　　哲学课和文学课留在郑敏心灵深处的不是具体的知识，而是哲学和文学的悟性与灵动，特别是诗，像酿成的香气四溢的酒，每当一个情景触动她的情感和灵魂时，她就为这种酒香所陶醉，身不由己地写起诗来。郑敏最初模仿里尔克-冯至式的现代主义风格，从生涩到成熟，逐渐提升了艺术水平，把个人的生命经验和感悟，通过精心选择的诗歌意象与象征表达出来。对于意欲踏上诗人之路的郑敏，冯至的言传身教至关重要，他不仅传授了现代主义诗歌的写作方法，还提供了关于人生道路、生命的意义与境界的思考方向。冯至讲授的德国文学、哲学开阔了她的知识视野，尤其是他以中国式十四行诗的形式呈现了中国知识分子的生命境界，在常见的自然景物、人事或观察对象中蕴含着深刻的文化积淀和哲学思考。通过研习和借鉴冯至的《十四行集》、以里尔克为代表的西方现代诗歌，郑敏尝试探寻自己的创作道路，逐渐形成了一种偏重智性、玄思与立体意象的现代主义诗风。她喜欢 4-4-3-3 式的十四行诗，写下了《歌德》《献给贝多芬》《鹰》《荷花（观张大千氏画）》《兽（一幅画）》《Renoir 少女的画像》等歌咏诗人、音乐家、画家、智者的十四行诗。郑敏自言道："许许多多年以后，我才意识到在写新诗方面，我无意中走上了冯至先生在《十四行集》中开创的那条中国新诗的道路。可能因为在求学期间我和冯至先生一样，步入了哲学和诗歌的殿堂。"[2]

　　当时的联大外文系、中文系、哲学系、社会学系、经济学系，都有一些学生醉心于写诗，以闻一多等著名诗人为导师而自发形成了一些诗社。"最早的，是蒙自分校的'南湖诗社'，后来在昆明联大的有'高原社'、'南荒社'，还有'冬青文艺社'、'文艺社'、'新诗社'、'耕耘社'，以及叙永分校的'布谷社'。"[3] 由于郑敏性格比较羞涩内向，她并没有主动参

---

[1] 许霆：《新诗发生与百年诗体建设》，《西南大学学报》2007 年第 5 期，第 22 页。
[2] 楷木、项健整理《郑敏：跨越世纪的诗哲人生》，载《郑敏文集》（诗歌卷，下），北京师范大学出版社，2012，第 775 页。
[3] 杜运燮、张同道主编《西南联大现代诗钞》，北京联合出版公司，2021，前言第 2 页。

加任何一个文学组织,多数时候是自己默默地读书思考,沉溺于个人体验和观察。虽然如此,充满浓厚艺术氛围和文学热情的联大校园环境还是无形中熏染着郑敏,激发着她的想象力与表达欲。此外,偏居昆明的联大在抗日战争这一特殊时期,学术与教学却并未与海外完全隔绝,难能可贵的是获得了一些与世界文学接轨的良机。例如,英国文学评论家、语言学家和诗人 I. A. 理查兹先后于1929年、1935~1936年在清华大学任教,他提出的"实用批评"(practical criticism)的方法,聚焦对匿名选取的散文或诗歌段落进行细读(closing reading),并对其质量做出判断。理查兹的得意门生、剑桥大学的诗人与批评家威廉·燕卜荪进一步发展了新批评的诗歌细读方法,他也于1937年下半年应聘到北京大学任教,但由于全面抗战爆发,他一路南下,从长沙辗转至昆明,途中还写下了一首长达234行的诗《南岳之秋——同北平来的流亡大学在一起》,记录了他在南岳的长沙临时大学的生活经验与乐观精神。燕卜荪在联大外文系任教期间(1937~1939),王佐良、李赋宁、穆旦、袁可嘉、杨周翰、赵瑞蕻等人皆受教于他。

1938年1月,英国诗人奥登(W. Hugh Auden,1907-1973)与好友、小说家衣修伍德(Christopher Isherwood,1904-1986)到达中国,开启了长达五个月的战时访问,写下了27首十四行诗《战时》(In Time of War),翌年又出版了诗文集《战地行纪》。奥登的现代诗并不是停留在所谓的"抗战"主题,而是把"战时"在中国发生的一切纳入人类的更本质境遇和关系中来透视,以艺术家个人的信念来对抗现实的暴力。《战时》被誉为"三十年代奥登诗歌中最深刻、最有创新的篇章,也许是三十年代中最伟大的英语诗篇"[①]。1941年,《战时》十四行组诗(卞之琳在昆明译出并发表其中的六首)在中国文坛引起巨大的反响,联大的学子们很快掀起一股"奥登风"。虽然"西欧的现代主义诗歌给中国的诗带来了新风格新音乐,但并不能为所欲为,因为它面对的是处在战争与革命的环境里的中国诗人,他们对未来的公正社会有憧憬,而在他们背后则是世界文学里一个历史悠长、最有韧力的古典诗歌传统"[②]。这表明中国现代主义诗人是有所

---

① Edward Mendelson, *Early Auden*, London: Faber & Faber, 1981, p. 348.
② 王佐良:《中国新诗中的现代主义——一个回顾》,载王佐良《英美现代诗谈》,北京出版社,2018,第202页。

取舍地接受外来文学与文化,并以己之需加以改造、创新,而最终将中国品质与中国风格凸显出来,这在冯至、穆旦、郑敏创作的十四行诗歌中都有所体现。《诗集1942-1947》收录了其多首十四行诗,如《歌德》《死》《献给贝多芬》《二元论》《鹰》《荷花》《最后的晚祷》等,记录了一个爱沉思的少女在孤独与寂寞、沉思与奋进中对自我、生命、爱、死亡、他者、艺术的心灵倾诉与诗意叩问,其清丽、细腻的玄思风格令人耳目一新。其十四行诗代表作之一《Renoir 少女的画像》以法国印象主义画家雷阿诺的名画为静观对象,亦可视为诗人的自画像或心灵写照:"瞧:一个灵魂先怎样紧紧把自己闭锁/而后才向世界展开,她苦苦地默思和聚炼自己/为了就将向一片充满了取予的爱的天地走去。"

三 "联大诗群"与"上海诗群"的呼应

在曹辛之(杭约赫)的资助和臧克家的大力支持下,上海的星群出版公司以丛刊形式出版了诗刊《诗创造》,从1947年7月至1948年6月,一年出刊十二辑,包括《带路的人》《丑恶的世界》《骷髅舞》《饥饿的银河》《箭在弦上》《岁暮的祝福》《黎明的企望》《祝寿歌》《丰饶的平原》《美丽的敦河呵》《灯市》《严肃的星辰们》。但在残酷的现实环境下,由于诗歌艺术观念的不同,《诗创造》的编辑们最终分道扬镳。

创办一年后,《诗创造》因外在的压力及内部编辑原则发生分歧而调整了办刊方针。辛笛邀请杭约赫、陈敬容、唐祈与唐湜在他位于上海中南新村的家中吃饭聚会,商定《中国新诗》创刊与流派刊物的方向。《中国新诗》初定编委六人:杭约赫、辛笛、陈敬容、唐祈、唐湜和方敬,后因方敬远在重庆无法参与编辑工作而改为五人。《中国新诗》的代序《我们呼唤》相当于创刊词,由唐湜执笔:"我们面对着的是一个严肃的时辰""一个严肃的考验""一份严肃的工作","渴望能虔敬地拥抱真实的生活,从自觉的沉思里发出恳切的祈祷、呼唤并响应时代的声音",呼吁"必须以血肉似的感情抒说我们的思想的探索","首先要求在历史的河流里形成自己的人的风度,也即在艺术的创造里形成诗的风格","进一步要求在个人光耀之上创造一片无我的光耀——一个真实世界处处息息相通,心心相印……"① 可以看出这批年轻人对新诗的现代化探索抱着虔诚和严肃的态度。

杜运燮、穆旦和袁可嘉等联大诗人相识，觉得他们的写作风格与"上海诗群"的诗人相近，于是他写信给正在北方的袁可嘉，希望郑敏、穆旦、袁可嘉等联大诗人在他们创办的《中国新诗》上发表诗作，来一次"南北合作"。杜运燮、郑敏、穆旦等人的诗歌通过巴金先生的夫人萧珊（也是联大校友）转给了《中国新诗》。郑敏的四首诗《Renoir 少女的画像》《生命》《求知》《最后的晚祷》发表于《中国新诗》1948 年第 1 辑。默弓（陈敬容的笔名）在《诗创造》上发表了《真诚的声音——略论郑敏、穆旦、杜运燮》，评价郑敏的诗："能叫人看出一个丰盈的生命里所积蓄的智慧，人间极平常的现象，到她的笔下就翻出了明暗，呈露了底蕴。"② 这篇文章意义非凡，陈敬容不仅将三位联大的青年诗人相提并论，也让南方的现代派诗人与北方的现代派诗人相互呼应，共同构成了 40 年代"中国新诗派"的最初联盟。赵毅衡认为"陈敬容评论郑敏、穆旦、杜运燮'联大三星'的这篇文字，不仅是'九叶'合成一个派别的关键事件，也是九叶诗人最早的自我评价"③。

虽然"联大诗群"与"上海诗群"中的一些诗人当时彼此只闻其名，不见其人，但是发表这些年轻诗人诗歌的报刊把他们联系在了一起，在《中国新诗》和《诗创造》出刊期间，作品风格和精神气质多有彼此相通之处，互相吸引，同声相应，同气相求。这体现在他们都在有意识地探索新诗现代化的道路，寻找将现实主义与现代主义加以和谐统一的新诗道路。

一位年轻的诗人李瑛（1926～2019）专门写下长文《郑敏的诗》（1947），以热情而惊喜的文笔提及读到郑敏诗歌的印象："似乎是一个生疏的名字，然而当我渐渐地读到了她的以不同的形式技巧，而现出新姿态的诗作之后，仿佛变成一个似曾相识的人了。……从她所刊登的这些作品

---

① 唐湜：《代序·我们呼唤》，《中国新诗》1948 年创刊词。
② 陈敬容（默弓）：《真诚的声音——略论郑敏、穆旦、杜运燮》，《诗创造》1948 年 6 月第 1 卷第 12 辑。
③ 赵毅衡：《诗行间的传纪：序》，载《陈敬容诗文集》，复旦大学出版社，2008，第 7 页。

里，我们可以说她是一个极富热情的人，而又极富理智的人，因富于热情始有人道的浪漫的神秘倾向，因重于理智与现实，始产生了自然主义的作品……从诗里我们可以知道郑敏是一个年轻人，而且在她自己的智慧的世界中，到处都充满了赤裸的童真与高贵的热情，在现阶段的诗文学中是难得的。"① 这篇充满赞美和激情的印象式评论以惊人的直觉，预言郑敏是"多么天才的充满着力和不能汲尽的内在的威能"②。同时，袁可嘉在《新的新方向》（1948）中指出"她将圣雄甘地所代表的真理（《最后的晚祷》），对于智慧的价值（《求知》），对于人生的意义（《生命的旅程》）都作了有力的肯定，我必须指出郑敏诗中的力不是通常意义为重量级拳击手所代表的力，却来自沉潜，明澈的流水般的柔和，在使人心折。"③

唐湜读到巴金主编的郑敏《诗集1942-1947》后，于1949年5月在温州写下了《郑敏静夜里的祈祷》，评价联大三诗人："杜运燮比较清俊，穆旦比较雄健，而郑敏最浑厚，也最丰富。她仿佛是朵开放在暴风雨前历史性的宁静里的时间之花，时时在微笑里倾听那在她心头流过的思想的音乐，时时任自己的生命化入一幅画面，一个雕像，或一个意象，让思想之流里涌现出一个个图案，一种默思的象征，一种观念的辩证法，丰富、跳荡，却又显现了一种玄秘的凝静。"④ 唐湜对郑敏的第一本诗集及其特色做出了比较准确的评价。这些20世纪40年代的年轻诗人读者的积极回应，预示着现代诗坛出现了一颗引人瞩目的新星。

联大现代诗人承续了30年代以象征主义为主导的"现代派"传统，促使中国现代主义诗歌走向更成熟、更具国际性的高度。与穆旦、杜运燮、杨周翰等诗人一样，郑敏既吸纳了里尔克、艾略特、奥登等西方现代诗人的长处，又在冯至、卞之琳、闻一多等老师的引导下，融化了作为现代知识女性的意识觉醒、生活经验与诗哲思考，诗风敏感率真，细腻淳

---

① 李瑛:《读郑敏的诗》，原刊于《益世报·文学周刊》（天津），1947年3月22日，载吴思敬、宋晓冬编《郑敏诗歌研究论集》，学苑出版社，2011，第3~11页。
② 同上。
③ 袁可嘉《诗的新生代》，原刊于《新路周刊》1948年9月第1期，载袁可嘉《新诗现代化》，生活·读书·新知三联书店，1988，第221页。
④ 唐湜:《郑敏静夜里的祈祷》，收入1950年3月平原社（北京）出版《意度集》，载吴思敬、宋晓冬编《郑敏诗歌研究论集》，学苑出版社，2011，第12~13页。

朴。她在"诗"与"哲"之间探寻着具有自我个性的现代主义诗歌风格。

第二节　孤独与寂寞：人类的思想者

对个体存于世的"孤独"与"寂寞"的现代体验是20世纪哲学家和艺术家孜孜以求的命题，具有玄学的自足性与反思性。与生俱来的寂寞感与孤独感构成了郑敏对生命的最初感悟，唤醒了她的生命意识和自我认知，也成为贯穿其诗歌的重要主题之一。无论前期还是后期，郑敏的诗歌始终浸染着"寂寞"与"孤独"的底色，它们不仅体现了中国现代女性的觉醒意识与成长经验，也被诗人上升到一种形而上的普遍的人类生存境遇。

一　从《寂寞》到《金黄的稻束》

郑敏认识到："寂寞会使诗人突然面对赤裸的世界，惊讶地发现每一件平凡的事物忽然都充满了异常的意义，寂寞打开心灵深处的眼睛，一些平时视而不见的东西好像放射出神秘的光，和诗人的生命对话。"[①] 在青春时代写下的《寂寞》（1942）中，郑敏以略带惊奇、如梦初醒的诗句写道：

> 我的眼睛
> 好像在深夜里睁开，
> 看见一切在他们
> 最秘密的情形里，
> 我的耳朵
> 好像突然醒来，
> 听见黄昏时的一切

[①] 郑敏：《诗和生命》，载《诗歌与哲学是近邻——结构-解构诗论》，北京大学出版社，1999，第419页。

> 东西在申说着
> 我是单独的面对着世界。
> 我是寂寞的。

　　这样一位现代女性的孤独寂寞感与李清照式"寻寻觅觅,／冷冷清清,／凄凄惨惨戚戚"的古典女性之闺阁自怜截然不同,也与辛弃疾式"为赋新诗强说愁"的苦闷少年相异,它体现了20世纪现代人与生命、自我突然面对面的相遇之感,是现代诗人对自我与世界、主体与客体、单独与一切之间对立与依存关系的发现,是具有独立思想和自由意志的现代个体所承受的"生"之沉重、"思"之负荷,也是与传统疏离后被抛入现代社会的漂泊感。面对20世纪无所不在的寂寞虚空,女诗人并未感到恐惧或退却,而是勇敢地站出来,以敏感之心承受生命存在之"重",以毫不畏惧的态度接纳它,视之为"最忠实的伴侣",并让它像蛇一样咬噬着自己:"我也将在'寂寞'的咬噬里／寻得'生命'最严肃的意义","我把人类一切渺小,可笑,猥琐,／的情绪都抛入他的无边里,／然后看见:／生命原来是一条滚滚的河流。"这种胸怀人类与世界、深思个体生命与存在意义的宏阔视野与古典婉约派的李清照泾渭分明,也与现代闺秀派冰心的庄重恬静、纯真柔美之风相异,又迥异于林徽因的忧郁感伤的浪漫主义诗风。显然,郑敏的现代主义哲思受到了德国哲学和文学的影响,与歌德笔下的浮士德精神一脉相承。浮士德说道:"我要在内心,在自我中深深领略,／领略尽全人类所赋有的精神,／至高的、至深远的,／我都要了解,／要把全人类的苦乐堆积在我寸心,／我的小我更扩大为全人类的大我,我便和全人类一起最终消磨!"

　　可见,接受了西方哲学熏染的郑敏与偏于抒情、浪漫、婉约风格的多数中国女诗人不同,从一开始就踏入"自觉的"现代主义诗歌之路——以一种深刻的哲学思辨表达了觉醒后的现代女性作为一个独立个体面对宇宙、世界、他者和自身的存在体验。存在论哲学和生命哲学为郑敏提供了一个透视人生、看待宇宙万物的形而上学视角。在中学期间阅读世界文学的过程中,郑敏已经意识到西方文化的底蕴是哲学,它可以打通文史哲之间的界线。正是对哲学的好奇心引领着她决定自己未来的发展方向,选择了主修哲学这个 30 年代末罕有女性涉猎的学科，为"诗歌与哲学"的艺术联盟打开了一扇大门。郑敏提及："我在自己主修的哲学课里又找到了诗的美学和哲思。其中的郑昕先生的康德，紧紧围绕着对物自身的探讨；冯文潜先生的西方哲学史，为我画了一个柏拉图的形而上理想主义的轮廓；冯友兰先生的人生哲学使我理解了中国古典诗词的境界；汤用彤先生的魏晋玄学使我深刻感受到中国知识分子所持有的古典诗词中的境界，而这些中西哲学正是我读的一切文学之本、之质、之神。"① 在诸多贤哲名师的教导下，郑敏接受了比较系统的哲学训练。

此外，以里尔克、艾略特、奥登为代表的现代主义诗歌是对传统的浪漫主义和早期象征主义的叛逆与矫正，它以"主知"代替了"主情"，以"经验的聚合"取代了"浪漫的抒情"；它要求诗歌向哲学和玄学靠拢，拥有更多的智性和玄思。无独有偶的是，这些现代诗人对哲学或其他艺术形式情有独钟。里尔克在大学期间攻读哲学、艺术和文学史，当过法国雕刻家罗丹的秘书，他的诗歌以沉思的"经验"为主，很少抒情，富有雕塑的立体感和绘画的色彩感，是对灵魂的追问，对寂寞、爱和存在的沉思。艾略特在哈佛大学专修哲学，其博士论文是有关英国哲学家 F. H. 布拉德雷的思想研究，他主张现代诗人有必要向 17 世纪英国的玄学派学习，像古典主义者那样运用冷静的头脑，通过各种意象、情景、事件、掌故、引语等"客观对应物"表达某种情绪，做到情理一致。

这几位诗人在中国的代言者是冯至和卞之琳，他们言传身教，把勃兴中的现代主义文学思潮直接传授给了联大的年轻学子。郑敏对于意象、象征、戏剧化场景等"客观对应物""观景咏物"的技巧运用得越来越娴熟，代表作《金黄的稻束》（1943）达到了主客、情景、物我交融的艺术境界：

金黄的稻束站在
割过的秋天的田里，
我想起无数个疲倦的母亲

---

① 《〈金黄的稻束〉和它的诞生》，载《郑敏文集》（文论卷，下），北京师范大学出版社，2012，第 874 页。

黄昏的路上我看见那皱了的美丽的脸
收获日的满月在
高耸的树巅上
暮色里，远山是
围着我们的心边
没有一个雕像能比这更静默。
肩荷着那伟大的疲倦，你们
在这伸向远远的一片
秋天的田里低首沉思
静默。静默。历史也不过是
脚下一条流去的小河
而你们，站在那儿
将成了人类的一个思想。

根据郑敏的回忆，这首诗是她在联大上学时的灵感之作：

在一个昆明常有的金色黄昏，我从郊外往小西门里小街旁的女生宿舍走去，当沿着一条流水和树丛走着时，忽然右手闪进我的视野是一片开阔的稻田，一束束收割下的稻束，散开，站立在收割后的稻田里，在夕阳中如同镀金似的金黄，但它们都微垂着稻穗，显得有些儿疲倦，有些儿宁静，又有些儿寂寞，让我想起安于奉献的疲倦的母亲们。举目看远处，只见微蓝色的远山，似远又似近地围绕着，那流水有声无声地汩汩流过，它的消逝感和金黄的稻束们的沉思凝静形成对比，显得不那么伟大，而稻束们的沉思却更是我们永久的思想。[1]

可以说，"意象"（image）是现代主义的灵魂所在。庞德的定义"意象"

---

[1] 槐木、项健整理《郑敏：跨越世纪的诗哲人生》，载《郑敏文集》（诗歌卷，下），北京师范大学出版社，2012，第784~785页。

是"在瞬息间呈现出的一个理性和感情的复合体。"① 它有内外两个层面的含义，内层是"意"，即诗人主体理性与感情的复合，特别强调情感的表现；外层是"象"，是一种形象的"呈现"。庞德强调诗歌的"意象"不是一种客观的事物，或一个普通的比喻，而是具有高度含摄力的"复合体"（complex），能在瞬间呈现一种突然释放的感觉：那种从时间局限和空间局限中摆脱出来的自由感觉，那种当我们在阅读伟大的艺术作品时经历的突然成长的感觉。艾略特以"客观对应物"（objective correlative）对"意象"的范围加以拓展："用艺术形式表现情感的唯一方法是寻找一个'客观对应物'；换句话说，是用一系列实物、场景、一连串事件来表现某种特定的情感；要做到最终形式必然是感觉经验的外部事实一旦出现，便能立刻唤起那种情感。"②《金黄的稻束》一诗中的主导意象就是诗题所写的"金黄的稻束"，这本是一个实物、一个客体形象，然而它却被诗人赋予了某种抽象的情感或思想，它不再是客观自然物了，而是一个"理性和感情的复合体"，在诗人的沉思中，它成为"人类的一个思想"的"客观对应物"。

围绕着"金黄的稻束"这个中心意象展开的是其他两个意象："母亲"和"满月"。在这首诗中，母亲们是"疲倦的"，有着"皱了的美丽的脸"，不难想象，她们一定是经历过少女时代春天含苞待放的纯洁，也经历过夏天火热炽烈的爱情，而后又是无数次艰难的酝酿、痛苦的分娩，才迎来了秋日的硕果累累。金黄的稻束（人造物）、收获日的满月（自然景物）与疲倦的母亲（人）之间有着形象上和本质上的类似：饱满、成熟、丰富，有着因沉重劳累、丰收成熟而弯曲的美丽轮廓，它们同样经历了时光的流逝，才达到此时此刻的完美与丰裕。这首诗中静默与流动的对比、情感与理智的结合，令人想起让-弗朗索瓦·米勒（Jean-Francois Millet，1814-1875）的油画《拾穗者》或梵高的油画《靴子》，它们都是对某一景物（客体对象）的凝视观察与哲思感悟。袁可嘉指出："这里的'雕像'是理解郑敏诗作的一把钥匙。她注意雕塑或油画的效果：以连绵不断

---

① 庞德：《回顾》，载黄晋凯等主编《象征主义·意象派》，中国人民大学出版社，1998，第133页。
② 艾略特：《哈姆雷特》，载王恩衷编译《艾略特诗学文集》，国际文化出版社，1989，第13页。

的新颖意象表达蕴藉含蓄的意念，通过气氛的渲染，构成一幅想象的图景。它的效果是细微、缓慢、持久而又留有想象的余地，就像细雨滋润禾苗，渗入了土地一样。"[①]

在诗人敏感的心灵中，这些各自孤立的具体物象呈现了相互依存的深刻关联。袁可嘉在《论新诗现代化》（1947）中提出新诗应追求"现实、象征玄学的综合传统"："现实表现于对当前世界人生的紧密把握，象征表现于暗示含蓄，玄学则表现于敏感多思、感情、意志的强烈结合及机智的不时流露。"[②] 据此，我们可以从三个层面探讨《金黄的稻束》的现代性：在现实层面，诗人讴歌伟大的辛勤劳作者（母亲、艺术家或思想者）；在象征层面，它是对劳动中生命力和时光消逝的沉思；在玄学层面，它是对人类思想的一个具体而抽象的呈现。这体现了郑敏的现代主义诗歌特色，即以含蓄而机智的方式，把现实中的人生感受、哲学中的思辨玄奥与诗歌的感性自然综合起来。在"抽象成熟的思想"与"金黄的稻束"之间建构了内在的一致性：皆要经历季节的生长、痛苦的孕育与丰富的收割。在类似罗丹的著名雕像"思想者"——"金黄的稻束"面前，"历史也不过是/脚下一条流去的小河/而你们，站在那儿，/将成了人类的一个思想"。就这样，抽象无形的人类思想在郑敏的笔下，被赋予了一个美丽的有形的意象。若是诗人一开始就告知我们"金黄的稻束"是"人类的一个思想"的话，我们会感到迷惑不解，但经过意象的层层推进，我们看见了人类思想果真像"金黄的稻束"那样，站在秋天空旷的田野上，穿越时空，走向未来。

如果说这首诗有"声音"的话，那就是"大音希声""天地无言"，是一种道家的"天籁"境界。诗歌运用三次"静默"，它令人想起"桃李不言，下自成蹊"或"完美充实的东西总是沉默不语"。那么，成熟的思想就是这样，因其沉重、饱满而静默无言，越是充实，越是谦卑；越是完美，越是沉默。《郑敏诗集》的日译者、汉学家秋吉久纪夫对《金黄的稻束》的象征意义做出评价："虽然此诗仅为短短的16行，却让读

---

① 袁可嘉：《九叶集·序》，江苏人民出版社，1981，第13页。
② 袁可嘉：《论新诗现代化》，原刊于《大公报·星期文艺》1947年3月30日第25期，参见袁可嘉《论新诗现代化》，生活·读书·新知三联书店，1988，第7页。

者自然地感受到了那柔和却又强烈的印象。眼前仿佛浮现出那晚秋的黄昏，弥漫着万物成熟的气息，在这片从作者传递给读者的风景之中，金黄的稻束沉默着，就像一尊肃穆的雕像般伫立着。但是仔细思考就会发现，这稻束并非我们印象中的那些满脸沟壑的农民，或背负在疲惫至极的脊背上的稻子。它们只是静默着低首沉思，它们无疑就是'人类的一个思想'。"①

现代主义诗歌善于运用绘画色彩和雕塑中的立体感。这首诗的"色彩"与"线条"非常突出，其调色板是柔和的"金黄色"，在画面上有秋天黄昏下的田野小径、有一簇簇站立的"金黄的稻束"、暮色笼罩群山……与这些静态、消极景物相对的是动态、行走的"人"和"河流"："我"与"母亲"一道行走其中，人与自然、内在的思想情感与外在的物象之间达到了一种和谐平衡。在这幅金黄的秋收油画中，是一系列构图美丽的"曲线"："稻束"因其沉甸甸而低垂，母亲们因其疲倦而弯下了腰，一轮"满月"高耸树巅，绵延的"远山"则"围着我们的心边"，一条小河蜿蜒而去……此外，这首诗的节奏舒缓、从容，如一支低低回旋的小夜曲，与整首诗的柔和色调、静默氛围吻合。在叙述角度上，诗歌开头呈现的是观察者"我"的视角，"我"看见"金黄的稻束"而想起"母亲"的形象。但很快，"我"却进入"我们"的行列，个体的"我"逐渐消隐到"我们"（人类）之中，与"你们"（稻束）相对应，最终，"你们"成为我们"人类的一个思想"。诗人对超越历史时空的人类思想的热爱与赞美之情溢于言表。这首诗在遣词造句上独具匠心，形象而精炼。例如，一个"站"字（而不是用"耸立""簇立""堆积"等动词）把"金黄的稻束"的雕塑般的形象拟人化。从第一行的"站在……田里"到倒数第二行的"站在那儿"，头尾相互呼应，"肩荷""低首沉思"等动词赋予"稻束"人格化的形象。"远山是/围着我们的心边"，这一句子被切为两行，这正是现代诗的一个技巧，通过断句排列，带来阅读上的跳跃与联想。

一系列意象、景物、色彩、线条、词语在反复呈现、逐次展开和剥离之后，"金黄的稻束"闪烁在我们的记忆中，成为人类"一个思想"的呈

---

① 〔日〕秋吉久纪夫：《思念永恒的孤独旅者：女诗人郑敏》，刘燕、蒋笑宇译，《跨文化研究》2021 年第 10 辑，第 151 页。

现物。由此不难把握现代诗的艺术特质：通过呈现具体的空间意象来呈现抽象的思想或情感，在"感性"与"理性"之间达到平衡的"复合"，这既避免了现实主义诗歌过于关注现实而忽略对内心情感和个体思想的表达的弊端，也避免了浪漫主义诗歌的过分滥情和意象涣散，而试图在思想与情感、内容与形式、意与境之间寻求矛盾的统一。

正如罗丹用富有创造性的手赋予无生命的泥巴或石头以灵气和灵魂，塑造了"思想者"雕像，郑敏也用想象力赋予言辞以灵魂和生命，呈现了一个关于人类思想不朽者的形象。雕塑与诗歌这两种艺术形式在表达人类思想这个富有哲理的抽象命题上，在追求立体可感、视觉效果的美感上，有着异曲同工之妙。这种具有雕塑感的玄思和冷峻的风格贯穿于郑敏的早期现代主义诗歌写作之中。

二　20世纪80年代初现代主义诗风的复现

时过境迁，对于40年代的中国现代主义诗歌创作，郑敏在后期的新诗研究中进行了深入的回顾，这也是她对自己走过的现代主义诗歌道路的某种反思。她对于现代主义诗在文体、语言、思维、表达技巧等方面的写作特征进行细致的概括，主要有如下几点：

1. 打破叙述体通常遵循的时空自然秩序，代之以诗的艺术逻辑和艺术时空。

2. 避开纯描写，平铺直叙，采取突然进入，意外转折，以扰乱常规所带给读者的迟缓感。

3. 在感情色彩上复杂多变，思维多联想跳跃，情绪复杂，节奏相对加快。

4. 语言结构比早期白话复杂，常受翻译文学的影响，形成介于口语与文学文字之间的文体。……

5. 强调在客观凝聚中发挥主观的活力，与浪漫主义的倾诉感情不同。深刻的主观通过冷静的客观放出能量。

6. 离开模仿外形的路子，强调对表现中的客观进行艺术的解释，改造，重新组合以表现其深层的实质。①

在郑敏看来，20世纪40年代的中国现代主义诗歌除了自身所具有的现代主义特色外，也保留了其他阶段的诗歌流派痕迹，大致分为下列4种类型：

1. 古典-现代主义：这一组诗人和作品在文字和情感上带有浓厚的中国古典诗的积淀。如下之琳、陈敬容、袁可嘉的许多作品。
2. 浪漫-现代主义：这一组诗人将浪漫主义的崇高理想和现代主义糅在一起。他们包括冯至、穆旦和郑敏。
3. 象征-现代主义：这一组诗人为数不多，辛笛和陈敬容各有这方面的色彩。
4. 现实-现代主义：这一组的实力较强，曹辛之、唐祈和杜运燮都是带有浓厚现实主义色彩的现代主义诗人。②

由上可见，郑敏把自己视为"浪漫-现代主义"派，与冯至、穆旦归为一类，这表明其现代主义写作受到的西方影响比较大，糅合了19世纪浪漫主义的崇高理想与人文主义精神。当然，具体归类还是得就诗论诗，郑敏也写第3类象征-现代主义的诗歌，《金黄的稻束》就具有浓厚的象征色彩；《人力车夫》则不乏第4类现实-现代主义的人道关怀。

郑敏作为归来者复出时，出现了一个短暂的现代主义风格过渡期，出版于1986的《寻觅集》选录了她写于1979~1983年的诗歌，诗人进行充满激情、欣悦和温情的言说，抒情主体怀抱着自信与希望（比较契合积极向上的时代之声），但由于担心读者看不懂和编辑的审稿态度，郑敏对一些非诗的外在环境顾虑较多，未能专心致力于此类诗歌的艺术转换。有些诗因语言无力，缺乏鲜活感，显得笨拙、生疏、稚气，好像

---

① 郑敏：《回顾中国现代主义新诗的发展，并谈当前先锋派新诗创作》，原刊于《现代世界诗坛》1988年第2辑，载《诗歌与哲学是近邻——结构-解构诗论》，北京大学出版社，1999，第228~229页。
② 同上。

一个刚刚恢复说话能力的孩童。其诗歌风格依旧遗留宏大叙事与口号式倾向，说理性、思想性过于明显，对历史苦难和时代痼疾的反思略显不足。但总体上看，她依然存有早期现代主义的底蕴与诗艺，一些诗作与当时流行的空洞平庸之作还是拉开了距离。例如，写于1982年春的《白杨的眼睛》：

> 那粗壮的白杨树干
> 长了多少只美丽的眼睛，
> 它们朝着林荫里
> 交叉错杂的小径凝视和
> 守望：向东，向西……
> 你忽然盯着那大大的瞳孔
> （是去冬留下的疤痕，
> 当护林人锯去一只树臂）
> 它仿佛在问：
> 我们曾经相逢吗？
> 在这幽幽的下午，
> 当太阳的影子滤过层层新叶，
> 你从哪里来，带来了什么消息？
> 宁静的，明亮的，疑问的眼睛
> 你绊住了行人的脚步，
> 用那人面狮身的问题。
> 我在搜索自己的记忆，
> 终于在那混沌的海洋底，
> 那堆满尘埃的阁楼上，
> 找到了一颗儿时遗忘在那里的珍珠。
> 美丽的大眼睛，
> 你现在变得这样温柔了，
> 你让一个没有忘记纯洁的白雪、
> 　　没有忘记冬天的寒冷、

> 一个渴望吮饮你的绿色的人
> 继续走入你的林径的迷茫中。

诗人在此诗中使用现代主义诗歌的"客观对应物"与象征技巧,即借用"白杨树"表达被耽搁的一代人的伤痛经历与内心挣扎,通过观察者"我"与"白杨树"之间的对话、疑问、带括号的解释等,逐渐拓展观察者的各种印象、联想与回忆。北京街道边随处可见高耸挺拔的白杨树,在冬日,被人锯去树枝后留下的伤疤裸露在外,象征着诗人曾经经历的创伤。但即便如此,"白杨树"身上的"美丽的眼睛"复活了,从折磨伤痛中挣脱出来,带给人反思与希望,让街上的行人"没有忘记纯洁的白雪、/没有忘记冬天的寒冷",让"一个渴望吮饮你的绿色的人/继续走入你的林径的迷茫中"。诗人通过与白杨的眼睛相遇,发现深埋于自己心底的那颗"儿时遗忘在那里的珍珠",即"真实的自我",她希望走进"绿色",哪怕是"迷茫",也是一种春天复活的希望。这首诗无论在内容上还是形式上,都与《寂寞》《金黄的稻束》《树》《春天》等早期现代主义诗歌有相似之处,借景抒情,情景契合,情绪克制而内敛,寄寓着思考,表达了诗人在苏醒与迷茫、发现与踌躇之间的特殊心境。当然,其不足也是明显的,"寻找"主题属于当时的"伤痕"文学,过于说理、略显直白,缺少诗意的回味与字句的凝练。

在打破了某种陈旧僵化的话语与形式的束缚之后,却找不到新的艺术形式(只是重复过去的格调),这个写作模式一直困扰着郑敏。她意识到这并非由于自己缺乏热情和真诚,相反,当时的开放形势令人激动不已,诗人对自己所要表达的内容充满赤诚与信任,但未能提到悟性认识的高度在艺术上给予感性的表现。《寻觅集》无论在主题上还是在技巧上都带有鲜明的时代性。正如诗集名字所标示的,贯穿始终的是"寻觅"、"寻找"与"反思"的主题,其中有一首十四行诗的题目即为《寻找》:

> 歌颂夏天的繁茂,秋天的丰富吧
> 然而每一株松树都有过冬季的黑夜,
> 每一个果子都有过生长的痛苦。

鸟儿的翅膀为什么不沉重？
它的身躯为什么不知疲劳？
它没有浸在欢乐里，
它的眼睛永远在寻找。

　　鸟儿在天空中的不倦寻找也代表了当代诗人的不懈探索和思考。不过，同样是对时代与国家、土地与天空、人生意义与生命价值的"寻找"，以郑敏、杜运燮为代表的九叶派与以北岛、顾城为代表的朦胧派在精神气质上迥然不同。如果说郑敏一代在经历了苦难和个性压抑之后，重新充满欣喜、希望、信心、对土地的热爱以及对生命的执着，而朦胧派表达的则更多的是青春的迷惘、痛苦、怀疑与不确定性。如主题同为"寻找"的北岛的《迷途》：

沿着鸽子的哨音
我寻找着你
高高的森林挡住了天空
小路上
一棵迷途的蒲公英
把我引向蓝灰色的湖泊
在微微摇晃的倒影中
我找到了你
那深不可测的眼睛

　　北岛在湖泊的倒影镜像中找到的是自己"那深不可测的眼睛"，是生命无法跨越的巨大深渊和谜一般的自我；而郑敏在大地与天空中顿悟的是诗人要像春蚕一样吐丝蜕变，像鸟儿一样永不停止地去发现与飞翔："只有当成熟使你找到/第二个童年，/海洋无论有多大的风浪/却总是紧紧迷住你的心。"这首《第二个童年与海》是她对生命的再次确证。当郑敏在20世纪70年代末80年代初重新拿起笔写诗时，她意识到自己开始了"第二个春天"（在感受上自然不同于北岛一代的第一个春天）。那种艺术再生的强烈感觉像涌来的潮水般冲击着她沉睡已久的诗情。这可以解释为什么郑敏对大海充满深厚的情感与丰富的想象，有关海洋、海鸥的意象成为许多诗歌的内在意蕴，如《岩石》《珍珠》《锚》《鸽子与鲸鱼》《我们的旅行刚开始》等。无边无际、潮起潮落的"大海"呈现了诗人汹涌澎湃的情感，对历史与时代的把握，对宇宙万象、悠久文明的感悟，如《一个引水员的心》中传达的执着信念：

> 我被大海吸走
> 象一只觅食的海鸥，
> 然而我不是为了鱼
> 我航向大海，为了
> 无边的海洋迷惑着
> 我不肯安息的心。

三　九叶派与朦胧派的承接与交汇

从 20 世纪 50 年代至 70 年代末，浪漫派、象征派、现代派等皆处于边缘，不过这个时期还有一些在少数人之间秘密流传的"地下文学"或主要注重个人隐私书写的"抽屉文学"，如白洋淀诗群以及朦胧派。1978 年 12 月，北岛、芒克等在北京创办了《今天》，推出了当时一批优秀诗人，如北岛、杨炼、顾城、江河、舒婷、芒克、江河、严力、黄翔等，被称为今天派。因为 1985 年出版《朦胧诗选》收录了这些诗人的作品，它又被称为朦胧派。这群年轻诗人由地下秘密写作逐渐转入公开写作和活动。他们的诗歌通过一系列意象、象征来含蓄地表达对不公的不满与鄙弃，对主流诗歌的僵化规范进行挑战，开拓了现代诗的新天地和新空间，但最初的主流诗坛更多的是以否定的、批判的态度对待这类晦涩难懂的朦胧诗，斥之为没落颓废情绪的哀歌。其实，朦胧诗的浮出地表与九叶派之间存在一种隐秘的承接关系，它与 20 世纪 40 年代的中国新诗派不谋而合，联结起中断了的中国现代主义诗歌传统。

对于 40 年代的现代主义诗歌与 80 年代涌现的现代主义诗歌，时隔

第二章　从现代主义到后现代主义的诗歌转型

三十年的诗歌潮流以某种奇特的方式开始重叠、汇集与交流。提及九叶派（中国新诗派），人们容易误以为只有九位诗人。按照中国的文化传统，"九叶"之"九"也代表多数的意思。它大致由三支队伍组成：第一，《诗创造》和《中国新诗》杂志的部分诗人、诗歌；第二，"创造诗丛""森林诗丛"的部分诗集及其作者；第三，西南联大的校园诗人群。[①] 关于这一点，蓝棣之在《九叶派诗选》的前言中特别提及："在中国语言里，'九'常常用来表示虚指的很多或事物的丰富性，因此，'九叶'的'九'既是确指我将在这里着重介绍的九位诗人，也暗含40年代那些也写现代主义或接近现代主义诗风的年轻诗人们，这些人中有马逢华、方宇晨、莫洛、李瑛、杨禾，甚至还有40年代初期西南联大校园诗人王佐良、汪曾祺、林蒲等。我指明这个情况，是想说明，九叶诗派的崛起，并非几位诗人偶尔的认同或者友谊的合作，也不是几位诗人在一片沙漠上的孤独奋斗或彷徨探索，它具有文艺思潮演变的必然性，和一定的群众基础。"[②]

与一般的文学团体不同，九叶派只是一个因时势而集合起来的松散的诗友联盟。郑敏强调"九叶诗人"的风格不尽相同："我的个人背景是哲学，师从过冯至；杜运燮是新华社的，受奥登的影响最大，更接近现实主义，还在抗战时期写过《滇缅公路》等诗歌，他的诗不边缘，不难懂；陈敬容受法国抒情诗人的影响，只是后来写得较少了；唐祈是一个非常敏感的人，他的诗里现实主义的成分多一些，很红色革命；唐湜的专长是评论，理论很先锋，很现代派；袁可嘉则受瑞恰兹影响最深，他把大量的精力投入到文艺批评当中；辛笛的资格最老，是与卞之琳同时代的人，后来去了英国，结识了一些和他年龄相仿的英国诗人，并与艾略特以及英国当代三大诗人中的S·史本德、C·D·刘易士及缪尔等有来往……穆旦的诗感情特别强烈，语言也特别强烈。他受西方现代派影响太大，思维西方化，文字也特别欧化，比较难懂。""总的说来，我们的路并不一致，相同的就是背景都是40年代。说起来，就像曹辛之捏了一把茶叶，把我们撮在一块。"[③]

[①] 游友基：《九叶诗派研究》，福建教育出版社，1997，第7页。
[②] 蓝棣之主编《九叶派诗选》（修订版），人民出版社，2009，前言第1页。
[③] 桤木、项健整理《郑敏：跨越世纪的诗哲人生》，载《郑敏文集》（诗歌卷，下），北京师范大学出版社，2012，第783~784页。

尽管如此,"九叶诗人"的创作还是体现了一致的现代主义文学倾向,也吸收了现实主义文学的某些原则(与西方现代主义拉开了距离)和古典诗歌传统(汉语诗歌的历史延续性),强调诗歌是现实生活的反映(与"七月派"分享了同样的社会与现实关怀),因此,多重文学资源的综合形成了不同于西方的中国现代主义诗歌。早在20世纪40年代末,批评家袁可嘉强调:"新诗一开始就接受西洋诗的影响,使它现代化的要求更与我们研习现代西洋诗及现代西洋文学批评有密切关系,我们却绝无理由把'现代化'与'西洋化'混而为一。从最表面的意义说,'现代化'指时间上的成长,'西洋化'指空间上的变易;新诗之不必或不可能'西洋化'正如这个空间不是也不可能变为那个空间,而新诗之可以或必须现代化正如一件有机生长的事物已接近某一蜕变的自然程序,是向前发展而非连根拔起。"[①] 后来他在为《九叶集》写的序中再次强调:"他们认为诗是现实生活的反映;但这个现实生活既包括政治和社会生活中的重大题材,也包括生活在具体现实中人们的思想情感的大小波澜,范围是极为广阔的,内容是极为丰富的;诗人不能满足于表面现象的描绘,而更要写出时代的精神和本质来,同时又要力求个人情感和人民情感的沟通;在诗的艺术上,他们认为要发扬形象思维的力量,探索新的表现手段,发挥艺术的感染力,而且要有各自的个性与风格。"[②] 唐湜也指出:"我们只拿出自己的作品,没有打出过什么主义的旗帜,只不过要求诗艺的现代化;而我们是尊重五四以来新诗传统语言的纯洁性的,就有几位因为精通西方语言,受到一些影响,也决不会故意割裂中国语言的结构,破坏习惯的语法。我们要以诗的语言、风格、意象来表现流派的色彩,却并不装腔作势,故意炫奇。我们九个,也各有自己的风格,并不强求统一。"[③] 可以看出,九叶诗人都强调其"现代诗歌是现实、象征与玄学的新的综合传统"[④],但又坚持

[①] 袁可嘉:《新诗戏剧化》,原刊于《诗创造》1948年6月第12期,参见袁可嘉《论新诗现代化》,生活·读书·新知三联书店,1988,第21页。
[②] 袁可嘉:《九叶集·序》,江苏人民出版社,1981,第4页。
[③] 唐湜:《九叶在闪光》,载唐湜《九叶诗人:中国新诗的中兴》,上海教育出版社,2003,第37页。
[④] 袁可嘉:《新诗现代化》,原刊于《大公报·星期文艺》1947年3月30日,载袁可嘉《论新诗现代化》,生活·读书·新知三联书店,1988,第21页。

第二章　从现代主义到后现代主义的诗歌转型

各自的创作特色，这三个方面的色调显示出不同的比例。

九叶派在20世纪80年代"浮出历史地表"主要归功于曹辛之（杭约赫）的精心组织和唐祈、辛笛的不懈坚持。经过两年多的准备与推动，《九叶集》在1981年的出版成为新诗史上的一个醒目标志，它为当时的中国主流诗坛注入了新鲜的血液，呼应了正在兴起中的朦胧派，开启了新诗多元化的局面。一些30岁以下的诗人和诗歌爱好者面对《九叶集》发出欢呼，他们发现原来中国早就有如此现代、如此先锋的诗歌，于是奔走相告，买书相赠。林莽记得："《九叶集》是一本对我影响很大的诗集，记得当时我买了几本送给周围的诗人和诗歌爱好者。"[①] 其时，以北岛、舒婷为代表的诗坛新秀冲破藩篱，推动诗歌以崭新的容姿登上新时期的文坛。作为40年代与80年代的文学连接点，九叶派将中断了30余年的两股现代主义诗歌潮流关联起来，并引发了一场影响深远的诗歌争论。对此，郑敏提及：

> 从心态上讲，我们只能接受点缀、陪衬的这种地位，所以，我们想发表诗歌的话，只能在别人发表了一大批堂堂皇皇的正统诗歌之后，摆上一两首我们的诗。不过事情的发展有些出乎人的意料。后来杜运燮的一首诗《秋》引起了中国诗歌界一场大的运动，就是朦胧诗运动。这是始料不及的。没想到，这一片叶子还掀起了一场风波。其实，我们的诗在唐祈于兰州西北民族学院教学中已经广为推广。他也把这些诗介绍给北岛等诗人看，让这些当时的朦胧诗人都大吃一惊。他们说："我们想做的事，40年代的诗人已经开始在做了。"[②]

实际上，有关朦胧派的命名也与九叶诗人密切相关。杜运燮在《诗刊》1980年第1期发表了一首诗《秋》，第一节为：

> 连鸽哨都发出成熟的音调，
> 过去了，那阵雨喧闹的夏季。

[①] 林莽：《蔚蓝的远山与金黄的稻束：我认识的郑敏先生》，《光明日报》2009年9月7日。
[②] 郑敏：《遮蔽与差异——答王伟明先生十二问》，载《诗歌与哲学是近邻——结构-解构诗论》，北京大学出版社，1999，第456页。

结构-解构之维：郑敏的诗歌与诗学

不再想那严峻的闷热的考验，
危险游泳中的细节回忆。

对此，章明在《诗刊》1980年第8期发表了一篇诗评《令人气闷的"朦胧"》。在他看来，"这首诗初看一两遍是很难理解的"，"开头一句就叫人捉摸不透"，"鸽哨是一种发声的器具，它的音调很难有什么成熟与不成熟之分"。据这位评者说，他和另一个写诗的朋友研究了一个多小时，才明白作者的用意是把"文革"比作"阵雨喧闹的夏季"，并认为"这首诗的立意和构思都是很好的；但是在表现手法上又何必写得这样深奥难懂呢？"接着他又举出青年诗人李小雨的《夜》作为例证，认为这类诗写得怪诞、玄虚、生涩，"高深莫测"，令人百思不得其解，是"令人气闷的'朦胧'"。为了避免粗暴的嫌疑，章明将此类诗体姑且命名为"朦胧体"①。

为了回应这篇充满抱怨、不解的文章，杜运燮写了《我心目中的一个秋天》作为辩护："诗歌同其他一些艺术作品一样，也容许读者（观众）在欣赏时进行再创造，可以有和作者不同的联想、想象和体会。"② 此后，"朦胧"这个略含贬义的称谓反而成为由北岛、顾城、舒婷、梁小斌、江河、杨炼、林莽、王小妮等引领的新诗潮的命名，围绕着朦胧诗展开了一场热烈的论战。③ 在某种意义上，朦胧诗是20世纪40年代现

---

① 章明：《令人气闷的"朦胧"》，《诗刊》1980年第8期，第53~55页。
② 杜运燮：《我心目中的一个秋天》，《诗刊》1980年第9期，第55~57页。杜海东曾描述父亲杜运燮的写作："他是从海外归来的华侨，他的诗歌创作受海外现代诗创作影响最深，他的散文中大多是写海外风光、华侨历史和受海外诗歌影响的中国现代诗歌问题……"参见杜海东《不是序——书前的话》，载《热带三友·朦胧诗》，中国戏剧出版社，2006，第7页。
③ 朦胧诗在80年代引发的论争标志为谢冕、孙绍振、徐敬亚分别撰写的文章《在新的崛起面前》《新的美学原则在崛起》《崛起的诗群》等，被称作"三个崛起论者"。谢冕给新诗探索赋予了某种合理性或合法性。孙绍振将它上升到"新的美学原则的高度"：他们"不屑于作时代精神的号筒，也不屑于表现自我感情世界以外的丰功伟绩"，"不是直接去赞美生活，而是追求生活溶解在心灵中的秘密"。徐敬亚对朦胧诗产生的社会历史根源、诗学主张、文本实验及风格特征等做了系统而具体的阐释。论争的反对方以丁力、郑伯农、程代熙等为代表，认为朦胧诗是晦涩诗、古怪诗，"崛起论"是古怪诗论，基本否定了朦胧诗的艺术特色。艾青、臧克家对朦胧诗和"崛起论"持一种批评甚至否定的态度。一些批评家和诗人既肯定了朦胧诗所具有的探索精神及取得的成就，又指出其不足，应给予具体的分析。

代主义诗歌风格的复现，他们以九叶派的诗歌风格印证了现代主义诗歌存在的合法性。郑敏认为："《九叶集》出版时作者们不过是觉得应当使这些被埋在历史的沙砾下的诗歌重见天日，不料其结果却是在青年诗人群间诱发了一种自创流派，摆脱清一色的写诗模式的热情，真是我们始料所不及。为当时苏醒过来的诗歌创作热情打开了一扇窗户，看到了在日常视野之外的一片天空。"① 澳大利亚汉学家杜博妮（Bonnie S. McDougall）和香港中文大学雷金庆（Kam Louie）在 The Literature of China in the Twentieth Century（1999）中认为20~30年代诗人和40年代"九叶诗人"的作品，乃是80年代朦胧诗人灵感的直接源泉。又如，陈敬容翻译的波德莱尔诗作，曾悄悄滋养着特殊时期中成长的一代年轻人。北岛写道："陈敬容是我所敬佩的'九叶派'诗人之一。她译的波德莱尔的九首诗散见于二十世纪五六十年代的《世界文学》，被我们大海捞针般地搜罗在一起，工工整整抄在本子上，那几首诗的翻译，对发端于60年代的北京地下文坛的精神指导作用，怎么说都不过分。"② 所有这些都表明，现代主义诗歌的种子一直深埋，遇到合适的时机（文化土壤），必将破土而出。

如果说杜运燮的《秋》引发了一场有关朦胧诗的轰轰烈烈的争论，以意想不到的方式将"朦胧""晦涩""复杂深奥"的两代现代主义诗歌流派关联起来，那么，郑敏则成为年轻诗人们追捧的导师与楷模。她在家中时不时地接待年轻诗人的来访。林莽回忆："那是上世纪80年代初的春天，在中国的大地上，知识和文化刚刚开始有了新的生机，在大学的校园里，小小的二月兰，仿佛是一种象征，一种让人欣喜的象征，它们开满了郑先生的花园，开满了屋前和楼后。我记得那次，北岛、芒克、江河、多多、顾城、杨炼、一平、严力、小青等，我们一行十几个人骑着自行车涌到郑先生家里，时值春天，二月兰开得正艳，它们有如我们的心情，渴望春风，渴望知识与文化的熏陶。……在郑先生的家里，我们谈西南联大的诗人们，谈以往的诗歌与新诗潮的涌动，谈诗歌的变化与

---

① 郑敏：《辛之与九叶集》，载《诗歌与哲学是近邻——结构-解构诗论》，北京大学出版社，1999，第402页。
② 北岛：《时间的玫瑰》，生活·读书·新知三联书店，2015，第111~112页。

发展。"① 这种新生代与老一辈的相遇与相知,构成了当代诗歌走向变革与创新的一股时代潮流。

正当蓬勃兴起的朦胧诗遭到主流学界的某些批驳时,郑敏以晓鸣为笔名发表了《诗的深浅与读诗的难易》一文,驳斥那些认为朦胧诗难懂而不具有欣赏价值的浅薄观点。她强调:"读懂的难易并非衡量作品价值的标准。衡量文学的标准应当是看作品能否丰富人们对世界的认识,看它有没有帮助人们理解时代、历史、社会,并且能否促使读者在理解世界的基础上去改造世界。"② 因此,用诗的难易来评价一个诗人的贡献是不妥当的,何况现实生活复杂多变,并非一目了然。在她看来,诗的艺术在很大程度上体现两种矛盾的力量的结合,这就是"凝练"与"丰富"的结合:"诗的平衡、优美和力度要求'少'和'多','简'和'繁','疏'与'密','淡'与'浓','聚'与'化'这几对矛盾巧妙地结合。"③ 郑敏阐明的这些诗学原则与英美新批评一致,实际上也延续了袁可嘉在20世纪40年代提出的新诗现代化与戏剧化、现代诗趋于晦涩复杂难懂的诗学主张。如今,她勇敢地站出来,为延续现代主义诗歌风格的年青一代做辩护,并给予极大的肯定和鼓励:"如果我们的方针是百花齐放,如果我们认为读者的趣味可以多样,趣味本身也可以发展和改变,那么还是多鼓励诗人进行自己的尝试、摸索、创新,使品种不多的诗圃不断展出新的品种,让它们在实践的土壤里争艳,而不是急于取消哪一种品种。"④ 可见,郑敏对朦胧派有着更深入的理解和更包容的态度。

在1981年发表的《诗的魅力的来源》中,郑敏认真阅读了北岛的《回答》(1979)和《我们每天早晨的太阳》(该诗发表于《上海文学》1981年第5期),指出"北岛的诗在洗练、精确、集中和富于感性魅力方面很接

---

① 林莽:《蔚蓝的远山与金黄的稻束:我认识的郑敏先生》,《光明日报》2009年9月7日;林莽:《郑敏先生访谈录》,《思维·文化·诗学》,河南教育出版社,2004,第233页。他在访谈中提及:"我记得是在80年代初,我第一次来您家是和北岛、江河等十几个人一块来的。"
② 晓鸣(郑敏):《诗的深浅与读诗的难易》,《诗刊》1980年8月号,第56页。
③ 晓鸣(郑敏):《诗的深浅与读诗的难易》,《诗刊》1980年8月号,第57页。
④ 晓鸣(郑敏):《诗的深浅与读诗的难易》,《诗刊》1980年8月号,第57页。

近庞德等意象派理论家所提出的诗的原则"①。她从意象派诗歌的角度,指出朦胧诗与早期新诗和西方现代诗歌的承续关系:"他们参照着20世纪30年代和40年代中国新诗的传统及一些翻译体的语言,在跳出口号式语言的束缚后,继承了40年代的新诗语言与风格,又结合了80年代的时代感,创造出一批出色的诗作。朦胧诗的特点是富有个性,量虽不大但在当时的诗歌界却引起很大的震动,形成一股突破性的潮流。"② 作为过来人,郑敏不是像艾青等诗人主要持现实主义标准,她给年青一代更多的是喝彩、指正与祝福。80年代初期,文学艺术仍处于谨慎的氛围中,郑敏的严谨、包容与开放的姿态,越显珍贵。

1981年,北岛等一批朦胧派诗人收到唐祈的邀请,请其参加将于兰州举办的"兰州诗会"(因故取消)③。多年后,王家新在纪念郑敏的文章中回忆这个场景:"记得在1981年四五月份,我们应唐祈先生邀请参加兰州诗会(该诗会因故临时取消,但很多诗人已去报到了),同行的北岛在那里第一次读到《九叶集》之后就很感叹:没想到他们那时就写得那么好!"④ 谢冕指出九叶派与朦胧派之间的密切关联:"作为一个诗歌群体,'九叶'诗人除了具有深厚的中国诗歌传统外,他们的西学基础同样深厚,特别是不同程度地具有鲜明的现代主义倾向。40年代后半期,这些诗人在当时时尚的文学潮流中是一个异数,长期受到压制和歧视。时代走向清明,'九叶'在新时期的阳光下伸展着浓郁的春意。后来,他们作为现代诗的前辈,成为'朦胧诗'最有力的支持者。"⑤ 事实证明,30~40年代涌现的一批杰出诗人的诗歌翻译与创作对正在崛起中的80年代年轻诗人产生了较大的影响。郑敏指出:"几个年青诗人在翻阅上半世纪的现代主义诗集时,发

---

① 郑敏:《诗的魅力的来源》,载郑敏《英美诗歌戏剧研究》,北京师范大学出版社,1982,第89页。
② 郑敏:《我看中国新诗》,载《思维·文化·诗学》,河南教育出版社,2004,第216页。
③ 北岛:《远行——献给蔡其矫》:"1981年秋,在兰州教书的'九叶派'诗人唐祈筹备'兰州诗会',请了舒婷、江河、杨炼和我。未在受邀之列的蔡其矫,闻舒婷途中被窃,赶去救援;舒婷败兴回家,他却意犹未尽,直奔兰州。我们在招待所撞见,不禁欢呼起来。"参见 http://q.sohu.com/forum/14/topic/2166228。
④ 王家新:《不灭的生命之光——纪念郑敏先生》,《文艺研究》2022年第3期,第14页。王家新提及"兰州诗会"的开办时间与北岛不一致,可能有误。
⑤ 谢冕:《中国新诗史略》,北京大学出版社,2018,第353页。

现了灰尘满面、劫后余生的 40 年代的诗作，为之震惊，他们说：'这些诗正是我们想写的'。……但如果将 80 年代朦胧诗及其追随者的诗作来与上半年已经产生的新诗各派大师的力作对比，就可以看出朦胧诗实是 40 年代中国新诗库存的种子在新的历史阶段的重播与收获，仍是以西方诗歌为原型的汉诗，从诗歌艺术上讲并没有多少崛起。"[1] 郑敏看出朦胧诗并非无源之水、无根之木，而是有其根源，并毫不隐讳地指出其局限性。

现代派与朦胧派错综复杂的历史渊源与代际承接表明，九叶派以或明或隐的方式为朦胧诗的崛起奠定了诗学基础，提供了合法性（"朦胧"一词的来源）与标杆（让青年诗人意识到新诗的现代主义传统），并给予了无私的肯定和极大的鼓励（如"文革"期间九叶派诗人的译诗以手抄本或灰皮书的方式悄悄传播），纠正了中国缺乏"现代派"诗歌传统的简单判断。尤其是，80 年代初新老一辈现代主义代表诗人开始相识、交流、对谈和切磋，共同促进了新诗的多元化发展。因此，九叶派在新诗史上具有的承前启后的重要地位与价值是显而易见的，逐渐获得了现代文学史的认可。

第三节　80 年代后现代主义诗歌的蜕变

自 1955 年回国之后，郑敏并未创作，直到 1979 年与"九叶"诗友们重逢，她才开始第二度书写。最初，在打破了某种陈旧僵化的思维框架与摆脱主流话语的束缚后，她却找不到新的艺术形式或个性表达方法，这个过渡时期持续了差不多五年时间，在《寻觅集》（1986）中可以看到诗人曾一度迷惘彷徨、痛苦探索。1985 年之后，美国后现代诗歌（无意识理论）、西方后结构主义哲学（解构主义等）为郑敏打开了思考之门，她开始向后现代主义诗歌风格蜕变。"从同一株老树上发出新的嫩芽，／从同一颗心灵里涌出新的智慧，／从同一扇窗前捉到新的感情。"（《读 Selige Sehnsucht 后》），这是郑敏在 40 年代阅读歌德的名诗《幸福的憧憬》后写下

---

[1] 郑敏：《新诗百年探索与后新诗潮》，载《诗歌与哲学是紧邻——结构-解构诗论》，北京大学出版社，1999，第 332~333 页。

的诗句，似乎奇妙地预言了半个世纪后老树发新芽的"第二个春天"。在无意识理论和拆解二元对立的解构思维的启发下，郑敏竭力抛弃外部世界强加于作家身上的思维枷锁和僵化教条，释放了被长期压抑的创造力和想象力，调动悟性和敏锐的思维，写作焦点从外在的观察转向了无意识的心灵幻象，她把庞德式的现代主义意象与后现代主义的超现实幻象加以混合杂糅，呈现一种高度"综合"的特质，这是融汇了前现代—现代主义的中国式后现代主义（逐渐吸纳了道家传统），也就是说，过去、现在与未来奇妙地叠加，构成了郑敏诗歌超越时空、自成一体的独特风格。

一 无意识心灵幻象与流线形式

与《寻觅集》选入的以归来者诗人身份创作的诗歌风格明显不同的是，1985年访美之后，郑敏诗歌呈现内心情感与思想的方式发生了极大的变化，最关键的一点是诗人对无意识的发现。正如她提及的："1985年后我的诗有了很大的转变，因为我在重访美国以后，受到那个国家的年轻的国民气质的启发，意识到自己的原始的生命力受到'超我'（Super-ego）的过分压制，已逃到无意识里去，于是我开始和它联系、交谈。因为原始的生命力是丰富的创作源泉。"[1] 郑敏意识到现代心理学中的"无意识"是打开诗歌未知之门的一把钥匙。无意识的混沌既有人类原始的冲动（弗洛伊德提出的"力比多"），也有人类的文化基因（荣格提出的"原型"）。无意识中的丰富的创作之"能"不容强行开发，有待作家小心翼翼地寻觅。海德格尔有关语言是人的存在之家的真知灼见也使郑敏重新认识到语言并非作家控制的工具（长期以来我们的文学理论总是视语言为工具或载体）。如果一个作家不尊重无意识的引导或者违背语言的本质，一味应和外在意识的规范，人云亦云或者追新逐异，只能形成畸形、晦涩的风格，而失去其初始的自然朦胧之美。一个伟大的艺术家善于在意识与无意识之间进行深刻的对话，挖掘内在的创造力。郑敏反省自己刚刚恢复写作之时，总是考虑到外部世界的上意识，按照某种特定规范去写作，结果写下

---

[1] 郑敏：《生命和诗》，载《诗歌与哲学是紧邻——结构-解构诗论》，北京大学出版社，1999，第423页。

了不少粗糙的下承之作。现在，她必须寻找来自内心的声音。多次赴美的经历激发了她的写作转向与思想蜕变，她写道：

> 1985年后由于不断地学习和探索，我终于找到一条通往新时代诗歌写作的，具有一定个性的艺术转换的途径。我需要充沛的心态，在这种精神状态下我的心灵深层如一扇教堂的大门在管风琴声中徐徐启开，我感觉好像有很多小小的精灵飘进我的深处，它们唤醒了我的深处沉睡的无意识，它在黑暗中翻身，并放出很多很多的形象，也就是"意象"。这些意象不是现实的模仿，不是摄影，而是我的悟性在感性中的化身。它们充满强烈的思想感情，充满了我的心态的色彩和气息；它们像脱离了我的躯壳，自己在空中飘摇；它们甚至自己落在我的纸上。我的《心象组诗》和那以后写下的许多诗都是这样产生的。①

《心象组诗（之一）》创作于1985年加州大学圣地亚哥文学院任教期间，后来发表在《诗刊》1986年10月号。它由13首短诗组成：《"引子"》《"门"》《渴望：一只雄狮》《"它"》《"那里"》《"我们站在"》《"雷雨与夜"》《"云"》《"那个字"》《理想的完美不曾存在》《小精灵》《无声的话》《看不见的鲸鱼》。《心象组诗（之二）》由15首组成：《根》《逼近》《雪谷》《我的黑月季》《跪着，在树下》《海底电缆》《沟——悼念T.J老人》《两种火》《她走过长安街》《脸的书》《灯》《成长》《巧克力猎人》《地震》《秋天下午的风》。从这些诗的标题可以看出，它们之间保持着若即若离的内在联系，是诗人所经历的一些触动心灵的事件的反映，呈现了思想感悟与精神蜕变；是诗人对世界、人生、自然、艺术、灵感、心灵、友谊、成长、生死等诗人的所见所闻所思，每个形象或意象皆为诗人隐秘经验的外化，它们既是对具体的物质现象的描写与沉思，又是对心灵世界的捕捉与呈现，是无意识的漂浮与符号的滑动。如《"引子"》的开篇之句：

---

① 郑敏：《创作与艺术转换——关于我的创作历程》，载《思维·文化·诗学》，河南教育出版社，2004，第203~204页。

在昼夜交替的微光中
心象自我涌现
在画布上
坚实而又虚幻

我捕捉到的
不是光滑的鱼身
是变幻不定的心态

生命之力好似一头猛兽要冲出诗人的身体，这种感觉被诗人以超现实主义的艺术方式表达出来，如《渴望：一只雄狮》：

在我的身体里有一张张得大大的嘴
它像一只在吼叫的雄狮
它冲到大江的桥头
看着桥下的湍流
那静静滑过桥洞的轮船
它听见时代在吼叫
好像森林里象在吼叫
它回头看着我
又走回我身体的笼子里
那狮子的金毛像日光
那象的吼声像鼓鸣
开花样的活力回到我的体内
狮子带我去桥头
那里，我去赴一个约会

这只雄狮驰出诗人的身体，在与自然（长江）约会后，重回身体，将原始的生命活力带回给诗人，狮子和大象以它们美丽的金光闪闪的毛发和吼声击溃了外界对诗人的窒碍和压迫，同时给予诗人心理治疗，使诗人得到精神宣泄，恢复对生活的信心，重新获得能量。这是外在的现实自我与沉睡的原始本我的一次约会。诗人意识到"两个'自我'的相遇，/可能成命运或历史"（《理想的完美不曾存在》）。这个看不见的本我世界如同"穿不透的铁甲"始终存在于"我的意识里"（《"它"》），它与一系列的"黑"相关：在"黑暗的深处"（《那里》）；"黑郁的树林""只有一只夜鸟/划破沉寂"（《"我们站在"》）；"在那黑暗中，一双/回忆的眼睛会看见"，"夜之外不是黑暗/我阖上我的眼睛/得到了宁静"（《"雷雨与夜"》）；"雨云出现了/阴黑了青山"（《"云"》）；"黑郁的森林/掩盖着黑熊的踪迹"（《看不见的鲸鱼》）；"屋子是黑的"（《根》）；"夜，墨蓝的天幕/映现一朵闪光的黑月季"（《我的黑月季》）；"一只手/点燃一盏灯/黑暗缩向角落"（《灯》）；"这河水/像铅一样黑"，"油黑中碧绿：成长"（《成长》）；"秋天抚摸着/细毛似的丝草，/它们掩盖着黑色的树干"（《秋天下午的风》）。诗人渴求打开心灵之门，让这些潜藏于隐秘处的"小精灵们"走进心扉："请不要关闭你的门，/在真实的世界之外/还有那影子的世界/让她们进来"（《小精灵》）。"影子的世界"是无声无息的，诗人应感谢自己是一个聋人，能够感受到"无声的话""听不见的竖琴"的琴音（《无声的话》）；让"那看不见的鲸鱼"将她吞食、消化，"她终于找到生命的燃点"（《看不见的鲸鱼》）。

可见，这两组《心象组诗》以略带神秘色彩、自动开放的写作方式记录了诗人心灵的复苏过程（生命踪迹），她发现了无意识中的原始自我，在寂静、无声、虚无、起源、阴影、深夜、内在中找回本真的自己，点亮自我。正如诗人所言："《心象组诗》的写作解放了自己长期受意识压抑的无意识，从那里涌现出一批心象的画面，在经过书写后仍多少保存其初始的朦胧、非逻辑的特点。这些图像并非经过理智刻意组织的象征体，也非由理性编成的符号表象。它们自动地涌现，说明无意识是创造的初始源泉，语言之根在其中。"[①] 郑敏领会了布莱的心灵引导（催眠法），潜入无意识的大海，找回了一直隐藏在记忆深处的童年爱丽丝。

组诗《我的东方灵魂》（发表于《人民文学》1987年第8期），系郑

---

① 郑敏：《郑敏诗集（1979-1999）》，人民文学出版社，2000，序第2页。

第二章　从现代主义到后现代主义的诗歌转型

敏在 1985 年访美期间创作，由《较量》《圣地亚哥的气候》《抗议》《雪，它不能是白色的》《纽约的黄昏》《信》《听尺八》《他的琴弓在白浪里折断了》《穿过波士顿雪郊》《在一个追悼会上》共 10 首诗构成，它们如同一朵莲花的十个花瓣，每首诗就是一个音符，一种色彩，一幅素描，一些异国的经验片段，围绕"我的东方灵魂"这个主旨回旋呼应。它们真实地记录了郑敏在圣地亚哥、加州绿谷（Green Valley）、纽约、波士顿等地的所见所闻，开启了一个"东方灵魂"的觉醒之旅。《较量》描绘了太平洋波浪如"一排排白色的牙齿"，勇敢的冲浪者们在白色浪山中与之对抗、较量，表现了生命的动感和自然的巨大力量。《圣地亚哥的气候》则以带有身体感的语词与丰富的形象写出诗人居住在圣地亚哥的感受：

> 这亚热带的阳光
> 暖熟了她胸前的葡萄
> 肢体内的香蕉
> 眼睛里的野莓子
> 她感觉到柳叶的抚摸
> 柔软的草地的邀请
> 那白树干充满精力的诱惑
> 她不誓忠于它们中的任何一个
> 却将自己溶化于它们之中
> 像自然教她做的那样

"圣地亚哥"被拟人化为一位热情奔放、充满诱惑力的美女，她顺从自然的规律，敞开胸怀接纳一切。阳光催熟了这位丰腴的女子，水果的芬芳和自然的抚爱流溢全身。诗人将一个亚热带的城市比喻为一位热情可感的女性，其形象得到鲜活而生动的呈现，体现了诗人作为觉醒后的女性追求绽放、独立自主、顺应自然的意志："她不誓忠于它们中的任何一个/却将自己溶化于它们之中。"在接下来的《抗议》中，诗人倾吐着自己对圣地亚哥的切肤之爱："圣地亚哥，你的美是残酷的/因为我必须离开/我对你的最后赞美//是我的抗议/你的美这样恼人。"《雪，它不能是白色的》以一种

113

结构-解构之维：郑敏的诗歌与诗学

逆反的思维方式，呈现了白雪融化后纽约大都市的色彩斑斓和参差不齐："雪是/红的、蓝的、棕的/也许是黑的痛苦和/灰的寂寞/钟声在点滴着/雪/不能是/白的"，将不同的视觉色彩与心理感觉融为一体；随着时间的推移，融化了的白雪不再是白色的了。《纽约的黄昏》和《信》描写了诗人曾经居住多年的纽约，白日喧嚣过后的黄昏萧瑟、孤独与寂寞。《听尺八》是诗人在加州绿谷听到一位日本尺八大师演奏后有感，来自东方的神秘悠扬的音乐唤起了诗人对生与死、拥抱与离别、爱与梦、言语与意义、时间的开始与终结的感悟，在静又动、聚集又驱散、抚爱又捏碎、摄取又遗忘中将音乐、哲思与想象融为一体，其长长短短的词句排列形式，仿佛乐曲有节奏地飞扬。

郑敏逐渐恢复了对生活的感知力，诗人让景物和人事自然而然地呈现其特性，把个人的思想与情感化入景物之中，如《较量》《圣地亚哥的气候》《雪，它不能是白色的》等诗；诗人或置身其中，悄悄地与内心的幻象对话，倾诉着心灵的发现，如《渴望：一只雄狮》《看不见的鲸鱼》等诗。郑敏虽然还延续了她早期透过具体的事物表达抽象概念、思想或感悟的方式，但在意象的选择上，更关注主观意象，即"心象"、幻想与无意识，同时融合了后现代主义（解构主义）精神和中国古典诗词的境界。通过美国这个异域"他者"，通过不同文化之间"距离"的观照，郑敏愈加清晰地意识到诗人个体所具有的东方灵魂、文化传统和集体无意识，并在其诗歌中表达了对发现自我、文化身份的惊喜与沉思。

在诗歌的艺术形式上，郑敏曾提及："对我来说主要有两大派，就是立体的与流线的。"前者主要是指20世纪初以毕加索为代表的立体艺术和以庞德、艾略特为代表的意象主义（以及后期象征主义）诗歌运动，使用多维、压缩、剪贴等艺术手法，表现现实的复杂性；后者以马蒂斯的飘逸潇洒的线条、梵高的悲怆崇高的笔触，体现现实的空灵和神韵。显然，后期的郑敏更倾向于后一种艺术方式："我在写诗时不能像一些立体派诗人，先产生很多断面，而后将其组成诗的整体。我的素材必须在无意识中自由转换，酝酿，直到它形成自己的塑形，这时我会通过一些偶然的条件，收到酒已经酿成的信号，于是将这首诗接到世界上来。"[①] 这类似一个待产的

[①] 郑敏：《诗和生命》，载《诗歌与哲学是近邻——结构-解构诗论》，北京大学出版社，1999，第422页。

母亲,在经过十月怀胎之后,自然而然地分娩新生儿,无论是一首诗,还是一篇文章。

二 女性意识的觉醒与母性书写

诗人对无意识的探寻,涉及自我身份的认知。作为一位充满哲思的女性诗人,郑敏一方面明确地认可自己的性别特质,注重自己作为女性、女儿、情人、妻子、祖母的特殊身份和女性生命感受;另一方面她又不将自己局限于此,很少沉溺于多愁善感的个人哀怨,而是超越性别的界限,更多地关注民族、社会、人类、政治、科技、战争、生态环境、宇宙、生死等宏大主题。对于她而言,个人的与时代的、女性的与人类的这几个方面可以并行不悖,相辅相成。

1987年夏,郑敏有机会来到位于秦皇岛的南戴河,走在波涛汹涌、蜿蜒绵长的黄金海岸,蔚蓝色的大海触动了她的心绪,写下《一次约会》:

我以为我们都老了
但你一次又一次
从天边飞跑而来
伸着你长长的泡沫的手臂
追寻我站在沙滩上的双脚
你送给我苍白的嘴唇
直到我的脚浸在你的
冰凉的碧绿里
你悄悄地
将我脚下的细沙卷走
带回你幽暗的深处
我愈陷愈深
在短暂的片刻感到生命的弥合
直到退潮时刻催逼着你
你缓缓地离去

我又看见自己的双脚

她走远了
留下长长的湿痕
和海岸一样长
一样曲折，一样费解。

这首诗中的"你"到底是谁？她是潜藏于大海"幽暗的深处"的另一个被压抑的"自我"、无意识的生命冲动，还是缪斯女神行踪不定的足痕，抑或千变万化的自然，伟大的造物者的神秘显现？我与"你"的突然相遇与心神交流，"在短暂的片刻感到生命的弥合"，此时此刻，诗人重新发现并确认了那个深藏幽暗中的真实自我——那个不会为任何风雨伤害的爱丽丝。这首诗保留了郑敏前期诗歌在意象刻画上的立体感与具体感，却呈现了更为神秘的、非理性的"符号"或"踪迹"，从外在的意象（大海的波浪）转为内在的幻象（海洋女性"她"），是诗人与理想自我的对话。诗人把"不可见的存在"或"不可言说之境"通过一个想象中的女性形象呈现出来，避免了对某种哲学观念和炽烈感情的直接宣泄，由实而虚，多重视角转换，语言简练含蓄，风格纯净，意境悠远。

对个体潜意识的挖掘必然触及集体（民族）无意识。按照心理学家荣格的理论，集体无意识有别于个体潜意识。个人潜意识曾经一度是意识的，只是被遗忘或压抑，从意识中消失了，其内容大部分是情结。集体无意识的内容不是由个体习得而是通过遗传而存在，其主要内容是原型（archetype）。在《心中的声音》（1993）中，郑敏写出了集体无意识：

在这仲夏夜晚
心中的声音
好像那忽然飘来的白鹤
用它的翅膀从沉睡中
扇来浓郁的白玉簪芳香
呼唤着记忆中的名字

> 划出神秘的符号
> 它在我的天空翻飞，盘旋
> 留连，迟迟不肯离去
> 浓郁又洁白，从远古时代
> 转化成白鹤，占领了我的天空
> 我无法理解它的符号，无法理解
> 它为什么活得这么长，这么美
> 这么洁白，它蔑视死亡
> 有一天会变成夜空的星星
> 也还是充满人们听不到的音乐
> 疯狂地旋转，向我飞来
> 你，我心中的声音在呼唤
> 永恒的宇宙，无际的黑暗深处
> 储藏着你的、我的、我们的声音

"白鹤"是经常出现在中国传统文化和诗歌中的原型（文化符号），与英诗传统中的"天鹅"类似，具有纯洁、永恒和神秘的意味。在诗人笔下，"心中的声音"幻化为一个来自悠久文化传统中的超现实意象，对这个神秘符号的阐释有赖于诗人进入"无际的黑暗深处"，聆听天籁，感受它永恒的生命力和不朽的美丽。从远古时代飞来的神秘符号"白鹤"成为古老的中华文明、集体无意识、不朽的生命踪迹或不存在之存在的一个象征；诗人与"白鹤"的对话即自我与传统的对话。在此，孤立的"小我"融入一个厚重的集体"大我"之中，她具体的女性特质也就消失了，成为"我们"之一。

将《一次约会》、《心中的声音》与《金黄的稻束》对比一下，不难看出，郑敏后期的诗歌虽然沿袭了前期诗歌对意象的准确把握，不过在对意象的选择上却有了很大的差别。"金黄的稻束"这个意象是可见可感的实在，诗人直接赋予它承载"人类的一个思想"或"时间历史"等抽象概念，在诗歌的自然意象与哲学观念之间找到了一个恰如其分的"客观对应物"，具有静态的雕塑感或油画的质感，这是现代主义诗歌的重要特质。

而"少女"、"海浪"或"白鹤"等意象则从无意识中自动涌现出来,趋于流动的音乐性,意象的虚幻性、不确定性与动态感恰恰是后现代主义诗歌所强调的特质。可见,郑敏从前期现代主义的"立体"型转向晚期后现代主义的"流线型"书写与创新。

郑敏的第四本诗集《早晨,我在雨里采花》(1991)在香港出版,诗人也斯(梁秉钧)在序中指出"郑敏这种现代抒情诗的一个特色是它的绘画性,这不仅是指她有以绘画为题材的作品,也指她视觉性强、绘画性丰富的特色,也概指她擅以具体形象去体会心情和哲理的表现"[①]。不过,绘画与音乐、视觉与听觉所体现的艺术特质,在郑敏的诗歌前后期有所不同,其前期(40年代)创作趋于西方油画、雕刻等空间化、立体化的现代主义特质;后期(80年代)则趋于中国水墨画和书法、音乐等瞬间性、流动性的后现代主义特质,留下更多的空白与空灵境界。如《穿越波士顿雪郊》:"活过来的树林,/更真实的部分,/却没有发出声音。"这也表明郑敏回归古典诗歌传统的东方禅境:"此中有真意,欲辨已忘言。"在其书写中,后现代性与古典性、西方与东方传统奇妙地相遇了。

20世纪60年代开始兴起的德里达解构思潮与当时的女权运动、民权运动恰好同步,对西方女权主义来说是一副解毒剂或一根长矛,反男权(菲勒斯)中心主义、父权制的解构思维成为许多女权主义批评家的理论根基,如克里斯蒂娃、西苏、肖瓦尔特、斯皮瓦克的女性诗学都得益于解构思潮。郑敏对于西方女权运动带给女性的解放总体上持肯定的态度:"在一定程度上女权运动给当代女性诗歌注入了新血液,丰富了它的内容,使它走出单纯的爱情主题、母性主题、婚姻主题,而使这些内容溶于一个要求完全参与人类命运的女性的生命中。艾德玲·李区(Adrienne Rich,1929-2012,又译艾德里安娜·里奇)、丹妮斯·莱维托夫(Denise Levertov,1923-1997)、西尔维亚·普拉斯(Sylvia Plath,1932-1963)以及较后涌现的中年女诗人鲁易斯·格鲁克(Louise Glück,1943-,又译露易丝·格丽克)、艾依(Elaine Equi,1953-)、莎伦·奥兹(Sharon Olds,1942-,又译莎朗·奥兹)等都是因为扩大了、加深了她们的女性自我而

[①] 也斯《序:沉重的抒情诗——谈郑敏诗的艺术》,载郑敏《早晨,我在雨里采花》,香港:突破出版社,1991,第9~10页。

写出了优秀的诗。"[1] 郑敏在此提及的名字,多数是具有强烈的女权主义思想的美国当代女诗人。实际上,她译介了一些女诗人的诗作,除了以上提及的里奇、莱维托夫、普拉斯,还有 H. D. (Hilda Doolittle,1886–1961)、安·塞克斯顿(Anne Sexton,1928–1974)、伊迪斯·席特维尔(Edith Sitwell,1887–1964,又译伊迪丝·西特韦尔)、伊丽莎白·毕夏普(Elizabeth Bishop,1911–1979),并对她们的生平和创作风格进行介绍和评价。

但郑敏注意到中国女性主义与西方是不同步的,处于不同的十字路口,有不同的目标,仅从多数中国人喜用"女性主义"而非"女权主义"来翻译 Feminism 这个术语,也可见一斑。当西方的女性在反对阳性中心主义的时候,中国当代女性却在寻找阴性的世界:"中国的女性在经历双重幻灭后正面对困惑,有些不知所措。她们既经历了普遍的偶像幻灭,又经历着特殊的对男性偶像的幻灭。当西方妇女在大煞男子汉的威风,破骑士对妇女的'礼貌'时,中国妇女从劳动服里退出来后要求受到特殊的女性待遇,包括'骑士''风度'的对妇女的尊敬和怜爱。"[2] 具体到某些当代女性诗歌写作,她发现其中存在一些问题,如陷入"下半身"的身体与欲望写作,驱逐母性之爱的极端泄愤,自恋自爱的狭窄琐屑,抱有男女二元对立的绝对的思维方式,等等。郑敏对此则毫不客气地进行批评:"近年国内文学界转而重视和扶持女性小说和诗歌,但这种热点往往只倾向于女性在爱情、性、婚姻方面的自我解放,和'女性个性'的挖掘及充分表述,母爱这一主题却几乎被摒弃。对于多数是新生代的女作者们来说,母爱几乎是一种带有奴性烙印的旧式妇女美德,它意味着自我牺牲、缺乏反抗、缺少女权意识的妇女印象。"[3]

也许是年龄与代际的关系,作为一个年长的母亲或祖母,郑敏比较强调女性诗人应具有的"母性意识"(如和平、平等、互助、扶弱济贫、仁爱、慈爱、宽恕等品质),她把母爱上升到人类的高度:"女性写作应当认

---

[1] 郑敏:《女性诗歌:解放的幻梦》,载《诗歌与哲学是近邻——结构-解构诗论》,北京大学出版社,1999,第 394 页。因郑敏在《美国当代诗选》中的中译名与当下常规译法有差别,引文中女诗人的英文名字、生卒及常规译法,系本书作者标注,以方便读者阅读。
[2] 郑敏:《女性诗歌:解放的幻梦》,载《诗歌与哲学是近邻——结构-解构诗论》,北京大学出版社,1999,第 395 页。
[3] 郑敏:《郑敏诗集(1979–1999)》,北京师范大学出版社,2000,序第 4 页。

结构-解构之维：郑敏的诗歌与诗学

识到正是母爱造就了人类自开始生存在地球上以来最强大的精神力量，母系社会之所以成为人类最早的社会类型正说明没有母爱的力量，人类也许就无法开始其地球上的存在。"① 以身作则，在《郑敏诗集（1979-1999）》中，郑敏专门编辑了一卷《母亲没有说出来的话》，大部分作品是记录自己作为母亲、祖母的思想情感，诗人对于全世界所有母亲、女性、孩童都倾注了关切与爱，其中有写给儿子或女儿的离别诗《外面秋雨下湿了黑夜》《后悔》《没有尽头的路》《生命的距离》《一个雨急云飞的下午——给蔚》，有写给孙子的祝贺诗《留给孩子们的诗：天真之歌》，也有写给痛苦或受难的母亲的诗《母亲的心在秋天》《给失去哭泣权力的孩子们》，有献给圣母玛利亚的诗《不是〈哀悼耶稣〉》。

郑敏更强调女性的独立自主和超越两性的人类思考："当空虚、迷茫、寂寞是一种反抗的呼声时，它们是有生命力的，是强大的回击；但当它们成为一种新式的'闺怨'，一种呻吟，一种乞怜时，它们不会为女性诗歌带来多少生命力。只有在世界里，在宇宙间，进行精神探索，才能找到20世纪真正的女性自我。"② 虽然郑敏并未忘记自己的性别身份，在写作中也总是以女性（尤其是母性）的身份发声，具有明显的自主、独立意识（包括一些爱情诗、母爱诗、怀友诗），但的确她较少关注女性作为个体所经历的伤痛、屈辱、挣扎、内心分裂、男性暴力、不平等、父权压迫等创伤性私人经验，更愿意弘扬女性（作为母性）的"大我"品质，尤其是爱、和平、友善、包容、宽恕、牺牲、自然、博大的美德。郑敏主要是从超越两性对立的理想视角（而非现实处境），倡导男女之间的平等与协作，希冀不平等、残酷、暴力、饥饿等因"母爱"而消减，世界因此而变得更加美好。因此，她对某些当代女诗人的所谓"叛逆""对抗"无法产生共情。

李怡把当代诗人分为"学院派诗人"与"非学院派诗人"，在他看来，"学院派诗人大体包含这样几个特点：诗人接受过严格的学院式教育，或者较长时间任教于高等学府，传道授业与文化研讨是其事业组成的重要部分，对知识、学养的重视构成他主要的认识追求，而他的诗歌艺术的选择

---

① 郑敏：《郑敏诗集（1979-1999）》，北京师范大学出版社，2000，序第5页。
② 郑敏：《女性诗歌：解放的幻梦》，原刊于《诗刊》1989年6月号，载《诗歌与哲学是近邻——结构-解构诗论》，北京大学出版社，1999，第395页。

从总体上是从属于这样一种人生旨趣和性格追求的。"① 由此看来，郑敏属于典型的学院派诗人，她在大学接受过哲学与文学方面的严格训练，长期生活在"象牙塔"中，过着安静、稳定和自足的书斋生活；将诗歌写作与学术研究、翻译与教学实践结合在一起；她不断追踪思考最前沿的学术思潮，以开放新锐的眼光关注当代诗坛的各种变化，时不时地发出有些尖锐的批评之声，其强烈的知识分子气质使她与非学院派出身的诗人保持着某种距离。对此，郑敏自己也意识到了："我的成长有太多城市的、学院的成分，因此，我特别羡慕长在沙漠里的诗人和艺术家。"②

为何郑敏对某些当代女性诗歌持有贬斥或排异态度？郑敏重知性、抽象、玄学的学院派气质使她很难欣赏那些远离"象牙塔"、在现实中"野蛮"成长而具有强烈的叛逆意识的当代女诗人，并不欣赏她们在写作中直接倾吐个人隐私、私生活或自怨自艾的伤痛。在写给唐祈的信中，她毫不讳言："近来女诗人写些很让我不想看的诗，趣味太狭窄了。而且将'性'与生命中其他方面切断，游离开来，既庸俗又乏味。不过逆反心理使得一些青年人，或者年纪大的津津乐道，也是没有办法的事，时间会调整一切的。"③ 对于 1985 年之后兴起的五花八门的"先锋派"（如非非主义）或"第三代诗人"，她也是批评多于肯定，认为他们之中的不少人"将自己的诗才滥用在盲目地追逐西方先锋的表象上，而对西方现代、后现代主义深处的认识论、宇宙观的变革及其先锋的美学关系并无所知，其结果只造成标新立异、一知半解地创造了一些伪后现代作品"④。在她看来，这种反抒情、反诗语，写日常、泛散文化的倾向会让诗歌变得平庸而琐屑，一味追求"个人化"也导致精神天地的狭小，缺乏崇高感。

不难理解，郑敏主要是站在知识精英的学院派立场评判多数"非学院派诗人"。实际上，我们很少读到少女时期的郑敏写作的爱情诗。这与穆

---

① 李怡：《中国现代新诗与古典诗歌传统》，北京大学出版社，2008，第 282 页。
② 郑敏：《致牛汉》，原刊于《诗探索》1994 年第 1 辑，载《郑敏文集》（文论卷，下），北京师范大学出版社，2012，第 835 页。
③ 张天佑辑注、唐真校《"和你通信往往促使我思考和计划"——郑敏致唐祈十一封信》，《新文学史料》2022 年第 2 期，第 140 页。
④ 郑敏：《读蓉子诗所想到的》，原刊于《诗双月刊》（香港）1997 年第 2 期，载《诗歌与哲学是近邻——结构-解构诗论》，北京大学出版社，1999，第 398 页。

结构-解构之维：郑敏的诗歌与诗学

旦、陈敬容不同，穆旦的《诗八首》《发现》等现代爱情诗写出了现代男女的焦灼、矛盾与挣扎的身心"变更"过程，出现许多与身体、性爱、肌肉有关的词语或意象，他是通过身体而思。陈敬容的《雨后》《假如你走来》《窗》是婉约的、惆怅的或忧伤的少女之复杂情感的流露，细腻而真挚，彻骨而多情。相比之下，郑敏则是用头脑而思，其诗歌体现的更多的是从经验走向超验的抽象沉思，缺少的恰恰是皮肤感与肉感的一面。郑敏创作的纯粹男女恋情诗少之又少（晚年有些怀念伴侣的诗），我们很难知晓她对女性情爱的感受或情感挣扎（这一点不同于陈敬容），反而偏向母性或自然（风景）书写。郑敏比较排斥诗歌对肉身、情色或形而下的欲望层面的关注。哪怕她是从日常经验出发，也得洗涤这个肉感经验（原初的人生境遇），让它经受理性的检验，最终趋于灵魂、精神或形而上学的一面。但这或许是郑敏诗歌的一个欠缺呢？

在某些"非学院派诗人"看来，郑敏显得超尘脱俗、"高高在上"。[①]的确，也许由于代沟、职业与学养的关系，郑敏与新时期女性诗人（以及先锋派诗人）在人生经验、诗学理念与写作趣味方面都存在着很大的隔膜，缺乏共鸣或同情的理解。虽然女性诗歌写作中存在一定的个体化、日常化、身体化或平庸化的现象，但并不是所有的女诗人都是如此，一些年轻女诗人也是在不断地摸索、调整与成熟之中。20世纪80~90年代的女性诗歌不乏精品，尤其是在表现现代女性从男权中心主义的禁锢中挣脱出来的主体意识的觉醒方面，取得了前所未有的突破，如翟永明的《女人》、伊蕾的《独身女人的卧室》、唐亚平的《黑色沙漠》等。对比不同时期或同一时期女性的书写风格，有助于我们理解郑敏这一代持有的创作倾向。作为读者，我们不苛求每位诗人的完美无缺，毕竟百花齐放才能让诗苑充满芬芳。在某些方面，两代女诗人分享了"黑色"、"黑夜"或"阴性"

[①] 1988年5月3~10日，在江苏淮阴-扬州由《诗刊》和中国作协合办了第二届"全国当代新诗研讨会"（运河笔会）。"第三代诗人"韩东在《新诗亲历记》一文中回忆："郑敏发言，意思是四十年代他们就写现代诗，对我们十分理解，但需要提醒种种不足。她是从源头过来的，要接上现代主义的一脉得从根本上也就是'九叶诗派'入手。（大意）。这番言论自然会遭到反诘，于是郑敏也流泪了。休会期间，欧阳江河走过去安慰郑敏，回头又对我们说，郑敏有恋母情结。江河的意思是他终于找到了郑敏之所以失态的症结所在。唐晓渡则感叹郑敏受过正规的西方教育，不适应中国特有的气氛。他们说话的时候我冷眼旁观。"

的女性书写经验,她们都坚持女性自我的觉醒、独立意识与自叙体写作方式,构成了中国现代女性诗歌承上启下、不断创新的谱系。

三 叩问"不再存在的存在"

得益于异国环境中的"他者"文化激发,以及后现代思潮的冲刷,郑敏的思维方式发生了又一次飞跃,她认识到诗歌创作中的"无意识"和"开放的形式"有助于突破僵化、不适应后现代社会的前期现代主义模式,于是她极力挖掘无意识领域的心象与象征符号,追寻语言的无形踪迹和不可言说的境界,表现生与死、个体与宇宙、语言与书写、有与无、在与不在、实在与虚无等一系列相互转化的哲学命题,她既与20世纪20~40年代里尔克、艾略特、庞德和奥登等重视经验、智慧、知性、理性、结构的现代主义诗歌传统有别,也未抛弃40年代发展起来的新诗传统,而是把它延伸到后现代主义的疆域中,在现代-后现代之间融会贯通,加以平衡,继续着冯至、卞之琳、穆旦、唐湜、袁可嘉等诗人开辟的中国新诗现代化道路。

自80年代后期转向后,郑敏创作的焦点从可见之"此在"转向了不可见之"潜在",从"意识"转向了"无意识",从当下西方转向了中国古典意境。写于1988年的组诗《不再存在的存在》(发表在《诗刊》1989年1月号),由《梵高的画船不在了》《两把空了的椅子——一幅当代荷兰画》《手和头,鹿特丹街心的无头雕像》《成熟的寂寞》4首诗组成,是对"不存在"这一抽象概念和哲学命题的叩问。组诗标题中的"不在了""空了""无头"等语词将思考者的焦点指向了"不再存在的存在"。《梵高的画船不在了》描绘了突如其来的暴风雨冲刷梵高笔下"那令人难以入睡的/鲜艳的红色和蓝色",驱散"晴天时的幻想和失望"以及"对'彼岸'的信念"。诗人借马克·斯特伦特(Mark Strand,1934~2014,又译马克·斯特兰德)的诗句"不管在哪里/我总是那遗失的部分",表达了"存在"与"不再存在的存在"之间的相互依存与转换的辩证关系。《两把空了的椅子》是诗人对一幅当代荷兰画(挂在郑敏家客厅的墙上)的沉思,画布上只有两把置于日常生活场景中的空椅子:"当天的报纸躺在地上/翻

结构-解构之维：郑敏的诗歌与诗学

着眼白看渐暗的晚空/两把空了的椅子/仍维持着对话的姿态。"人去楼空，虽走犹在，"那不在了的存在/比存在着的空虚/更触动画家的神经"；诗人通过"空"思索"在"，透过"空椅子"思念曾与之日夜厮守的逝者，如此呈现了有关生命、时间、自然、生活、艺术之真实而残酷的存在。在《手和头，鹿特丹街心的无头雕像》中，诗人对艺术家创作的伫立在街心的"无头雕像"进行了沉思，意识到真正伟大的艺术家善于"捕捉到那不存在后的存在"，"无头"恰恰指向了某个源"头"——伟大的艺术创造力孕育其中。

写作《成熟的寂寞》时，郑敏已经历了近半个世纪的风雨，她重新找到了诗，找到了寂寞，找到了心灵深处的圣殿。在此诗的结尾，郑敏写道：

> 我带着成熟的寂寞
> 走向人群，在喧嚣的存在中
> 听着她轻轻的呼吸
> 那不存在的使你充满想象和信心
> 假如你翻开那寂寞的巨石
> 你窥见永远存在的不存在
> 像赤红的熔岩
> 在戴着白雪帽子的额头下
> 翻腾，旋转，思考着的湍流
>
> 门外锁着一种什么
> 它会进来的，只要
> 你合上眼睛，门就自己开了
> 我在口袋里揣着
> 成熟的寂寞
> 走在世界，一个托钵僧。

《成熟的寂寞》是对20世纪40年代《寂寞》的主题的进一步发展与深化，但又不是一成不变的重合。郑敏提及："到了后来，我又写了《成熟的寂寞》，那首诗和这首诗（指《寂寞》）实际上是一样的。人生就是沿着曲折蜿蜒的路继续走下去。"① 《寂寞》中的"直到最后看见／'死'在黄昏的微光里／穿着他的长衣裳"诗句表明，青年郑敏就切身地感受到极致的寂寞，意识到生与死就是表与里的依存关系。郑敏从现代主义转向后现代主义，这一道路并非截然两断，而是在不断地深化，在"结构"中有所"解构"，打破前一个"结构圈"的同时，又保留某种踪迹，进行"解构"的同时再次"重构"。在诗歌题目上《成熟的寂寞》是对"简单的"《寂寞》的反思与解构，但"寂寞"的痕迹却无所不在地弥散着，赋予其"不存在"（absence）的后现代-解构意味："成熟的寂寞喜爱变异的世界"，"只有寂寞是存在着的不存在"，或是"不存在的真正存在"。诗人经历了无所不在的"寂寞"才能逐渐走向更高境界的"成熟的寂寞"，顿悟"那不存在的使你充满想象和信心"，生者终究不再存在于时间中，而永远存在下来的真情、智慧，在寂寞中会显示出它"赤红的熔岩"。于是诗人勇敢地在口袋里装着"寂寞"，像一个觉悟的托钵僧一样，走在喧嚣的人群中。

晚期的郑敏不再执着于年轻时代对"寂寞"的感伤和忧郁，而是将"成熟的寂寞"扩散为一种"不在了的存在"，凸显"寂寞"的后现代哲学意蕴与禅境。批评家陈超认为："郑敏的诗总有一种沉思的味道，她的沉思不是现实利欲或社会性的沉思，也不仅是哲学意义上的'我思故我在'，而是一种充分审美意义上的沉思。在这种似乎是无端的情绪化的沉思中，她将心中感受到的生命意志的冲动，表现出来。"② 显然，"审美意义上的沉思"既是哲学的又是诗学的，它把哲学之思化为"盐"，融化在诗歌语言之"海"中，或玲珑剔透，或朦胧晦涩，具有一种独特的美感与境界。

值得注意的是，郑敏1987~1988年创作的组诗比较多，这种形式有助于她围绕某个主题或某个场景，集中展示这一阶段的思考，各首诗之间相互对应，富有音乐感。除《不再存在的存在》外，其他组诗《蓝色的诗》（16首）、《裸露》（10首）、《沉重的抒情诗》（7首）等，皆是围绕"不

---

① 〔日〕秋吉久纪夫：《郑敏教授访问记》，〔日〕《中国文学评论》1998年10月号。
② 陈超：《中国探索诗鉴赏》，河北人民出版社，1999，第248页。

在了的存在"这一命题所做的思考，留下了研读后现代哲学文本之后体悟的各种思想踪迹。经过不断的丰富和拓展，郑敏的视野更加开阔，目光更加深邃，诗中不时闪现的诗思——时间——得以清晰地呈现出来，而"时间"恰恰是最根本、最深刻的"不存在的存在"。

在1989年发表的一篇随笔《天外的召唤和深渊的探险》中，郑敏写道："对于我来讲，当物质和商业的庞大泥石流向我和我的周围压来，想填塞我们心灵的整个空间，我需要保持自己内心岛屿的常绿，这需要大量的氧气和带有灵气的诗歌的潮润。"[1] 无论是里尔克和冯至（向宇宙星空的探索），还是布莱（向人性深渊的潜入），中西方现代诗歌都带给郑敏滋养和力量。令人敬佩的是，百岁老人郑敏一直在深渊之上不断冒险，她不仅聆听来自天外的召唤，而且勇敢探索心灵的黑洞（无意识深渊），挖掘生命之源，叩问语言之美。

第四节　向死而生：对理想主义的反思

如同自我、生命、寂寞、孤独等主题一样，郑敏的诗歌对"死亡"也展开了自下而上的全方位探寻。在儒家传统中，孔子强调"未知生，焉知死"，大多数诗人忌讳对死亡的书写，即便如陶渊明看穿生死，也只是发出"纵浪大化中，不喜亦不惧。应尽便须尽，无复独多虑"的洒脱之语，并不会追究死亡对于生者的形而上意味。对于郑敏而言，"未知死，焉知生"却更具持久而深邃的哲学意义。她在1990年创作的《诗人与死》是专为纪念"九叶"诗人唐祈之死而写的十四行组诗，是对这一代知识分子悲剧命运的记录与反省，也是对某种盲目执念的乌托邦式理想主义的解构，具有"反乌托邦"的深刻寓意。[2]

《诗人与死》运用互文性、踪迹、象征、神话原型、反讽、隐喻、悖

---

[1] 郑敏：《天外的召唤和深渊的探险》，载《诗歌与哲学是近邻——结构-解构诗论》，北京大学出版社，1999，第410页。
[2] 20世纪"反乌托邦文学"（Dystopia）是对传统"乌托邦文学"（Utopia，即"好地方"或"不存在的地方"）的主题、语言、幻想的批判、否定和解构。

论等多种艺术形式，在语言学的审美自足与社会学的责任承担、现代主义（讲究结构与形式）与后现代主义（趋于解构与自由）之间获得了具有张力的微妙平衡，是继闻一多、冯至之后中文十四行诗的又一杰作。

一　双重灵境："诗人"与"死亡"

"诗人""生命""死亡"（以及"寂寞""孤独""存在"等）作为反复出现的核心"主题"，一直贯穿于郑敏诗歌创作之中。其前期诗歌，早已涉及对于"生"与"死"的书写。例如《一九四五年四月十三日的死讯》、《时代与死》、《死》（二首）、《死难者》、《垂死的高卢人》等；作为书写者的"诗人"形象，也直接出现在诗题中，如《诗人的奉献》《诗人和孩童》。不过，那时郑敏还只是一个涉世未深的少女，主要从形而上的静观视角反思死亡，运用的是诗意的想象和辩证的玄学话语。如《时代与死》："在长长的行列里／'生'和'死'是不能分割"、"'死'也就是最高潮的'生'／这美丽灿烂如一朵／突放的奇花，纵使片刻／间就凋落了，但已留／下生命的胚芽。"又如《死》："你经过静静的一夜／将芬芳的肢体松解"，或如《墓园》："你不会更深深的领悟到生的完全／若不是当它最终化成静寂的死"。这些有关生与死的颂赞充满着浪漫的想象，死亡如同生一样具有积极的意义，轻盈、安静而灿烂。在诗人眼中，"死"亦是另一种形态的"生"，另一种充满诱惑的美与神秘，它的存在衬托了生之灿烂。面对"死"之无常与无奈，年轻女诗人却毫无畏惧之感，这当然与郑敏学习哲学有关，按照苏格拉底的说法，哲学就是学习如何死亡。

如果说，青年郑敏是透过"生"来看待"死"，视死如归；那么，晚年郑敏更多的时候是透过"死"来审视"生"，通过自身所经历的挫折、苦难来叩问"死"，解剖人生的苦难与时代的悲剧，此时的她历经风雨，不再天真无邪，更不再浪漫幻想。诗人坦然地与死神对峙，对生与死的关系发问（如《在死亡面前——克拉克的人工心脏》《有什么可怕？》《我不会颤抖，死亡!》《死亡第二次浪漫地歌唱着》《夏季的死亡》）；对出土的古代女尸的沉思默想（《古尸》："一具具干瘪的古尸／你才是不凋谢的花瓣，土地曾让/书本把你的青春压成枯黄的叶片，长存")；纪念死于一场暴风雨中的女登山队员(《登山》)；哀悼与怀念去世的亲人(《沟——悼念T.J老人》《哀歌：轻轻飘去……》)等。死亡成为诗人形影不离的密友、隐秘的对话者，甚至是无法舍弃的爱人。

郑敏意识到："这些声音是一些来自无形而常在的超验的力量，如'死亡'，当我在精神上和它们相遇时就发生一种尘世与非尘世力量相对话时的撞击。……里尔克在他的《杜依诺哀歌》之八中将死亡看成生命在完善自己的使命后重归宇宙这最广阔的空间，只在那时人才能结束他的狭隘，回归浩然的天宇。诗美能转换人对死亡的陌生畏惧感，而将它看成生命中亲密的伴侣，因为它引导你回归所来自的大自然。"[1] 像里尔克一样，郑敏将"死亡"视为生命的一个乐章，既无所谓"此岸"，也无所谓"彼岸"，只有伟大的统一，并给予坦然的接纳。与此同时，她又好奇地想与这种神秘的人生经验建立一种在世的友谊，时不时地尝试着与亡灵们进行友好的对话。从生命的终点反观生命的旅程与历史的奥义。正如里尔克在诗中写道："正是在这双重灵境/声音才显示出/永恒而慈祥。"[2] 生命与死亡的"双重灵境"赋予郑敏诗歌超越时空的向度，审视个体生命的意义，在语词所凝固的美的形式中呈现中国现代诗人所经历的悲情人生。

这一时期，"九叶"中又有"两叶"凋零。1989年11月8日陈敬容因患肺炎在北京去世，终年72岁。仅过了两个多月，1990年1月20日，唐祈也因一场意外的医疗事故在兰州去世，终年70岁；"九叶"只剩下"六叶"。郑敏悲痛万分，写下了悼亡诗《你已经走完秋天的林径——悼念敬容》，对诗友的思念与哀悼在舒缓、澄净而温暖的氛围中依次呈现，死亡的意象通过"金黄的阳光""秋天的林径""落叶""枯干了的葵菊"等诸多意象徐徐展开："等在那一头/你穿着落叶斑斓的衣裳"、"你在林径的那一端，沉思，等待"。在悼亡者心中，友人虽已离去，但"爱是不会死亡的"，"枯干了的葵菊"依旧散发着"苦涩的芳香"。这首悼念陈敬容的挽歌充满着温馨的怀想，安静、恬淡而从容不迫，秋日的落叶与枯萎的葵菊构成了一个平静的画面。不久之后，郑敏创作了《诗人与死》，更具史诗

---

[1] 郑敏：《郑敏诗集（1979—1999）》，北京大学出版社，2000，序第3~4页。
[2] 〔奥地利〕里尔克：《里尔克诗选》，绿原译，人民文学出版社，1999，第504页。

气魄:"我写这首诗的时候意图是讲诗人的命运,在我们特有的情况下我们诗人的命运,也可以说是整个知识分子的命运,同时,还有我对死的一些感受。"①

唐祈(1920~1990),原名唐克蕃,江苏苏州人,1942年毕业于西北联合大学文学院历史系,与唐湜并称"九叶二唐"。20世纪40年代,担任《中国新诗》编委,早期著有《时间与旗》等,深受艾略特的现代主义诗歌风格影响;后期诗歌则呈现了一位南方诗人对于北方游牧生活的惊奇体验,富有西北的牧歌情调,形成了沉思、迷惑与希望交融的抒情话语。1957年唐祈不幸被打成了"右派",在北大荒经历了20多年的劳动改造。直到80年代初,唐祈才回到西北民族学院汉语系任教。他重燃年轻时代对诗歌的热情,仅凭一己之力,筹措经费,克服重重困难,使《中国新诗》复刊,其封面、装帧与40年代《中国新诗》一样。这本倾注了唐祈先生心血的杂志,出版了几期后,终因经费不足,不得不停刊。1981年,唐祈筹划在西北民族学院举办一次诗歌活动,"邀请北岛、顾城、杨炼等许多人去。这些朦胧诗人在他那里看到三四十年代的诗,非常惊讶地告诉他说我们一点都不知道中国新诗史还有这么一个阶段"②。虽然活动因故取消了,但令人欣慰的是老、中、青三代诗友有机会在兰州见面相聚。唐祈对年轻诗人的鼓励与支持是有目共睹的,他在九叶派与朦胧派诗人之间架起了跨越岁月的沟通之桥。郑敏对这位老诗友评价道:"真正的诗人总是把自己的心裸露给历史的风暴。唐祈走过了从三十年代到今天的许多风暴。……但他总怀着他赤诚的心,保持它的敏感和正直,无论走到哪里他都让它经受时代的风雨。"③ 如同穆旦一样,唐祈高贵真诚、坚守良知、不屈不挠的诗性品质成为这一代中国知识分子的缩影。

在九叶诗人中,晚年的郑敏与唐祈的交往较多,尤其是在1979年第一次见面之后,郑敏找到了诗坛的"知音",他们之间频繁通信长达十余年,

---

① 徐丽松整理《读郑敏的组诗〈诗人与死〉》,载郑敏《诗歌与哲学是近邻——结构-解构诗论》,北京大学出版社,1999,第428页。
② 徐丽松整理《读郑敏的组诗〈诗人与死〉》,载郑敏《诗歌与哲学是近邻——结构-解构诗论》,北京大学出版社,1999,第376页。
③ 郑敏:《跟着历史的脚步长跑而来》,载《诗歌与哲学是近邻——结构-解构诗论》,北京大学出版社,1999,第376页。

其间因为开会也曾见过面，彼此交情颇深，一则他们都属于九叶诗人，有比较一致的诗歌主张、趣味和信念；二则写信这种比较私人化的倾诉与交流方式，使诗人可以更好地表达自我，对当下发生的事情进行思考与评述。她在写给唐祈的信中，坦言自己对诗坛各类人物的看法，寄送新作，商讨筹办一份新的杂志《中外新诗》，两位年过半百的诗友在精神上相互支持，切磋诗艺，为新诗的发展出谋划策。郑敏对唐祈的经历深表同情，惺惺相惜，希望他能够记录下来。在 1988 年的一封信中，郑敏写道："你的信最使我感动，或震动的是你关于 56-65 年的回忆，希望你耐心地将这些历史阶段的经历写下来，不管能否发表，都将是这个时代最深刻的一部作品。……你一定要写出你的亲身遭遇和所见，那才对得起子孙。"[1] 遗憾的是，唐祈突逝，写作计划就此搁置。了解、体恤唐祈的郑敏便承担起了为之书写的责任。

在唐祈去世后的两个月，即 1990 年 3～5 月，郑敏开始构思一首纪念诗人之死的悼亡诗（类似西方的哀歌或挽歌），但真正下笔只有十来天，这也符合郑敏的写作习惯，先持久酝酿，然后一气呵成。"我开始写《诗人与死》，几乎每天很规律地写成两首，很少修改。在写完 19 首后，满心想将组诗停在 20 首上，却无论如何也没有出现那第 20 首，这首诗就这样莫名其妙地来了又去了。"[2] 其写作速度之快，真可谓落笔成章。不过这也证明她对十四行体诗歌和组诗形式的熟稔掌握。早期的《荷花》、《兽（一幅画）》、《Renior 少女的画像》和《最后的晚祷》是出色的十四行诗歌；后期写于 1990 年前的《画与音乐组诗》（1984）、《我的东方灵魂》（组诗 9 首，1985）、《心象组诗》（1985）、《裸露（组诗）》（1988～1989）等，每组诗皆由若干首内容相关的诗歌组成，如同花瓣簇心而列。《诗人与死》则是把十四行诗与组诗的形式结合在一起，结构精致，意象丰富，思想深邃，字字珠玑，既是里尔克式的十四行诗这一外来形式在汉语诗歌中的成功应用，更是继冯至《十四行集》之后中国十四行诗的杰作。一年后，《诗人与死》（组诗十九首）首次被收入香港出版的诗集《早晨，我在雨里采

---

[1] 张天佑辑注、唐真校《"和你通信往往促使我思考和计划"——郑敏致唐祈十一封信》，《新文学史料》2022 年第 2 期，第 145～146 页。

[2] 郑敏：《郑敏诗集（1979-1999）》，北京大学出版社，2000，序第 11 页。

花》(1991)。[1]

唐祈的意外离世，引发了郑敏对这一代诗人悲剧命运的悲愤、追思与哀悼，以及对诗人与人生、生命与死亡、此岸世界与永恒世界、现实之丑与艺术之美等命题的沉思与叩问。汉乐逸指出："在主题上，这组诗的构成基于两条线索的不断交织融合，回应了诗歌题目中标示的二个主题。与'诗人'相呼应的是中国诗人或新中国以来知识分子的命运主题。'死'的主题则在一个独立于文化背景之外、更具存在意识的领域中展开。"[2] 诗人（知识分子）的命运、存在意义上的死亡、人类文明的浮沉盛衰一直是郑敏诗歌关注的主题，在经历了战争、人生磨难等之后，尤其是研究了德里达的解构主义等后现代哲学之后，郑敏对于这些问题的思考愈加成熟而深刻。不同于伤痕文学或反思文学，郑敏反思了一代知识分子因盲目的理想主义（乌托邦信仰）而付出代价的谬误人生："我这首诗可以说是跟我念解构主义完全结合了。……我念完了（解构主义）觉得重新认识了我们人类走过的和我个人走过的路，那都是对于一种永恒的东西，对一种形而上的东西充满了幻想，要把乌托邦建立在世界上，最后是非常血腥的，牺牲了多少人。所以这首诗也表现了我们都是为了一种盲目的幻想、盲目的理想付出了代价，应该清醒了。……我并不反对有理想，但把理想主义看成是真实的是很危险的。"[3] 郑敏对这一代知识分子持有的乌托邦式理想主义的认知尤显深刻，其批评触及20世纪知识分子的思维特质、乌托邦情结、历史经验与现实苦难等，而《诗人与死》则呈现了20世纪下半叶中国知识分子的身心之痛与觉悟之旅。

二 复调结构：组诗之四重奏

《诗人与死》共19首，按照主题的逐渐推进、节奏的起承转合和悼亡

---

[1] 《诗人与死》最初选入《早晨，我在雨里采花》（香港：突破出版社，1991）卷五"诗人与死"这个大标题下，小标题为《组诗十九首》。它在《人民文学》1994年第1期发表时，题目被编辑改为《诗人之死》，虽是一字之差，却与作者的旨意相去甚远。后来，选入《郑敏诗集（1979-1999）》时，诗名改回《诗人与死》。
[2] Lloyd Haft, *The Chinese Sonnet, Meaning of a Form*, Leiden: University Leiden, 2000, p.149.
[3] 徐丽松整理《读郑敏的组诗〈诗人与死〉》，载郑敏《诗歌与哲学是近邻——结构-解构诗论》，北京大学出版社，1999，第445页。

者的视角转换，具有四重奏的复调结构：第一乐章（起部）组诗 1~5 首、第二乐章（承部）组诗 6~10 首、第三乐章（转部）组诗 11~15 首、第四乐章（合部）组诗 16~19 首。以下分别阐释每一个乐章的主题、意象与风格。

第一乐章（组诗 1~5 首）属于全诗的"起部"，抒发了诗人在得知诗人唐祈意外去世后的悲痛之情。《组诗1》悼亡者以一种无法承受之痛的疑问语调质疑造物主的无情，对一个生命的创造与毁灭；《组诗2》是悼亡者对逝者的哀悼与眷念，对现实的困惑；《组诗3》书写了诗人（我们）的孤独命运和未竟事业，表现了理想与现实的冲突；《组诗4》继续书写诗人悲剧的一生，为虚幻的理想主义而付出的惨痛代价；《组诗5》表达了悼亡者对诗人遭际的同情。综观这一乐章，其中出现了代表诗人形象的"水仙""典雅的古瓶"等比喻和"绿叶"（唐祈属于"九叶"之一）等意象；而"严冬"与"初春"、"天真"与"残酷"、理想与幻灭、天上与世间构成了某种内在的冲突和紧张关系，赋予诗歌不同寻常的内在张力和对话空间。在《组诗1》开始，悼亡者以一种无法承受的悲痛之情追问道：

是谁，是谁
是谁的有力的手指
折断这冬日的水仙
让白色的汁液溢出

翠绿的，葱白的茎条？
是谁，是谁
是谁的有力的拳头
把这典雅的古瓶砸碎

让生命的汁液
喷出他的胸膛
水仙枯萎

第二章　从现代主义到后现代主义的诗歌转型

新娘幻灭
是那创造生命的手掌
又将没有唱完的歌索回。

开始两节连续六次使用"是谁"的疑问句式，结句则是对这些疑问的解答。在问与答之间，激烈不安、愤懑不平的情绪获得了消解与平衡。

《组诗2》起句"没有唱出的歌"承接了《组诗1》的结句"又将没有唱完的歌索回"，上下转换自然。接下来是"你"（逝者）与"我"（生者）的对话。悼亡者告知"他"这里（现实世界）正发生"在纷忙中走失"的事件。对于诗人而言，现实世界处于混沌之中，却又失去了混沌之初的"恐龙的气概"（伟力与朝气）。在（《组诗3》）中，"严冬"与"春天"对抗的主题承前启后，暗示着诗人之死是在气候异常恶劣的冬季："严冬在嘲笑我们的悲痛/血腥的风要吞食我们的希望"；"伴着你的是沙漠的狂飙/黄沙淹没了早春的门窗"。而像唐祈这样坚持正义良知、为诗歌事业孜孜以求的诗人最终"衰老、孤独、飘摇"。《组诗3》出现了一个著名的希腊神话原型伊卡瑞斯（Icarus，又译伊卡洛斯）："伊卡瑞斯们乘风而去/母亲们回忆中的苦笑/是固体的泪水在云层中凝聚"。《组诗4》是悼亡者对这一代浪漫主义者抱有的虚幻理想主义的反思与解构。

在《诗人与死》中，可见的现实世界（生者）与不可见的冥府（死者）构成了鲜明的对比。同样，春天与冬天、母亲与儿女、大地与天空等一组组事物之间充满了紧张而对峙的关系，呈现为一个个充满悖论、反讽与张力的话语空间，在有限的字数和节律中构建饱满的语言机理。

《诗人与死》的第二乐章（承部）包括组诗6~10首，悼亡者具体呈现死亡降临于死者身上的过程，表现了诗人之死的滑稽、无聊与荒诞。在悼亡者眼里，"你"去往的"那边"（"冥国"）如"浩瀚的大海"，你必须"脱去褪色的衣服"，让"变皱的皮肤"浸入"深蓝色的死亡"（《组诗6》）；可是在"生命的退潮"后，你却还要经受"追在后面的咒骂"（《组诗7》）；你终将"在蓝色的拥抱中向虚无奔跑"（《组诗8》）；直到肉身在焚尸炉中烧尽，再也没有"乌云"能够伤害逝者（《组诗9》）；无意义的死亡暴露了为追寻盲目理想而付出的代价（《组诗10》）。在这一乐章中，依旧出现了一组组空间、景物或色调的对比:"这里"(人间)与"那边"(冥府)、"冬天的枯树"与"伟大的蓝色"、"落叶"与"海潮"构成了某种紧张或对比关系。象征诗人(知识分子)形象的"黑树"与"火烈鸟",代表了高贵孤独却易折碎、富于幻想却易坠落的性情与品质。

在死神面前,个体生命是如此脆弱不堪。不过,具有反转(颠覆)意义的是,诗人"你"被推进"虚无",在去往死亡的路上,远离尘世的烦恼、咒骂与不公,终于可以"无忧无虑"地创作,"把你毕生思考着的最终诗句/在你的洁白的骸骨上铭刻"(《组诗9》),再也没有什么"翻滚的乌云"能够伤害诗人。《组诗9》中的诗句"盛开的火焰将用舞蹈把你吮吸",这里喻示着逝者尸骨经过火化后装入陶瓷的骨灰盒中。"一切美丽的瓷器/因此留下那不谢的奇异花朵"。此处再次回应了《组诗1》中出现的《希腊古瓮颂》中的"花朵"(如水仙)意象。接下来,由"火焰"的意象引向诗人的象征"火烈鸟":"我们都是火烈鸟/终生踩着赤色的火焰/穿过地狱,烧断了天桥/没有发出失去身份的呻吟"(《组诗10》)。在悼亡者眼中,包括自己在内的"我们"这一代诗人试图在无边的天空高高飞翔,最终却像那些"狂想的懒熊"一样,只能"在梦中"起飞、翻身,"像一个蹩脚的杂技英雄"般无声殒坠(《组诗10》)。此时叙述者由"你"转向了"我们",悼亡者以略带幽默、自嘲的方式,揭示了现代知识分子面对的荒诞命运。

诗歌的第三乐章(转部)包括组诗11~15首,悼亡者继续反思诗人之死的悲剧结局,运用"奥菲亚斯"(Orpheus)[①]"掌管天平的女神""遗忘湖"等神话,形象地展示了逝者去往冥府的历程。诗中出现了"焚尸炉""冬天""索债人""马灯"等意象,暗示了这一代知识分子的艰难处境。"这里"(现实)与"那里"(冥府)、"白天"(世间)与"黑夜"、"鸡场""乌云"与"天体""耀眼光华"构成了某种对比与冲突关系。

在《组诗11》中,悼亡者用"债务"这个奇特的比喻暗指知识分子与现实历史的紧张关系。《组诗12》《组诗13》两次出现了"奥菲亚斯",

---

① "奥菲亚斯"(Orpheus),即里尔克《致俄耳甫斯的十四行诗》(*Sonette an Orpheus*)中的"俄耳甫斯",他进入冥府意欲带回亡妻欧律狄刻,但他违背了"不可回望"的承诺,此举随之失败。

即里尔克组诗《致俄耳甫斯的十四行诗》中提及的"俄耳甫斯",他是希腊神话中的一位音乐家,是阿波罗和缪斯九姐妹之一、司管文艺的女神卡利俄帕的爱情结晶。他的形象出现在《组诗12》:"没有奥菲亚斯拿着他的弦琴/去那里寻找你/他以为应当是你用你的诗情/来这里找他呢"。《组诗13》写道:"在这奥菲亚斯走过的地道/你拿到这第十三首诗,你/痛苦而愤怒,憎恨这征兆/意味着通行的不祥痕迹"。这里出现了"我"和"你"的假想会面。"你"竟然可以拿到我正在写作的"第13首"诗,这暗示了"我"作为在世的诗友,竟然获得了"奥菲亚斯"一样的特殊资格进入冥府,在黄泉路与"你"做了最后一次会面(把我写给你的这首诗亲手送给你)。汉乐逸指出:"她(向她自己也向对方)传达出一个断言,说道:在你的住所,从冥界的视角我试图与你对话,失去即获得。不在便是在场。"[①] 但这同时却是一个不祥的征兆(生者没有遵守不相见的规则),意味着亡灵再也不可能返回阳界,不得不携带死亡的"通行证"继续前行。悼亡者对冥府的想象借用了神话中的场景。例如,古埃及的《亡灵书》就是专为逝者去往冥府写的指南书。亡灵要经过瀑布似的激流,进入"真理的殿堂",把心脏放在天平上,用真理的羽毛做砝码,接受审判官奥西里斯及诸神的合格审查后,才能去往天国,获得重生。同样,《组诗13》中的"你"拿到了我写给你的第13首诗,如同《亡灵书》,它是引导"你"的通行证或指南书。在想象的冥府中,"你茫然考虑是不是这里的一切/和世间颠倒/你的行囊要重新过秤"(《组诗13》)。这时候,亡灵遇见了"鬼们"(地狱的判官),告诉他真相:"你正将颠倒的再颠倒",你要认清真相:"世间从未认真给你过秤"。具有反转意义的是,冥府反而成为主持正义和真理的乐园(反之,人间才是真正的地狱)。亡灵继续前行,在《组诗14》中,"你走过那山阴小道/忽然来到一片林地/世界立即成了被黑洞/吸收的一颗砂砾"。这个场景借用了但丁《神曲·地狱篇》对地狱的描写。亡灵遇见了一位"掌管天秤的女神"(可能是维纳斯,她是掌管天秤的裁判者),"向你出示新的图表",亡灵处于脱胎换骨状态,抛弃了作为"人"的"狭小",回望"人间原来只是一条鸡肠/绕绕曲曲臭臭烘烘/

[①] 〔荷兰〕汉乐逸:《20世纪中国90年代的中国十四行诗:郑敏的〈诗人与死〉》,章燕译,载《郑敏文集》(诗歌卷,下)》,北京师范大学出版社,2012,第756页。

塞满泥沙和掠来的不消化"(《组诗14》)。

第四乐章（合部）包括16~19首，表达了悼亡者对逝者的怀念和对诗人身份的确定。《组诗16》提及了一个具体时间："五月，肌肤告诉我太阳的存在/很温存，还没有开始暴虐/我闭上眼睛，假装不知道谁在主宰"。实际的情况是，唐祈的尸体在医院放置了一个多月，其医疗事故问题一直得不到妥善解决。郑敏悲愤交加，伤心欲绝，她置身于"沉默的送葬者"之列："眼睛是冻冰的荷塘/流水已经枯干，/我的第69个冬天/站在死亡的边卡送走死亡"(《组诗17》)。诗友之死让她体悟到生与死之间的关系："阖上眼睛，任肢体在大地横陈/蚕与蛹，毛虫和蝴蝶的交替/洒在湖山上，像雨的是这个'自己'"(《组诗17》)。正如庄子化蝶，人与万物实乃一体，湖中的"雨"也许就是前生的"自己"，万物皆在转化之中，彼此不分。"整体不过是碎片的组成/碎片改组，又产生新的整体"(《组诗17》)，此句是对"结构-解构"诗学观的诗意阐发。如同碎片与整体之关系，生与死、个人与宇宙、人类与其他生物彼此交织缠绕，相互孕育转化，生于尘土，归于尘土，这也是一种视死如归的情怀。

在《组诗18》中，悼亡者再次反思中国知识分子的身份和面临的困境：

　　他们用时间的激光刀
　　在我们的身体上切割
　　白色的脑纹是抹不掉
　　的录像带，我们的录音盒

　　被击碎，逃出刺耳的歌
　　疯狂的诗人捧着瘀血的心
　　去见上帝或者魔鬼
　　反正他们都是球星

　　将一颗心踢给中锋
　　用它来射门
　　好记上那致命的一分

第二章 从现代主义到后现代主义的诗歌转型

> 欢呼像野外的风
> 穿过血滴飞奔
> 诗人的心入网,那是坟。

悼亡者用一场疯狂的足球比赛展示了诗人的悲惨命运:球队、球星、观众构成了"他们";"疯狂的诗人"代表了"我们";中间被踢的"足球"竟然是诗人"瘀血的心"。在这场力量悬殊、毫无公正可言的比赛中,诗人注定属于失败的一方。在如此血腥的竞赛场上,那些参与暴力的狂热的看客们,"欢呼像野外的风";即便诗人的头脑(录音盒)被击碎,但其"白色的脑纹是抹不掉的/录像带",它们将在诗人的词语、意象与追忆中获得再生。

在结尾《组诗19》中,悼亡者用"北极光"迎来了逝者的归宿。对于年已七旬的悼亡者"我"而言,"昔日的生命已经偷偷逃走",只剩下"老皮紧紧贴在我的身上",如同"抽去空气的气球"。但她明白,只有"痛苦的死亡"才能带给诗人"永生"、无所羁绊的解脱与自由:

> 将我尚未闭上的眼睛
> 投射向远方
> 那里有北极光的瑰丽
>
> 诗人,你的最后沉寂
> 像无声的极光
> 比我们更自由地嬉戏。

不同于"日光"或"灯光","北极光"呼应了前面提及的"天体的耀眼光华"(《组诗14》),这与但丁《神曲》第三部分"天堂"呼应。逝者在"最后沉寂"的彼岸将进入"自由地嬉戏"之境。在尼采和德里达笔下,生活就是不要让自己陷入形而上学的圈套中,而是自我嬉戏(play),在无拘无束的自由中创造艺术。悼亡者以瑰丽的极地之光再次确认了诗人在另一个世界所获得的荣耀冠冕。在人间与彼岸、罪恶与良善、绝望与希望的

137

冲突中，虽然诗人已逝，但是他（她）对生命价值的探索以及闪烁的心灵与艺术之光却不会暗淡。

比起前三个乐章，第四乐章只有四首诗，缺了一首，看似不够完美。郑敏本人也期待再写出一首，但第 20 首的灵感迟迟没有降临，于是《诗人与死》在意犹未尽中戛然而止，留下了令人遐想的"残缺"。这似乎又是巧合，因为"解构"追求的就是不圆满，是随心所欲的心灵书写，是艺术上的一种自然或自足状态。

三 秘响旁通：互文性与踪迹

"互文"（intertextual）、"互文性"（intertextuality）有时也译为"文本间性"，一般指不同文本之间的相互关系，一个文本中的其他文本。互文性理论认为，任何一个文本都是在它以前的文本的遗迹、残片或记忆的基础上产生的，可长可短，短到只有一个词语，甚至一个字。法国符号学家朱莉亚·克里斯蒂娃（Julia Kristeva）在综合了索绪尔的符号学和巴赫金（M. Bakhtin）的对话理论的基础上，于 1966 年提出如下观点："任何文本都是一些引文的马赛克式构造，都是对另一个文本的吸收和转换。［这样］，互文性概念替换了主体间性（intersubjectivity）的概念，而且，诗性语言至少是双层次的阅读。"[1] 罗兰·巴特、热奈特（G. Genette）、德里达等都发展了这个概念，如"踪迹"（trace）是与"互文性"相近的一个概念，德里达在《论文字学》中指出："踪迹并不意味着存在着一个本源，而表达了充分的、在场的意义的缺乏：意义是差异性的，从一个词到另一个词不断向前指引，每一个词的含义都来自它与其他能指的必然区别，在此范围里它是由一个踪迹网构成的。"[2] 踪迹是"在场的幻影"，通过它，"当下变成一种符号的符号，踪迹的踪迹"[3]。互文性理论解释了文本的生产过程，动摇了浪漫主义有关天才、独创性、唯我独尊的说法，重新定义

---

[1] Julia Kristeva, "Word, Dialogue and Novel", Toril Moi ed., *The Kristeva Reader*, New York: Colombia University Press, 1986, p. 37.
[2] 转引邱运华主编《文学批评方法与案例》，北京大学出版社，2005，第 195 页。
[3] ［法］德里达：《延异》，载王逢振主编《2000 年度新译西方文论选》，漓江出版社，2001，第 78~90 页。

了文学的继承与创新的含义。不同于传统文学中的用典用事等技巧，互文性的出现与文学现代性有着密切的关系，与现代主义和后现代主义文学追求感受的复杂性与多样性有关。例如，艾略特的《荒原》援用神话原型、插入多种语言的引语与文本碎片等构成了古今对比与反讽；乔伊斯的《尤利西斯》则是对荷马《奥德赛》结构的全方位戏拟，杂糅了大量的欧洲文学传统的踪迹。

郑敏对互文性理论并不陌生，且有深入的研究，在《新诗与传统》一文中，她提出："用事、用典和套用名句却又有它独特的诗学功能，用当代的诗学用语就是在当前的文本中引进另一些诗或历史中已存在的一些场景和情感，使它们的踪迹和光影游动于自己诗作的文本中，起到丰富自己的诗作，扩大读者的感受和联想的时空的作用，这就是所谓的'互文'效应。"[①] 也就是说，"互文性包含了某一文学作品对其他文本的引用、参考、暗示、抄袭等关系，以及所谓超文本的戏拟和仿作等手法。进一步而言，互文关系包含了对于特定意识形态即文学传统的继承和回忆，以及对于文本作为素材所进行的改变与转换方式"[②]。以此而言，《诗人与死》是一个交织着各种"互文"的多声部文本，它挪用、戏拟、改写着古今中外的诗歌引文、意象、典故或神话原型，形成了"义生文外，秘响旁通"（《文心雕龙·隐秀》）的效果。以第1首为例，它化用了布莱克、济慈、华兹华斯、里尔克诗歌中的某些主题、意象与视角，甚至包括句式和音调。诗歌开头使用的疑问句、感叹句的展开方式，源于布莱克的《老虎》："老虎！老虎！燃烧的光明，/在黑夜的重重森林。/是何种不朽的手掌或眼睛，/造就了你那令人畏惧的匀称性？//在何种遥远的深海或天空/你的双眼目光如火炯炯？/造物的祈盼生于何种翅膀？/何种手掌胆敢扑住这样的火光？"其结尾"是那创造生命的手掌/又将没有唱完的歌索回"与《老虎》中的造物主对应，"创造生命的手掌"与布莱克诗中"不朽的手掌"有"互文"关系，也回荡着里尔克《致俄耳甫斯的十四行诗》第二部第27首的类似主题与意象："果真有时间，那摧毁者？/它何时在沉睡的山上粉碎城

[①] 郑敏：《新诗与传统》，载《思维·文化·诗学》，河南教育出版社，2004，第182页。
[②] 邱大平：《当代翻译理论与实践新探》，武汉大学出版社，2019，第202页。

堡？/这颗心，永远属于诸神的/心，造物主何时对它施暴？"①

　　同样，"典雅的古瓶""新娘幻灭""水仙枯萎"与济慈的《希腊古瓮颂》和华兹华斯的《咏水仙》（The Daffodils）存在显而易见的互文关系与改写效果。济慈诗中"保持着童贞的新娘"将"永不衰老"，是对不朽艺术的赞美；而郑敏笔下的"古瓶砸碎""水仙枯萎""新娘幻灭"，它们被用来呈现诗人被无情命运（或造物主）之手掌毁灭的残酷事实。"对于济慈或郑敏而言，'古瓮'（Urn）和'花瓶'（Vase）是他们对可见与不可见之对立处境进行沉思默想的出发点。……在整个组诗中，郑敏始终将有形之物和无形之物联系起来。她经常使用的一个方法就是把可见的有形之物视为不可见的无形之物的对立面，对于有形事物来说，无形之物代表着替补、镜像，或反转关系。"②汉乐逸发现《组诗1》第八行中的"典雅"一词，与"雅典"是一个中文的颠倒词（《组诗15》出现了"雅典"一词；《组诗12》出现了"颠倒"一词），通过这一词语的微妙转换，生者被置换到了一个不可见的死亡之地：冥界。

　　在《组诗11》中，郑敏对雪莱的《西风颂》中的名句"假如冬天来了，春天还会远吗？"进行了戏拟（parody），对原诗进行了滑稽性的模仿与反写：

　　　　冬天已经过去，幸福真的不远吗？
　　　　你的死结束了你的第六十九个冬天
　　　　疯狂的雪莱曾妄想西风把
　　　　残酷的现实赶走，吹远。

　　　　在冬天之后仍然是冬天，仍然
　　　　是冬天，无穷尽的冬天
　　　　今早你这样使我相信，纠缠
　　　　不清的索债人，每天在我的门前

---

① 〔奥地利〕里尔克：《里尔克诗选》，绿原译，人民文学出版社，1999，第555页。
② Lloyd Haft, *The Chinese Sonnet, Meaning of a Form*, Leiden: University Leiden Press, 2000, pp. 152-153.

我们焚烧了你的残余
然而那还远远不足
几千年的债务

倾家荡产，也许
还要烧去你的诗束
填满贪婪的焚尸炉

当"疯狂的雪莱"呼唤西风带来春天的希望时，"这里"的情形却是无穷尽的"冬天"，这首诗中的"冬天"意象重复了六次，渲染了冰冷凛冽的氛围，暗指唐祈之死时正值寒冷萧瑟的冬日。雪莱用西风预言了春天的到来，是浪漫主义的乐观体现，郑敏的"在冬天之后仍然是冬天"却是对乌托邦式理想主义的解构。

郑敏在诗中一针见血地指出："你的理想只是飘摇的蛛网/几千年没有人织成/几千年的一场美梦。"（《组诗15》）她认为人类应该"努力寻找实现理想的机遇，但并不为梦想和幻想所迷惑，也不相信纯粹而绝对的真理和理想是一种先于历史的永恒的客观存在。真理和理想都是人类在长长的生存史中自己的创造和发现，因此并非绝对的形而上本体、先于万物而存在的"[①]。郑敏对"春天"的描绘，实际上是对唐祈之死的深刻反思。在20世纪后半叶中国新诗的语境中，与"冬天"相关的意象或词汇频繁出现，隐喻着诗人们的经历。穆旦生前留下的最后一首诗是《冬》（1976），依据其最初的手稿，每节末行都是"人生本来是一个严酷的冬天"。这是一个知识分子在历经磨难之后的内心写照。北岛在《走向冬天》中喊出了年青一代的心声："走向冬天/唱一支歌吧/不祝福，也不祈祷/我们绝不回去/装饰那些漆成绿色的叶子"；"罪恶的时间将要中止/而冰山连绵不断/成为一代人的塑像。""绿色的叶子"代表了虚假的春天（理想与希望）。如同郑敏诗中对"春天"的控诉与拒斥，两代诗人对历史的记录与反思异

[①] 郑敏：《从结构观走向解构观的必然性》，载《思维·文化·诗学》，河南人民出版社，2004，第9页。

曲同工。比起北岛的走向"冬天"与"冰山",郑敏的"冬天"更具有解构形而上和乌托邦的哲学意味。

"诗人所处的民族、文化、历史,无不影响着诗人的精神立场、个性气质与精神向度,并潜藏于个体无意识之中。此外,语言本身是一个互文本与潜文本的集合场地,诗人在阅读文本时,其表述也会受到这些文本内部'踪迹'的影响与催化。"[1] 可见,"互文性"书写方式使《诗人与死》获得了历史的深度与文化的广度,在写实与幻想、具象与抽象、结构(规则)与解构(反规则)之间有着微妙的平衡。正如前文提及的,源自东西方文学的一些意象、神话原型、典故、引语、场景,乃至十四行诗体,以编织、交互、融为一体的方式呈现在《诗人与死》中,例如,济慈的"希腊古瓶"、水仙、新娘、伊卡洛斯、雪莱的"春天"、里尔克的"奥菲亚斯"、但丁的"掌管天秤的女神""天体的耀眼光华",各种文本"碎片"或"踪迹"构成了诗人与前辈作家的心灵对话。所有文本都是一种互文性的(all texts are intertextual),任何文本都是对过去引文的重新组织、复读、强调、浓缩、移置和深化,带有其他文本的踪迹。在这种互文性的场域中,其他文本踪迹的出现有助于深化诗歌的主题和诗人情感的表达,展开有关诗人与死亡、理想与现实、个人与命运、此在与彼岸、暂时与永恒等问题的深邃思考,同时激活了传统文本在当下诗歌写作中的丰富资源与灵感,使诗歌以多声部的、多元开放的文本形式并置于不同的声音空间。于是,《诗人与死》以互文性书写的方式编织了现实与历史、中国诗人与西方诗人、传统与现代、个人悲剧命运与时代历史交织的多声部的文本之"网",它不仅是中国知识分子的一曲哀歌,也是世界知识分子的一曲哀歌,具有"史诗"的悲剧意味与精神向度。

郑敏很重视新诗的格律、形态与辞藻,尤其喜欢十四行诗体,她并不赞同一些美国后现代诗歌激烈反传统格律的实验主张,自言:"在写的过程中我充分体会到了格律诗对写诗者的启发和诱导。形式的不自由往往迫使诗人越过普通的思路,进入一个更幽深隐蔽的记忆的幽谷,来寻找所需要的内容,这样就打断了单弦的逻辑推理式的思维,而在无意识的海底挖

---

[1] 彭杰、孙晓娅:《古典与后现代的融汇——试析郑敏的后期创作》,《诗探索》2023 年第 2 辑,第 57 页。

掘出久已被自己遗忘了的一些感受和感情积淀。……诗的格律可以帮助你，迫使你打开自己灵魂深处的粮仓。"① 《诗人与死》运用了里尔克的十四行体诗："我写这组诗的时候，总的来讲受里尔克的影响很深。我念的是哲学，但却选修冯至先生的德文和他关于歌德、里尔克的讲座。我从20世纪40年代就非常喜欢里尔克，因为他跟我念的德国哲学特别配合。"② "十四行诗"、"组诗"和"哀歌"是里尔克喜欢使用的诗歌形式，如1923年问世的《杜伊诺哀歌》是包括10首哀歌的组诗，前后写作历时十年；而在1922年写作《致俄耳甫斯的十四行诗》时，却是在精神专注的几天内一挥而成。他在1925年写给波兰读者的序中写道："我觉得这确实是天恩浩荡：我一口气鼓起了两张风帆，一张是小巧的玫瑰色帆——十四行诗，另一种是巨大的白帆——哀歌。"③ 冯至在西南联大任教期间，也是在较短的时间内受到灵感驱动，写下了27首十四行诗，结集为《十四行集》。值得注意的是，不同于结构整齐、格律严谨的传统十四行诗，《诗人与死》的十四行句式突破了"形式上的规整"，比较"散"，长短不一，在结构形式上进行了某种程度（而非全部否定）的增补、变化与修正。这体现了结构-解构思维对郑敏的深刻影响。

里尔克的《致俄耳甫斯的十四行诗》的诗体为郑敏提供了可供借鉴的叙述模式和神话原型；冯至的《十四行集》为郑敏的互文书写提供了中文十四行诗的范本；同时，郑敏在此前创作的诗歌主题、意象与象征也再次聚合、回荡在《诗人与死》中，如同交响乐的复调音符，或一块织锦经纬的穿梭与叠加。比起讲究抑扬格的英语十四行诗，中文十四行诗虽然在字数上时有增减，但讲究对称对偶，更符合汉语的节奏。《诗人与死》的19首十四行诗是一个序列，如同花瓣围绕花蕊，将主题、思想、意象、节奏近似的每一首诗都统合在"诗人"与"死"的核心主题下，彼此构成内在关联、相互呼应的阐释空间。例如，与人间冷冽的"冬天"意象相反，"光"的意象成为全诗黯淡、凄凉背景下的亮点，既包括诗人的内心

---

① 郑敏：《郑敏诗集（1979-1999）》，人民文学出版社，2000，序第11页。
② 徐丽松整理《读郑敏的组诗〈诗人与死〉》，载郑敏《诗歌与哲学是近邻——结构-解构诗论》，北京大学出版社，1999，第428页。
③ 转引自北岛《时间的玫瑰》，生活·读书·新知三联书店，2015，第135页。

之光——"半夜的灯光"(《组诗 3》)、"赤色的火焰"(《组诗 10》)、"夜行时的马灯"(《组诗 15》),也包括"天体的耀眼光华"(《组诗 14》)和瑰丽的"无声的极光"《组诗 19》)。

　　由于汉语不是拼音语言,不可能照搬以抑扬格为主的英语音部的五步规定,汉语的十四行诗只能在行数、顿数和用韵方面有大致的规定,行列自然可以有多种安排,但更强调形式本身的功能,包括韵律、声音和意义、词汇和句法。郑敏提及:"我比较喜欢 abab cdcd efg efg 的里尔克常用的格式。十四行诗特别能满足我对一首诗结尾的要求:或者进入突然绝响的激动,或者有绵延无尽的袅袅余音中的无限之感。"[①]《诗人与死》采纳的是 4-4-3-3 式的里尔克式十四行格式。在前一首诗与下一首的首尾之间,长短有序,形成合乎内在韵律的节奏;每首诗之间存在一种过渡的"悬置":"后一首诗或承接前一首诗的疑问,或将前一首诗描述的场景细化,使得彼此从固定的阐释轨道上抽离,一首诗在另一首诗中作为'踪迹',最终两首诗的阐释空间都得到了扩展。"[②]

　　不过,受到解构批评的影响,晚期郑敏创造出一种参差不齐、节奏随情感起伏的自由式十四行诗体:"每首诗的节奏都不一样,而且在阅读时,读者能够感觉到一种远比十四行诗格律强大的力量在支配着诗的内在结构。在这种音乐性的支配下,语言的意味变得更加难以捉摸。"[③] 有时这种变化非常剧烈,比如有几首十四行诗的长短字句显得突兀,打破了原有的结构形式,押韵也不完全规整。如《组诗 10》:

　　　　我们都是火烈鸟

　　　　终生踩着赤色的火焰

　　　　穿过地狱,烧断了天桥

　　　　没有发出失去身份的呻吟

[①] 郑敏:《郑敏诗集(1979-1999)》,人民文学出版社,2000,序第 11 页。
[②] 彭杰、孙晓娅:《古典与后现代的融汇——试析郑敏的后期创作》,《诗探索》2023 年第 2 辑,第 60 页。
[③] 李永毅:《由实而虚:郑敏诗歌的晚年转型》,载吴思敬、宋晓东编《郑敏诗歌研究论集》,学苑出版社,2011,第 390 页。

然而我们羡慕火烈鸟
在草丛中找到甘甜的清水
在草丛上有无边的天空邈邈
它们会突然起飞，鲜红的细脚后垂

狂想的懒熊也曾在梦中
起飞
翻身

却像一个蹩脚的杂技英雄
陨坠
无声

后两节是一个连续的句子，却排列为三行，与前两节在数字上有巨大的落差。这两个诗节都各有一个 a-b-b 的结构，其中 b 行只有两个音节，这种突然间发生长短变化的字数和铿锵的节奏很容易吸引读者的注意力，给人一种幽默滑稽感（字句形式表现为"翻身"与"陨坠"），具有某种解构或反讽的意味，因为句式排行在此不仅仅是形式，也包含着内容或内在的意蕴。显然，在"结构-解构"视角下，郑敏并未严格遵循中文十四行诗的限定，而是依据情感或主题表达的需要进行了适当的调整与灵活的处理，把自由诗的灵魂要素注入十四行诗体中，不拘一格，勇于创新。《诗人与死》与里尔克的《杜伊诺哀歌》《致俄耳甫斯的十四行诗》、卞之琳的《慰劳信集》、冯至的《十四行集》同频共振，实现了跨文化、跨时代的秘响旁通。

四　诗歌作为见证：反乌托邦书写

《诗人与死》不是颂歌，而是葬歌；不是抒情诗，而是解构诗，是诗人对自身走过的理想主义道路的深刻反思。早期的郑敏也是一个满怀憧憬、热情高涨的理想主义者，其诗歌不乏对理想的赞美与渴慕，她看到了自己的写作对理想与爱的强烈信心，但"在经过历史惊涛骇浪的多次洗礼之后，如今回顾，充满了时间擦抹后的理想主义痕迹，天真而又近乎幼稚……中国知识分子本世纪一个最大的历史烙印就是理想主义，一厢情愿地对理想的崇信达到了幻想的程度，其结果自然是反讽性的"[1]。爱尔兰诗人叶芝说道："诗人没有天赋让政治家正确。"[2] 面对悖逆的历史经验和伤痛的个人命运，诗人郑敏反而要让诗歌成为抗议不公正的证词。

郑敏并不否认人类对于"理想"（乌托邦）的冲动与追求，她指出，"理想"是人类存在于地球上的精神支柱和动力，但古典主义意义上的"理想主义"在尘世难以实现。在《乌托邦与动物园》（2005）中，诗人写道："乌托邦/因为它不存在/所以无所不在/高楼，因为它们/无所不在，所以/它们并不存在/只有动物园/它在/存在与不存在之间……/理想乃是云端的楼阁/明天，明天，是一曲/永远嘹亮的召唤/从人类历史的深处发出。" 20世纪60年代，德里达解构哲学的出现，终结了以封闭的结构为正宗和主流的文化思想体系，开启了一个结构-解构-重构功能不断运转、开放的认识论时代。古典意义上的人文理想已失去了超验的权威；柏拉图式的"理想国"、乌托邦式的"理想主义"蓝图注定是要幻灭的。在郑敏看来，"今天我们研究解构思维并非要摧毁'理想'，自甘堕落，而是要走出虚幻的'理想主义'，不哀叹地走出现代主义的'荒原'，面对那既非乐园也非沙漠的真实世界与宇宙，在不断地创造中生存下去。每一次解构是一个新的结构的开始，每一个新的结构的诞生也是一次解构的开始，尼采的欢乐和德里达的冷静是人类进入后现代时期的最佳心态"[3]。在写作《诗人与死》前后，正值郑敏撰写德里达《书写与歧异》研究系列论文之时，这首诗对于20世纪理想主义的反思融入了她的结构-解构哲学思考。在她看来，只有在多元文化中相辅相成、相竞争、相淘汰，人类才能在宽容中最大限度地走向理想社会。

《诗人与死》汇集了古今中外的多种文本、文学典故或他者回声，游荡着不同传统的丰富踪迹。郑敏运用对比、隐喻、象征、反讽、张力、悖

---

[1] 郑敏：《郑敏诗集（1979-1999）》，人民文学出版社，2000，序第12页。
[2] W. B. Yeats, "On Being Asked for a War Poem", in *Autobiographies*, London: Macmillan, 1966, p. 58.
[3] 郑敏：《何谓"大陆新保守主义"》，原刊于《文艺争鸣》1995年第5期，载《结构-解构视角：语言·文化·评论》，清华大学出版社，1998，第184页。

论等现代主义（结构主义）的诗歌原则，同时又把解构主义（后结构主义）的思维方式渗透其中，以十四行哀歌体的生者与死者之对话方式，对形形色色的乌托邦口号和话语霸权、具有欺骗性的理想主义进行了否定、颠覆与解构，使本诗的主题在有限的字数和节律中呈现饱满的语言机理，借用俄罗斯形式主义文论家什克洛夫斯基的"陌生化"概念，《诗人与死》中的诗歌语言（包括意象、象征、神话、场景、符号等）通过对俗套、陈腐、自动化的日常语言进行强化、凝聚、扭曲、缩短、拉长、颠倒，从而唤起读者对现实的陌生感，将艺术形式与主题思想融为一体，在饱满的思想与优雅的格律、激情与克制、现实与幻想之间达到和谐。它既是对中西的十四行诗歌传统的再现，又不拘泥于其形式本身，在节奏、长度、韵律、语言等方面进行了不同程度的变奏，在传统结构形式与解构思维之间达成了某种奇妙的平衡；尤其是互文性（吸收了现代主义诗歌的古今对比、神话原型、引语、典故、形式与结构；后现代主义的杂糅、并置、拼贴、破碎与戏拟）的反乌托邦书写，赋予这首长诗以历史的深度和现实的广度。

中文现代诗歌是在西方文学的影响下出现，中国现代诗人也是在中外文化与文学的滋养下成长起来，他们的创作留下了丰富的文化痕迹。对于郑敏而言，一方面是以柏拉图、康德、里尔克、艾略特、庞德、威廉斯、布莱为代表的来自西方文化与文学的诗哲传统；另一方面是悠久的中华文化与古典诗歌传统，是她从小浸染其中的母语、文化基因或文化身份。"正如艾略特所说，以最适当的方式跟诗人相联系的过去，既是暂时的也是永恒的。首先，它是人类的可能性的宝库。它提供一个维度，我们在其中注视着人类设想出来的还会被再度构想出来的形形色色的卓越和堕落的类型，同时也被它们反照。诗人需要让鲜活的过去成为他不带褊狭地观照现在的工具，成为他用更少的话说出更多内涵的工具；他一定希望拥有圆通的技巧和才能，让过去的历史对他的诗预设的读者有所助益。"[①]

如同但丁在《神曲》中把那些罪恶罄竹难书的人打入地狱、钉在耻辱柱上一般，郑敏写下的这首诗既是对时代的审判，也是对历史的记录。正如爱尔兰诗人希尼所言：虽然"在某种意义上，诗歌的功效等于零——从

---

① 〔美〕哈罗德·布鲁姆等：《读诗的艺术》，王敖译，南京大学出版社，2010，第100页。

来没有一首诗阻止过一辆坦克。在另一种意义上,它是无限的。——哪怕仅有小小的亮度,也有片刻止住了混乱。"[1]

在20世纪90年代的中国新诗谱系中,《诗人与死》代表了郑敏在中文十四行诗歌创新领域达到的最高成就,但是并未得到应有的评价。一些诗作得不到主流认可,这早在郑敏的意料之中,因为从写诗开始,她就甘居边缘,远离主流,愿为"绿叶"而非"红花";她始终忠实于内心的声音,不愿迎合外在的社会标准和权威话语,只是静默地在历史的边缘与缝隙中书写着。正如她在《唐祈诗选·序》中对唐祈的评价:"一位老诗人,不追求诗坛荣誉,不急于跻身所谓'主流',只是默默地思考中国诗歌创作繁荣的道路,这种艺术品德本身就是诗,生活中的诗。"[2] 此话亦适用于评价她本人。郑敏对20世纪"历史之殇"的洞察和对理想主义的反思,超越了同时代的许多诗人,甚至也超越了冯至、卞之琳、冰心、丁玲、艾青等著名诗人、作家,她与巴金一样,有着独立思考、深刻反思的高贵品质。

汉乐逸认为:"诗歌是一种独特的语言,它不仅不是它所置身的社会话语的简单回声,反而会反驳、质疑或补充那种话语,这正是其价值所在。换言之,诗歌不会盲目肯定社会其他领域所肯定的东西,它是一种充满生命的力量,鼓励人们不断重估这些领域以及个人相对于它们的立场。"[3] 在此意义上,《诗人与死》并非一般读者所认为的那样充满悲观、绝望、消极的情绪,而是字里行间都闪烁着希望之光,虽然这只是一道神秘而遥不可及的"北极光",却照亮了无数迷惘痛苦的灵魂。

---

[1] Seamus Heaney, "The Government of the Tongue", in *The Government of the Tongue: Selected Prose 1978-1987*, London & New York: Faber, 1988, p. 107.

[2] 郑敏:《跟着历史的脚步长跑而来》,载《诗歌与哲学是近邻——结构-解构诗论》,北京大学出版社,1999,第379页。

[3] 〔荷〕汉乐逸:《发现卞之琳:一位西方学者的探索之旅》,李永毅译,外语教育与研究出版社,2010,序第10页。

第三章

从结构主义到解构主义的诗学重构

　　时隔三十多年，郑敏于1985~1986年两次赴美，对她而言，这种跨文化旅行具有非同寻常的意义，在与西方世界长久隔绝之后，她以迂回式的"离开"实现了"回归"，确认自我的个性与文化身份。美国纷繁多元的后现代诗、德里达的解构哲学（或"后结构主义"）和各种后现代主义思潮迎面而来，为郑敏从结构主义转向解构主义提供了必不可少的催化剂或文化资源。回国后的郑敏编译了《美国当代诗选》（1987）；陆续出版了由一系列论文汇集而成的三本诗学著作：《结构-解构视角：语言·文化·评论》（1998）、《诗歌与哲学是近邻——结构-解构诗论》（1999）、《思维·文化·诗学》（2004）等。因此，从结构-解构之维出发，我们才能更好地理解郑敏在20世纪80年代中后期的创作、翻译和批评、文化立场的转型过程，考察她如何通过后现代诗歌的跨文化翻译与阐释，为新诗的创新和发展提供更大的动力与更多的路径。她以解构理论为戈，反思古典传统（踪迹）、汉语诗性、白话文运动等，其文化的保守立场也在90年代的批评界引发了一场有关"新诗有没有传统"的激烈辩论，不同年龄、身份、学科的知识分子各抒己见，激发了不同流派的对话与交流。

　　纵观郑敏一生，她扮演着诗人、译者、批评家、教育者等多重角色，坚守着一个思想者的独立姿态，也许她曾迷惘过、沉默过，走过一些弯路，但她并未失去对"诗"与"哲"的爱。晚年，郑敏试图在德里达的"迪论"与传统的"道"论、中西哲学与诗学之间实现贯通与融汇，探索"结构-解构-再结构"之循环批评观，提出了"东西方超越主义"的文化理想，追求人生的天地境界，为中国现代诗歌与现代诗学的发展付出努力。其锲而不舍的精神恰如刘禹锡的名句："莫道桑榆晚，为霞尚满天。"

结构-解构之维：郑敏的诗歌与诗学

第一节　诗人译诗：跨文化翻译与阐释

作为一种跨文化、跨语言交流的具体实践，翻译是必不可少的通道之一。在一个知识频繁流动、文艺思潮与理论被迅速译介的跨文化空间中，作家往往会通过翻译"异域"或"他者"之文本，擦亮语言，打开思维，从而提升文学表达的敏锐度，找到创新点。在19~20世纪世界文学思潮的变革中，不少中西方作家都与翻译结缘，这并非偶然。法国象征主义鼻祖波德莱尔是将美国神秘主义作家爱伦·坡的作品翻译成法文的第一人。在不懂中文的情况下，庞德对美国东方学家费诺罗萨（Ernest Fenollosa, 1853-1908）的中国古诗英译手稿进行了整理与改写，出版了《华夏集》（*Cathay*, 1915），他主导的意象主义也染上了"中国风"（Chinoiserie）。因此，艾略特称庞德为"中国诗的发明者"（The inventor of Chinese poetry）。[①]

与此类似，中国现代诗人也通过翻译或阅读译作，为新诗的开拓与发展做出贡献。现代诗人（如胡适、郭沫若、冰心、戴望舒、冯至、卞之琳）到当代诗人（如西川、王家新、胡续冬等），大多经由翻译或译文改写获得革新现代汉诗的动力。例如，胡适改译美国意象派女诗人萨拉·蒂斯黛尔（Sara Teasdale）的名诗《关不住了》，以此为白话诗的范本；郭沫若翻译了歌德《浮士德》（上），其浪漫不羁的文风深受惠特曼的自由诗体影响；冰心从泰戈尔的译作《园丁集》《飞鸟集》中获取灵感，其《繁星》《春水》推动20世纪20年代"小诗"的流行；30~40年代赵萝蕤对艾略特、冯至对里尔克、卞之琳对奥登的大力译介，为中国现代诗人提供了现代主义诗歌经典文本。陈敬容在50年代翻译的9首波德莱尔诗歌，为"文革"期间一批地下诗人带来了西方现代诗的模本。袁可嘉在80年代翻译过布莱克、叶芝的诗，其编选的《外国现代派作品选》影响了整整一代中国作家；穆旦在60~70年代翻译了济慈、布莱克、雪莱、拜伦、艾略特、奥登、普希金、莱蒙托夫、丘特切夫等英语、俄语诗歌。在无法正常

[①] T. S. Eliot, "Introduction", in *Selected Poems of Ezra Pound*, London: Faber and Faber, 1959, p. 14.

写诗的特殊时代，翻译甚至成为穆旦的另一种隐秘的写作形式："坚持自己的审美品位与诗学观念，以诗歌翻译的隐蔽方式对主流意识形态与主流诗学加以抵制。"[1] 可见，翻译也意味着译者的某种创作，译者是译文的合谋者。

通过对美国后现代诗歌的翻译与阐释，郑敏旨在关注世界诗歌发展的新动向，吸取新的创作能量，进而拓展当代汉诗的语言边界，但不同于冯至、陈敬容、穆旦、袁可嘉聚焦翻译德、奥、英、美、法、俄等国的浪漫主义、象征主义或现代主义诗歌，其翻译对象主要是美国后现代诗，难度颇大，更具挑战性。郑敏在阅读、翻译、阐释与教学的过程中，对英美后现代诗的众多流派、写作风格与代表诗人进行过深入的文本剖析和诗学总结。这种集创作、翻译、学术研究、教学与大众普及于一体的多渠道传播方式，不仅拓宽了诗人自身的国际视野与创新能力，以艺术的陌生化手段增强了汉语的可塑性，而且促进了 80 年代新诗在思维模式、诗学理念、表达内涵、语言形式方面的后现代转型，释放了现代汉语的活力，为一批年轻诗人（朦胧派与后朦胧派）提供了一种新的可能性。

一　翻译，另一种书写方式

虽然 40 年代的诗作令郑敏获得了一定的认可与声誉，但此后三十余年未有任何作品公开发表，思维僵化了，笔头迟钝了。因此，当 80 年代她作为九叶派诗人之一重返诗坛、再次拿起笔进行创作时，也一度陷入创作困境与危机，无法摆脱僵化的思维定式和陈旧的语言方式，找不到自己的个性。此时此刻，通过阅读、译介与研究西方现代哲学与诗学、了解 20 世纪西方诗歌思潮的变化，郑敏获得了一种新的哲学认知，即结构（现代）-解构（后现代）视角，爆发出一种新的创作能量。她有意识地从思维模式、意象与心象、现实与非现实、语言与形式等方面，开始了自内而外的蜕变。也就是说，正是求助于异域异邦的他者之镜，郑敏迂回曲折地找到了自己的诗歌与诗学声音，确立自我（东方）身份与创新之路。在此，诗歌翻

---

[1] 商瑞芹:《诗魂的再生——查良铮英诗汉译研究》，南开大学出版社，2007，第 213 页。

结构-解构之维：郑敏的诗歌与诗学

译是一种再创作与再书写，是东西方文化、两种视域的融合，而非仅仅将一种语言（工具性）机械地转换为另一种语言。比起小说和戏剧等文类的翻译，诗歌翻译面临着语言的挑战：译者不仅需要有深厚的中西文化修养与过硬的翻译技能，还必须对语言本身（包括字词、节奏、韵律、排列形式等）保持高度的敏感性。

如果说40年代的郑敏是在里尔克-艾略特-冯至-卞之琳的引导下，直抵中国现代主义诗歌之巅峰，那么，80年代的郑敏则是在庞德-威廉斯-布莱-奥尔森等美国后现代诗人的启发下，逐渐在中国后现代主义诗歌领域深耕。前一个时期的关键人物是歌德、里尔克与冯至，后一个时期的关键人物是美国诗人布莱与法国哲学家德里达。自80年代开始，郑敏通过研读相关的英语论著，敏锐地关注到从威廉斯到布莱的（美国）本土化诗歌发展趋势与结构-解构诗学理念，认为其不同于20世纪上半叶的现代主义诗歌传统。在研究意象派与后期象征主义诗歌的论文中，郑敏翻译了庞德的《巴黎某地铁站上》《使者》、弗林特（F. S. Flint）的《天鹅》、威廉斯的《春天及其他》《红色手推车》《为一位穷苦的老妇人而写》、H. D. 的《冬之恋》《山仙》、理查德·奥尔丁顿（Richard Aldington，1892-1962）的《意象组诗》、卡明斯（E. E. Cummings，1894-1962）的《但是》《为什么从这个她和他》等诗作，并进行了相关的点评。

在1986年在明尼苏达双城分校与布莱会面之前，郑敏1981年翻译了他为挪威诗人罗尔夫·雅各布森（R. Jakobson，1907-1994，郑敏译为罗夫·耶可布森）诗集写的一篇序言《洁白的影子》及三首诗《向阳花》《阴郁的岗楼》《嘘——轻点》。布莱在这篇序言中指出："罗夫·耶可布森不像有些诗人那样被认为是地层深处的诗人，引导我们回顾人类的昨天；也不像聂鲁达那样，被认为是海洋深处的诗人。耶可布森似乎将埋在海洋的幽暗深处的种子，吸收到自己的体内，再带到光明中来。"[①] 不同于深入前一类勘察"黑暗的影子"之类的诗人，雅各布森通过想象接触到"洁白的影

---

① 〔美〕罗伯特·布莱：《洁白的影子——〈耶可布森诗选集〉序》，郑敏译，原刊于《诗刊》1981年1月号，第59页。布莱的祖辈是来自挪威的美国移民，1956年获得富布莱特基金资助，到挪威访问一年，他翻译了罗尔夫·雅各布森的诗歌，对智利的聂鲁达、秘鲁的巴列霍、奥地利的特拉克尔、中国的唐诗等产生了浓厚的兴趣。

子",即对光明和美好前程的信心,它象征着人类的乐观精神。郑敏关注到以雅各布森、布莱为代表的欧美诗人在二战后的创作中表现出一种清新、积极而灿烂的乐观精神,一扫两次世界大战和越南战争带给诗坛的阴霾。20世纪80年代的中国诗坛正在积蓄着新的力量,乐观向上的精神很契合《向阳花》中的诗句:①

> 它们静静地睡在那儿,
> 贪婪地吸着我们的生命,
> 直到把土地轰裂成片片,
> 为了长出
> 这朵你看到的向阳花,
> 那株草花穗,或是
> 那朵大菊花。
>
> 让青春的泪雨来临吧,
> 让悲哀用宁静的手掌抚摸吧,
> 事情并不是你所想的那么阴暗。

布莱认为深层意象派诗是通过对无意识的开掘,使想象的跳跃和比喻的转换成为可能,意象则从心灵深处跃起。在1982年发表的《诗的内在结构》中,郑敏也提到了这一点:"20世纪的后半叶所产生的超现实主义诗更希望直接表现心灵中很多直觉的、无意识的活动。譬如美国当代诗人罗伯特·布莱的许多超现实主义的诗就是将有意识的观察,也即现实主义的底层结构与直觉和无意识活动并列在诗中,这样就形成真实与幻觉并肩出现在诗中的情况。"② 为了进一步说明,郑敏译介、引用了罗伯特·弗罗斯特(郑敏译为罗伯特·佛罗斯特)的《修墙》、布莱的《长时间的忙碌之后》《秋雨读书》《停舟芦苇荡》《夜晚农场》《圣诞驶车送双亲回家》、

---

① 〔挪威〕《耶可布森诗三章》,郑敏译,原刊于《诗刊》1981年1月号,第57~58页。
② 郑敏:《诗的内在结构——兼论诗与散文的区别》,载《英美诗歌戏剧研究》,北京师范大学出版社,1982,第35~36页。

詹姆斯·赖特的诗作片段，归纳出深度意象派诗歌的结构方式是从底层现实（真实）向高层超现实（幻觉）飞升，把自然视为独立于人的意识的生命力量，在观察事物时善于遵循辩证的发展和转化的原则。在此基础上，郑敏概括了现代诗的特点和读者阅读的文艺心理："1. 人有强烈的求知和掌握真理的愿望；2. 诗以丰富、新颖、精确、深刻的意象表达作者的思想情感；3. 诗所创造的意境启发人顿悟真理；4. 人在强烈的感受中得到精神的提高与审美的享受。"① 20 世纪 80 年代初，郑敏开始零星地发表一些英文译诗及学术研究论文，目的是给读者"补课"，让他们掌握现代诗歌的多种结构方式（如展开式与高层式），不必畏惧阅读这类意象跳跃性很大、晦涩难懂的诗作。在当时的诗歌语境中，这也有助于文学界（专业人士或一般读者）接受和欣赏正在兴起中的朦胧诗，以更为包容的态度面对包括九叶派在内的现代主义诗歌的重现。

此后，郑敏又翻译了布莱的自传随笔《寻找美国的诗神》、3 首散文诗和 7 首诗（发表在《世界文学》1984 年第 5 期）。从时间上而言，布莱的《寻找美国的诗神》原文发表在《纽约时报》（1984 年 1 月），郑敏的中译文则发表在同一年的年末，她在该译文的导言中指出："布莱认为艰苦的日子和接近基层群众，接近大自然，能给诗人的心灵带来营养，增强创作力。这就是布莱坚持诗人要'下地狱'和保持'蛙皮'湿润的原因。"② 郑敏对布莱的小传和诗歌的译介恰逢其时，为 80 年代的诗坛带来了另一种声音，另一种可能，甚至影响到一批初登诗坛的年轻诗人。王家新回忆："因为王佐良、郑敏的翻译和大力推举，美国'超现实主义'或称'深度意象'诗人很快引起了中国诗人的关注，这在当时的一些年轻诗人如王寅、陈东东、黄灿然的创作中，包括我自己的创作中，就可以明显见其启示或影响。……她（郑敏）要通过译介这样的诗来突破多年来那种偏重于理性的写作模式，更深地打开自己，并重获创作的活力和生机。"③

1986 年郑敏在明尼苏达大学双城分校访问期间与布莱的直接交流与对

---

① 郑敏：《诗的内在结构——兼论诗与散文的区别》，载《英美诗歌戏剧研究》，北京师范大学出版社，1982，第 42 页。
② 〔美〕罗伯特·布莱：《寻找美国的诗神》，郑敏译，载郑敏编译《美国当代诗选》，湖南人民出版社，1987，第 313 页。
③ 王家新：《不灭的生命之光——纪念郑敏先生》，《文艺争鸣》2022 年第 3 期，第 16~17 页。

话，更坚定了她朝向无意识的灵魂深处探索的决心，学会倾听那个被长久压抑的内在自我之声，开启艺术表达方式的新探索。郑敏对此毫不隐讳："1986年我的宇宙观与诗歌观都经历了一次挑战和开拓。首先震撼我的是美国当代诗所代表的二战后西方对历史、人的突破40年代现代主义的新动向。简言之，就是从真理、道德的绝对标准走向更开放的宇宙观，从而进入到给万物万事一次重新思考、重新感受的探险活动中。"① 由此可见，郑敏一直在找寻属于自己的"诗神"。这个转型过程与她译介、借鉴、研究美国后现代诗歌的学术活动息息相关。

如果说，1985年之前郑敏主要是通过阅读艾略特、庞德、威廉斯、卡明斯、奥尔森的诗作了解美国诗歌的发展趋势与变革方向，那么，1985～1986年的两次访美，与布莱、罗森萨尔（M. L. Rosenthal）等当代诗人结识之后，郑敏更深刻地意识到后现代哲学思潮与诗学对美国后现代文学的促进与推动。"有理由认为，研究郑敏对美国当代诗歌的译介是深入理解其诗学道路转向的重要课题。作为一种'诗歌活动'，对美国当代诗歌的译介打开了郑敏进入后现代主义的大门。在引他水浇灌当时中国诗坛沃土的同时，郑敏也挖掘了自身潜藏的资源，形成了从现代到当代'解构'特色的诗学转向——无'译者'郑敏，'诗人'郑敏就不可能完整。"② 的确如此，在郑敏的书写中，诗歌翻译是与诗歌创作、诗学批评并行不悖、不可忽略的另一种"文本"，诗论/译论、创作/翻译互为促进，共同推动着其诗歌艺术的创新与发展。

二　译与释：《美国当代诗选》

从翻译动力的角度而言，自访美回国后，除了个人诗歌创作的内在需求促使郑敏细读美国后现代诗歌外，她更注意到20世纪80年代的诗坛并未系统地研究美国后现代诗歌思潮的来龙去脉，对当代西方诗歌的发展进程与创新理解不深，年轻诗人对世界诗歌的学习往往流于表面的模仿，空

---

① 郑敏：《郑敏诗集（1979-1999）》，人民文学出版社，2000，序第13页。
② 赵美欧：《翻译作为一种"诗歌活动"：郑敏对美国当代诗歌的译介》，《外文研究》2020年第1期，第60页。

洞而乏力，因此，她感觉到译介美国当代诗歌的必要性，以期给当时迷乱浮躁、缺乏方向感的中国诗坛注入一针镇静剂。章燕指出："20世纪80年代，郑敏先生编译的《美国当代诗选》对当时年轻诗人的创作产生了很大的启迪作用，影响到中国新诗在那个年代的创作走向。"①

在译作选择上，郑敏在译后记中提及："这本诗集的编选，是参照几种美国现当代诗选和一部分作家选集后完成的。在选材时考虑到我国读者的审美倾向，并力求不与已出的诗选在内容上太多重复，但所选的作品必须能代表诗人的独特风格。"② 遗憾的是，郑敏并没有标注她参考了哪些选本或选集。据笔者考察，当时比较流行的选本有诗歌批评家海伦·文德勒（Hellen Vendler, 1933—2024）主编的《当代美国诗歌》（Contemporary American Poetry）（1985），也有马克·斯特兰德（Mark Strand）编的《当代美国诗人：1940年后的美国诗歌》（The Contemporary American Poets: American Poetry Since 1940）（1969）等。80年代影响较大的中译本有赵毅衡编译的《美国现代诗选》（上下卷，外国文学出版社1985年），上卷包括美国新诗运动到二战期间的诗人，下卷包括"中间代"-黑山派-垮掉派-自白派-新超现实派-纽约派-学院派-派外诗人-当代黑人诗人等，其囊括的时间、范围、诗歌流派主要是20世纪初到80年代，几乎是一部美国现代诗歌史。

译者的诗歌偏好、审美趣味与翻译风格，必然体现在其译本中。郑敏的《美国当代诗选》选本包括36位（其中5位是女性）美国当代诗人的诗歌，合计133首，主要的翻译工作在1986年完成，1987年由湖南人民出版社推出，它与两年前查良铮（穆旦）译的《英国现代诗选》（1985）一起对20世纪80年代的中国诗坛产生了积极的影响。郑敏译本选入的诗人与部分译作，包括她在80年代初译介过的布莱、赖特、约翰·阿胥伯莱、西尔维娅·普拉斯等，同时也扩大了译介的范围，包括安蒙斯（A. R. Ammons，又译埃蒙斯）、伊丽莎白·毕夏普、罗伯特·邓肯（Robert Duncan）、罗伯特·洛威尔、艾德里安娜·里奇、查尔斯·奥尔森、爱伦·金斯伯格、加瑞·斯奈德（Gary Snyder，又译加里·斯奈德）等，涉

---

① 章燕：《郑敏文集》（译诗卷），北京师范大学出版社，2012，第336页。
② 郑敏编译《美国当代诗选》，湖南人民出版社，1987，第323页。

及黑山派、自白派、深度意象派、旧金山复兴派、垮掉派、语言派等多个后现代诗歌流派。其中占重要分量的是郑敏一直钟情的"深度意象派",如布莱 10 首、詹姆斯·赖特 3 首,路易斯·辛普森(Louis Simpson)5 首。此外,与深度意象派有密切关联的"新超现实主义"也占较大的分量,包括 W. S. 默温(W. S. Merwin)7 首、葛尔维·肯耐尔(Galway Kinnell),又译高尔威·金耐尔)7 首、唐纳德·霍尔(Donald Hall)5 首、詹姆斯·狄凯(James Dickey,又译詹姆斯·狄基)3 首。[①] 以上诗人的诗作合计 40 首,占全集诗篇的三分之一强,显示了译者对此类诗歌的偏好。

在这些被译介的诗人诗歌中,郑敏对布莱的喜好毋庸置疑,她选译其诗多达 10 首,是所有被选者中数量最多的一位。之所以如此,一方面是郑敏在 80 年代初对布莱的诗歌有所了解并翻译过几首,另一方面是因为深度意象派的美学趣味与简练风格,此派的代表诗人大多对老庄、禅宗等中国古典文化和诗人感兴趣,他们欣赏并吸纳王维、李白、白居易、元稹等唐代诗人的艺术技巧,创作了许多自然诗或充满人情味和日常生活感的诗歌,讲究天人合一的境界与弦外之音,故此,中国读者在阅读这类诗歌时障碍相对少,具备对等的文化接受背景和语境熟悉感,也会对中国诗歌在异域中的创造性变异产生好奇。同样,鉴于中国读者对于系统性很强、晦涩难懂的"黑山派"或"语言派"接受度低且诗歌本身难译的状况,郑敏自言译介得还不够:"也许由于他们的理论很新,他们的诗较难懂,因此在本选本中对邓肯的一些很有分量的诗并未选入。也许对黑山派的介绍应当做为下一步的工作。"[②] 这说明译者充分考虑到译入语的选择偏好和译文的难易度。

翻译意味着交流与理解,翻译家尤金·奈达(Eugene A. Nida)提出了翻译"动态(或功能)对等"(dynamic or functional equivalence)原则:"在动态对等中,译者关注的并不是源语信息和译语信息的一一对应,而

[①] 有些文学史家把"深度意象派"归为"新超现实主义",如刘海平、王守仁主编、杨金才主撰的《新编美国文学史》(第三卷)称之为"新超现实主义"。郑敏也将"深度意象派"称为"超现实主义派"。张子清在《二十世纪美国诗歌史》中区分了"新超现实主义"与"深度意象派",但也强调它们之间的一致性,例如诗歌中的无意识和非理性的成分,以及超现实的幻觉(梦)与顿悟。

[②] 郑敏编译《美国当代诗选》,湖南人民出版社,1987,第 323 页。

是一种动态的关系，即译语接受者和译语之间的关系应该与源语接受者和原文信息之间的关系基本相同。"这主要包括词汇对等、句法对等、篇章对等以及文体对等，并强调"信息在译入语使用者中的可交流与可理解性"①。我们可以使用奈达的"动态（或功能）对等"原则来考察郑敏的翻译策略。她在译后记中写道："在翻译方面力求保存原著的行节结构，在分行断句方面希望能体现原著的大胆连行的现代诗风格，以打破古典诗基本上每行一个完整体的规格。行的缠结，句的交叉，字的重影，是现代诗风的一些特点，其目的之一就是表现现实的复杂，情绪的多端。"② 这表明在具体的翻译实践中，郑敏尽可能尊重原诗的行节、断句、多义词、语言风格，字斟句酌，小心谨慎地对待每一行、每一个字句，以"对等"的方式将原文呈现出来，但实际上，翻译中的"对等"只是一种理想状态。

有人说"诗不可译"，据说诗人罗伯特·弗罗斯特曾感叹："诗是在翻译过程中丢失的东西。"（Poetry is what gets lost in translation.）③ 他认为诗歌只要经过不同语言的转换，就必然会有所损失。在翻译过程中，韵律、节奏、音节、修辞手法等语言本身固有的特点难以被传递，甚至会被遗漏。虽然如此，诗歌译者们总是要挑战此类悲观言论，想方设法在语言之间架起理解的桥梁。例如，美国诗人翻译家艾略特·温伯格（Eliot Weinberger）认为诗是值得翻译的："诗是译有所值，一首无处可去的诗是死诗。"（Poetry is that which worth translating. The poem dies when it has no place to go.）④ 的确，我们看到伟大的诗作总是不断被翻译，不断被变形为其他的语言形式，被其他国家的读者所分享，在世界各地"旅行"。中国诗人兼翻译家西川则以一种悖论的方式提及："我认为诗歌既是不可翻译的又是可翻译的。千万不要迷信什么'不可翻译'的危言耸听……人类文明之所以有今天，离不开不同语言之间的翻译。而关于具体翻译的难度与乐趣，以及语言和语言的重叠部分，以及语言和语言之间不得不发生的变

---

① Eugene A. Nida, *Toward a Science of Translating*, Leiden: Brill, 1964, p.159.
② 郑敏编译《美国当代诗选》，湖南人民出版社，1987，第 323 页。
③ 曹明伦：《弗罗斯特集·诗全集、散文和戏剧作品》，辽宁教育出版社，2002，第 1064 页。参见曹明伦《翻译中失去的到底是什么？——Poetry is what gets lost in translation 出处之考辨及其语境分析》，《解放军外国语学院学报》2009 年第 5 期。
④ 冯强：《新诗海外传播的当代性反思》，中国社会科学出版社，2019，第 49 页。

异，以及为语言变异所带动的概念变异对于另一种文化的影响等，又是一个如山的问题。"① 也许大多数诗歌译者会比较认同这种"既……又……"的开放态度。

郑敏选择本国读者理解难度大也最具有美学挑战性（包括实验性、先锋性、含混性、多元性等）的后现代诗歌文本来翻译，无疑是一件吃力不讨好的事（比起浪漫主义、象征主义或意象派的翻译更为困难），尤其是有些词或语句可能包含多重隐喻，有些句子有着巧妙的分行断句或超现实的跳跃性意象，有些则有着内容含混复杂、多重杂糅的历史语境，要使用中文进行对译（转换），几乎是一个无法完成的挑战。后现代诗歌的译者马永波也提及这一点："后现代主义诗歌由于其开放的结构，无中心的发散特性，较之现代主义虽晦涩但终究可解的诗歌，更加难以还原到经验的层面上去理解，更加反逻辑反规范，译起来十分艰难。……后现代诗歌中又大量掺杂了经过解构的大众化内容，如广告、新闻，和许多无处查询的事件、人物等，其造成的文化上的障碍与隔膜，时时让人感到绝望。"② 即便面临无法完成的挑战，译者依然要啃这些翻译难度极大的"硬骨头"，通过搬运或转化，以一种陌生化的效果将一种文化移植到另一种文化之中，获取其强大的生命力。

美国翻译家 W. 巴恩斯通提出："翻译并不是镜子，也不是模仿复制。它是另一种创造（creation）。当然，每一个译本都拥有原本的形式与内容，但它却变成了一个新文本（a new text）。"③ 前辈翻译家萧乾认为一个好译者应做到："揣摩原作的艺术意图，在脑中构想出原作的形象和意境，经过'再创作'，然后用另一种文字来表达。"④ 他们都强调译者必须置身于作者的位置，事先对原作进行深入的理解与阐释，再使用另一种语言去传达原作的意图，这表明翻译也是一种"再创作"，译者具有主观能动性。

---

① 西川：《答吕布布问：作为读者，作为译者》，原刊于《延河·绿色文学》2012 年第 6 期，载《大河拐大弯：一种探求可能性的诗歌思想》，北京大学出版社，2012，第 289 页。
② 〔美〕马克·斯特兰德编《当代美国诗人：1940 年后的美国诗歌》，马永波译，北京师范大学出版社，1999，第 510 页。
③ Willis Barnstone, *The Poetics of Translation: History, Theory, Practice*, New Haven-London: Yale University Press, 1993, pp. 261-262.
④ 萧乾：《文学翻译琐议》，《读书》1994 年第 7 期，第 88 页。

"诗人译诗"的优势,在于他们能对世界诗歌精神和汉语诗歌语言进行准确把握。自20世纪80年代以来,郑敏一直悉心研读美国后现代诗歌,找寻它与现代主义之间的承接关系及其自身的变化轨迹,把握诗学变革理路与艺术创新趋势。她甚至将1985年发表的文章《美国当代诗与写现实》(最初撰写于1983年8月)作为《美国当代诗选》的序言,作为解读美国后现代诗歌的导读或入门篇。

《美国当代诗选》的目录按照英文的姓氏字母排列,而非按照流派。在每一位诗人前有一个小传(包括诗人姓名、生卒年、重要经历、大致风格和代表作等),除了译诗外,适当加入一些注释(但不多,主要是为了给读者、研究者更大的想象空间和阐释自由)。注释内容有几个方面:对典故、人名、地名、历史事件、文化语境做出说明;对翻译过程中遇到的多义词或含义不明确的地方加以补充或阐释;对一些篇目的主旨、内容或观点做出讨论或评价,它们构成了译者与作者之间的"对话性"或"互文性"。这不仅有助于中国读者对译作的接受与理解,也可以使读者了解译者在翻译过程中的字斟句酌或部分诗歌阐释与感悟。例如,在翻译女诗人毕夏普的诗歌《人蛾》(The Man-Moth)时,郑敏把原文中 faces 译为"面孔",同时加以注释:"此处原文为'faces',也可译为表面,但用'面孔'更有意思。——译者注。"[1] 对于某些诗歌的主旨,郑敏提供了自己的阐释,针对布莱的《疾行》,注释写道:"这首散文诗可理解为写诗人关于历史、生活、艺术三者的密切关系的观点,并且写了人与自然的相互依存。"[2] 针对黑山派的代表诗人奥尔森的一首长诗《我,葛罗斯特的马克西玛斯对你说》(六首),郑敏提供了相当多的注释,并附上了长长的解读,列出了美国后现代主义诗歌反叛艾略特(现代主义诗歌传统)的六点,介绍奥尔森的"投射诗"理论,对每一首选诗的内容都加以说明。显然,郑敏是考虑到中国读者对美国诗歌的后现代转型、黑山派的诗学理论和创作技巧不太熟悉,特意加上了大段注释,对晦涩难懂的"投射诗"用晓畅明晰的语言加以阐释,使读者一目了然,这些精练而流畅的导读文字融汇了译者的阅读经验与现代诗歌解读法,言近旨远,

---

[1] 郑敏编译《美国当代诗选》,湖南人民出版社,1987,第32页。
[2] 郑敏编译《美国当代诗选》,湖南人民出版社,1987,第47页。

平中有奇。

文化翻译学派的安德烈·勒菲弗尔（Andre Lefevere）提出翻译的实质就是对原文进行"改写"（rewriting），它"反映了特定社会中的某种意识形态和诗学以某种方式对原文的操纵（manipulation）"[①]。郑敏在翻译美国后现代主义诗歌的过程中，必然带上自己的诗学观、语言观和理解方式，进行某种程度的"操纵"、"改写"或"再创造"，使译文在比较贴近原文的基础上，尽量符合中文读者的思维方式与阅读习惯。以布莱《圣诞驶车送双亲回家》（Driving My Parents Home at Christmas）的中译为例，我们可以窥见其翻译风格：

> As I drive my parents home through the snow
> their frailty hesitates on the edge of a mountainside.
> I call over the cliff
> only snow answers.
> They talk quietly
> of hauling water of eating an orange
> of a grandchild's photograph left behind last night.
> When they open the door of their house they disappear.
> And the oak when it falls in the forest who hears it through miles and miles of silence?
> They sit so close to each other...as if pressed together by the snow.

> 穿过风雪，我驾车送二老
> 在山崖边他们衰弱的身躯感到犹豫
> 我向山谷高喊
> 只有积雪给我回答
> 他们悄悄地谈话
> 说到提水，吃桔子

[①] Andre Lefevere, *Translation, Rewriting and the Manipulation of Literary Fame*, London: Routledge, 1992, vii.

结构-解构之维：郑敏的诗歌与诗学

> 孙子的照片，昨晚忘记拿了。
> 他们打开自己的家门，身影消失了
> 橡树在林中倒下，谁能听见？
> 隔着千里的沉寂。
> 他们这样紧紧挨近地坐着，
> 好像被雪挤压在一起。

这首诗描写的场景朴素而常见，语言表达趋于日常化，诗风简朴却意蕴悠远，代表了布莱的"深度意象派"的写作特质。他颇受陶渊明、王维等飘逸出俗风格的影响，善于从平凡的生活中顿悟生命的细节，将超现实的感觉与深层意象融合在一起，实现情景的完美契合。在这首诗的中译文中，我们明显看出郑敏的改动，英语原文共 10 行，中译文变成了 12 行。英文的最后两句很长，倒数第二行长达 18 个单词，倒数第一行的中间有省略号，但并未分行。原文的结尾给人喘不过气的感觉，但中译文并未遵循其结构，译者进行了断句，分为 4 行。这种"改写"比较符合中文诗歌的语序与排列习惯，也使整首诗的结构更加匀称，在视觉上更为美观。郑敏在翻译中进行"改写"的目的主要是让中文读者阅读起来更顺畅，形式更加整饬。但这也在某些方面违背了原诗的"节奏"与"呼吸感"，尤其是大雪之夜驾车过山路带给读者的危险感与压迫感，可能有碍读者对布莱诗歌创新形式的理解。原文中"through miles and miles of silence"可视为"who hears it"的原因之一；译文中"隔着千里的沉寂"单独成句，既与上句关联，也与下句呼应，还可作为独句理解，烘托整首诗令人战栗的空旷气氛。中译文未完全遵守英语的次序，有些加以省略或补充，在不直译的情况下采用了劳伦斯·韦努蒂（Lawrence Venuti）提出的"归化"（domestication）而非"异化"（foreiginization）的翻译策略，体现了以读者的易读性为导向的翻译调适性（suitability）。[①]

诗人译诗的优势在于他（她）懂得两种诗歌语言转换涉及的"对应"与"补充"，可以根据具体情况，灵活地运用介于忠（直译、归化法）与

---

① Lawrence Venuti, *The Translator's Invisibility: A History of Translation*，上海外语教育出版社，2004，第 5 页。

不忠（意译、异化法）之间的翻译策略。根据原文与译文的差异，我们不难看出郑敏在翻译过程中使用的某种"操控"与"改写"方法，其译文赋予了英语原诗没有的比较整饬的诗歌结构：一种汉语形式的古典韵味和审美境界；同时，她也带给中国诗坛一种新的表达手法与陌生感。这一点类似穆旦，九叶派的诗人们非常反感写作口号诗，他们都迫切地希望通过翻译或编译外国现代文学，为当代文学界带进一些新鲜空气。穆旦在去世前给杜运燮的信中明确地说："国内的诗，就是标语口号、分行社论，与诗的距离远而又远。……在这种情况下，把外国诗变为中文诗就有点作用了。读者会看到：原来诗可以如此写。"① 王家新在评价穆旦的翻译对新诗所具有的时代意义时，指出："他的翻译和他所关注的创作和诗学问题深刻相关，和他自身的需要及其对时代的深切关注都密切地联系在一起。他通过他的翻译所期望的，正是一种诗在他的生活和他的时代的回归。"② 也可以将这个评价用于理解郑敏的翻译动机。此时此刻，郑敏正面临着诗歌转型，她希望开辟新的诗学方向，以适应正在变革、不断调整和发展中的中国新诗。

中国现代文学离不开翻译，读者也离不开对外国文学译作的解读。王晓明指出："在中国大陆，20世纪80年代堪称清末民初以后的又一个文字翻译的黄金时代。据统计，1978-1987年间，仅是社会科学方面的译著，就达5000余种，大约是这之前30年的10倍，而其他方面，例如文学翻译的情形，也大致相同。说80年代是文字翻译的黄金时期，并不仅是因为数量，而更是因为，这一时期的翻译在整个社会的文化转型上，占有非常突出的位置。"③ 将郑敏的译诗纳入80年代的翻译语境中看，其对中国当代文化与当代文学所具有的转型意义是显而易见的。章燕指出："20世纪80年代，郑敏先生编译的《美国当代诗选》对当时年轻诗人的创作产生了很大的启迪作用，影响到中国新诗在那个年代的创作走向。"④ 的确，《美国当代诗选》既适应了新时期对外国文学的急切需求，也赢得了许多年轻诗人和诗歌

---

① 《穆旦诗文集》（第2卷），人民文学出版社，2005，第148页。
② 王家新：《穆旦：翻译作为幸存》，《江汉大学学报》2009年第6期，第12页。
③ 王小明：《翻译的政治——从一个侧面看80年代的翻译运动》，载刘复生编《"80年代文学"研究读本》，上海书店出版社，2018，第26页。
④ 章燕：《郑敏文集》（译诗卷），北京师范大学出版社，2012，后记第336页。

读者的嘉许。王小妮、蔡天新、王家新、叶舟、祝凤鸣等新一代诗人坦言，他们通过郑敏的译诗了解到美国当代诗歌和诗人，甚至视之为"真正的诗歌启蒙教材"①。《中国翻译通史》将《美国当代诗选》评为80年代末"有影响的诗苑译林丛书"②。正如布莱等美国诗人通过译介中国、挪威和拉美国家的边缘诗歌激活、刷新了美国当代诗坛一样，郑敏也通过有意识地译介美国后现代诗歌，为80年代的年轻诗人和读者打开一扇远眺外部世界的窗户，进一步拓展了中国当代诗歌的视野。

三　翻译：寻找创新的光源

第一个提出"世界文学"理想的作家歌德赋予翻译以前所未有的重要性："每一名翻译都应被看成这样的人，因为他努力使自己成为这种普遍的思想交流的中间人，并使自己适合从事促进这一交流的工作。虽然人们也可能就译文的不够完善说三道四，但是它现在是，而且永远是普遍的世界性交流中最重要的和最有价值的工作之一。"③ 作为教育工作者的郑敏，一直默默地担当"普遍的思想交易的中间人"，在中西跨文化交流实践中成为孜孜不倦的学习者、研究者与传播者。郑敏对美国当代诗歌的译介，无论是数量还是质量，在当时的外国文学翻译中都达到很高的水准，在新时期的诗歌翻译史上占据一席之地。

郑敏属于诗人译诗型的作家，并非专业的翻译家（除了这本译作和一些零星译作外，她并未继续从事翻译工作，也未翻译过她熟读的德里达著作），其诗歌翻译的主要动力源自个人阅读、诗歌创作与教学科研的需要，旨在为20世纪80年代当代诗人拓宽视野提供一个可资借鉴的美国当代诗歌范本。由于其翻译与创作相辅相成，通过研究其译作我们了解了翻译对她的诗歌创作和学术研究的影响。赵美欧认为："如果忽略了郑敏的翻译活动，就不可能深入理解郑敏的'结构-解构'诗学转向及后期的诗歌创作。郑敏的翻译之路缘起于'解构'诗学诉求，这种诗学观念操纵着郑敏

---

① 祝凤鸣:《枫香驿》，上海文艺出版社，2012，第275页。
② 马祖毅等:《中国翻译通史·现当代部分》（第2卷），湖北教育出版社，2006，第742页。
③ 歌德:《世界文学》，陈宗显译，载《世界散文选》，百花文艺出版社，2005，第306页。

的译本选择、翻译策略和译介阐释,而译诗作为一种'诗歌活动',同时也印证、促成了她的诗学转向。"①

郑敏既是美国后现代主义诗歌的译者,也是解构批评家,这就使得她的诗歌翻译为诗歌创作与学术研究提供了助力;反之,诗歌创作和结构-解构批评也促进了其翻译风格的形成。这两者相辅相成,交织缠绕。现实中,有些诗歌译者也是诗人,但并不会做太多的学术研究或教学工作,但郑敏却身兼数职。译者的多重身份必定影响其翻译策略与翻译风格,这主要体现在:考虑中国读者的接受语境;作为学者做出基于自己创作经验的阐释与评价;在系列"结构-解构视角"的批评论文中对此进行深入的归纳与总结。因此,郑敏会选取某些外国诗人的优秀诗歌进行翻译,撰写读者易于理解的诗歌阅读方法和细读文字(除了个别深奥的学术论文外),发表在一些期刊和诗歌选集中。如冬森编郑敏等译《欧美现代派诗集》(1989)收录了郑敏翻译的14位美国重要诗人的诗作28首,除了《美国当代诗选》已选入的19首外,还有威廉斯、庞德、H.D.、卡明斯等人的译作9首。在每一首诗作后,郑敏都会附上诗人的简介、赏析文字,一些内容比起《美国当代诗选》的介绍更为详尽。②

在《代序:美国当代诗与写现实》中,郑敏主要从现实主义的大传统中来梳理后现代派的特点,她认为当代美国诗歌很重视对现实生活的表达,在题材的选择和内容呈现方面,较20世纪50年代前更具有现实主义色彩;但就艺术手法的创新与突破而言,它并不遵循传统现实主义的艺术手法与形式,"诗人们不以模仿现实世界的结构、秩序、外貌为自己的创作目标,不追求栩栩如生的艺术效果;相反,他们要求在创造中打破现实世界的自然秩序和形状,然后由诗人艺术家以自己的创造性的力量对素材加以改造,从而产生一个艺术的第二自然。这第二自然包括客观与主观世界,也可以说是一个渗透着主观的艺术客观,它部分地或全部地失去第一自然的逻辑与外形。……因此可以说,当代美国诗与现实的关系是来自于现实,而不貌似现实;它既有与现实的血肉关系,又获得一个与现实不同

---

① 赵美欧:《翻译作为一种"诗歌活动":郑敏对美国当代诗歌的译介》,《外文研究》2020年第1期,第65页。
② 参见冬森编、郑敏等译《欧美现代派诗集》,中国青年出版社,1989。

的自己的灵魂和肉体"①。郑敏对美国后现代诗的分析与总结，对于意欲突破僵化陈旧的现实主义模式、寻觅新的诗歌表达路径的中国当代诗人来说，无疑是石破天惊，因为她以一种翻译与评述的学术方式打破了"现实主义"占主导地位的局面，委婉地表达诗歌同样可以走向另一个突破点："不似现实"，或者是"超现实"。

在对抗与叛逆庞德-艾略特式的现代主义风格后，以威廉斯-奥尔森为盟主的美国后现代诗歌在表现现实时，以五彩斑斓、美丑杂陈代替初期现代派单一的忧郁和黑色。对此，郑敏总结道："当代美国诗虽比艾略特时代更多日常生活情景与细节的记载，有更多诗人自己的经历和内心状况，但并没有比艾略特时代更接近模仿现实的西方现实主义和古典主义的传统。……借用法国后结构主义雅克·德里达的说法，可以说当代美国诗学是解体性（deconstruction）的，因为它反对形而上学的哲学体系，反对以传统伦理道德为诗的主题中心，反对传统的关于语言与思维的关系，反对封闭的诗的形式。"② 因此，在1985年出国访问之前，郑敏已经通过这种"输出与输入"并置的中美比较诗歌的研究方式，把握中国新诗在20世纪世界诗歌版图中所处的位置，思考其发展过程中存在的问题和解决途径。

郑敏辨析了美国后现代诗歌与以艾略特为代表的欧美现代主义文学传统的差异，以及创造美国当代诗歌新景观的努力；她进一步指出在继承庞德-艾略特传统的基础上，美国后现代诗人要进一步摧毁这个强大的哲学与文学传统，他们相信破坏与建设是并立而非二元对立的。在某种程度上，这也表达了郑敏的意愿与诉求，即冲破现代主义和现实主义的写作困境，借助译介美国后现代诗歌的时机，将西方后现代诗歌的创作源泉引入中国当代诗歌语境，在对比反思中探寻当代新诗发展的出路，在改革开放中找到后现代主义思潮的中国式表达方式，实现中国化与本土化的结合。由于有了深厚的文化蕴养和对中西诗歌发展历史的深刻体悟，郑敏在总结后现代诗歌的特征时，能够以深入浅出的方式概括晦涩抽象的内涵，见解

---

① 郑敏：《代序：美国当代诗与写现实》，载郑敏编译《美国当代诗选》，湖南人民出版社，1987年，第1页。
② 同上，第17页。

精辟而使读者易于接受，有助于中国学界和当代诗人及时了解美国诗歌发展的前沿趋势，读到比较权威的诗歌译本。可以说，郑敏的后现代诗歌翻译进行了主观阐释与个性化的"改写"，她并不遵循原文的行距或句式，而是在译本中加入了一些必要的注释甚至阐释的文字，以便引导读者的阅读，并以"结构-解构"的视角融入了自己对中西诗歌的思考。通过阅读、翻译和研究美国后现代诗歌，郑敏的创作也得到了突破与更新，获得了一种新的诗歌声音。例如，创作于1985~1986年的《穿过波士顿雪郊》，是郑敏探望正在美国留学的儿子童朗时写下的，其经历类似布莱《圣诞驶车送双亲回家》的特殊体验（只是角色调换了一下），儿子在深夜驾车载着母亲一路行驶在林间之路上。母子俩穿过似真如幻的"黑色的树林"，边走边聊：

> 我们谈到童年
> 雪地上的痕迹
> 迤逦追随
> 前面的轨迹，
> 加上我们的
> 加上
> 我们后面的。
> 偶尔说几句话
> 今天的，以前的
> 这儿的，那儿的。
>
> 灰蛇蜿蜒进出树林
> 雪在挤进来
> 车在梦中开回家
> 对话浮出混沌的水面
> 又沉入海洋
> 鲸鱼的灰背的浮沉
> 童年，波士顿，雪

结构-解构之维：郑敏的诗歌与诗学

    活过来的树林
    更真实的部分
    却没有发出声音。

  有关童年（过去）的记忆与（现在）的母子对话如同"鲸鱼的灰背的浮沉"。郑敏将现实中波士顿的冬雪场景与梦幻中的童年回忆相混合，"车在梦中开回家"具有一种超现实之感，呈现了布莱的"深度意象"对她的影响。在异国他乡的冬雪夜幕下，特殊的时空唤醒了母子的沉睡记忆与情感，那些无意识、潜意识的感受如雪花飞舞，"活过来的树林"也是"活过来的记忆"。母子之间若有若无的"有声交谈"与黑森林的"无声沉默"相互映衬，穿越黑森林的汽车（动态）与无声的森林（静态）、温暖的对话与冬雪构成了对照。这首诗语言简洁，富有视觉动感，采用口语化的表达方式，句式时短时长，蜿蜒如森林中的曲折小径，仿佛一切皆在画中。

  值得关注的一点是，郑敏没有像她同时代的多数作家那样，囿于年轻时代早已定型的思维模式和写作范式，更没有被主流话语和教条主义所束缚，而是勇敢地、敏锐地实现自我突破与自我更新。她通过研究美国后现代诗歌、弗洛伊德的心理学、海德格尔的存在主义和德里达的解构主义等思潮，与时俱进。其诗歌翻译从语言结构到修辞、用词、排列形式和运思方式，在"求同"和"存异"之间颇费心思，一方面她要考虑中国读者的阅读习惯，在必要的时候进行个人式的"改写"与增删；另一方面她有意识地突出、强调后现代诗歌的创新之处，以此突破现代汉诗的陈旧规范和审美惯性，使这些译诗成为"后现代性"的新型载体。由于郑敏对于美国后现代诗歌的翻译带有译者的阐释与"改写"印记，当然也会被后来的译者不断修正或重译。

  九叶派中的穆旦、袁可嘉和郑敏等都是兼具诗人、学者与译者等多重身份。我们有必要研究他们在创作的过程中如何将外来的文学资源（包括一些思想观念和艺术形式）融入诗歌创作中，塑造了更具伸缩性和表达力的现代汉语，探索了中文诗歌的内蕴与美感。德国汉学家顾彬（Wolfgang Kubin）曾撰文批评中国当代作家（主要是年青一代）欠缺外语能力和思维简化的问题："鲁迅说过，外语帮助他创造他的中文。我们不光通过外语提高自己的母语，我们通过外语学会另一种思路。一个作家需要具备很多条件才能够好好写作，他需要张力。不是外在的张力，比如说政治方面的张力；他需要内在的张力——创造的张力，这比外在的张力更重要。"① 诗人的翻译过程也是他（她）寻找自己的创造光源的探索之路。经由译介后现代诗歌和诗学理论的跨文化实践，英语颇佳、学问深厚的郑敏又开启了探寻自我的"另一种思路"，找到了自身诗歌风格蜕变的"创造的张力"，迅速从一个现代主义者转变为一个后现代主义者，同时她的诗歌转型并未彻底地因"后现代"而涂抹、删除"现代"或"前现代"，或以创新（解构）去否定新诗或古典传统，而是在一个综合与创新的层面上，以互文性或符号踪迹的交织融汇形式，向古今中外的伟大诗人致敬，为中国的当代诗歌提供见证历史创伤、反思时代的厚重文本。

第二节　结构-解构-重构的循环批评

解构主义理论最初在法国并没有引起太多关注。直到1966年德里达在美国约翰·霍普金斯大学做了有关解构主义的讲座，才吸引了不少美国学者，解构批评在此落地生根，并迅速渗透到文史哲各领域，取代了二战前后占据主流的"新批评"，在20世纪60~70年代成为美国各著名大学英语系最时髦的文学理论，果真是"墙内开花墙外香"。德里达与耶鲁大学的几位学者共同出版一本文集《解构与批评》（*Deconstruction and Criticism*）（1979），标志着耶鲁大学的"耶鲁学派"（Yale Critics）的形成，代表者是"四大金刚"：保罗·德曼（Paul de Man, 1919-1983）、希利斯·米勒（J. Hilles Miller, 1928-2021）、杰弗里·哈特曼（Geoffrey Hartman, 1929-）、哈罗德·布鲁姆。

解构批评80年代一经引入中国学界，立即引发了剧烈的震动。学者纷纷译介德里达的论著，引入迥异于形式主义、结构主义的各种后结构主义思潮，并在跨文化语境中建构中国式的结构-解构诗学。郑敏1985~1986

---

① 顾彬：《什么是好的中国文学》，《文学自由谈》2011年第5期。

年的两次美国之行，使她得以与解构主义（以及后结构主义、后现代主义诗歌）诗人或学者相遇。1986年在明尼苏达大学访问期间，郑敏参加了一场关于解构主义对康德第三批判的讨论会，现场聆听了德里达及其他学者的报告。解构哲学和解构批评对晚年郑敏产生的影响不可谓不大。赴美回国后，郑敏在北师大外语学院为研究生、博士生开设了解构主义文论的课程，发表了一系列文章阐释解构主义的核心思想，从"结构-解构视角"反思新诗在思维方式和语言方面存在的弊端，倡导新诗向古典传统学习，以"互文性"或"踪迹"理论讨论中华文化传统，力图在道家思想与解构哲学之间找到互证与互补的汇通之处，提出一种"结构-解构-重构"之循环的批评观。诗歌批评界据此将郑敏誉为中国的"保罗·德曼"。

概言之，郑敏通过诗歌创作与批评实践、学术研究与人才培养等多种路径，参与现代汉诗与现代诗学的建构，成为承接与融通20世纪40年代现代主义（结构主义）与80年代后现代主义（后结构主义）的践行者。

一 语言的转向：解构语言观

人生活在语言结构之中，无法跳出各自的语言模式，海德格尔、维特根斯坦、索绪尔等现代哲学家、语言学家越来越认识到"不是我在说语言，而是语言在说我"。语言问题是20世纪文学批评的一个焦点问题，也是区分结构/结构主义（structure/structuralism）与后结构主义/解构主义（post-structuralism/deconstructionism）的关键所在。对此，郑敏仔细梳理了结构宇宙观与解构宇宙观、结构一元与结构多元的差别，如表3-1和表3-2所示。

表3-1 结构宇宙观与解构宇宙观之别

序号	结构宇宙观	解构宇宙观
1	有绝对权威、绝对中心；神、逻各斯	无绝对权威、无绝对中心
2	永恒不变，有预定设计，神与理性所设计	恒变，无预定设计
3	有序、真善美的运转	无序、"踪迹"运动
4	神全知全能、理性是神所赐，也可以全知，有绝对真理，是人可以用理性掌握的	宇宙常变故不可全知，不可预知，因此无绝对的知识真理

续表

序号	结构宇宙观	解构宇宙观
5	二元对抗，是与非，上帝与魔鬼，推广到各种成对的矛盾的对抗性斗争	多元歧异，非二元对抗矛盾，有互补、互转化的可能
6	有等级的一元统治下的多元世界	无等级的多元世界

资料来源：郑敏《解构思维与文化传统》，发表在《文学评论》1997年第2期，载《结构-解构视角：语言·文化·评论》，清华大学出版社，1998，第67页。本表系作者根据郑敏文章进行排列。

表3-2 结构·一元说与解构说·多元之别

序号	结构说·二元对抗	解构说·多元
1	一元：绝对权威，一个中心 二元：对抗后成为一元；正反合，取得统一天下，仍然是绝对权威，一个中心；而后再分，再斗，再合……循环不已	多元：无绝对权威，无永久中心，多元对话，不对抗，多元间相互影响，常变，差异常存
2	绝对的真、善、美/绝对的伪、恶、丑，相信有"无杂质"（无歧异）的完整实体：神、圣、理念等	并无绝对之真、善、美与绝对之伪、恶、丑，差异普遍存在，没有无差异之实体，没有"纯正"之实体
3	有永恒之结构，有永恒的理念和概念	无永恒之理念、概念，无永恒的结构
4	文本有定解，有权威的阐释，结构有不变的中心	文本无定解，无权威之阐释，结构中的中心只是一种功能，并非永存的实体
5	"自然""我"都是有恒稳定的实体，文学反映"自然"与"我"，相信文学反映论或模仿论	自然多元，"我"中总有"非我"（差异）或"他者"，文学不可能模仿恒变之自然与历史和变动中的"我"，文学是创造性的
6	维持统治者的秩序，权威中心的秩序	顺应无秩序之秩序，即宇宙
7	认为二元对抗中心消灭另一方，成为一元天下。一元分成二元后必须消灭其中一元取得统一，恢复一元	否认二元对抗为运动之基本，承认二元互补，多元共存，相互只有"擦抹"，没有消灭
8	相信"存在"（being, presence）的永恒	重视"不在"（absence）、无形之"踪迹"和无形"书写"（writing）
9	静止的"永恒"最权威	"运动"与"变"是一切

资料来源：郑敏《解构主义在今天》，载《思维·文化·诗学》，河南教育出版社，2004，第77~78页。本表系作者根据郑敏文章进行排列。

作为一种人类的思维功能，"结构"一直贯穿于西方哲学传统中，从柏拉图的理念世界到康德的范畴理论，皆为结构思维的产物。结构主义是符号的系统化，主要是将各种因素间的秩序关系组成结构系统。结构语言学具有沟通外界与人的内界的功能。瑞士语言学家索绪尔从希腊文化中借用"符号"(sign)一词，分析语言符号的"能指"(signifier)与"所指"(signified)的关系。他认为"能指"与"所指"是一对一的指向关系，这种关系是武断的，没有原因，也不可能随便更改。能指与所指间相异，又在相互对比中相互依存，并非该物本身。可见，索绪尔的语言系统符号学是一种不同于古典哲学的新的语言认识论，确定了语言系统的独立性、科学性与客观性，适应了20世纪人类追求知识的系统性、知识性和科学性的精神，但同时体现出西方古典形而上学对思维的控制。

1966年10月18~21日，德里达在美国约翰·霍普金斯大学新成立的人文科学研究中心举办的"批评的语言和人的科学"国际研讨会上，提交了一篇题为《人文科学话语中的结构、符号与嬉戏》(Structure, Sign, and Play in the Discourse of the Human Sciences) 的论文，"解构"(deconstruction) 一词所代表的理论正式登场。其一系列向"结构主义"发难的"解构"概念和拆解行为令许多在场的学者（包括罗兰·巴特、雅各·拉康、保罗·德曼）如坠云雾，却颇感震动。同年，德里达连续出版了三本重要论著：《书写与差异》(Writing and Difference)、《声音与现象》(Speech and Phenomena)、《论文字学》(Of Grammatology)[1]，这为解构主义的传播奠定了基础，它在法国还获得了另一个命名"后结构主义"(post-structuralism)[2]。于是结构主义遭遇了"解构主义"的致命挑战。德里达一方面肯定了索绪尔的符号系统语言学反抗形而上语言学的贡献，另一方面又指出其理论存在的"阿喀琉斯之踵"，索绪尔认为语言之"声"是"思想之声"，而书写只是对"声"的模仿，是"外在"的，对语言起了扭曲遮蔽的作用，是语言的一个"陷阱"。在德里达看来，索绪尔的语言符号观将"神言"中心论转换成了"语音"中心论，依然没有摆脱西方的形而上传

---

[1] 德里达论著的中译本为《书写与差异》(上下)(张宁译，生活·读书·新知三联书店，2001)、《声音与现象》(杜小真译，商务印书馆，1999)、《论文字学》(汪堂家译，译文出版社，1999)。

[2] 参见徐崇温《结构主义与后结构主义》，辽宁人民出版社，1986，第255页："在种种的后结构主义简介和理论中，德里达的'消解哲学'则被认为是后结构主义的主要代表理论。人们之所以经常把后结构主义与德里达的名字最密切地联系起来，是因为在后结构主义者之间，德里达最仔细地研究和阐释了结构主义所据以形成的那些矛盾和自相矛盾。"

统,没能跳出逻各斯中心论的思维模式。索绪尔在试图走出逻各斯中心的形而上哲学传统后却又建立起同样有中心的、权威的、排他的封闭性哲学体系。他与柏拉图、卢梭、黑格尔、胡塞尔等传统的结构语言中心论者一样,维护了一元的中心论,通过"语音"或逻各斯中心论来建立有神学色彩的西方形而上学体系。

为了解构历史上的结构主义和中心主义的专制性与封闭性,德里达自创了一个术语"延异"(différance,郑敏常音译为"迪"论),即"延缓的踪迹",代表着意义的不断消解。它并非单一的解构,"迪"作为歧异(differ)和延宕(defer)的系统,在静态的(static)与衍生的(genetic)功能方面同样有力。"结构"与"解构"在历史发展中相互促进,循环往复,在运转中既维持又破坏,既结构又解构,处于不断的运动与生成过程之中,生生不息。后来,德里达提出一种新的书写学,"写"(writing)是一种没有中心、完全开放的运动,是一些各异的无限的"踪迹"的自由运动,包括中心不停地替换,踪迹间不停地组合与改组。这种运动并不排斥形成结构,但没有固定的中心,处于不断运动中。在这种新的结构观中,中心只代表一种功能,不停地替换,因而这种结构不是静止的系统,而是一个由歧异的踪迹相互联系而成的运动中的系统。

解构主义与代表着稳定的语言-思想对应关系的逻各斯中心主义针锋相对,拆解了结构主义的逻辑思维模式,带给当代思想界以颠覆性的思考方式。在法国,罗兰·巴特、克里斯蒂娃受到解构批评的影响,迅速从结构主义者向后结构主义者转变。郑敏亦如此,她从重新探索语言与再思考的角度出发,提出了结构-解构语言观。她指出,结构语言学与解构语言观之间的论战实则是一场一元的、静止的封闭宇宙观与多元的、变化不息的开放宇宙观之间的较量。解构理论并不是绝对主义者,它反对的只是绝对的一个权威或一个中心,拒绝二元对抗的思维方式,力图在歧异的"游戏"(playing)中使一切因素参与进来。基于此种思考,郑敏立足于20世纪下半叶语言转向(linguistic turn)的文化语境,重审五四以来对汉语(非此即彼,二元对立)的认知误区,剖析新诗在语言革命方面走过的激进弯路,她希望当代诗歌以非二元对立的方式,再探古典文化之源。同样,解构主义也为郑敏的诗学转型与诗歌风格的蜕变构建了多元而开放的空间。

二　对汉字与新诗传统的反思

德里达与中国的缘分始于他早期的哲学工作，在《论文字学》中就以相当的篇幅讨论了汉字文化对解构西方逻各斯中心主义的可能性："它们（汉语、日语）在结构上主要是图像的，或代数的。因此我们可视为证明，说明有种很有力的文化运动发展在逻格斯中心体系之外。它们的书写并不曾减弱语音使化为自己，而是将它吸收在一个系统之中。"① 德里达在《多重立场》（*Positions*）一书中指出拼音书写体现了"种族中心主义"的倾向，不应成为西方的典范，并多次提到西方之外的他者文化的重要性，例如不同于拼音文字的中国象形文字。德里达对汉字的肯定与赞赏也为郑敏重新理解、反思无意识与语言、汉字的图像特质、文言文与白话文的语言差异、新诗的古典传统等问题提供了一个新的切入点。

从解构批评角度，郑敏关注到汉字的图像、意象与诗意特征："德里达在批判西方文化的逻各斯中心时曾参照非西方文化的非拼音语言，特别是汉语，解构理论认为非拼音的汉语系统有破西方文化的逻各斯中心的功能……汉语中的图像、书写、语音之间的关系在打破西方逻各斯中心（即古时神言中心及索绪尔的语音中心）后，启发了范尼洛萨（Fenellosa 及庞德（E. Pound）他们的图像诗学（即世纪初的意象诗论），是'对于根深蒂固的西方传统的第一次突破'。"② 庞德从费诺罗萨的文章中了解到汉字作为艺术媒介的能量："我们在诗中需要成千上万个活动的字，每一个字尽其所能显示动力和生命力。……诗的思维靠的是暗示，靠将最多限度的意义放进一个短语，这个短语从内部受孕，充电，发光。在中文里，每个字都积累这种能量。"③ 汉字甚至被嵌入庞德的长诗《诗章》（*The Cantos*）中，诗人将每一个汉字作为一个意象或者一组意象集合，以此表达自己对

---

① J. Derrida, *Of Grammatology*, John Hopkins Univ. Press, 1976, p. 9.
② 郑敏:《何谓"大陆新保守主义"》，载《结构-解构视角：语言·文化·评论》，清华大学出版社，1998，第177~178页。
③ 〔美〕欧内斯特·费诺萨:《作为诗歌手段的中国文字》，赵毅衡译，载〔美〕伊兹拉·庞德《庞德诗选：比萨诗章》，黄运特译，漓江出版社，1998，第252页。范尼洛萨又译费诺罗萨。

儒家文化和中华文明的青睐。比起艾略特《荒原》对拉丁语、德语、法语、意大利语、梵语等多语种的引用，庞德首次在英语诗歌《诗章》中让汉字熠熠生辉，用视觉化的方式打破了线性的语言的局限，此举具有德里达式的解构意味。

郑敏指出，德里达的非逻各斯中心理论得益于他对西方拼音语言及东方非拼音语言进行哲学比较后的思考，并吸收了弗洛伊德关于语言与无意识的理论和海德格尔关于诗语的论述而形成；而海德格尔深受老子哲学关于"道"的影响。在"道"与"解构"之间迂回复杂的关联中，郑敏意识到解构主义对我们走出西方语音中心主义和逻各斯中心主义，重新评价汉语和汉文化具有极大的推动作用。

不过，德里达推崇以图像为主导的非拼音体系的汉字和汉语文化是为了对抗或者颠覆西方的语音中心主义。但这是否说明汉字就是一种绝对的非语音文字？张隆溪指出德里达为了颠覆西方传统的逻各斯中心主义和语音中心主义，过度美化了在逻各斯中心主义之外而发展出来的中文和日文等非拼音文字，后者依然具有一种根深蒂固的二元对立思维方式。在他看来，"那迥乎不同的他者，其实是西方人为了自我认识和自我批判的方便而召唤出来的；而所谓不同形态的东西，从一开始就不过是为了隐喻的殖民才创造出来的"[①]。德里达不懂汉语，1953年在法国巴黎高等师范学院读书期间，主要是从学习汉语的室友毕仰高（Lucien Bianco）那里了解中国文化，难免会美化或浪漫化西方之外的东方他者，这是他知识结构的局限使然。[②] 德里达对中国汉字和文化的理解是想象的，后来他承认："我对中国的参照，至少是想象的或者是幻觉式的……在近四十年的这种逐渐国际化的过程中，缺了某种十分重要的东西，那就是中国，对此我是意识到

[①] 张隆溪：《道与逻各斯：东西方文学阐释学》，冯川译，江苏教育出版社，2006，第11页。
[②] 在2001年9月3~19日为期16天的中国之行中，德里达在北京、上海、南京、香港四地做了学术演讲和座谈，他提及："从我早期的哲学工作开始，我就十分关注那些结构上非字母、非表音性的文字模式，如汉语，当然那并不是说汉语没有表音特征。我对那些超字母文字界限问题性的关注将我带向了印迹观念、普遍印迹，即一般书写观念的思考。""我由此开始借助中国的文字来解构西方语音中心特权的来源。汉字也有表音特征，但表音特征并非其系统的压倒性特征，我借助它来转变文字的概念以抵抗西方哲学中语音中心主义、逻各斯中心主义的权威性。"参见张宁著译《雅克·德里达的中国之行》，载《解构之旅·中国印记——德里达专集》，南京大学出版社，2009，第40页、53页。

结构-解构之维：郑敏的诗歌与诗学

了，尽管我无法弥补。"① 实际上，郑敏忽视了德里达把西方之外的他者作为"非我"而浪漫化的东方主义误读，她既不细究汉语是否包含语音的成分，也不关心道家同样具有某种"逻各斯中心"的特征，这主要与她把解构主义和道家作为破解当下的二元对立（逻各斯中心主义）的思维方式有关。也就是说，来自西方的解构哲学与中国道家的两种文化资源只不过是郑敏思考时代困境、解放自我、探寻写作出路的锐利工具，"他者"皆为"我"所用，旨在破惑解困，自我突围。

借助结构-解构诗学，郑敏引入了"延异""踪迹""擦抹""总书写""心灵书写"等概念，反思百年新诗对待汉语（文言文、传统文化）采取二元对立的结构思维模式导致的恶果和苦果。郑敏告诫新一代诗人再也不要犯前辈的错误，要尊重、学习、融会古典传统："中国当代新诗一个首要的、关系到自身存亡的任务就是重新寻找自己的诗歌传统，激活它的心跳，挖掘出它久被尘封土埋的泉眼。读古典文史哲及诗词、诗论，想现代问题。使一息尚存的古典诗论进入当代的空间，贡献出它的智慧，协同解决新诗面对的问题。"② 因此，晚年郑敏致力于展开"道"与"延异"、"道论"与"迪论"之间的中西对话，试图建构一种自由开放的、不断运动的"非等同圆"。

基于对新诗的忧心与关心，郑敏在 20 世纪 90 年代的文坛发起了一场势孤力薄的思想（汉语）反思运动，引发了文学界有关"新诗有无传统"的激烈争鸣。郑敏发表在《文学评论》1993 年第 3 期的《世纪末的回顾：汉语语言变革与中国新诗创作》一文，从语言的角度批评五四以来中国新诗传统割裂了中国现代诗歌与传统的联系，导致白话诗在总体上的成绩不够理想，没有形成优良的传统。她认为除了社会方面的原因，最根本的原因是新诗的发动者对语言的错误认知："过去一个世纪中国文学，特别是诗歌创作三次面临道路的选择，而三次都与语言的转变有紧密的关联。如果将这三次转折认识清楚，刷新了对文学语言的认识，也许就会产生重写

---

① 〔法〕伯努瓦·皮特斯：《德里达传》，魏柯玲译，中国人民大学出版社，2014，第 5~6 页。
② 郑敏：《新诗百年探索与后新诗潮》，载《诗歌与哲学是近邻——结构-解构诗论》，北京大学出版社，1999，第 339 页。

第三章 从结构主义到解构主义的诗学重构

一部新的文学史的强烈愿望。……简而言之，我们一直沿着这样的一个思维方式推动历史：拥护-打倒的二元对抗逻辑。下面是我们将复杂的文化、文学历史关系整理成的一对对水火不容的对抗矛盾：白话文/文言文；无产阶级文化/资产阶级文化；传统文学/革新文学；正宗文学/非正宗文学；大众诗歌/朦胧诗；革命的诗歌/小花小草摆设性的诗歌……于是，我们的选择立场就毫不犹豫地站在第一项这边，而对第一项的拥护必然包括对第二项的敌视：从压制、厌恶到打倒。这种决策逻辑似乎从'五四'时代就是我们的正统逻辑，拥有不容置疑的权威。"① 在此基础上，郑敏列出百年来新文学运动遗留的主要问题："1. 古典汉语在中华文化中究竟占什么地位？作为民族母语的文言文对今天的汉语有没有影响？在古典文学与白话文学中有没有继承问题？从今天语言理论的高度来看'五四'时代所提的要从中华语言中完全抹去古典汉语、文言文的说法是否合乎语言本身的性质和规律？2. 1949年以前的白话汉语及用那时的白话文写成的作品是否都需要接受改造，以去其所谓'腐朽'的情感？3. 1979年以后新诗在语言上的转变已成事实，应当如何认识这种现象？"② 这些提问振聋发聩。郑敏从结构-解构视角出发，发现其积弊根源于白话文学倡导者们持有二元对抗、你死我活的单一封闭思维结构：从心态上看，是20世纪初期改革者们的一种急躁的简单的理想主义的体现；从理论上看，胡适、陈独秀等人的白话文立论之误根源于他们对语言本质缺乏辩证的研究，将传统（文言文）与革新（白话文）对立起来："关键的是对汉语文字的现代化改造，是应当从'推倒'传统出发，还是从继承母语的传统出发而加以革新，从历史资料看来我们的白话文及新文学运动的先驱们选择了前者，这就产生了语言学本质上的错误。"③ 毫无疑问，站在世纪末回望20世纪初的新文学运动，郑敏的反思便带有一种切肤之痛。由于百年来两次的文化断裂，现代中国人几乎是在系统的古典文史哲和国学教育的匮乏中成长，对于母语与本土文化之根的过度摧残与无情抛弃导致了令人痛心的文化创伤（cultural trauma）。

---

① 郑敏：《世纪末的回顾：汉语语言变革与中国新诗创作》，发表在《文学评论》1993年第3期，载《结构-解构视角：语言·文化·评论》，清华大学出版社，1998，第93~94页。
② 同上，第94页。
③ 同上，第96~97页。

结构-解构之维：郑敏的诗歌与诗学

虽然自新文学运动发展"白话诗"以来，我们自以为可以摆脱、拔除甚至毁灭传统文化，但是曲折的历史却告诫我们，基于无根的文化也无法开出美丽的花朵，那种把文言与白话、传统与创新、古典与现代对立起来的二元思维模式只能阻碍我们建立新诗的传统，这正是以胡适为代表的激进的反传统者所犯下的过错。郑敏感到中国人应对母语（以及文化传统）怀有虔诚与敬畏之心，大声呼吁："汉字从来就不是没有形态美、没有意义结构的声音符号，因此当我们对汉语文字进行简化改革时一定要注意保护它的独特的优点，如同保护古建筑群的独特优美一样，万万不可大砍大拆，使有深刻的历史、哲学和美学内涵的方块汉字沦成空洞贫乏的声音符号而已。"[1]

作为过来人，郑敏对新诗史的反思与批评主要是基于自身创作经验的真诚的表达。她重新肯定汉字及其在思维、图像与审美方面的意义，旨在为新诗探源续命，恢复生机活力，回顾并反思过去的偏误，纠正偏差与激进的认知，目的是激活当下诗歌的创新之源，而非绝对地压倒一切，包括新诗自身已经建构起来的优秀传统。也就是说，郑敏不是以一个文学史家的标准评价新诗的成果，更多的是从一个诗人批评家的个人立场诊断其"营养不良"或"身心不健全"，为的是重新激发古典传统与道家思想的智慧，像诗人艾略特一样接续古老文化传统之根，寻求不同于西方的、契合东方审美的现代汉诗发展之路。在《汉字与解构阅读》中，郑敏强调作为象形文字的汉字，其能指与所指之间的联系不是像西方拼音文字那样武断的、抽象的、概念的，而是象形的、原生的、活泼的，提供重释中国文化传统的解构视角："德里达千方百计要将拼音文字以音为中心的概念解构，正是为了将拼音文字开发成一种充满潜意，有丰富踪迹活跃游戏其间的有生命力的文字，他创导以'心灵的书写'为文字及语言的源泉，正是要引进一种活力到死板无生意的拼写符号中。"[2] 我们在北岛后期的创作中，也可以找到类似的倾向："我曾经做过这样的尝试，把古代诗词，古代诗歌语言，意象融入进去，如何把现代诗歌的现代性和古代诗

---

[1] 郑敏：《从汉字思维到汉语文化的复兴》，载《思维·文化·诗学》，河南人民出版社，2004，第101页。
[2] 郑敏：《汉字与解构阅读》，载《结构-解构视角：语言·文化·评论》，清华大学出版社，1998，第136页。

歌的神韵结合，语言结构，音乐性，节奏，现代汉语还有很大的可能性。因为它的不成熟，还有一个漫长的路要走，如何找到它的汉语性，是一个未知。"①

解构批评家保罗·德曼认为任何阅读都是误读，所获得的洞见同时也可能是盲点，因为它总是从某种预设出发，从而必然忽略其他的视点。以此而言，郑敏当然是以当代中国人的文化视角接受、阐释、运用解构主义的思想资源，是基于自我的主体视域和内在需求，透过老庄道家之眼摄取解构批评理论的一些有效策略，用之反思新诗的生成、语言、形式及其身份建构等问题，以此重审诗人的个性创新与自身文化传统之间的"互文性"。回归文化之根，其实还是为了更好地利用古典传统，让当代诗歌走向多姿多彩、生生不息的艺术至境。

三　争鸣：看似解构，实则建构

在20世纪末中西思想激烈碰撞与逐步汇通的历史语境中，解构哲学与道家思想、汉语思维形成了神奇、神秘的呼应和契合，为中国当代知识分子重新思考新诗传统与古典关系提供了有效的理论资源。郑敏在老庄的逆向思维与德里达的解构思维之间找到了相通点，同样折射出她与主流思维方式的"背道而驰"，所谓"他山之石，可以攻玉"。

郑敏对于五四新文学传统的尖刻批评主要立足于当代语言论和解构论，显示出一种去中心化、去一元化的思维模式。谭桂林提及："在近百年来中国诗坛上既是诗人又是学者，既在诗歌创作上成就卓越又在诗学批评上富有建树者，世不多见，而郑敏乃是其中之一。……20世纪90年代以来，郑敏将德里达的解构主义理论同中国新诗批评结合起来，她所写的一系列论文突出地体现了中国当代诗学的语言论转型倾向。"② 不过，她的一些充满"火药味"的论断在学界引起了较大的争议。赵毅衡、陈晓明、张颐武、许明等学者把郑敏归为"文化保守主义"（"文化激进主义""新

---

① 杨邦尼：《临近北岛这个"词"——北岛访谈》，《蕉风》2008年第500期，第50页。
② 谭桂林：《论郑敏的诗学理论及其批评》，发表在《广东社会科学》2003年第3期，载吴思敬、宋晓冬编《郑敏诗歌研究论集》，学苑出版社，2011，第136页。

保守主义")。赵毅衡认为"后学"是来自西方的激进学说,在中国却变成了"新保守主义"的理论根据,其特征有三:一是对80年代文化热的忏悔自罪心情;二是回归传统文化;三是自我唾弃精英地位或责任,转而认同民间文化——俗文化。赵毅衡将郑敏视为"回归传统文化"的新保守主义者之一。[①] 范钦林在《如何评价"五四"白话文运动——与郑敏先生商榷》中,认为郑敏将白话文与文言文割裂开来的做法无疑是不正确的。[②] 许明的《文化激进主义历史维度——从郑敏、范钦林的争论说开去》忽略郑敏有关新诗传统的精彩的中心议题,而转向了文化保守主义和激进主义的讨论,甚至给郑敏贴上"文化保守主义"的标签。[③] 此时,在这些学者眼中,郑敏似乎成为与时代逆流而上的"老古董"。

另一些学者则"以子之矛攻子之盾"。邓成认为:"近代以来中国文艺思想有一个普遍现象,就是说,任何立论的前提都是从西方来,哪怕为中国传统文化大唱赞歌,也要用西方的保守主义。郑敏先生批判中国新诗与传统的断裂,所立论的依据也是德里达等人的近代西方语言学。……郑文公开指出新诗成就不高以及新诗与传统的断裂这一长期为文化界、新诗界所忽略的事实,具有重要的意义。但在具体论述过程中,郑文从语言学的角度来阐述这一事实,并以此来进行分析,则有许多自相矛盾之处和疏漏之处。"[④] 同时,他认为郑敏将文言文与白话文的区别绝对化,同样陷入了二元对立的误区;她所依赖的语言学理论有一个贯穿始终的神秘主义语言观,德里达的书写中心论是神秘主义的,他提出的"心灵的书写""总书写"与索绪尔的结构主义语言学分享了同一个先验的框架。李怡等也提出类似的质疑:"郑敏的不能自洽在于,她对'五四'的否定和诘难,实际上源于她的想象以及对当下某些文化格局的不满,但这并不符合当时的历史事实。……她用一种想象的理论和概念去矫正中国的新诗创作以及传统

[①] 赵毅衡:《后学与中国新保守主义》,《二十一世纪》1995年第2期。
[②] 范钦林:《如何评价"五四"白话文运动——与郑敏先生商榷》,《文学评论》1994年第2期。
[③] 许明:《文化激进主义历史维度——从郑敏、范钦林的争论说开去》,《文学评论》1994年第2期。
[④] 邓成:《新诗与传统和语言的复杂关系——兼对郑敏先生的回应》,发表在《江西社会科学》2004年第2期,参见吴思敬、宋晓冬编《郑敏诗歌研究论集》,学苑出版社,2011,第188~189页。

与现代的关系，事实上却被德里达覆盖了有益的'诗之思'。"① 对于郑敏认为新诗缺乏"传统"的看法，陈太胜回应道："在我看来，'传统'应该作为一个历史的概念加以理解，而不是像郑敏那样作为某种既成的、一成不变的东西来理解。我认为，用'白话'写作是中国新诗在历史中形成的一种基本传统，应该是能够得到认可的。"② 那么，郑敏果真是陷入了其所要解构的"二元对立"思维模式之中，或静态地理解"传统"这个概念吗？她到底想要言说什么？言说的方式又是怎样的？

在笔者看来，以上学者的讨论都或多或少存在对郑敏的某种误解或以偏概全。总体上，郑敏并没有完全否认新诗形成的自身传统或优秀的现代诗人所取得的成就和各种"踪迹"（许多是值得肯定的、有待发展的成果），因为她自己就是新诗的参与者与建构者。她并没有一概否定五四以来徐志摩、废名、戴望舒、冯至、卞之琳和九叶派建构的新诗传统（否则她也将自己给否定掉了）；同样，她也并不认为"传统"是一种静态的、一成不变的东西，恰恰相反，从解构批评的"歧异（延异）""踪迹"角度而言，后来的探索者必然以不同的方式继承、挖掘或发展古典诗歌传统的现代性，构筑新诗的绵延传统。郑敏主要是从思想与艺术两个方面，提出新诗还没有形成自己富有创造性的有机"传统"，因为在各种激进主义的蛊惑下，它有所偏离，在某些时期走向了否定与自毁，留下了无法抹去的"创伤后应激障碍"（Post-Traumatic Stress Disorder，PTSD）。这其实涉及郑敏作为诗人（而非学者）所经受的语言之痛与写作之殇，也就是说她对"新诗有无传统"的言说主要是带有某种个体和集体无意识的历史创伤经验，故她有关"新诗缺乏传统"的说法，并不具有现代文学史意义上（严谨性或结论性）的论断，而更多的是基于诗人自身创作与生命经验的历史反思，当然也是基于她对新诗健康发展的探索与愿景，有些听起来严厉的说法也仅仅是其"恨铁不成钢"的愁思苦虑。对此，我们不必苛责求全，而应设身处地、"共情式"地理解出生在五四后、成长于战争年代、

---

① 李怡、徐惠：《"诗"与"思"的合唱——郑敏先生祭》，《文艺争鸣》2022年第3期，第23~24页。
② 陈太胜：《口语与文学语言：新诗的一个关键问题——兼与郑敏教授商榷》，发表在《江汉大学学报》2004年第6期，参见吴思敬、宋晓冬编《郑敏诗歌研究论集》，学苑出版社，2011，第283页。

经历诗歌激进变革的这一代作家之境遇,而不要随意贴上所谓的"文化保守主义"或"新保守主义"之类的简单标签。

在一次访谈中,郑敏言:"我后来才慢慢意识到,我对于中国古典哲学与文学还是了解得太少了。我从青少年起接触的就是'五四'运动之后以西方文化为中心的教育,很少读古籍,上大学时虽然有冯友兰先生这样的名师开设'中国哲学史'课,也很深地影响了我,但我因为古文不好,所以没有读古籍,因此对于中国的文史哲都是只有一些二手的、破碎不全的印象。后来又经历过'文革',更让古典文化的传统受到了破坏。因此我其实是到了晚年才开始意识到中华文化传统的重要意义的,当然我说的这个传统必须是洗净了封建专制渣滓的民族文化的传统,所以后来我一直在呼吁当代诗人重视传统。这不仅仅是在文学的角度、语言的角度去重视和继承,更重要的是在哲学的角度上去重视和继承。"① 与鲁迅、胡适、刘半农、郭沫若、闻一多、卞之琳、李广田、废名、冯至等前辈相比,出生在五四之后的郑敏深受新文化运动影响,但也承受了这个时期对文化传统进行批判的后果,与文化母体产生了较大的隔膜;其读大学与硕士研究生期间接受的较多的是外国文化的滋养和白话文(翻译体)的语言风格;留学回国后长达三十年未进行常规写作。这在某种程度上必然导致郑敏对于自我与文化身份认同的焦虑感、危机感。

无论如何,郑敏对新诗的回顾与探索是富有成效的,她从"踪迹"的解构视角重思有关文化"传统"的问题:"由于踪迹系统的无限与无穷变化,传统不能成为权威,但也不可能被任何革新潮流所打倒,它作为一'不在场'的系统,经受着在场的革新的不断擦抹,因而继续焕发成新的传统。依照'歧异'与'无形踪迹'的理论,传统不会消灭也不会永存不变。它只能在'转型'(transformation)中继续发展。"② 无疑,这种辩证的"传统观"更为全面而开阔,有助于我们将传统视为生生不息的不断调整、纠正与丰富的动态过程。学者江弱水认为:"从闻一多所谓新诗

---

① 张洁宇:《诗学为叶,哲学为根——郑敏教授访谈录》,《文艺研究》2014年第8期,第83~84页。
② 郑敏:《文化·政治·语言三者关系之我见》,发表在《二十一世纪》1996年第6期,载《结构-解构视角:语言·文化·评论》,清华大学出版社,1998,第227~228页。

第三章　从结构主义到解构主义的诗学重构

应该是'中西艺术结婚后产生的宁馨儿'这一中心视角来看,三十年代是中国新诗写作极富现代性的时刻。诗人们一边向西方现代主义学习,一边也有意接通中国古典诗的传统,尤其是其中我们称为现代性写作的传统。白话文运动时期那种对古典文学中骈文与律诗的片面甚至错误的态度被扭转了。如果不是战争与革命,我们完全可以想象新诗的后来有多么辉煌。"[1] 问题正在于,新诗的现代化进程被战争与革命打断了,古典传统(以及西方传统)遭遇了断裂。郑敏这一代看到年青一代与传统的隔膜,感受到新诗发展土壤的贫瘠荒芜,因此才大声呼吁当代诗人重视传统。

针对赵毅衡给自己贴上"新保守主义"标签一事,郑敏回应道:"赵先生远离大陆,对大陆近年文化思考焦点及现象自然有些隔膜。他显然是站在正宗传统立场,捍卫白话文运动的'政治革命性',殊不知我的'回顾'恰恰是想走出这种将文化看成政治运动的依附物的传统观点,并以当代的语言观和文化观审视这场文化革命运动对中华文化、特别是诗歌创作的负面影响。由于我与赵先生的背景、出发点、生存空间很不同,他之所谓'保'者在我看来也许正是'革'。"[2] 其实,我们没有必要给郑敏贴上"文化保守主义"之类的标签,而应关注她是以何种方式提出了哪些具有批判性的洞见,她是如何通过"他者"找回自我身份,找回对于汉语与传统文化的自信心。任何阐释与理解都必须与当下的文化语境和个人经验关联起来。郑敏清醒地认识到解构批评的范式有助于当代中国人重新反思五四运动以来的激进的反传统姿态,摆脱无根漂泊和自卑心理,使自我拥有坚实的文化传统之根,并以一种"道"与"延异"的不断运动与变化的视角思考东西方文化的契合与沟通,进而恢复中国优秀的文化传统与基因,为人类文明发展做出独特的贡献。学者刘士杰在对郑敏的访谈中提及:"在学术界有些人以后现代主义、解构主义为时尚,并大力炒作的情况下,按说最有资格与资本炒作的郑敏先生,何以反其道而行之,反而不顾受到某些人的诘难,大声疾呼要尊重中华古老优秀的文化传统,并加以继承和

---

[1] 江弱水:《古典诗的现代性》,生活·读书·新知三联书店,2017,第316页。
[2] 郑敏:《文化·政治·语言三者关系之我见》,发表在《二十一世纪》1996年第6期,载《结构-解构视角:语言·文化·评论》,清华大学出版社,1998,第225页。

发扬，呼唤中华古老文明的'文艺复兴'早日来临？现在我明白了，郑敏先生熟谙西方哲学和文论，因而能科学地认识其价值，并从中得到某种启示和借鉴，从而更有利于振兴中华文明。这与那些仅学得一点西方哲学和文论皮毛，辄浅薄地炒作和卖弄的人相比，何啻天壤之别！"[1]刘士杰看到了郑敏内心深处的渴求与希望。新生代诗人姜涛正是基于当代新诗的困境与突围，理解了这位前辈诗人的忧思："引入传统的维度，郑先生不厌其烦地谈古典诗歌的境界、格律、辞藻、结构，看似常识的重申，处处聚焦于当代的'纠正'，或者说以传统为论说的场域，目的在于打破新诗现代性的迷思，指向了一种新诗发展前景的热烈期待。"[2]

因此，我们只有将郑敏的结构-解构诗学纳入20世纪中国现代语境中去把握，才能够理解她为恢复汉字/汉语的尊严、接续新诗与古典传统所付出的努力或呐喊呼告，皆源于她痛感中国文化断裂之危机意识和全球化时代的中国文化身份之焦虑，源于其人生经验、哲学思辨与当代诗歌变革创新的愿望。在此意义上，郑敏借助甚至以某种形式误读了德里达的解构学说，进行"反证"；以道家智慧重释、会通后现代哲学。她用结构-解构的语言观、踪迹观、互文观对症下药，医治由唾弃汉语与汉文化（文言文、国语与繁体字）的二元对立思维带来的精神创伤，重新找回内在的创造性自我和传统文化之根，为当代新诗注入多元的、内蕴的创新之源，其所思所想、所写所言看似解构，实是建构。当然，这也意味着"结构-解构-重构"是一个不断修正、提升与循环的批评过程，是一个符号不断交织、踪迹不断延缓、歧义不断参与的自由游戏。

人类知识谱系的形成是一个持续而漫长的过程，并不存在真正的绝对的断裂，后人也是在古人的传统中加以变革，添砖加瓦，其创新又成为传统延续的部分。因此，我们对待传统要怀有温情的感恩，继往开来。正如马泰·卡林内斯库指出的："我们如今可以采纳各种不同的意见与新的观点，而无须鄙视古代人，也无须忘恩负义，因为他们给予我们的初步知识成了我们自身知识的踏脚石，因为我们为拥有的优势而感激他们让我们超

---

[1] 刘士杰：《诗歌与哲学是近邻——访九叶诗人郑敏》，载刘士杰《文化名人：访谈与回忆》，山西教育出版社，2006，第134页。
[2] 姜涛：《九叶派诗人郑敏晚年为何重提"传统"》，《北京晚报》2020年10月9日。

过了他们。"[①]

第三节　迪论-道论：中西诗学的汇通

在20世纪80年代初开始接触解构主义、各种后现代主义思潮之际，郑敏敏锐地感受到这是一个关键的转型期，使封闭僵化的自我挣脱时代和历史的重重枷锁，开启了生命的"第二个春天"；相比之下，仍有一些同辈无法适应新的思想发展，在思维方式与知识结构上难以走出"旧我"，故步自封。郑敏则开放地吸纳、认真地研究后结构主义与后现代诗歌的哲学与书写（这也意味着结构-解构的思维种子早就生根发芽），因此，在充分地了解西方哲学、诗学与诗歌艺术之后，她并非唯"西"是瞻，而是开启道家之"眼"，以"我"观"他"，以"中"释"西"，以"道论"汇通"迪论"，开启了解构主义-道家传统的互为阐释与创造性融通。在90年代之后的思考中，郑敏就德里达的"求知"困境提出了来自道家的解决方案；她还倡导"东西方超越主义"的理念，对古典诗学中的境界说加以现代阐释与诗歌呈现，追索人生的"天地境界"。可以说，郑敏先生的诗哲探索，为我们在跨文化视野中思考东西诗学的汇通和生命意义提供了一份珍贵而独特的思想遗产。

一　"迪"论与"道"论的互为阐释

令郑敏感到亲切的是，她发现德里达所谓的语言之根在于"总书写"、"迪"或"延异""歧异"与"踪迹"、"无"的创造运动的内涵与老子的"道""玄""虚""无""无生有"的思想遥相契合，殊途同归，她找到了后现代主义思潮与中华古老传统跨越两千年的互证与汇通。在写于20世纪90年代的一系列有关结构-解构批评的论文中，郑敏多次提及：

[①] 〔美〕马泰·卡林内斯库：《现代性的五副面孔》，顾爱彬、李瑞华译，商务印书馆，2002，第23页。

结构-解构之维：郑敏的诗歌与诗学

我在1986年开始研读后结构主义的各种经典著作，及其先驱者弗洛伊德、海德格尔、尼采的重要著作，逐渐了解解构思维对人类认识自然、理解历史、分析自己的重大作用，尤其令我激动的是我发现解构思维中所强调的恒变运动与"踪迹"（trace）的无形、不可言说等理论和老子关于"道"和"无生有"的理论有基本的相似处，仿佛西方在后工业时期萌发了一种对非物质的能的运动，也即"无"（absence）的强调，这使一些思想家如海德格尔、德里达，和一些诗人开始寻找西方哲学形而上体系之外的文化，因此有意无意中接近古老的老庄哲学。①

"总书写"（writing in general），其内涵与老子的"道"、"道生一，一生二，二生三，三生万物"极相似。在老子是无名无形之道生万物，在德里达则是无名无形的踪迹（trace）运转生出由无限"歧异"（differance）集成的宇宙、世界和人间。同样是"无"能生"有"，老子讲"道"，德里达讲歧异、踪迹的运动（difference）或"总书写"。②

德里达的无形、常变的"踪迹"和"歧异"说必然使他的解构热情转向"不在"（absence）而背弃"现在"（presence）。……"不在"是那种能产生丰富事物的真空和空虚，它是对萌发的许诺，是将诞生者的潜在，又是已退入过去时刻的消逝者的重访的可能性。这种万物始于无有的思想，令人想到庄子在《天地篇》所说："泰初有无，无有无名，一之所起，有一而未形。"对于德里达和庄子这两位寻找"无待的自由"者，"无"意味着无限，无限宽广，无限容纳，可以拥涵万物。③

---

① 郑敏：《走进解构思维·引言》，载《结构-解构视角：语言·文化·评论》，清华大学出版社，1998，第2页。
② 郑敏：《前言：从结构观走向解构观的必然性》，载《结构-解构视角：语言·文化·评论》，清华大学出版社，1998，前言第v页。
③ 郑敏：《自由与深渊：德里达的两难》，载《结构-解构视角：语言·文化·评论》，清华大学出版社，1998，第26~27页。

由以上引文不难看出，郑敏认识到海德格尔、德里达等西方诗化哲学家在强调"实"中之"虚"、"有"中之"无"、"无"为万物之源时，走出了西方惯有的重实、理性逻辑和"有"的哲学传统，从而接近中国的老庄哲学，这为东西方的对话提供了最佳契机。在郑敏看来，西方后现代最新潮与东方古老道家学说的跨时空呼应，充分说明了想象力与科学论证在人类绵延不断的发展史中相辅相成，甚至可以跨越时空相互支持、印证与补充。事实上，与其说郑敏发现了解构主义与道家的相通之处，不如说她以对解构主义的道家式迂回解读，找回了被压抑的无意识中的自我，从文化的集体无意识中找回中国知识分子对传统的重新确认，对自我文化（自我）身份的再次建构。因为"结构—解构—重构（再结构）"是一个不断循环的螺旋式的上升过程。德里达曾不止一次地声明解构并非一种消极的行动，并不是旨在消灭什么结构，而是要在理解其结构的运作方式之后，进行擦抹和重建。解构的实质远非"消除"，而是以一种回归方式进行改造后的重建。"当结构成为专横的权威之后，时代就必然要解构其结构，结构—解构—再结构，周而复始，才是真正的解构主义。……解构思维就是要寻找新的结构，延续老传统使之脱胎换骨成为新传统。这就是否极泰来的历史规律。德里达这位当代解构主义的奠基人就曾说：'如果只有解构而无结构，其灾难性与只有结构而无解构是同等的大。'"[①]

　　有趣的是，有着道家文化传统的中国知识分子对来自法国和美国的解构哲学的接纳似乎比对康德、黑格尔哲学的接受更为容易。这是因为解构主义自其诞生起就以一种偏离西方主流文化传统，倾心于异质文化和异常思考的反叛姿态出现。道家思想恰恰蕴含了差异性、逆向性和解构性的特征，如"反者，道之动"。古老的道家文本为中国学者理解玄之又玄的解构思想提供了某种注释和印证。德里达之强调"不在"与无形无影的"歧异"之无限运动，说明了他的思考并不限于西方文化思想史，恰恰相反，他往往是以东方之"无学"颠覆西方之"有学"。

　　解构作为文学批评的一种新走向，回到以语言为文学研究中心问题的

---

① 郑敏：《今天新诗应当追求什么？》，载《思维·文化·诗学》，河南教育出版社，2004，第165页。

古老传统，促成了多元的、开放的文本阅读与阐释。每一种阅读，同时也是一种误读。正如美国解构批评家希利斯·米勒所言："文学和批评之间的边界，在这运动中分崩离析了，这并非批评家恣意授予自己某种含混的权利，在其文字中展示出一种'诗性风格'，而是因为他认识到自己别无选择，注定要在这诗性中寻找归宿。……作品是异质的，它是对话而不是独白。"[1] 自接触解构主义理论之始，郑敏就穿梭在中西诗歌文本、两套思想话语之间，开启了西与东、古与今、传统与现代的对比、参照与对话。她运用结构-解构批评重新审视百年新诗遇到的各种问题，如书写与文字、个人创新与传统文化、自由与知识、无意识与语言等，打开了一个非单一性或同质性的、充满歧异和矛盾的多元阐释空间。

二 以道家思想跨越德里达的深渊

在《自由与深渊：德里达的两难》（1991）一文的结尾，郑敏写下了一首奇特的诗《诗人德里达的悲哀》：[2]

> 德里达、哲学家、诗人
> 在玄学的高峰上降落
> 如一只飞倦的山鹰
> 对着那永恒的深渊沉思
> 诚然，那哲学的他
> 拆毁了玄学家们的桥梁
> 滚滚的黑水仍在渊中翻腾
> 鹰的翅膀不是天使的白羽
>
> 然而飞越的欲望同样燃烧
> 德里达，悲哀的诗人听见美人鱼的歌声

---

[1] 转引自陆扬《德里达：解构之维》，华东师范大学出版社，1996，第264页。
[2] 郑敏：《自由与深渊：德里达的两难》，发表在《二十一世纪》1991年第4期，载《结构-解构视角：语言·文化·评论》，清华大学出版社，1998，第30页。

第三章 从结构主义到解构主义的诗学重构

扼不住的向往，那"不可能的可能"
仍在彼岸，仍在向他召唤

这大概是迄今为止，中国当代诗人献给德里达的唯一一首诗。如果德里达读到这首诗歌，也许会反问郑敏："为什么你认为我是一个'悲哀的诗人'？你觉得我的求索真的很'悲哀'吗？这难道不是一个有趣的误解？"随着德里达2004年去世，他永远不可能读到这首专为他写下的中文诗，也不可能得知其中所蕴含的中国式的玄妙答案。在郑敏将德里达视为"悲哀的诗人"之际，我们追问的是：为什么她会以这样的诗句来论断一位对时代产生了深刻影响的解构主义哲学家？在何种意义上，她的看法与评价显示了中西文化相遇之时可能引发的误读、同异之间的类比？郑敏与德里达在心灵上的对话，如何激发了一位怀有道家情结的中国诗人与批评家的热情和灵感，促成其诗歌写作和诗学思想的转型与蜕变，并赋予其尖锐的批判勇气和不可抑制的创造力？

解构哲学打开了郑敏意识中封闭僵化的大门，随之而来的则是不可阻挡的激流冲垮了既有的僵化思维定式，释放了被长期压制的创作冲动。她自言："我从1985年开始一直到现在都在逐步深入地研究德里达的著作。我发现我所注重研究的方面是今天美国的理论家们所不重视的，或者说是他们不特别感兴趣的。美国是新批评的诞生地，所以美国人在研究德里达的时候，更希望把德里达的理论直接运用于文学批评的理论方面，其结果是德里达的理论被移植到他们新批评的传统上。一些理论家，包括德里达著作《书写学》（即《论文字学》——笔者）的第一本英译本的翻译者斯皮瓦克，都认为今天美国人研究的德里达并不是德里达理论的核心。斯皮瓦克认为德里达理论的核心是对于伦理和哲学的突破性的探讨，而今天美国人是把德里达理论作为一种文学理论来补充他们的新批评。我对这种研究不感兴趣，我所感兴趣的是如何从东方的哲学角度看德里达。"[1] 可见，面对同一个德里达或"解构"的概念，接受者呈现复数的而非单数的阐释结果。

---

[1] 郑敏：《遮蔽与差异——答王伟明先生十二问》，载《结构-解构视角：语言·文化·评论》，清华大学出版社，1998，第462页。

郑敏并非无条件地接受德里达的思想，她以一个长者的身份（她比德里达年长10岁）和中国诗哲的智慧，透过道家之"眼"反观德里达，她反倒看出以德里达为代表的西方哲人在求智之路上面临的困境，甚至意识到德里达本人也无法感知到的某种危险，即"求知"（认识的有限性与生命的有限性）与"知无涯"（无限的可能性、自由）之间的鸿沟。她认为德里达与老庄是两类不同的自由寻找者：以老庄为代表的中国哲人主张在深渊前止步，以恬淡寡欲绝知来养生；而德里达却认为人的生存总要穿透外界，因为这是获得自由的前提。"对于'知'庄子是知其不可而不为之，这样就顺自然而养生。但德里达则反其道，知其不可而为之。因为求知的自由正是人类生命的力量（force）……老庄选择了无欲、恬淡以养生，而德里达选择了追寻不可得的自由所带来的快乐及其所带来的痛苦。以庄子的话来说德里达'殆而已矣'。"[①] 这正是在《诗人德里达的悲哀》一诗中，郑敏将其视为"悲哀的诗人"的缘故，因为他向往彼岸那"不可能的可能"，义无反顾地追求绝对的自由。郑敏分析道，德里达的解构之乐与老庄的修身养性或顺其自然的境界不同，而与尼采所主张的自由嬉戏一脉相承。老庄式的自由要求顺性不刻意，不勉为其难，而德里达式的自由却是出于不可遏制的生之本能，源自"不自由，毋宁死"的西方求知传统，知其不可而为之所体现的是一种狄奥尼索斯式的悲剧精神。东西方这种对于"知"的两种截然不同的态度可视为中国文化与20世纪西方文化的一大分歧。

郑敏注意到，庄子更多地考虑人作为一个个体的生存及养生的理想生活，而德里达却更多地考虑人类整体作为地球上的一种生命所需的冲动，即无穷的、不可遏制的求知的自由之欲。鉴于东西方哲人的不同思想理路和人生目标，郑敏进而提出道家的反智思维或许能够为解构主义陷入的求知困境提供一种有效的解惑途径，即跨越深渊而非坠入深渊。但这同样存在一个悖论：为了自身的虚斋养生，老庄主张弃智，却逃避了对他者苦难的关怀和改进生存环境的努力，道家学说成为一种"避世""遁世"之说；西方知识分子却勇敢地承担责任，德里达后期学说尤其关注伦理、公正、

---

① 郑敏：《知其不可而为之：德里达寻找自由》，载《结构-解构视角：语言·文化·评论》，清华大学出版社，1998，第40页。

正义、死刑、人类的和平等公共话题，为他者、弱者、边缘者获得权利而不断抗争，这与儒家的积极入世和自强不息（知其不可为而为之）有所区别。有趣的是，在精神气质上，郑敏秉承了德里达的不断求知，追求自由与真相，关注正义，承担人文学者使命的执着精神；在修身养性方面，高寿的她则秉承了老庄的淡泊名利、虚无恬淡、简朴无为、上善若水的道家智慧。这正是中西两种文化精神在其生命中不断激荡交汇与和谐共存的彰显。

三 他者、文化误读与创造性洞见

德里达承认："误解的冒险及解释的冲突不仅不能免除，而且是必要的，并且就是解释的条件本身。正是在那里存在着很多分歧与误解。……我认为没有误解之险就没有语言，而误解是不可还原的、取消不掉的，而且也没什么不好。"[1] 这意味着解构理论的"即用即弃式的阅读其实读到的总是'我们自己'，从一个文本中理解到的仅仅是我们以前已理解的东西，一个定式，一个已研读过的固定文本。也就是说不同故事的消费等于同一故事的重复"[2]。也就是说，我们从一个文本中理解到的仅仅是自己从前已理解的东西，一个有关自我的重新阐释，写作即误写，阅读即误读。这也提供了我们观照郑敏如何阅读与误释西方后现代哲学和诗学的最佳方式。

在解构思维的激发下，郑敏认识到："'歧异'是客观的存在，但歧异意识却是痛苦的，它有时会给人走出窘境的欣喜，但更多时候却是不安和压力。……德里达将这种为中心和权威所畏惧的'他者'异己的力量看成创造新生命的推动力和创新运动的原动力。"[3] 显然，郑敏对德里达这个西方"他者"的阅读与阐释，是以中国当代诗人和学者的接受视域或期待

---

[1] 张宁：《雅克·德里达的中国之行》，载张宁著译《解构之旅·中国印记——德里达专集》，南京大学出版社，2009，第50页。

[2] 黄子平：《语言洪水中的碑与坝——重读〈小鲍庄〉》，载王晓明主编《二十世纪中国文学史论》（第3卷），东方出版中心，1997，第287页。

[3] 郑敏：《"迪菲昂斯"（différance）——解构理论冰山之一角》，发表在《国际理论空间》2003年第1期，载《思维·文化·诗学》，河南人民出版社，2004，第14页。

视野重审新诗与传统的关系，浸染了中国传统士大夫的古典人文精神和20世纪中国知识分子曲折复杂的历史经验。郑敏出生在五四运动开启之后，在寂寞、孤独中度过了童年，年轻时经历过多次的迁徙、流亡、革命、战争、留学；回国之后一度沉寂。面对这种充满喧哗、激进（黑白对峙）、革命（二元对立）与斗争的社会环境和惨痛历史，郑敏背负着重荷，将后结构主义哲学思潮作为批评与反思之利器，对近百年来的新文化运动、文学革命、新诗语言进行深刻的质疑、解构与纠偏，其目的是为当下中国文化、文学和诗学的发展与新诗的创新开辟多种可能性。这既彰显了一个忧国忧民、忧世界、忧地球的当代知识分子的忧患意识，也是全球化时代中国当代诗人对自我的重新认知与对文化身份的重新定位。"郑敏思路的独特之处在于，她对诗歌艺术的认识是紧密结合哲学思想和时代现实的。也就是说，她不是就诗论诗、为艺术而艺术，她是将诗艺置于现代社会的文化与思潮背景中，探讨其与哲学及其他艺术门类之间的精神联系。"[1] 忧患意识和创新诉求成为郑敏的"结构-解构"诗学的深层动机。

通过追踪郑敏的创作历程，我们不难发现，其思想运动轨迹是通过发现西方（他者）转而更深入地发现自我，找寻到中国固有的文化特质在全球化时代所具有的价值与意义。郑敏在阐释德里达时，也毫不隐讳自己的误读，明确表示："你的文化属于世界文化，我现在研究它，完全不管外国怎么研究它，我是作为中国人来研究它。所以所有的误读都是允许的。……误读就是承认你的个性在里面发挥作用。每个民族不能摆脱自己的文化，变成一个中性的来接受外国的。"[2] 对于解构理论的创造性误读或文化利用主要源于郑敏对新诗的思考和创作所聚焦的问题，她从"我"出发，戴上自己的一副眼镜甚至某种"执见"，选取德里达的某一思想或某种概念，用其解剖现实困境，发出尖锐的刺耳之声，这难免会遭到一些学者的反驳。

---

[1] 张洁宇：《"新诗能向古典诗歌学些什么？"——也谈郑敏晚年强调"传统"的逻辑与意义》，《文艺争鸣》2022年第3期，第29页。

[2] 徐丽松整理《读郑敏的组诗〈诗人与死〉》，载《诗歌与哲学是近邻——结构-解构诗论》，北京大学出版社，1999，第440页。

在某种误读的意义上，郑敏只看到"道"与"延异"的类似之处（突出差异性），却有意或无意地忽略了"道"与"逻各斯"的类似之处（"道"也具有二元对立的等级特征）。实际上，"道"与"逻各斯"有同样的特征，它既是万物之本源（ontology），宇宙之规律，也是理性、思想和言语，在混沌与秩序、在与不在、无与有之间划分界限。张隆溪提出："中国和西方都同样存在的这种在极大程度上是同一种类的形而上等级制，以及这种同样担心内在现实会丧失在外在表达中的关注，为我们提供了比较研究的丰饶土壤。……不过，中国文字作为非拼音文字，却的确以一种饶有意味的方式不同于西方的拼音文字，这种文字可以更容易也更有效地颠覆形而上等级制，而在这种文字中，也确实有某种东西在诉诸德里达式的文字学研究。"① 对中国文字和西方文字的对比分析，有助于我们深入研究不同语言的特征，挖掘语言蕴藏的各种可能性。

不过，在"道"与"逻各斯"的比较中，我们应该注意到老子之"道"虽不可以言说，却又一直被言说着，老子是以不同的比喻和隐喻阐释其内涵，以一系列相互依存、消长与转变的二元辩证术语说明"道"是万物之本源，是基于"阴阳辩证"的"逆向思维"，不同于柏拉图的二元对立的辩证逻辑，因此更接近解构主义。童明指出："老子和解构相通之处，具体的一点是：文字符号是愉悦性的，能指和所指的关系是不确定的；文字符号在不同的组合中形成差异，表示不同的语义。德里达将表意的这种过程称为'延异'。"② 陆扬也有类似的见解："庄子与德里达最大的相似处也许正在于他们的不相似处。庄子的'道'同老子相仿，一方面可比'异延'的无所不在，和作为本原之'化'出有形世界的'踪迹'，一方面亦是逻各斯中心主义的类似物。"③

道家之"道"虽然没有彻底摆脱逻各斯的操控，不过它与西方自柏拉图以来的"逻各斯中心"的不同之处表现在某种"即用即弃"的机智与狡黠上，是一种阴阳辩证法："中国的逻各斯中心主义携有了一个德里达式的指环（Derridean ring）。我们发现智慧的小器具（intellectual gadget）无

---

① 张隆溪：《道与逻各斯：东西方文学阐释学》，冯川译，江苏教育出版社，2006，第45页。
② 童明：《解构广角观：当代西方文论精要》，中国社会科学出版社，2019，第160页。
③ 陆扬：《德里达：解构之维》，华东师范大学出版社，1996，第260页。

所不在地充斥着中国的道家文本。这正是德里达力图在解构工程中获取的。"① 老子之"道"是无始无终的，神圣而无神，与尼采的"酒神精神"更为接近，侧重宇宙之间的生而灭、灭而生、生生不息、无穷无尽的生机活力。

无论如何，创造性的误读与阐释带来了某种意想不到的收获，郑敏的结构-解构-重构的循环批评观也不例外。她在西方理论的牵引与激发下转回到东方，在一个全球化的语境中重新发现中华传统文化与后现代的契合之处，并加以个性化地诠释与运用，为当代文学与诗学的发展开疆拓土。"对于郑敏来说，解构理论恰是一把锐利的思想武器。她所领悟的解构理论的'无中心论，非整体论，无永恒论，反二元对抗，都是体现后现代主义艺术所要反映的新的宇宙观，新的哲学思维'，为她打开了重新认识中国文化、语言（汉语）和诗歌的宽阔的路径。她就此作出的许多论断，至今仍然是富于启示性的。"② 由此而言，郑敏的"结构—解构—重构"之循环批评为我们观察中国当代诗学的自我开拓与创新提供了一个视角。

第四节 东西方超越主义与天地境界

当21世纪来临时，晚年郑敏日趋至简平和与恬淡，但她依然充满活力，不停地思考着东方与西方、传统与现代的融合与创新之道，对于诗歌与哲学、新诗与传统、文言与白话、古典文化与人文教育、地球生命与世界和平等议题，疾书献言；她提出的融汇东西、超越解构的"东西方超越

---

① Tao Zhijian, "Dao, Logos, and Différance", in Adrian Hsia ed. *Tao: Reception in East and West*, Bern: Peter Lang, 1994, p.120. 作者论述道："不过在道家的思想中，这种形而上学的等级思维方式在出现之始就被遏制住，正如我们在《老子》开篇读到的，意义在被语言言说的那一刻，就已经具有了自我解构（self-destructed）的特性。而西方的形而上学经过二千多年后，绕回到对逻各斯中心主义的解构轨迹，划了一个完整的圈，接近无所不包、囊括万象的道家。虽如此，划过的这个圈既不同于以往的圈的规模，也不同于自然的圈，这些不同的痕迹在以真理为根基的逻各斯（truth-based Logos）和以问题为倾向的道之间留下了积极的或自然的刻痕。"

② 张桃洲：《论郑敏在中国新诗史上的位置》，《文艺争鸣》2022年第3期，第36页。

主义"与后现代的过程哲学有着异曲同工之处，为人类和平、地球文明、绿色发展贡献属于自己的一份力量。这看似循环的"返回""重构"并非简单的"复古"或"怀旧"，而是诗人在21世纪面对全球化时代人类文明的不断探索、发展与创造。解构并非抹去或彻底颠覆一切"结构"，而是释放结构本身的潜能与多元包容性，在各种文化传统踪迹的基础上引领当下，建构未来，循环往复，生生不息。这既是文学艺术的创新之源，也是伟大思想家和艺术家臻于完善的一种天地境界，是一条生机勃勃的和谐与圆融之道。

一 心的回归：东西方超越主义

在将德里达的"延宕""无形"与道家的"虚""无"进行对接与对话之后，对无形、无影、无踪的"境界"之求索成为郑敏的理想，在此基础上，她提出融合东西古今、物我合一的"东西方超越主义"："走到今天，我越来越觉得对我来说，西方和东方完全不是分离的，而是趋向融合的，它们的共同点是对超越物质局限性的向往，姑妄名之为东西方超越主义的理念。"[①] 其所谓的"东西方超越主义"并不是美国哲学家爱默生提出的"超验主义"（transcendentalism），而更接近于当代的"世界主义"（cosmopolitism）内涵。持有这种信念的"世界主义者"（cosmopolitian）相信地球上的人类族群，无论其国家、政治、宗教、语言或文化传统之差异多么巨大，他们都属于某个更大的社群或共同体，彼此分享一种基本的超越民族、国家、语言界限的共同伦理道德和权利义务。郑敏正是从一个世界公民的角度，提出了她的消除东方中心主义或西方中心主义之"唯中心论"的人类平等相处之愿景。

郑敏的这种超越性思考与A.N.怀特海（Alfred North Whitehead, 1861-1947）、D.R.格里芬（David Ray Griffin, 1939-2022）等后现代哲学家所倡导的一种建设性后现代哲学殊途同归。D.R.格里芬认为："个体并非生来就是一个具有各种属性的自足的实体，他（她）只是借助这些属性同其

---

① 张大为：《郑敏访谈录》，载《思维·文化·诗学》，河南教育出版社，2004，第279页。

他的事物发生表面上的相互作用，而这些事物并不影响他（她）的本质。相反，个体与其躯体的关系、他（她）与较广阔的自然环境的关系、与家庭的关系、与文化的关系等等，都是个人身份的构成性的东西。"① 建设性后现代哲学家提倡创造性、超越东西的多元思维风格，关爱世界，信奉有机论、家园感、亲缘感、生态主义和绿色运动等，这些议题也是晚年郑敏聚焦思考的，即关注亲情与爱、地球家园、生态环境与人类和平，关注人与自然的有机平衡："天、地、道、人结合在一起，就说明汉文化是以性、灵、道为人参与宇宙又为宇宙所拥抱的途径，这原本非常符合今天在自然受到强烈污染后人们的觉悟，人们对天（自然）人之间关系的新的觉醒。"②

透过"解构（迪论）-道家（道论）"映射之镜，郑敏重新解读中国传统思想，赋予古典"境界"以某种后现代内涵，"境界本身是非具象的，是一种无形的力量，一种能量，影响着诗篇"；另一方面它是"一种无形、无声充满了变的活力的精神状态和心态。它并不'在场'于每首诗中，而是时时存在于诗人的心灵中，因为只是隐现于作品中"③。受过康德、尼采、海德格尔和德里达等西哲思想影响的郑敏，在跨文化视角下力图通过自身的书写召唤古典传统，使之成为建构当代中国诗学的重要资源之一。在21世纪对中国诗学的重新认识中，郑敏提出"心的回归"，以"心物相通"解决"心物堵塞"的积弊："汉语文论比较不同于西方文论是它的特殊心物相通的特点，以心通向物，又以物滋养心，这使中国的文学理论较少逻辑的技术性，更多心性哲学与伦理。从心灵通向世界而以知性认识，而不是反过来。"④ 郑敏的唯"心"论或"心的回归"论，与其强调的个人主观意志的能动性是一致的。"心"之力可以超越一切人为的二元对立或差异，人在境界中进入"无待"的"自在"状态，顺应自然万物，臻于超我、超物或超"有"之境界，与"无"同在。

---

① 〔美〕大卫·雷·格里芬等：《超越解构：建设性后现代哲学的奠基者》，鲍世斌等译，中央编译出版社，2002，第5页。

② 郑敏：《对21世纪文学阐释理论的希望："心的回归"》，载《思维·文化·诗学》，河南人民出版社，2004，第171页。

③ 郑敏：《试论汉诗的传统艺术特点》，载《诗歌与哲学是近邻——结构-解构诗论》，北京大学出版社，1999，第357~358页。

④ 郑敏：《对21世纪文学阐释理论的希望："心的回归"》，载《思维·文化·诗学》，河南人民出版社，2004，第171页。

郑敏指出西方诗化哲学家在强调"实"中之"虚"、"有"中之"无"、"无"为万物之源时，走出了西方惯有的重实、理性逻辑和"有"的哲学传统，从而有意无意中接近了道家思想。中国文化成为西方哲人突破逻各斯中心文化体系的一个"他者"，同样，解构主义也成为郑敏反观中国文化特征的不可或缺的"他者"，她竭力在不同文化的"他者"与"观者"之间探寻彼此的异同，发现东西方文化各自的优点、盲点与对话沟通之处，以此探索"东西方超越主义"理想实现之可能。正如钱钟书先生倡导的"东海西海，心理攸同"，郑敏呼吁"心的回归"亦体现一位人文知识分子对人类未来的殷切期待。

不过，与其说郑敏发现了解构哲学与中国道家及古典诗歌传统在"虚""无""空"等哲学思想与艺术境界上的相通之处，不如说她是通过一个当代中国人所特有的道家思维方式对西方后现代主义的迂回解读，挖掘长期被压抑的、无意识中的创造性自我，同时也找回对于汉语文化和民族身份的自信心与认同感。百岁老人郑敏作为一个胸怀自然和宇宙的地球人或世界公民，一个悲悯苍生的老祖母，关心的不仅是祖国的儿女，而且是人类的所有存在，关注着文化传统、地球家园和宇宙众生，体现了一种大胸怀、大境界和人道主义的博爱美德。

二 结构–解构视角下的"境界说"

绚烂之后归于宁静。晚年郑敏越来越怀抱浓浓的文化乡愁，她要回到中国文化之"始点"，寻根溯源，返璞归真。在此过程中，"境界"一词成为其写作的关键词和高频词，也是她思考新诗新文学、人生意义的出发点与归宿，这当然是她提出"结构–解构"思维之后的又一次螺旋式发展的"重构"或"超越式回归"。

"境界"一词来源于梵语的"visaya"，意为"自家势力所及之境土"。这里所谓的"势力"并不是世俗所谓用以取得权柄或攻城略地的"势力"，而是指我们感受到的各种"势力"，以感觉经验的特质为主。诚然，近代以来关于"境界说"最具影响力的是王国维，其《人间词话》开篇即为"词以境界为最上。有境界，则自成高格，自有名句"。"境非独谓景物也，喜怒哀乐亦人心中之一境界。故能写真景物、真感情者，谓之有境界。"①按照叶嘉莹的说法，王国维所谓"境界"，"其含义应该乃是说凡作者能把自己所感知之'境界'在作品中作鲜明真切的表现，使读者也可得到同样鲜明真切之感受"②。"境界"是汉语诗歌的宝贵传统，是中国文化不同于西方文化的精华之处。郑敏继承了王国维的"境界说"并赋予其新的内涵，而且强调悟性的作用："境界是知性进入悟性高度后的一种审美智慧，这是我国汉诗不同于西方诗品的一种特殊的心灵美学。有了境界，诗如同宝塔有了舍利子，会发出看不见的光辉和吸力，给人以极大的抚慰和启发，让心灵顿失干涸，乘冥想驰骋天地，这是诗的一种最高功能，可以和音乐相比。"③ 王国维将艺术境界划分为三种基本形态："上焉者，意与境浑；其次，或以境胜；或以意胜。"与此类似，郑敏发现这种"万物一体的境界"是决定诗之品位的极为重要的因素。因为与小说、戏剧等其他文学体裁相比，诗更直接地植根于诗人的灵魂，能更好地反映诗人的人生境界。"境界"显示了诗歌的高度（艺术性与思想性）："境界意识是古典汉诗与西方诗歌相比，所拥有的既独特又珍贵的特别诗质。它从本质上提高了诗歌比其他文学品种更多的哲学含量。"④ 在她这里，"境界"是一种由伦理、审美、知识混合而成的对生命的体验与评价，是民族心灵的体现。诗歌如果缺少了"境界"，便会"顿失光泽，只是一堆字词"。郑敏还总结了古典诗词的五种境界：豪情、潇洒、婉约含蓄、悲怆、悟性。⑤ 在她看来，境界是汉语诗歌的宝贵传统，但新诗自诞生以来就忽视甚至否定了诗的非口语功能，也就鲜少达到古诗的境界。显然，与王国维相比，郑敏的"境界说"强调悟性、哲学思想、审美智慧与超越精神，是基于她偏重哲学（玄学）与诗歌之水乳交融的现代诗创作经验而进行的诗学阐释。

在讨论诗歌境界时，郑敏认识到中国古诗与西方诗歌的一个最大不同

---

① 王国维：《人间词话》，载《王国维文集》（第一卷），中国文史出版社，1997，第141~142页。
② 叶嘉莹：《王国维及其文学批评》，广东人民出版社，1982，第221页。
③ 郑敏：《今天新诗应当追求什么？》，载《思维·文化·诗学》，河南教育出版社，2004，第167页。
④ 郑敏：《我与诗》，载《郑敏文集》（文论卷，下），北京大学出版社，2012，第887页。
⑤ 郑敏：《关于中国新诗能向古典诗歌学些什么》，载《思维·文化·诗学》，河南人民出版社，2004，第152~155页。

点，是汉诗所反映的精神境界成为评价这首诗的深度与高度的一项重要标准。诗人往往通过所写的诗歌表述他追求的精神境界，它不是抽象的概念或成形的思想，也不是一种轮廓鲜明、久已定型的思想，而是一种瞬间诞生的、令人豁然开朗的"悟"。例如，陶渊明、王维等的诗歌实现了人与自然的神交与心灵的顿悟。郑敏指出："在英美诗歌中不乏写自然和宗教的作品，但却没有这种人和神秘的宇宙相会时心灵的顿悟。自汉唐以来中国哲学进入儒释道三流交融汇流，正如海德格尔所说的诗歌和哲学是近邻，所以古典诗歌中的境界与儒家养浩然之气、老庄对'无'的强调、佛家的禅学有着精神上的传承，成了古典诗歌中宝贵的汉语文化积淀。"[①] 通过对中西诗歌在精神意蕴、观物方式等方面的比较研究，郑敏越来越触摸、感悟到汉语古典诗歌所具有的某种历久弥新的审美"现代性"，它作为"集体无意识"已内化为汉诗的宝贵遗产，可以为新诗注入源自传统的创新之源，也可以为人与自然的和谐共生提供来自古老中华传统的精神之源。

某种意义上，"境界说"贯穿了王国维、冯友兰、郑敏等中国知识分子的哲学思考与诗学主张。面对20世纪现代社会或后现代社会所遭遇的各种问题，他们提出了中国审美形态，以此克服精神危机。在此，有必要考察20世纪中西诗哲面临的"现代性"与"后现代性"问题及其美学姿态的对抗。首次用法文对"现代性"做出定义的象征主义诗人波德莱尔认为："现代性，意味着过渡、短暂和偶然，它是艺术的一半，另一半则是永恒和不变。"[②] 这一定义强调了现代性的瞬间与短暂。后来的学者在此基础上区分了两种"现代性"："一是波德莱尔的'现代性'（它属于审美定义的范畴，涉及美学思考的范围），二是普遍意义上的'现代性'（历史的、社会学的、哲学的等等）。"[③] 诗人北岛也认为："现代性是个复杂的概念，一方面是社会的现代性，另一方面是美学的现代性。社会的现代性以进步为本，对基督教的时间观有所继承；而美学的现代性是以颓废为主要特征，是对社会现代性的反动。对进步主义的批评其实早从浪漫派就开始

---

① 郑敏：《新诗与传统》，载《思维·文化·诗学》，河南教育出版社，2004，第185页。
② 〔法〕波德莱尔：《波德莱尔美学论文选》，郭宏安译，人民文学出版社，2008，第439页。
③ 〔法〕伊夫·瓦岱讲演《文学与现代性》，田庆生译，北京大学出版社，2001，第22~23页。

结构-解构之维：郑敏的诗歌与诗学

了，而真正的高潮是20世纪初反科学反理性的艺术运动。"① 这是现代人面临的无法弥合的一种分裂，在西方是以上帝为中心的信仰隐匿或消失后不可避免的分裂，在中国则是传统儒家伦理道德的分崩离析。这种分裂所释放的能量造就了20世纪现代艺术的辉煌，但也因为过分的耗散带来了惨痛的后果。19世纪末，尼采的"上帝死了"是对人性宿命般的预言。吊诡的是，随之而来的福柯的"人之死"更敞开了偶然性和无理性的大门。颓废成为世界终结的痛苦的序曲。现代人的生活不再作为整体而存在，而是被抛入无根的世界。

如何让人世间孤独的原子（自我）与他者融合，成为一个相互依存的共同体呢？在郑敏看来，也许东方哲学（尤其是易道思想）为现代人提供了某种解惑之道："远古的东方传来一个声音：/这声音震撼了人们的身心/走在人类历史的前面是李聃/他的手杖指向一个路标：/人们，你的道路必须通向自然。"② 作为一个继承了中国文化基因的诗人，郑敏最终无法接受德里达的"深渊"，或者说，她小心翼翼地绕开西方思想的无底"深渊"，以"道法自然"引领前进的方向。因此，她在经过长期的哲学沉思后，豁然开朗地重返中国文化的起点"自然"〔类似后现代过程哲学在东西哲学中找到"过程""（易）变"的交汇点〕，重提中国古典诗学的核心概念"境界"。与王国维不同的是，郑敏的"境界说"经历了从现代主义（结构）到后现代主义（解构）的不断解构与重构的过程，她在道家的"道"与解构的"延异"之间找到了"圆融"或循环的源头活水，以此修补、协调、治愈现代社会的支离破碎、人的异化、科技压抑、商业泛滥等各种流弊。这也体现了郑敏对现代汉诗失去古典传统后的痛定思痛与重构中国现代诗学的愿景："显示诗的高度的正是中国古典汉诗所谓的境界。新诗在抛弃了古典汉诗诗学后，最大的损失就是失去了境界意识。诗是各种文学品种中最讲究境界的。它是语言的舍利子。"③

正如张桃洲的总结："'境界'是郑敏从汉语和古典诗歌中提炼出的一个关键范畴。虽然它是很多现代文论家讨论过的'陈旧'，但郑敏结合解构

---

① 北岛：《时间的玫瑰》，生活·读书·新知三联书店，2015，第75页。
② 郑敏：《春天的沉思·历史不总走人们期待的路》，《诗刊》2006年1月上半月刊。
③ 郑敏：《我与诗》，载《郑敏文集》（文论卷，下），北京大学出版社，2012，第887页。

理论对之作出了全新的阐述,并将此作为未来新诗创作的根本准则。"① 可见,郑敏的"境界说"丰富、发展了古典诗学的传统,也激发出了当代诗学的活力。

三 生命之赐:"天地境界"

郑敏对"境界"这个词如此情有独钟,除了儿时家庭的熏染,还可追溯到在西南联大哲学系就读时冯友兰开设的"人生哲学"与"中国哲学史"的影响。郑敏不止一次提及:"大约在二三年级时,我修了冯先生的中国哲学史和人生哲学。我虽然对冯先生的讲课印象极深,而且从自己的上述角度特别喜欢人生哲学的境界说,每次聆听冯先生的讲授都是一次精神的升腾,无穷的享受,然而从学术的角度来讲,我仍然不是一个优秀生,甚至有些意马心猿。"② 她记得一个有趣场景:穿西裤衬衫的金岳霖在西南联大校园的土径上遇见穿蓝灰色长袍的冯友兰,便问:"芝生,到什么境界了?"后者回答说:"到了天地境界了。"两位教授大笑,擦肩而过。

在人生追求上,冯友兰的"四境界"与王国维的"三境界"有什么不同?王国维曾提出:"古今之成大事业、大学问者,必经过三种之境界。'昨夜西风凋碧树,独上高楼,望尽天涯路',此第一境界也。'衣带渐宽终不悔,为伊消得人憔悴',此第二境界也。'众里寻他千百度,蓦然回首,那人却在灯火阑珊处',此第三境界也。"③ 这里指的是诗人在修养造诣上的不同阶段,而冯友兰是从哲学高度谈及人生的境界。在《新原人》(人性新论)中,他提及人生之四重境界:"人与其他动物的不同,在于人做某事时,他了解他在做什么,并且自觉他在做。正是这种觉解,使他正在做的对于他有了意义。他做各种事,有各种意义,各种意义合成一个整体,就构成他的人生境界。如此构成各人的人生境界,这是我的说法。不同的人可能做相同的事,但是各人的觉解程度不同,所做的事对于他们也

---

① 张桃洲:《论郑敏在中国新诗史上的位置》,《文艺争鸣》2022年第3期,第36页。
② 郑敏:《忆冯友兰先生的"人生哲学"课》,载《郑敏文集》(文论卷,下),北京师范大学出版社,2012,第837页。
③ 王国维:《人间词话》,载《王国维文集》(第一卷),中国文史出版社,1997,第147页。

就各有不同的意义。每个人各有自己的人生境界，与其他任何个人的都不完全相同。若是不管这些个人的差异，我们可以把各种不同的人生境界划分为四个概括的等级。从最低的说起，它们是：自然境界、功利境界、道德境界、天地境界。"① 在冯友兰看来，最高的"天地境界"指的是"一个人可能了解到超乎社会整体之上，还有一个更大的整体，即宇宙。他不仅是社会的一员，同时还是宇宙的一员。他是社会组织的公民，同时还是孟子所说的'天民'。有这种觉解，他就为宇宙的利益而做各种事。他了解他所做的事的意义，自觉他正在做他所做的事。这种觉解为他构成了最高的人生境界"②。这与西方哲学传统（人神二分）稍有不同，更强调人与宇宙的同一，人可以融入宇宙，达到物我相忘、天人合一的境界。

冯友兰提出的人之"四境界说"固然来源于中国传统哲学，但经由比较哲学的现代阐释，更加丰富具体而有现代感，它为危机时代的中国人提供了精神安顿的家园，也成为郑敏历经人生坎坷而心怀信念的"护身符"。在纪念冯先生百年诞辰的纪念会上，郑敏回忆良师对自己的潜移默化的引导："西南联大给我的教育，特别是冯先生的关于人生宇宙的哲学教育已经成为我生命的一部分，遇事、遇人、遇问题，它总在不知不觉中影响着我的决定和反应，并且决定了我的科研和写作道路……既置身于其中，又能在其外，在精神世界中保留与天地境界的无声对话。"③ 这也回应了王国维的卓见："诗人对宇宙人生，须入乎其内，又须出乎其外。入乎其内，故能写之；出乎其外，故能观之。"④ 由此可知，郑敏的一生是经由西方现代文明返回中国古典传统，最终达到"东西方超越主义"的生命境界。

冯友兰又言："哲学的任务是帮助人达到道德境界和天地境界，特别是达到天地境界。天地境界又可以叫做哲学境界，因为只有通过哲学，获得对宇宙的某种了解，才能达到天地境界。……生活于道德境界的是贤人，生活于天地境界的是圣人。"⑤ 显然，相比于柏拉图、海德格尔或德里

---

① 冯友兰：《中国哲学简史》，涂又光译，北京大学出版社，2013，第320~321页。
② 冯友兰：《中国哲学简史》，涂又光译，北京大学出版社，2013，第321页。
③ 郑敏：《忆冯友兰先生的'人生哲学'课》，载《郑敏文集》（文论卷，下），北京师范大学出版社，2012，第839页。
④ 王国维：《人间词话》，载《王国维文集》（第一卷），中国文史出版社，1997，第155页。
⑤ 冯友兰：《中国哲学简史》，涂又光译，北京大学出版社，2013，第322页。

达等西哲的各种学说,"天地境界"才是郑敏的诗歌/诗学的底色和精神支柱:"冯先生关于人生境界的学说启发了我对此生生存目的的认识和追求……只有将自己与自然相混同、相参与,打破物我之间的隔阂,与自然对话,吸取它的博大与生机,也就是我理解的天地境界,才有可能越过'得失'这个关键的障碍,以轻松的心态跑到终点。"[1] 到了晚年,郑敏在书房墙上贴着专门写下的几个大字:"天地境界",她向来采访的记者说:"'天地境界说'对我而言是一下子打开了一个大门,……后来经历了人生许多痛苦,每次都会问:你的境界高不高?为什么一定被痛苦缠绕?渐渐觉得冯先生说的人生境界是我们凡人可及的,靠自己慢慢感悟。"[2] "天地境界"并不玄远或空洞,而是做事做人的一种态度,"穷则独善其身,达则兼济天下",这也是中国传统文人面对世俗生活的一种进退自如、由实入虚的姿态。对郑敏而言,"由实入虚从哲学层面来说就是不再奢求,也不再提供某种稳定的信仰基石,转而相信人类的命运悖论就在于需要寻求答案却找不到答案,在思索的困惑和伦理的困境中锻造人性的价值。'虚'不是放弃理想,而是更加冷静地对待理想,对待没有终极价值的现实"[3]。

在哲学、诗歌与艺术探索的漫长道路上,郑敏虽受到了西方前现代、现代或后现代思潮的多重复杂的影响,创作糅合了早期的"现代性"(结构主义)与后期的"后现代性"(解构主义)特质,但其骨子里或血液中流淌的是中华文化基因("中华性"),是无法涂抹的道家和禅宗"踪迹"。在布朗大学读研时,她的导师就提及她与众不同的"东方的头脑"。她在给牛汉的信中也说:"我更重视的是东方的智慧。这也是我的诗的领域。"[4]这就不难理解,在寻寻觅觅、兜兜转转半个多世纪的20世纪90年代后,经由结构-解构之路,郑敏追求的却是传统哲学与文学的"天地境界"。在生命的最后二十年,"境界""顿悟""无""宇宙""生命"之类的关键词

---

[1] 郑敏:《忆冯友兰先生的"人生哲学"课》,载《郑敏文集》(文论卷,下),北京师范大学出版社,2012,第838页。
[2] 许进安采访、王仁宇整理《实说冯友兰》,北京大学出版社,2008,第42页。
[3] 李永毅:《由实入虚:郑敏诗歌的晚年转型》,《重庆社会科学》2006年第11期,载吴思敬、宋晓冬编《郑敏诗歌研究论集》,学苑出版社,2011,第395页。
[4] 郑敏:《致牛汉》,原刊于《诗探索》1994年第1辑,载《郑敏文集》(文论卷,下),北京师范大学出版社,2012,第836页。

高频率地出现在其不同的言说中，解构式的锋芒在道家思想的统摄下也逐渐黯淡，外来思想或西方资源不仅是郑敏转向古典传统或自我创造的一个跳板，更是一次飞跃。站在20世纪末进行回顾与即将进入21世纪展开眺望之时，已是耄耋之年的郑敏坦言："现在我的漫游已经走向自己的诗歌的故乡，中国古典诗，发现了汉语的魅力与古典诗词在用字、语法方面的灵活与立体性，超时空限制所形成的强烈艺术动感与生命力。在漫游西方古今诗之山水后，我们自己的汉语古典诗词的艺术生命的丰富与强烈给我极大的惊喜。"① 这种"返璞归真"或"寻根溯源"的思维方式与文化乡愁很值得我们回味，尼采、海德格尔、德里达、福柯等西哲的思想轨迹在发展中也会回溯苏格拉底之前的西方传统。

我们看到，经过20世纪40年代的现代主义（结构主义）—1985年开启的极具先锋姿态的后现代主义（解构主义）—90年代"迪论"与"道论"的对话与融通—21世纪初回归"境界"几个阶段，郑敏的精神漫游与言说在大半个世纪之后，复返中国古典文化，当然这是一个更高层次的回望或循环，它融合了自强不息的"易-道"逻辑。这并非为了迎合"国学热"或传统文化复兴。郑敏的思考与实践来自个人的创作经验与学术研究，是基于当代文学开拓创新的出发点或能量的激发，也在为现代人探寻安身立命之家园。按照哈罗德·布鲁姆的看法，"作为真正的诗人，特别是最强劲有力度的诗人，最终是回到起源，或者说每当他们觉察到终点迫近时，便回到起源"。② 的确，充满忧患感的创造性诗人总是身不由己地被诗的起源问题不断缠绕牵绊。"强劲的诗人们在其最后阶段，总是企图活在他们身上的已故诗人的身上，来加入永生的行列。"也许布鲁姆的观点提供了创造性诗人与文化起源之间存在极为隐秘关系的心理学解释。当代诗人王家新对郑敏的忧思怀有同情的理解："诗人在晚年'呼唤传统'，对之有一种乡愁，但她并没有完全否定新诗，也没有否定自早年起对现代性的追求。她也不可能'转身'成为一个狭隘的文化保守主义者。"③

---

① 郑敏：《胡"涂"篇》，《诗探索》1999年第1辑，载《诗歌与哲学是近邻——结构-解构诗论》，北京大学出版社，1999，第370页。
② 〔美〕哈罗德·布鲁姆：《误读图示》，朱立元、陈克明译，天津人民出版社，2008，第16页。
③ 王家新：《不灭的生命之光——纪念郑敏先生》，《文艺争鸣》2022年第3期，第19页。

第三章　从结构主义到解构主义的诗学重构

在《短诗一束——未来无限 昨日永存 宇宙生生不灭》（2008）之四，郑敏写下的是愈趋简洁、深邃的禅语：

> 未来无限
> 远眺海洋无边
> 昨日虽去
> 回首青山连绵
> 宇宙不灭
> 变如斯　在如斯
> 无真有　有乃真无

"路漫漫其修远兮，吾将上下而求索"，如诗人屈原一样，郑敏以诗与思的形式走出了一条修身养性、兼济天下的诗人之路。经由德里达与老庄的对话与融通，返本溯源，走过了由"有"（存在、实）至"无"（不存在、虚）、从"小我"到"超我"的生命历程，这也是郑敏的"结构-解构-重构"诗学的循环，在由西而中、中西汇流、超越东西的螺旋式攀登进程中，个体生命渐臻万物了然、清明澄净、逍遥自在的"天地境界"："独与天地精神往来，而不敖倪于万物。"

第四章

郑敏诗歌在海内外的译介与传播

2021年12月23日,墨西哥新莱昂州首府蒙特雷(Monterrey)的"诗人广场"(Plaza de la Poesia)举办了"郑敏之树"命名仪式,也就是作品朗诵会。在这个风景如画的纪念公园,昂立着一株挺拔的"郑敏之树",这位来自中国北京的百岁诗人与叶芝、米斯特拉尔、聂鲁达、帕斯、阿多尼斯、安东尼奥·加莫内达等人一起,以诗的名义,相互致意。[①] 这表明郑敏已经在国际诗坛获得了较大的声誉。

自20世纪60年代至今的半个多世纪以来,郑敏的现代诗陆续被译为英、法、荷、瑞典、西班牙、日、韩等多个重要语种,选入海外具有代表性的中国现代诗歌选集、中国女性诗集或中国文学作品选集,出版了英汉双语对照本、日语单行本,在海内外学界获得颇多的关注和较高的评价。郑敏从默默无闻到逐渐进入当代世界文学领域再到加入经典序列,与其诗歌具有的现代特质、跨文化译介、国际传播以及女性写作身份都有着密切的关联,呈现了现代汉诗从边缘走向经典、从沉默到被聆听,最终在国际上传播的发展历程。

第一节 北美:英语译介与经典化进程

郑敏其名其诗,首次为英语世界所知始于1963年,得益于美籍华裔学者许芥昱的大力推介,这并非偶然。许芥昱1940年考入西南联合大学(比郑敏晚了一年),痴爱文学与写作的他起初主修工程,后转到外文系,他比

[①] 参见墨西哥"郑敏之树"命名仪式暨郑敏作品朗诵会视频(之一),https://www.poetry-bj.com/detail/29697.html。

较熟悉20世纪40年代"联大作家群"(闻一多、冯至、沈从文、卞之琳、李广田、穆旦、袁可嘉等),在校园中见过郑敏。多年以后,他还记得:"1942年,戴着眼镜、梳着两条马尾长辫的郑敏静静地漫步在昆明西南联合大学的校园里。在抗战期间,这是中国许多诗人聚集并保持文学创作火花的地方:冯至、卞之琳、闻一多都在此参与各种讨论,他们成为许多年轻作家的灵感来源和维系力量。但是郑敏很少参加这些活动。她声音美妙动听,喜欢唱歌,更喜欢阅读哲学方面的书。在那些日子里,她安静地写作,发表的作品并不多,但每一首诗都带给读者一股清新的空气。"[1] 许芥昱在斯坦福大学获得中国现代文学博士学位,后在旧金山州立大学创立中文及日本文学系(后为东亚系),担任中文系主任。在教学时,他感到如果要让外国读者了解中国现代诗歌,必须开展翻译工作,他对此责无旁贷。1963年,许芥昱编译的《二十世纪中国诗选》出版,这是中国现代诗歌在海外传播的标志性作品,涵盖1920~1940年44位现代诗人的350首诗。这个诗选并未选入穆旦、袁可嘉、唐湜、杜运燮等联大诗人之作,而郑敏的《诗集1942-1947》却有12首入选,令人刮目相看。许芥昱把郑敏归为"独立诗人"之列,指出:"她对生活的阐释展示了一种惊人的复杂性……她的眼睛不停地审视着生活的地平线,城市与乡村,并对此进行沉思。"[2] 寥寥数语,他就准确地把握了郑敏诗歌的"复杂性""审视""沉思"等现代主义品质。毫无疑问,这个英译本为郑敏进入现代英语诗歌视域、走向国际化奠定了基石,让西方学者与读者可以聆听到中国的现代诗歌之声。

时隔30余年的1995年,刘绍铭与葛浩文主编的《哥伦比亚现代中国文学作品选集》(2007年修订)隆重推出,这本选集的第四部分"1918-1949年诗歌",选入徐志摩、闻一多、李金发、冯至、戴望舒、卞之琳、艾青、何其芳、郑敏共9位诗人的22首诗歌,郑敏的两首诗《一瞥》和《荷花》使用的是许芥昱的英译本。[3] 郑敏的诗有资格入选《哥伦比亚现代中国文学作品选集》,在某种意义上标志着她成为中国现当代的经典作家

---

[1] Kai-Yu Hsu eds., *Twentieth Century Chinese Poetry: An Anthology*, Ithaca: Cornell University Press, 1963, p. 213.

[2] Ibid., p. 34.

[3] Joseph S. M. Lau & Howard Goldblatt eds., *The Columbia Anthology of Modern Chinese Literature*, New York: Columbia University Press, 2007, 2nd, pp. 525-526.

之一，获得世界文坛的一致认可与一定的国际声望。

郑敏是9位入选诗人中的唯一女性，这表明她的身份与众不同，其写作也与20世纪60年代以来的第二次女性主义运动、重写女性文学史的历史语境有关。自70年代以来，郑敏的女性身份及其诗歌体现的女性独立意识，引起一些女性学者与译者的特别关注，她的现代诗不断被发现、被译介与阐发，获得异乎寻常的重视。正在威斯康星大学攻读比较文学博士学位、来自台湾的留学生钟玲便是挖掘者之一。在《灵敏的感触——评郑敏的诗》中，她回忆在美国读博期间发现郑敏的一段经历："1971年，美国诗人Kenneth Rexroth（王红公）与我合作，英译一本中国历代女诗人集。搜集资料的时候，我由美国的图书馆里，找到了抗战时期崛起的女诗人郑敏的作品，即1949年上海文化生活出版社的版本。当时我惊喜交集。喜的是，在海外竟能找到这三十多年前的版本；惊的是，这么出色的诗人，我在台湾由小学念完大学，居然听都没听过她的大名。我们把郑敏与冰心、白薇，及台湾女诗人林泠、敻虹等的诗，都译成英文，收在那本集子里。"[①] 王红公、钟玲合编的汉诗英译《兰舟：中国女诗人》在1972年出版，选入3世纪到20世纪70年代共52位中国女诗人的诗歌，郑敏是12位现代女诗人之一，有两首英译诗《学生》《晚祷》入选。1978年，The Penguin Book of Women Poets 再次选入英译诗《学生》。郑敏之所以能够进入钟玲的视野，与编译者的女诗人、女性文学研究者的身份有关。钟玲以敏锐的诗歌洞察力和学术眼光，从浩瀚的中文诗歌资料中发现了郑敏，将其诗歌选入《兰舟：中国女诗人》，让她在中国女性诗歌谱系中获得一席之地。

钟玲在香港大学、香港浸会大学任教期间继续以中英文发表中国现代诗歌研究成果，她高度评价郑敏："她诗中感触的空间和层次，不是静态的，也非用平铺直叙的方式表达，而是倏然的，跃动的，常有意想不到的

---

① 钟玲：《灵敏的感触——评郑敏的诗》，原刊于《八方》1980年9月第3辑，载钟玲《文学评论集》，台湾时报文化出版公司，1984，第142页。其英语论文"Her Dexterous Sensibility: On Zheng Min's Poetry", in *Modern Chinese Literature*, 1987, Vol. 3, No. 1/2 (Spring/Fall), pp. 47-55.

转折，带着读者跃入一个全新的境界。"① 钟玲对郑敏的挖掘、译介与认可，提升了郑敏在当代诗歌界的影响力，同时也将自己与前辈联系在一起，勾连出中国女性诗歌谱系。

这一努力卓有成效。张明晖（Julia Chang Lin，1928-2013）年轻时从大陆去美国留学，在华盛顿大学获得硕士与博士学位，后长期在俄亥俄州立大学东亚语言文学系任教，是中国女性诗歌翻译与研究专家。1985 年夏，张明晖回到中国，特地拜访了郑敏、陈敬容、舒婷等女诗人。1992 年张明晖编译的 Women of the Red Plain：An Anthology of Contemporary Chinese Women's Poetry 出版，选入了 32 位女诗人的 101 首诗歌，郑敏后期的 3 首诗《茧》（Silkworms）、《希望与失望》（Hope and Dashed Hope）、《云鬟照春》（A Cloud of Hair Gleaming in Spring）入选，译者是杜博妮与张明晖。2009 年，张明晖主编的 Twentieth-Century Chinese Women's Poetry：An Anthology 是 1992 年版的扩展，选入 40 位中国女诗人的 245 首诗歌，郑敏有 8 首英译诗入选：《音乐》（Music）、《云鬟照春》、《童年》（Childhood）、《我从来没有见过你》（I've Never Seen You）、《心中的声音》（The Heart's Voice）、《戴项链的女人》、《一株辩证之树》（The World of Heraclitus：A Tree of Dialectics）、《当你看到和想到》（When You See and Think）。除《音乐》外，其余 7 首都是写于 20 世纪 80、90 年代的新作。张明晖从女性主义视角，肯定其创作贡献："郑敏对中国传统女性的复杂态度是变化的，甚至有点刺耳，令人感到不安：女性被认为是父权压迫的受害者，但她们也是心甘情愿地屈服于这个压迫者。无论郑敏的诗歌创作质量是否始终如一地获得成功，但她拓宽了中国女性诗歌和中国现代诗歌的总体范围，其贡献引人瞩目。"②

1992 年，加州大学戴维斯分校东亚语言与文化系的华裔女教授奚密（Michelle Yeh）主编的 Anthology of Modern Chinese Poetry 选入郑敏 3 首英译诗：《晚会》（Encounter at Night）、《读 Selige Sehnsucht 之后》（After Read-

---

① 钟玲：《灵敏的感触——评郑敏的诗》，原刊于《八方》1980 年 9 月第 3 辑，载钟玲《文学评论集》，台湾时报文化出版公司，1984，第 143 页。

② Julia Chang Lin, *Twentieth-Century Chinese Women's Poetry*：*An Anthology*, New York：M. E. Sharp, 2009, p. xxxiii.

ing Selige Sehnsucht)、《树》（Tree）。如果说钟玲、奚密主要译介了郑敏的前期诗歌，那么，张明晖则更为关注其新作，让西方读者得以了解到这位女诗人的创作全貌，了解当代女性知识分子勇敢、睿智与坚韧的一面。

由于美籍华裔学者精通中英文，熟悉中国现代文学的发展进程，对于现代主义诗歌抱有兴趣，故郑敏成为受关注的对象之一。诗人、学者叶维廉出生于大陆，曾就读于台湾大学外文系，获得普林斯顿大学比较文学博士，后一度担任加州大学圣地亚哥分校比较文学系主任。他的人生经历赋予他多重文化身份，他本人是现代主义诗歌的写作者与研究者。20世纪80年代初，叶维廉访问大陆，与郑敏取得了联系，两位诗人很快成为至交，开始了密切的交流与合作。1985年9~12月，叶维廉处于学术休假期，于是邀请郑敏到加州大学圣地亚哥分校做访问教授，代替他开设"中国现代诗歌"的英语课程。郑敏在时隔30年第二次赴美，一方面用英语给美国大学生上课，促进了师生交流；另一方面大量阅读70年代以后的西方后现代诗歌，学习后结构主义哲学，创作风格实现了突破与转型。她开始关注"无意识"和"开放的形式"，表现"不在之在"，融合了后现代主义（解构主义）和道家思想的创作使她逐渐形成了一种颇具特色的新风格。她在圣地亚哥写下的组诗《我的东方灵魂》，体现了诗人对自我身份与东方文化精神的不懈探索与确认。

叶维廉的博士生梁秉钧（Leung Ping-kwan，笔名也斯，1949-2013）1984年完成博士论文《对抗的美学：1936-1949年中国现代主义诗人研究》（Aesthetics of Opposition: A Study of the Modernist Generation of Chinese Poets 1936-1949），从审美现代性、实践、模式、抒情、语言艺术等多个方面，探讨以穆旦、郑敏、陈敬容等为代表的40年代中国现代主义诗人的诗歌特色。梁秉钧应邀参与了叶维廉编译的《防空洞里的抒情诗：1930-1950年的中国新诗》（Lyrics from Shelters: Modern Chinese Poetry 1930-1950）工作，这本出版于1992年的诗集选入18位诗人的100首诗，九叶派占据一半，选入郑敏的英译诗10首：《晚会》（Meeting at Night）、《冬日下午》（An Afternoon in Winter）、《金黄的稻束》、《音乐》、《怅怅》（Sadness）、《Renoir少女的画像》、《秘密》（Secret）、《树林》（Forest）、《村落的早春》（A Village: Early Spring）、《寂寞》（Loneliness）。前5首的译者是梁秉钧，后 5 首是叶维廉。可见，师生承继了中国现代诗歌的书写传统，并发扬光大。

梁秉钧后来任教于岭南大学中文系。1987 年冬，在香港召开的中国当代文学会议上，郑敏与也斯见面，成为忘年交，提及曾居住生活过的圣地亚哥，也有着共同的感受与记忆。郑敏在《梁秉钧的诗》中赞赏这位年轻诗人："也斯的诗让我觉得丰富而不造作，具体而意味无穷，有形而无形。"[①] 1991 年，郑敏的诗集《早晨，我在雨里采花》在香港出版，梁秉钧（也斯）为之作序："如果说画是代表纯粹的视觉，音乐是叙事和言语的动作，郑敏的抒情诗实在是两者的结合。"[②] 由此可见，在具有共同审美趣味与诗学理念的"现代汉诗圈"中，诗人之间跨越时空的支持与友情尤显珍贵。作为 20 世纪 40 年代与 80 年代现代诗歌的见证者与联结者，郑敏成为许芥昱、叶维廉、梁秉钧、钟玲、张明晖、奚密等华裔或港台学者回溯现代汉诗传统的"活化石"，可以说，她是一个具有历史象征意义的先锋者。

一些非华裔汉学家、学者试图从中国当代诗人的写作中探寻现代中国发展的轨迹。美国诗人兼翻译家爱德华·莫林（Edward Morin）主编《红色杜鹃花：中国"文革"以来诗歌》（*Red Azaleas: Chinese Poetry since the Cultural Revolution*）（1990）备受瞩目，选入了 1978～1986 年期间五代诗人在新时期发表的诗歌，"老派诗人"包括艾青、郑敏、蔡其矫、流沙河 4 位，郑敏的 3 首英译诗《修墙》（Repairing the Wall）、《珍珠》（Pearls）、《母亲的心在秋天》（A Mother's Heart in Autumn）入选，编译者提供了郑敏的生平与创作简况。

2012 年，巴基斯坦的艾哈迈德·阿里（Ahmed Ali）编译《小号的呼唤：20 世纪中国诗选》（*The Call of the Trumpet: An Anthology of Twentieth Century Chinese Poetry*），选入郑敏早期诗歌 4 首，附有诗人的简介。此书作为中巴建交 60 周年的纪念品，由驻北京的巴基斯坦大使馆资助出版（内部限量版）。2016 年，美国的赫伯特·巴特（Herbert Batt）、谢尔顿·

[①] 郑敏：《梁秉钧的诗》，原刊于《香港文学》1989 年第 4 期，载《诗歌与哲学是近邻——结构-解构诗论》，北京大学出版社，1999，第 392 页。

[②] 也斯：《沉重的抒情诗——谈郑敏诗的艺术》，载郑敏《早晨，我在雨里采花》，香港：突破出版社，1991，第 12 页。

齐特纳（Sheldon Zitner）编译《现代中国诗歌撷英：民国时期诗选》（*The Flowering of Modern Chinese Poetry*：*An Anthology of Verse from the Republican Period*），选入 16 首郑敏的英译诗。伦敦大学亚非学院汉学家贺麦晓（Michel Hockx）为之作序，他从比较文学的视角，分析了郑敏诗歌受到世界文学的影响，认为她与置身其间的政治、社会宣传始终保持着某种疏离感，具有苏格拉底式的智慧和超越精神："永远认识你自己……人生就是一出戏，有两个自我，一个自我在人间，另一个自我从空中俯瞰。"①

2013 年，野鬼（Diablo，原名张智，国际诗歌翻译研究中心主席）主编、张智中（天津师范大学外国语学院教授、翻译研究所所长）审译的《中国新诗 300 首》（*300 New Chinese Poems*）（1917~2016）在加拿大温哥华出版。它借鉴了"唐诗三百首"的形式，以汉英对照的方式收录 239 位诗人的 325 首诗，包括张智中翻译的郑敏两首英译诗《金黄的稻束》和《渴望：一只雄狮》。在郑敏百岁诞辰之际，俄克拉何马州立大学主办的《今日中国文学》（*Chinese Literature Today*）2020 年第 2 期发表其汉英对照诗 6 首，英译者是香港女诗人何丽明，北京第二外国语学院刘燕教授负责编选并提供英文简介。2021 年，郑敏的博士生李永毅（现为重庆大学外国语学院教授）与美国诗人 Stephen Haven 等四人合译《雪地上的树苗壮成长》（*Tree Grow Lively on Snowy Fields*：*Poems from Contemporary China*，英汉对照）由美国 Twelve Winters 出版社出版，收录郑敏英译诗 6 首。首都师范大学文学院的黄华出版《百年中国现代女诗人诗选及研究》（*Anthology and Study of Chinese Modern Women Poets*，*1919-2019*）（2024），英译郑敏 12 首诗。

在中西跨文化交流越来越便捷的当下，中西方译者、学者通过海外的各种出版机构，以双语形式传播着中国现代诗歌，扩大了阅读空间与读者群，让翻译文学成为世界文学的一部分。

---

① Herbert Batt & Sheldon Zitner ed. & Trans., *The Flowering of Modern Chinese Poetry*：*An Anthology of Verse from the Republican Period*, McGill：McGill-Queen's University Press, 2016, pp. 400-401.

第二节　欧洲：多语种译介与国际声誉

比起中文诗歌的英译，郑敏诗歌在欧洲的其他语种的译介与传播稍晚一些。伴随着20世纪70年代末的改革开放，当代作家出境访问的机会也越来越多，有留学背景、英语流利的郑敏多次应邀参与美国、荷兰、瑞典等国的诸多城市以及香港举办的国际会议或国际诗歌节，或访学探亲，这种自我传播的方式有效地提升了她在世界文坛的声誉。相比之下，朦胧派的多数诗人受限于教育背景，外语能力稍弱，需要依靠翻译交流。

1984年，应荷兰莱顿大学东亚系的汉乐逸之邀，郑敏首次参加了在鹿特丹举办的"国际诗歌节"。汉乐逸在莱顿大学东亚系攻读博士学位，师从汉学家伊维德（Wilt L. Idema，现为哈佛大学教授），其博士论文是有关卞之琳的诗歌艺术研究。为了收集资料，他曾于1979年下半年到中国访问了三个月，在北京拜访了卞之琳、郑敏。[①] 在荷兰的"国际诗歌节"上，郑敏的一些代表作的荷兰语与英语翻译由汉乐逸及其学生完成。汉乐逸提及："我查了下我历年来的译著目录，发现在1984年和1994年，都有郑敏和诗歌节的信息，前一次是我和黄俊英（T. I. Ong-Oey）翻译的，后一次是我个人翻译的。以此来看，老诗人郑敏曾经两次参加过鹿特丹诗歌节。比利时的万伊歌（Iege Vanwalle）因为这个缘故认识了她，后来还翻译了她的作品。"[②] 汉乐逸是向西方译介冯至、卞之琳、郑敏等诗人的汉学家之一。他在2000年的专著《中国十四行诗：一种形式的意味》中，将郑敏的十四行组诗《诗人与死》（19首）全部译为英语，并评价："这一作品与现代中国诗歌中'组诗'这个诗歌类型的关系，它超越了十四行诗的形式局限，表现出与大多数中国古典诗歌具有明显的平行关系。……与'诗人'相呼应的是中国诗人的命运主题，或者说是新中国知识分子在我们这

[①] 2011年10月17日，本书作者陪同汉乐逸及其夫人苏桂枝一起到郑敏家拜访。这是自1979年后汉乐逸第二次在北京拜访郑敏。他提及与郑敏在荷兰鹿特丹举办的"国际诗歌节"上的多次见面。

[②] 易彬：《荷兰汉学家汉乐逸访谈录》，《新文学史料》2017年第4期，第121页。

个时代的命运主题。"① 类似汉乐逸这样痴迷于中国现代诗歌的荷兰汉学家还有不少，如柯雷（Maghiel van Crevel）等在中国文学翻译与国际传播中做出了卓越的努力与贡献。

不仅如此，汉学家培养的学生也成为事业的承接者。汉乐逸的研究生伊歌（万伊歌）2004年完成了论文《形式·意象·主题：郑敏与里尔克的诗学亲缘》，从比较文学的视角探寻了郑敏与西方文学传统的关系："在（40年代）这样的气氛中，郑敏所写的有专门技术的作品则展示了她对西方——尤其是德国文学与哲学——和中国成分的综合。这引导她在一种其他中国诗人从未涉及过的、宽阔的世界背景中进行其哲理抒情诗的创作。"②

1991年9~10月，应瑞典斯德哥尔摩大学东方语言系的邀请，郑敏到瑞典进行交流，诗歌《门》《渴望：一只雄狮》《祷词》《两座雕塑》《木乃伊》《根》被译为瑞典语。郑敏与瑞典汉学家马悦然等学者进行了深入的学术交流，她在国际会议上做的有关德里达的研究报告获得了各国学者的热烈回应。他们从这位思维敏锐、英语流利的中国女性知识分子、诗人、教授与学者身上，看到了来自东方的道家智慧。应该说，郑敏的自我传播是非常成功的。

1991年中国文学出版社（北京）出版了法语版《中国当代女诗人诗选》（*Femmes Poétes dans la Chine d'aujourd'hui*），选入郑敏法译诗3首《蚕》《希望与失望》《门》，其诗的德语、西班牙语等语种的译介也在持续进行中，2022年墨西哥女诗人 Jeannette L. Clariondy 与旅美大陆女诗人 Ming di（明迪）一起主编出版《穿过稻束的光：中国当代女诗人》（*EI brillo en las gavillas de arroz：Mujeres poetas de China contemporánea*，Vaso Toto）（西班牙语），郑敏《金黄的稻束》等多首译诗入选。在2021年墨西哥"诗人广场"举办的"郑敏之树"命名仪式现场，Jeannette L. Clariondy 用西班牙语深情地朗诵《金黄的稻束》，提升了郑敏在拉美诗歌界的声誉。

总之，以上提及的中国现代诗歌的编译者往往有特殊的文化身份（华

---

① Llody Haft, *The Chinese Sonnet, Meaning of a Form*, Leiden: Leiden University, 2000, p.149.
② 〔比利时〕伊歌：《形式·意象·主题：郑敏与里尔克的诗学亲缘》，载吴思敬、宋晓冬编《郑敏诗歌研究论集》，学苑出版社，2011，第352页。

裔学者、汉学家）、文化角色（诗人翻译家或学者）、审美趣味（偏好现代主义与后现代诗歌）、性别（女性诗人和学者相对多），他们对郑敏诗歌的译介往往与个人的教学、学术研究、诗歌创作和翻译有关；郑敏的《晚会》《寂寞》《金黄的稻束》《学生》《渴望：一只雄狮》《心中的声音》《诗人与死》等得到较多的关注，《金黄的稻束》《渴望：一只雄狮》等名篇有多个英译版本。这些诗歌译者的跨文化译介与阐释推动了徐志摩、闻一多、冯至、卞之琳、郑敏、穆旦、北岛、杨炼、海子等20世纪中国诗人进入世界诗坛，为全世界读者提供了多语种的诗歌译本。郑敏成为幸运者之一，在有生之年就进入现代诗歌经典排行榜，获得了国际声誉，这一方面得益于其诗歌所具有的现代品质和独特魅力，另一方面也归功于一批"汉语现代诗歌知音"、译者与学者不遗余力、前赴后继的翻译与传播工作。

第三节　东亚：日韩语译介与学术研究

20世纪80~90年代，随着中日、中韩文化交流的深入，中国当代诗歌引起东亚各国诗人、译者与读者的兴趣。各国诗人通过诗歌交流，促进彼此的了解。一些诗人、翻译家或博士生慕名而来，登门拜访郑敏。她的一些代表作被译为日语与韩语，选入各种诗集，她本人成为韩国留学博士生的研究对象，相关的研究论文发表在多种国际期刊上。在东亚诗人圈中，郑敏的名字不再陌生。

在日语翻译方面，首先是财部鸟子、穆广菊翻译了郑敏80年代后发表的一首诗《山与海——记青城山之游》，刊载于《现代诗通信》22号，书肆水族馆1988年10月出版。1993年5月，在北京的一次学术会议上日本汉学家秋吉久纪夫（1930~）结识了郑敏，成为好友。秋吉是一位诗人，自19岁起就与中国现代诗结缘，博士毕业后在福冈女子大学、九州大学任教。1966年，秋吉到中国访问；1985年他在北京大学做了半年的访问学者，更多地接触了中文现代诗。1994年8月8日，秋吉在中国社会科学院文学所刘福春研究员的陪同下拜访郑敏。1999年，秋吉编译的日语版《郑敏诗集》由日本土曜美术社出版，选入108首，并附有译者的评论、访谈录和编年，郑敏为之作序。这是第一部在国外出版的比较全面的郑敏译诗单行本。①

为了确认郑敏的出生地，秋吉特意邀请刘福春一起在北京的胡同进行实地考察。郑敏回忆说："我出生的地方，连我自己也说不清了，只记得在北京东华门一带，门前不远有一棵大槐树，大人们都'闷葫芦''闷葫芦'地叫，可能是说胡同曲里拐弯的意思吧，谁知竟被秋吉先生找到了，现在叫'福禄寿胡同'，在骑河楼附近，我住的房子早没了。秋吉先生还把我的出生日期考察出来了，我的资料上一般都是写的9月18日，连身份证上都是这么写的，是当年弄错了，其实真实的应该是7月18日，不知道秋吉先生是怎么查到的？"② 这种细致的考证工夫体现了日本学者的严谨与执着。

秋吉在《郑敏诗集》的译介与评论中，用"寂寞"概括了郑敏诗歌的主旨，寂寞感贯穿了郑敏的三个创作阶段，不论是20世纪40年代的寂寥，还是80年代在寻觅之后的宁静，以及90年代后对诗学的自我感悟与升华，对于人内心的哲学性、精神性的描写，这些都是在不同时代背景下各种文学意义上的"寂寞"。秋吉认为："郑敏作为中国女性诗人，她的成熟、丰富的抒情诗中所包含的深邃与广袤，在西方文学和东方文学的两岸之间，架起了一座桥梁。"③ 相比而言，在英语学界，还没有一位翻译家像秋吉先生这样，独自针对一批中国现代诗人的诗歌进行翻译，让中国现代诗歌的译本传播到日本。

此外，驹泽大学的汉学家、中国现代诗歌研究者佐藤普美子（Soto Fumiko）曾于2004年8月与清华大学的蓝棣之教授一起，到位于清华大学荷清苑的郑敏家中拜访，她用日语撰写《诗人郑敏的印象》："出现在我们面前的郑敏，穿着白色的无袖连衣裙，上面点缀着小小的几何图案。她戴着一条黑色项链，这使她看起来更加清爽。郑敏个子并不高，梳着齐眉的黑色刘海，看起来如此可爱又时尚，令人难以置信她已年过七旬。……为什

---

① 〔日〕秋吉久纪夫：《中国现代诗人梁上泉访问记》，邓海云译，《现代中国文化与文学》2009年第2期，第229页。
② 韩小蕙：《有一位日本老人——秋吉久纪夫先生来到中国》，《诗探索》1999年第2辑，第173页。
③ 〔日〕秋吉久纪夫译《郑敏诗集》，日本土曜美术社，1999，第294页。该译本序言中译文：《思念永恒的孤独旅者：女诗人郑敏》，蒋笑宇、刘燕译，《跨文化研究》2021年第2辑，第149~157页。

么郑敏的每一个细胞,尤其是脑细胞,在经历了时间的磨砺之后,仍然如此晶莹剔透?"① 佐藤普美子以好奇的眼光观察郑敏的一举一动,从女性身体的视角分析郑敏的创作特点,认为她在前期是将生命力直接透过身体向外界弥漫,到了 80 年代后期的创作热情和感情以更成熟的形式,如植物以其趋光性从诗的根部散发出来。她在文章中还提到郑敏虽已高龄,但精神矍铄,才气焕发,保留着少女般的热爱,就像她的诗一样用生机活力感染着他人。日本学者的观察细致入微,他们对郑敏的认知与评价令人耳目一新。

1992 年后,韩国对 1949 年后中国当代诗歌的译介与研究开始启动。2006 年由韩国现代诗人协会策划、申奎浩主编、许世旭(高丽大学汉学家)审阅的《韩中诗集——开辟东北亚诗文学》,介绍了改革开放以后 30 位中国诗人的 30 首诗,郑敏诗《渴望:一只雄狮》入选。东亚大学的金素贤通过研究九叶派获得硕士学位以及研究中国象征派获得博士学位,其论文涉及对穆旦、郑敏等代表诗人诗歌的深入阐释。淑明女子大学的郑雨光分析了九叶派诗人吸收西方现代主义的转变过程。忠北大学李先玉教授的《九叶诗派的现代性》讨论了穆旦、郑敏诗歌的现代性问题。② 2013 年,东亚大学的金慈恩、金素贤合译《中国现代代表诗选》,17 位诗人入选,包括郑敏的韩译诗《金黄的稻束》《寂寞》《荷花》《你已经走完秋天的林径——悼念敬容》《外面秋雨下湿了黑夜》《秋夜临别赠朗》等。

黄智裕(Hwang Ji You)在北京大学中文系跟随孙玉石教授攻读博士学位,是第一个以郑敏研究作为博士论文的韩国留学生,2006 年她完成了博士论文《现代性探索中的郑敏诗歌与理论——二十世纪四十至九十年代》,附有《回忆·诗歌·现代性——郑敏访谈录》。她从文化背景、诗歌文本、诗人素质、诗学理论等多个方面,探讨了郑敏在中国新诗现代性探索中的实践及诗学理论,指出郑敏是坚持探索诗歌艺术现代性的一个非常独特的典型。③ 黄智裕回韩国后在多所高校工作,现为东新大学中文系教

---

① 〔日〕佐藤普美子:《诗人郑敏的印象》,《日本中国当代文学研究会会报》1998 年第 12 期,第 39~40 页。
② 〔韩〕金民静:《韩国的中国现当代诗歌研究与翻译概况(1979-2016)》,《长沙理工大学学报》(社会科学版) 2016 年第 5 期,第 93~97 页。
③ 〔韩〕黄智裕:《现代性探索中的郑敏诗歌与理论——二十世纪四十至九十年代》,北京大学博士学位论文,2006。

结构-解构之维：郑敏的诗歌与诗学

授，用中文、韩文发表了多篇郑敏研究成果，如《四十年代现代性诗歌追求的一个典范——郑敏早期诗歌研究》（中文）探讨了郑敏早期诗歌的特点："郑敏的这种现代性特点虽然大量借鉴了西方现代诗的技巧及某些品质，但中国文化内质却始终是她用以构筑现代诗篇的核心，她的现代性与她的中国文化特质相辅相成，相得益彰。"[1] 黄智裕用韩文发表《郑敏实验诗小考》等一系列论文。此外，也有一些中韩合作或中国学者的论文发表在韩国的学术期刊上，扩大了郑敏研究在韩国的关注度。

比起日本翻译家以个人之力进行的译介，韩国学者对中国现代诗歌的译介与研究更为主动而深入，一批曾留学中国的韩国博士生、在大学中国语言文学系任教的学者和诗人，形成了一个中国当代文学的研究群体，通过多种渠道获得文化机构、出版基金、各类财团的资助，编译出版多部中国当代诗歌选集。尤其是自20世纪90年代后，中国诗人（学者）与韩国诗人（学者）之间往来频繁，诗歌的翻译与出版、作家之间的对话都成为中韩友谊的表达与美好见证。

中国当代诗人走向世界文坛的主要路径有自我传播、同行传播、机构传播、多媒介传播、读者传播等，通过诗作、学术研究、多语种翻译与融媒介推广，他们逐渐为人所知，达到文本化、学术化、经典化、国际化的效果。对于郑敏，翻译者、研究者、诗人、汉学家从最初的零星译介走向了积极的学术评价，从个人的译介研究到将其选入各种教科书或文集，为中国现代诗歌进入世界文学经典之列做出了贡献。在此过程中，汉学家、华裔学者、翻译家、诗人、学者、编者扮演着重要的传播角色，以跨文化译介与阐释的方式，促进了中国当代作家在异国获得声誉与地位。从宏观视角而言，这得益于全球化时代各国不断展开文化交流的国际语境，尤其与80年代后中国文化软实力与经济的飞速提升、改革开放带来的国际形象的改善有关，越来越多的海外读者通过阅读中国当代作家的译作，了解处于巨变中的中国，促进了文化交流与沟通。

显而易见，宽松开放的创作环境，各种诗歌节或文学奖项的设立，语文教科书的推广，文化基金提供的出版资助，多媒介的展示，作者、译

---

[1] 〔韩〕黄智裕：《四十年代现代性诗歌追求的一个典范——郑敏早期诗歌研究》，《中国现代文学》（韩国）2005年第12期，第137页。

者、学者与读者之间建立多种互动对话机制等,都有助于提升中国现当代作家在海内外的知名度,促进中西方作家之间的跨文化交流。

第四节　英译《诗人与死》的翻译策略[①]

1979年秋,于荷兰莱顿大学东亚系攻读中国现代文学博士学位的汉乐逸获得了中国-荷兰文化交流项目的资助,首次到中国访问近三个月,此行的主要目的是收集"西方文学在中国的教学与出版现状"等图书资料,为其写作卞之琳研究的博士论文做准备。汉乐逸在北京拜访卞之琳、艾青等诗人;他还点名约见郑敏,两人就中国现代文学与外国文学之渊源、中国新诗发展及特点等议题进行了交流,后成为至交。

此后,汉乐逸长期致力于翻译、研究中国现代诗歌,对朱湘、闻一多、卞之琳、冯至、穆旦、郑敏、张错等的中文十四行诗歌(又译"商籁体")的研究填补了西方学界的空白。[②] 在其主编的第3卷诗歌《中国文学简介:1900-1949》(A Selective Guide to Chinese Literature 1900-1949)(Vol. Ⅲ:The Poem)(1989)中,汉乐逸指出,郑敏之诗采用了自由体、十四行体、半十四行体等形式,"也许这显露了冯至在汉语中成功应用这一形式所产生的影响"。郑敏后期诗歌展示了"包括美国二战以后诗歌在内的技巧所影响的更广泛领域。……从主题上来说,其前后诗歌有着更多的连续性"[③]。探赜索隐,汉乐逸为闻一多、卞之琳、冯至、郑敏、周梦蝶、洛夫、张错等人的现代诗歌在英语世界的译介与传播做出了卓越的贡献。

郑敏的《诗人与死》是继冯至《十四行集》之后又一诗艺高超、境界

[①] 本节以题为《汉乐逸英译〈诗人与死〉的翻译策略与跨文化阐释》(与周安馨合作),发表在《国际汉学与比较文学研究》(吴格非、孟庆波主编),中国矿业大学出版社,2022,第44~60页。此处有所删改。

[②] 胡适曾在日记中谈及自己所作英文十四行诗,称sonnet为"桑纳"体,视之为英文"律诗";参见胡适《胡适留学日记》(二),商务印书馆,1947,第498页。闻一多在1928年3月发表译作《白朗宁夫人的情诗》时,将sonnet译为"商籁",参见许霆《中国诗人移植十四行体论》,《江苏社会科学》2010年第3期,第174页。

[③] Llody Haft ed., A Selective Guide to Chinese Literature 1900-1949, Volume Ⅲ: The Poem, Leiden: Brill, 1989, p.267, 268.

深远的十四行组诗。在《中文十四行诗：一种形式的意味》中，汉乐逸探究了朱湘、闻一多、卞之琳、冯至、郑敏、张错等人是如何借鉴莎士比亚、里尔克的十四行诗歌体式并孜孜不倦地进行中文十四行诗体的创新；此书第六章"20世纪90年代的中国十四行诗：郑敏的《诗人与死》"（Chinese Sonnets for the 1990s：Zheng Min's *The Poet and Death*）将《诗人与死》（19首）全译为英文。郑敏模仿借鉴并发展了西方十四行诗体形式，如今其十四行中文诗又以英语组诗的形式复现，得益于汉乐逸的翻译与跨文化阐释。

借用刘勰的"六观说"、乔治·斯坦纳（George Steiner，1929－2020）的翻译理论、伊瑟尔的读者阐释理论等，我们可以探寻汉乐逸英译诗与中文诗之异同，从移译、改译、意译、添译、合译、漏译、译诗阐释及传播效果等角度，考察汉乐逸如何译介原诗，如何处理诗歌的语言置辞、词项、体位、形式、音韵、节奏、格律（顿）、意象和隐喻等特质，在译入语文化与译出语文化间寻求平衡，适应目标读者需求；透视译者在"绎读"该作时的遗佚与缺漏，反思跨文化交流中必然遭遇的文化误读与认知偏差。

一 置辞之法：理解即翻译

《文心雕龙·知音》有云："是以将阅文情，先标六观：一观位体，二观置辞，三观通变，四观奇正，五观事义，六观宫商。"[1] 当代翻译家乔治·斯坦纳提出"理解也是翻译"[2]，他认为解释、翻译行为搭建了自源语言到译入语间的交流路径，以意义为核心阐释文本，并提出了翻译"四步骤"理论：信赖（trust）、侵入（aggression）、吸收（incorporation）、补偿（restitution）。[3] 如前所述，汉乐逸对郑敏之诗的熟稔与欣赏，便是他出于"信任"而迈出的译介之首步。如比较文学家大卫·达姆罗什（David Damrosch）所言，当文学文本及其文化语境，借助某种媒介完成"折射"

---

[1] 刘勰：《文心雕龙注释》，周振甫注释，人民文学出版社，1981，第518页。
[2] 〔法〕乔治·斯坦纳：《通天塔：文学翻译理论研究》，中国对外翻译出版社，1987，第27页。
[3] 参见 George Steiner, *After Babel：Aspects of Language and Translation*, Oxford：Oxford University Press, 2001。下同。

第四章 郑敏诗歌在海内外的译介与传播

过程之时，必然途经译入语文化及译出语文化两大焦点，源语文化和东道文化之间文化介质的差异性必使译者对原文本进行理解、改写，从而适应目标文化需求。① 在东西诗歌翻译、文学汇通之间，存在双向互动的直线式交叉影响及循环交流，双方以不同的文化身份进行对话。自 20 世纪 30 年代始，西方汉学家、翻译家、诗人开始关注、译介中国新诗，编译者多为英语国家译者及其中国合作者（包括华裔学者），主动向西方世界译介中国现当代诗歌，以求"诗音"互通。1935 年英国学者哈罗德·艾克顿（Harold Acton，1904-1994）及其中国学生（北京大学西语系）陈世骧（Shih-Hsiang Chen，1912-1971）合译的《中国现代诗选》(*Modern Chinese Poetry*)② 是首个新诗英译本。

自 20 世纪 80 年代起，汉乐逸步入中国现代诗的翻译与研究之列，他自称在 1984 年与 1994 年曾著译与郑敏相关的研究资料与诗歌，并谈及其研究生万伊歌将郑敏的诗翻译为荷兰语。③ 汉乐逸以西方视域译介中国十四行诗时，必然面临一系列挑战：如何运用英语十四行体式向域外读者译介与阐释中文十四行诗？如何处理郑敏诗歌中特有的汉语节奏、诗行、神话、隐喻、互文性、反讽与张力？

其一，涉及"词项"、置辞之确切与否。置辞，即"安章宅句，著意熔裁"④，或"运用辞采"⑤。将此要点运用于译诗释读之中，可品读译者勾连句式、厘清词句的方式。《诗人与死》标题已然点明其核心"词项"。1989~1990 年，诗友接连亡故，继穆旦之后，陈敬容、唐祈相继去世，"九叶"中"三叶"渐次凋零，郑敏悲痛万分。唐祈去世后的 3~5 月间，郑敏开始构思纪念唐祈之死的悼亡诗，于十余天内一挥而成。她自述写作《诗人与死》之缘由："我写这首诗的时候意图是讲诗人的命运，在我们特有的情况下我们诗人的命运，也可以说是整个知识分子的命运，同时，还有

---

① David Damrosch, *World Literature*, *National Contexts*，载胡继华主编《比较文学经典导读》，北京师范大学出版社，2015，第 68~93 页，其椭圆式折射（Elliptical Refraction）理论阐释可参见该书第 69~70 页。
② Acton, Harold, & Ch'en Shih-Hsiang, trans., *Modern Chinese Poetry*, London: Duckworth, 1935.
③ 易彬：《荷兰汉学家汉乐逸访谈录》，《新文学史料》2017 年第 4 期，第 121 页。
④ 刘勰：《文心雕龙注释》，周振甫注释，人民文学出版社，1981，第 524 页。
⑤ 王运熙、周锋译注《文心雕龙译注》，上海古籍出版社，2010，第 445 页。

我对死的一些感受。"①

　　汉乐逸因循郑敏之思路，将这首诗歌的题目直译为"The Poet and Death"，他认为"在主题上，这组诗的构成基于两条线索的不断交织融合，……与'诗人'相呼应的是中国诗人或新中国以来知识分子的命运主题。'死'的主题则在一个独立于文化背景之外、更具存在意识的领域中展开"②。汉乐逸站在西方阐释者场域，将题中的"诗人"（the poet）解读为与中国诗人命运主题紧密相关的主体对象，并将题目置于全诗语境之中透视"死"（death），认为此诗人之"死"已不再完全从属于郑敏个人的文化背景，正如伊歌所言："郑敏所写的有专门技术的作品则展示了她对西方——尤其是德国文学与哲学——和中国成分的综合。这引导她在一种其他中国诗人从未涉及过的、宽阔的世界背景中进行其哲理抒情诗的创作。"③与《金黄的稻束》《荷花》等早期诗歌不同，《诗人与死》作于诗人历经漫长岁月，"在研究了德里达的解构哲学之后，郑敏对诗人（知识分子）的命运、存在意义上的死亡、乌托邦与理想主义、人类文明的浮沉盛衰等问题的思考愈加成熟"④。《诗人与死》之"死"，以辩证形而上学为底色，哲学意味和诗学境界多维叠加，汉乐逸准确地把握了郑敏诗题的核心要义，完成了斯坦纳所称之"侵入"。

　　其二，涉及"位体""宫商"之恰当与否。本译诗"体式"如何？汉乐逸保留了《诗人与死》十四行诗起承转合的章法，以四大乐章分别展现得悉唐祈去世之悲痛（第1~5首）、体会濒死体验之荒诞（第6~10首）、反思死亡悲剧之沉郁（第11~15首）、怀念诗人之深情（第16~19首）。⑤汉乐逸将《诗人与死》视为20世纪90年代西方十四行诗的中国化之杰作；英文十四行诗重视"抑扬格"等要求，但经中国当代诗人借用、改

---

① 徐丽松整理《读郑敏的组诗〈诗人与死〉》，载《诗歌与哲学是近邻——结构-解构诗论》，北京大学出版社，1999，第428页。
② 〔荷〕汉乐逸：《20世纪90年代的中国十四行诗：郑敏的〈诗人与死〉》，章燕译，载《郑敏文集》（诗歌卷，下），北京师范大学出版社，2012，第736页。
③ 〔比利时〕伊歌：《形式·意象·主题：郑敏与里尔克的诗学亲缘》，载吴思敬、宋晓冬编《郑敏诗歌研究论集》，学苑出版社，2011，第352页。
④ 刘燕：《无声的极光：郑敏十四行组诗〈诗人与死〉解读》，《中国现代文学研究丛刊》2015年第10期，第162页。
⑤ 同上，第160~172页。

第四章 郑敏诗歌在海内外的译介与传播

造、重构之后，中文十四行诗焕然出新、自成一体，在形式上越来越自由多变。就"音步"而言，郑敏以"三字尺""四字尺"为主，兼用"二字尺"，如第2首第2节："这里/洪荒/正在开始//却没有/恐龙的/气概"，错落有致、铿锵有力；就"诗行"而言，与冯至《十四行集》多用七音以内的短行不同，《诗人与死》兼用长短诗行，包容四音、六音等短行，八音、九音等长行，整散相宜、长短相间，并不因格害意。与九叶派诗人唐湜偏爱的"4-4-6"十四行格式不同，郑敏更喜欢使用"4-4-3-3"十四行格式。无论是十四行诗体，还是哲理化的抒情主题和特殊意象，郑敏之诗均可溯源于里尔克-冯至的传统，但同样体现了她在诗体、艺术技巧方面的创新。

　　作为译者，汉乐逸面临着在中文十四行诗的特殊体式与英语十四行的特殊体式之间如何进行转换、对应的问题。他在充分理解原诗的诗体特点的基础上，将郑敏对唐祈骤然去世的哀叹与同病相怜之感倾注于每个置辞之中，"以独特的译文展示这一作品，力求传达原文的节奏感，而不期盼表现其所有的形式特点"①。如《诗人与死》第1首第1节:②

　　　　是谁，是谁
　　　　是谁的有力的手指
　　　　折断这冬日的水仙
　　　　让白色的汁液溢出

　　　　Who…who…
　　　　whose mighty fingers
　　　　broke away this winter's narcissus,
　　　　made the white sap to flow

　　原诗与译本之间几乎对应，可见汉乐逸力图还原郑敏诗意的努力。汉乐

---

① 〔荷〕汉乐逸:《20世纪90年代的中国十四行诗：郑敏的〈诗人与死〉》，章燕译，载《郑敏文集》（诗歌卷，下），北京师范大学出版社，2012，第736页。
② 以下引用汉乐逸英译《诗人与死》，均出自《郑敏文集》（诗歌卷，下），北京师范大学出版社，2012，第698~735页，文中只标注诗节，不再注明页码。

223

逸认为此四句是"是无结束诗行的四行诗，后面跟着一个结束的诗行"①，就语义而言，此处多行诗可连缀为长句，因此，汉乐逸在翻译之时，也复现此种连续状态，使这一诗节可组合为长句。但或许因中西语言差异之故，郑敏原诗中的长短诗行、"字尺"特征无法在译诗中全然得到彰显，如此节后三句格式整饬的八音诗行，汉乐逸译为层次错落的长短句，并未复现郑敏原诗整散呼应的骈俪之妙，这便是跨文化翻译之不可译性。汉乐逸试图让译入语读者领略原诗音韵松散、形式自由的特征，但他无法译出此节原诗散中有序的特点：原诗音韵虽散，但诗行整饬；诗意连续，但诗行间又有明确的隔断处理，如语义上的长句"是谁的有力的手指折断这冬日的水仙，让白色的汁液溢出"，被有意划分为三句整饬的八音诗行。

由此可见，汉乐逸在英译诗的形式处理上更为自由，近于陈述句，且他更重视"侵入"时对原诗意的传达与阐释，在力所能及之处（如音乐节奏）对应原诗的位体特征。如第2首第3节"Take them along, the notes you never sang. /Take them along, the dreams you never painted. /There, on the edge of heaven, the face of earth"。译者尽力翻译了原诗中"带走吧你没有唱出的音符/带走吧你没有画完的梦境/天的那边，地的那面"的对偶、反复形式。为免因"形"害意，其英译并未强求还原诗中押韵、对偶，而是以英文断句习惯改译原句，在适当的时候打断了诗句的次序，以长短相宜的英文句式翻译原诗，并加上了省略号、逗号、破折号、冒号等原诗中并未出现的标点符号，或者英语中必需的冠词、助词、连词等，以停顿或隔离的方式呈现英语的格律，以适应西方读者的阅读范式。总体上，为弥补难以消弭的诗歌语言隔膜，汉乐逸并未完全遵循中文诗歌的顺序，而是在语言的换行、措辞、意象表达上有所妥协与改写。如在第15首诗的第3~4节，原诗以"织成""美梦""古城""马灯"构成同音押韵，但英语翻译经顺序改换，诗行末尾的"them""years""Egyptian""rider"便无法复现原诗音韵，这是中西语言沟壑所造成的不可译现象。

克里斯蒂安·诺德（Christiane Nord）将翻译分为"纪实翻译"与"工具翻译"两种。"纪实翻译"多指逐词翻译、对照直译、异化翻译；而

---

① 〔荷〕汉乐逸：《20世纪90年代的中国十四行诗：郑敏的〈诗人与死〉》，章燕译，载《郑敏文集》（诗歌卷，下），北京师范大学出版社，2012，第740页。

"工具翻译"更强调译文作为独立信息传递工具的作用,诗歌翻译便多采用"工具翻译"①。如前所述,就整体诗歌的主题及置辞、体裁及文体、音韵处理方式而言,汉乐逸改以"自由诗"为主要呈现方式,并未全然复刻原诗、"纪实翻译",而是灵活进行"工具翻译",使译诗与原诗的诗歌功能基本相适应,在尽可能保留原诗诗歌体式的同时,也根据实际情况改造其诗歌形式。例如,他未着意于重现原诗音韵;更偏爱短句;给译诗添加各类标点符号,使其意义在英语语境中更加明确。同时,他对《诗人与死》的译介,是作为其专著中的篇章之一,对这首诗歌的主题、语境、神话原型、互文性、音韵、段式、隐喻、意象等进行了详细阐释与逐句分析,为西方读者更好地研读、"绎读"这首类似于里尔克的《杜伊诺哀歌》和《致俄耳甫斯的十四行诗》的中文十四行哀歌提供了理解路径。

二 事义之妙:复现与重构

汉乐逸在保留原诗的美妙节奏、进行细致的评注与阐释后,便进入斯坦纳翻译步骤的第四步"吸收",即吸收外来因素,使原作在翻译的复现中达至重构。弗兰克·莫莱蒂(Franco Moretti)曾以比较文学的视野论述跨文化文学交融,强调"外国形式与本地材料的妥协"(compromise between foreign form and local materials)②,中文十四行诗正是西方形式与中国现实和古典诗歌传统相遇融合之典例。借汉乐逸之译诗《诗人与死》,我们既可考察中文十四行诗在改造西方文学的形式后,结合了中国古典诗歌的现代演变过程,又可见译者在"文化过滤"之中如何反向地将中文十四行诗译介移植为西方的语言。这个翻译过程,无疑是一个令人瞩目的跨文化交流之范例。

首先,论及"事义"之明晰与否。在复现人世悲情之时,郑敏将宇宙与世界、人类与自然、无穷与有限、伟大与渺小等对位结构熔铸其间,于此诗中以张力求和谐,达至绝对隐喻之畛域。这主要体现于各类意象及典

---

① Christiane Nord: *Translation as Purposeful Activity*, Shanghai: Shanghai Foreign Language Education Press, 2002, pp. 47-50. 另参见方梦之《译学辞典》,上海外语教育出版社,2004,第 90~92 页。

② Franco Moretti, *Conjectures on World Literature*, 载胡继华主编《比较文学经典导读》,北京师范大学出版社,2015,第 101 页。

故事义之中，生/死、白/黑、光/暗、春天/冬天、人间/地狱、现实（今）/神话（古）、人/自然、理想/现实、此岸/彼岸、上/下都是郑敏偏爱的二元对比意象，由于诗歌主题是哀歌的缘故，诗歌中的意象向黑暗、地狱、死亡、冬天等消极与下坠的方向倾斜，参见表4-1。

表4-1　《诗人与死》核心意象及部分对应意象

词语	数量	类别
死/死亡	13	主题
生命	7	主题
冬天	10	自然
春天	4	自然
黑	8	颜色
白	6	颜色
眼睛	8	人物
梦	5	人物
诗人	3	人物
叶	5	自然
风	5	自然
火焰	4	自然
网	3	自然
海	3	自然
奥菲亚斯	2	神话
伊卡瑞斯	1	神话
维纳斯（女神）	1	神话
人间	2	主题
地狱	1	主题

如以"冬天"为核心的自然意象，是沿叙述脉络铺展：唐祈在其人生的"第六十九个冬天"逝去[①]，郑敏在此诗中反复咏叹这寒冷、嘲讽、讥笑、漫长的冬天。那么，汉乐逸如何复现郑敏原诗中的事义典故？他认为，郑敏开篇即暗用典故，与济慈的《希腊古瓮颂》暗扣，"'古瓮'和

[①]　《诗人与死》第9首："你的第六十九个冬天已经过去"，当时唐祈未过70岁生日，故如此表达。

第四章　郑敏诗歌在海内外的译介与传播

'花瓶'是他们对于可见与不可见境界之对立关系进行长久思考的出发点"①。济慈笔下的"古瓮"是人神关联的焦点；而在郑敏的诗中，"古瓶"被砸碎，正与现实中唐祈去世的事实勾连成虚实相衬的表意境界，汉乐逸如此复现这一诗节：

> 翠绿的，葱白的茎条？
> 是谁，是谁
> 是谁的有力的拳头
> 把这典雅的古瓶砸碎

> from stalk halcyon-green, shallot-blue?
> Who…who…
> whose mighty fist
> smashed the vase's ancient elegance,

此处首句表现出了汉乐逸对中国传统文化的熟悉，他将"翠绿"之翠译为"翠鸟"（halcyon），这与"翠"之义"青羽雀"是相通的；"葱白"指极浅的蓝色，汉乐逸将之译为"shallot-blue"而非"white"。而在处理"古瓶"意象时，汉乐逸灵活地调整了原诗的语序，将"典雅的古瓶"译为"the vase's ancient elegance"，以译诗中的"elegance"代替原诗中的"古瓶"作为宾语中心词。为何如此翻译？诗末的阐释可见答案，这个意象源自济慈名诗《希腊古瓮颂》，因此，汉乐逸特别关注中文字形中"典雅"与"雅典"的镜像反转关系，这或许是郑敏有意为之，抑或只是无意耦合，但汉乐逸在译文中强化了由字词形式生发的抽象意蕴。原诗中的砸碎古瓶和译诗中的"打碎花瓶的古雅"看似相近，但实际上侧重点已不同，汉乐逸剥离了原诗的具体性，将之上升到了抽象的形而上层次，注入了译者的某种阐释或主动"改写"。

由此可见，汉乐逸采用了劳伦斯·韦努蒂（Laurence Venuti）所称的

---

① 〔荷〕汉乐逸：《20世纪90年代的中国十四行诗：郑敏的〈诗人与死〉》，章燕译，载《郑敏文集》（诗歌卷，下），北京师范大学出版社，2012，第740页。

"归化法"(domesticating method)[①],赋予翻译创意造言、推陈出新的创新性阐释魔力。汉乐逸敏锐地挖掘郑敏原诗中具体自然意象与抽象情感的转换、可见世界与不可见世界的对位、尘世与冥界的张力。如表1中的"冬天"(winter)是诗人生命困境与悲剧结局之喻象,以"火焰"融化冰雪与寒意,遥望"春天"(spring);"白"与"黑"交织纠缠;"眼睛"(eyes)是"诗人"(poet)瞩目世界的路径、对现实世界深沉情感的抽象凝聚。除去对位转换的物类意象,人物形象、典故复现也是如此,"奥菲亚斯"彰显原诗与西方经典、译诗间的互文性,成为跨越中西、飞越时空的神话喻象,是与诗人身份吻合的核心形象。原诗有两处明用此典,第一处出现在第12首第1节:[②]

没有奥菲亚斯拿着他的弦琴
去那里寻找你
他以为应当是你用你的诗情
来这里找他呢

There isn't going to be an Orpheus
taking his lyre to look for you down there.
He expects the strength of your own lyric
to bring you here again to find him.

由此节译诗可见,汉乐逸采用了灵活多样的翻译策略,主要包括以下几点。

第一,调整顺序、诗行前置或后置的"译"。汉乐逸重构原有诗行,将第一行后半句"拿着他的弦琴"移译至第二行,使首行译诗凸显"奥菲

---

① 归化翻译往往选择隐藏源语文本的异质性,使译作"隐形",浑然天成、融入目的语习惯,并进一步揭示翻译作为政治行为背后隐藏的不平等文化势力之间的权力斗争和文化政治策略。参见 Laurence Venuti, *The Translator's Invisibility*: *A History of Translation*,上海外语教育出版社,2004,第5页。

② 第二处"奥菲亚斯"出现在《诗人与死》第13首第1节开头:"在这奥菲亚斯走过的地道你拿到这十三首诗。"

亚斯"这一中心形象；而顺序改换之后，译诗第二行更为明显地强调了"拿着他的弦琴"（taking his lyre）和"去那里寻找你"（to look for you down there）等动作之间的连续性。第 6 首第 1 节，汉乐逸将原诗第三行的"脱去"（Pull off）和第四行的"皮肤"（flesh）前置一行，改变了原诗解构式诗行排布。而第 7 首第 3 节，将原诗第一行中的"（一）些落叶"后移为第二行行首的"a couple of leaves"，将原诗第二行中的"嘲讽讥笑"后移为第三行行首的"snicker and smirk"，反而强化了语义的断裂性。由此可见，顺序改换、诗行前置或后置，虽无害于整体诗意，但使译诗细节略有偏差；可使译诗更和节奏，不至于彻底脱离诗歌体式。

　　第二，对原诗进行改译、意译、添译。汉乐逸为何将"你的诗情"译为"the strength of your own lyric"（你自己吟唱的力量），"力量"来自何方？诗末注释中，汉乐逸强调了奥菲亚斯的歌者身份。郑敏、唐祈与奥菲亚斯一样，都以写诗吟唱为一生的使命；诗人郑敏追随逝者的灵魂与脚步，如奥菲亚斯一般下到地狱；于尘世与冥界之间，回归古希腊之乡；而孤独的诗人怀念亲友，希望逝者复生。汉乐逸在此节末句"来这里找他呢"的译诗中增添"again"一词，强调对重逢与再见的企盼。至此，看似遥隔千年的人物形象交会遇合，郑敏如奥菲亚斯，虽无力挽回亡人，却要为亡者而歌。汉乐逸将这种无力感从诗意之中剥离，于译诗中添译"strength"（力量）一词，彰显了作为译者阐释的主体性与情感性。另如第 6 首中，第 2 节第二行改"推搡"为"crush"，强化了被动态势；第三行添译"your"，强化了对象性和主体性；第 3 节第二行改译"踱来踱去"为"wander""up and down"，凸显了人间与冥界的上下之别；第 4 节末句则改原诗动宾句"催眠从天空洒下死亡的月光"为主谓句"Lullabies shake death's moonlight down"，将"催眠"改译为"Lullabies"（催眠曲），展现汉乐逸囿于英语语法及习惯限制所做的抉择。

　　第三，有意的误译或无意的错译。有意的误译之处可视为改译、意译之类；而无意的错译如第 7 首第 2 节，汉乐逸在诗末解读中精准地定位了"时间"的甬道这一关键词，但中英文差异仍使他难免出现偏差，将"步步逼近"译为"inching up and up"（一点一点往上爬），将"轻抚"译为"brush"，将"消失"译为"list"（或许取其意"倾斜"）。该类问题还出现在第8首第2节,他将"美妙"译为"Intricate"(复杂精细的);在第3节将"又一次的断裂"译为"one last crack"(最后一次的断裂),都无法复现原诗意蕴;第9首第2节,他将"电火"译为"fire",此处"电火"或可释义为雷电[①],但一定不仅仅是"fire"(火焰)之意;第13首第3节,"然后鬼们告诉你不要自欺",翻译为"But the shades will tell you:don't be fooled",在此把中国人特有的"鬼"翻译为"the shades"而非"the ghosts",无法传达原诗所要表达的意思。这或许因为语言之别,或是译者无心之失或个人之见,但均可能导致翻译过程中的不准确或读者理解的偏差。

第四,"合译"、漏译或缺省。有时漏译是汉乐逸有意"缺省",如第5首第2节,汉乐逸将"消灭/无踪"二词合译为"disappeared"(消失)一词,意义基本一致,但改换了原诗的诗行排布。漏译则可能致使诗意缺损,如第3首第4节,将"伴着你的是沙漠的狂飙"译为"what came was a desert twister",遗漏了"伴着你的",诗人的孤独感也随之消失;"早春的门窗"一句则只译出"gates"(门),而未提及"窗"。第5首第1节中,漏译了"飞扬入冥冥"一句,末尾"误会和过失"只译出"neglect"(疏忽),这均弱化了郑敏的原意:撕碎的叶子被卷入了"冥冥"这往生之地,隐喻诗人之死;疏忽之外还有误会,凸显人物间的复杂的社会关系。再如第8首第4节,将"在你消失的生命身后只有海潮"一句译为"following on your life, a following tide"(跟随你的生命,跟随海潮),则无法体现原文对"消失"的生命(对应诗人之死)、"只有"(勾勒出友人逝去前后的孤独之境)的强调。至此,透过奥菲亚斯这一古希腊神话的抒情歌者,汉乐逸笔下的郑敏译诗也能使读者望见诗人愤怒、痛苦与无望的积聚,将对位情绪推至高峰。

三 通变之境:思合如符契

汉乐逸对郑敏诗歌的跨文化阐释,促进了不同文化语境下十四行诗鉴

---

① 因为诗歌后文提及乌云,此处应为雷电暴雨之描摹。

赏批评理念的互通。他对《诗人与死》的译介、"释读"体现出其奇正之思与通变之新，增强了译诗的可读性与可接受性。在原诗与译诗的对话与跨越中，在译者主体与诗人主体的互文间，此举显现出斯坦纳所言及翻译步骤之四"补偿"，使原诗经翻译而有所提升，"使话语通过理解和阐释来发挥它的指涉作用"[1]。

首先，望"奇正"之可能与否。汉乐逸对郑敏的奇伟新颖之转换、雅正真挚之对位，都体现在译文中。郑敏原诗以整体的生命形象铺设出"平中见奇、奇归于平"的意境，着眼于时空、人神、喜悲、冬春、黑白、天地等丰赡对位元素，展示情感之喜悲起伏、精神氛围的动静更替、整体意境的今昔转换。而汉乐逸也在释读之时强调了诗中光明与黑夜的对比、希望与绝望的张力，复现出郑敏内心深处的复杂情致；用交融的黑夜与白昼，构筑哀悼之思与自由精神的织造空间；喷薄而出的哲学力量与诗化的感伤经纬融合；自始至终贯穿着对于个人命运、现代精神和历史创伤的深沉思索。这一过程既有历时性循环，世界（历史、时代背景）影响作者（郑敏），作者创造作品，译者根据鉴赏经验翻译传播，使其被其他语言背景的读者接受；也有共时性视域下的审视：作者（郑敏）、作品（《诗人与死》）、读者、译者（汉乐逸）相互作用，汉乐逸融贯东西、深识鉴奥、"释读"原诗。

其次，观"通变"之焕然与否。译者在阐释与进行"意义生产"时，可不断发掘原诗的深层意蕴。郑敏将其诗思与德里达解构主义相结合，将里尔克与冯至的十四行诗传统推陈出新，创作出兼具个人特色与时代经验的通变之作。汉乐逸曾在访谈中评价："冯至、郑敏等人的十四行诗写作，和西南联大有很大的关系，受到了外文诗很大的影响。"[2] 因此，汉乐逸透视郑敏诗歌与古希腊神话、文化等的关联，如古希腊神话、英美浪漫主义诗歌等。在对译诗的阐释中，他将郑敏第 3 首诗与济慈的《忧郁颂》（*Ode on Melancholy*）进行比较，将"没有蜜糖离得开蜂刺"一句与《忧郁颂》中的"令人痛苦的近邻'欣慰'，／只要蜜蜂啜一口，就变成毒鸩"类比；将第 17 首诗中的"欢乐的葡萄不会急着追问下场"与《忧郁颂》中的"隐蔽的'忧郁'有她至尊的神龛"等诗句对照；还将"香醇的红酒也忘记了根

---

[1] 刘畅：《阐释学理论视野下译者主体性的彰显》，《上海翻译》2016 年第 4 期，第 15 页。
[2] 易彬：《荷兰汉学家汉乐逸访谈录》，《新文学史料》2017 年第 4 期，第 117 页。

由"追根溯源至 E. B. 勃朗宁（Elizabeth Barrett Browning）《葡萄牙人十四行诗》（*Sonnets from the Portuguese*）中的诗句："我所作所为／与所梦之中都有你的份，正如酒／必然有它自己的葡萄味"，并最终将比较视域延伸至里尔克的《致俄耳甫斯的十四行诗》。[①] 这彰显了汉乐逸充分发挥了译者的主体性，指出了郑敏的中文十四行诗与西方十四行诗之间的深厚渊源与互文性特质。

汉乐逸对《诗人与死》的译介阐释还显示了译者作为诗人的感悟力与洞见，他评价第 5 首："这首诗中首次出现了'网'的意象，这将被证明是组诗中最常出现的，最多维度的，最具有中心凝聚力的意象。"[②] 参照表 1 可知，"网"这一意象在《诗人与死》中出现的频次虽然不高，但的确是本诗中一个具有中心凝聚力的意象，尤其是在组诗的第 18 首第 4 节它再次出现，强化了诗人作为不被世俗理解与接纳的困境："欢呼像野外的风／穿过血滴飞奔／诗人的心入网，那是坟。"当然，也许因为自己也是诗人的缘故，在个别方面汉乐逸也存在过度阐释，例如他从自己的感受出发，视"网"与"往"同音，以示追忆友人，这大概是阐释者的个人联想，并无确凿的依据。另见原诗第 9 首第 1 节：

> 从我们脚下涌起的不是黄土
> 是万顷潋滟的碧绿
> 海水殷勤地洗净珊瑚
> 它那雪白的骸骨无忧无虑

> What wells up under our feet's no yellow earth
> but green, billowing fields. Diligent,
> the sea: she washes even coral clean,
> those snow-white bones beyond concern.

[①] 〔荷〕汉乐逸：《20 世纪 90 年代的中国十四行诗：郑敏的〈诗人与死〉》，章燕译，载《郑敏文集》（诗歌卷，下），北京师范大学出版社，2012，第 761~762 页。

[②] 〔荷〕汉乐逸：《20 世纪 90 年代的中国十四行诗：郑敏的〈诗人与死〉》，章燕译，载《郑敏文集》（诗歌卷，下），北京师范大学出版社，2012，第 745 页。

第四章 郑敏诗歌在海内外的译介与传播

汉乐逸认为这一节与卞之琳的晦涩爱情诗①有呼应之处，因卞之琳之诗也塑造了相似的意象和意境。② 这种关联性解读更多源自汉乐逸对于卞之琳诗歌的偏好，中国读者未必会有这般灵光一现的联想。难怪汉乐逸比较认同另一位翻译家许芥昱的独见：诗歌的翻译"就是用自己的声音讲述别人的梦，或者说……用别人的声音讲述自己的梦"③。此外，就字词诗意的复现而言，汉乐逸的译文仍存瑕疵，他把"万顷潋滟的碧绿"译为"green, billowing fields"（绿色的、翻腾的田野），或是因无法理解中国传统中一碧万顷之美；将"殷勤"译为"Diligent"（勤劳的），或是因"殷勤"之中所蕴含的中国人际关系是西方人难以直接领略的；而他将"无忧无虑"译为"beyond concern"，又见中西文化之互通：超越所有忧虑（concern），便可达至无忧无虑之境界。另如第2首第2节，将"这里洪荒正在开始"之中"洪荒"译为"The great flood"，中国文化语境中的"洪荒"所对应的远古混沌时代，正与西方大洪水时期的传说相映衬；该节末尾将"真情"译为"truth"（真理或真实），又显现出中西思路之别，汉乐逸将深沉情感直接改换为理性哲思。

翻译面对的是预设中的"潜在读者"。伊瑟尔认为作者面对的是"隐含读者"，其根植于文本结构之中，预示着文本潜在意义在阅读中实现的可能性。④ 虽然伊瑟尔之"隐含读者"并非现实中的"潜在读者"，但汉乐逸试图还原文本内蕴，预设其译诗读者身份；为适应西方读者的文化背景，在译诗中选择阐释变形之法，其译诗在很大程度上是将个人"前见"与期待视野代入翻译过程。就翻译的有效性而言，汉乐逸之译诗虽未能达"不变其文"之化境，在释读时也存在某些隔膜（如他将唐祈的工作单位写为兰州大学，实际是西北民族学院汉语系）或误读（以西方学者的东方视角进行解读），但仍体现了他对中文十四行诗歌的创造性翻译及阐释之

---

① 即卞之琳之诗《无题三》，参见卞之琳《雕虫纪历（1930—1958）》，人民文学出版社，1979，第51页。
② 卞之琳原诗为："我明白海水洗得尽人间的烟火。/白手绢至少可以包一些珊瑚吧，/你却更爱它胎上绿旗后的挥舞。"
③ 〔美〕汉乐逸：《发现卞之琳：一位西方学者的探索之旅》，李永毅译，外语教学与研究出版社，2010，第6页。
④ 〔德〕沃·伊瑟尔：《阅读行为》，金惠敏等译，湖南文艺出版社，1991，第205~211页。

功。不同于许芥昱、钟玲、叶维廉、也斯、奚密、杜博妮、张明晖、万伊歌等译者对郑敏诗歌的单篇翻译，英译《诗人与死》无疑更难，无论是包括19首诗歌在内的十四行组诗的结构关联，还是体式、语态、节奏、格律、反讽、隐喻、典故、成语在中、英两种语言间的转换，都需要译者对中西十四行诗歌有深刻的领悟与阐释。

艾米丽·阿普特（Emily Apter）提及源文本文学语言的不可译性与非跨越性，重视文化语境与符号体系，提出"文明差异"是不可译性之源。① 面对中西文明、文化差异带来的不可译性，汉乐逸依然知难而进，挑战不同语言之极限，灵活转译诗歌的语体、意象、结构、韵律、意蕴、典故与隐喻等，跨越异质文化，复现与重构原作意图，使遥隔时空的郑敏诗思与汉乐逸译文相对照，中西方读者皆可欣赏到其置辞之法、位体之佳、事义之妙、通变之思。

在现代语境与比较文学的融汇之中，可见作者意图与译者诠释的交锋博弈，翻译成为跨文化交流中"译读"与"绎读"的必经之路。斯坦纳指出："无论基于同一语言之内还是不同语言之间，人的交往就等于翻译。研究翻译就是研究语言。"② 借助跨越中/英语言等的诗歌翻译，汉乐逸的英译《诗人与死》成为东西方文化交流的典范。

诗歌译本所衍生的译介、阐释往往具有相对性与动态性。汉乐逸在对《诗人与死》进行翻译与研究时，体现了跨文化阐释中的对话式自我"观照"：中外诗论、诗歌解读、所得结论往往会催生内容置换或意义嬗变，译诗与原诗处于相互指涉与不断对话的过程中。《文心雕龙·知音》有言："圆照之象，务先博观。"③ 精通英语、汉语、荷兰语等语言，厘清中西诗歌渊源、关注现代诗歌形式，以及具有跨文化比较视野，这些都是汉乐逸准确译介、释读中文十四行诗歌的前提。

翻译也是一种语言的"创造"。汉乐逸运用多种翻译策略，完成新诗英译过程中的语言转换与语义阐释，填补了中文十四行诗歌在西方翻译与

---

① Emily Apter, *Global Translation*: The "Invention" of Comparative Literature, Istanbul, 1933. 载胡继华主编《比较文学经典导读》，北京师范大学出版社，2015，第115~153页。
② 〔法〕乔治·斯坦纳：《通天塔：文学翻译理论研究》，庄绎传译，中国对外翻译出版社，1987，第27页。
③ 刘勰著、周振甫注释：《文心雕龙注释》，人民文学出版社，1981，第517页。

研究领域的空白。译诗《诗人与死》具有感性体悟与理性思辨的特征，复现了中文十四行诗的节奏感、格律、段式、诗行连续性，以及意象、象征、隐喻、反讽、互文性与张力，将形而上韵味晕渲于字里行间。当然，无论采用何种翻译策略或方法，汉乐逸译诗均将西方译者的"前见"（个人的阅读偏好）置入翻译与阐释的过程，其译诗后的释读则从汉学家与批评家的双重视角出发，复现和追溯原诗中中国知识分子的悲剧命运与遭遇的特殊历史语境，最终回归诗歌本源，使中西诗歌文本得以深层交流与对话，不仅有助于西方读者理解中国现代诗歌（尤其是作为中西混血儿的中文十四行诗）的演变进程，而且有助于读者理解中西跨文化交流。

汉乐逸曾谈及："中国诗人在荷兰的影响，基本上是全靠翻译，有没有一个被翻译过来的诗集非常重要。只有被翻译了，才能被荷兰读者读到。"① 他身体力行，为中国现代诗歌的多语种翻译与跨文化传播做出了巨大贡献。就汉乐逸对《诗人与死》的成功翻译与创造性阐释而言，我们可以管窥海外中国现代诗歌的有效传播途径。中国现代诗歌在向西方语言的转换以及进行跨文化语境散播时，必然面临诗歌语言不可译、东西文化差异等障碍，但那些融通多种语言、洞察审美本质的翻译家、汉学家、学者不断耕耘，默默架桥铺路，成为中国诗歌翻译、阐释与传播领域重要的贡献者；与诗人一样，他们也是人类语言发展的播火者。

文学经典之所以能够在各国得到阅读与欣赏，必经之路是翻译与传播。达姆罗什提出："世界文学是在翻译中有所获益的文学；世界文学是一种阅读模式，而不是一系列标准恒定的经典作品；是读者与超乎自己时空的世界发生的间距式距离。"② 可见，翻译与阐释、研究与评价、教育与普及、推广与交流是中国现当代文学步入世界文学之林的重要前提。从郑敏诗歌的跨文化译介、文学经典化与国际声誉的构建与确立的进程中，我们可以窥见其成功的一些历史经验，同时反思其中存在的不足，如翻译的语种受限、学术研究深度不够、接受者的圈子狭窄等，这是今后需要改进与提升之处。在选择"中国现代文学（优秀文化传统）如何走出去与走进去"的国际传播策略方面，我们依然任重道远。

---

① 易彬：《荷兰汉学家汉乐逸访谈录》，《新文学史料》2017年第4期，第122页。
② D. Damrosch, *What is World Literature?* Princeton: Princeton University Press, 2003, p.281.

结语

带着诗的语言行走与飞翔

1939年夏秋之际，一位19岁的少女停留在昆明西南联大新生报到处，她为专业的选择而犹豫不决：是填写外文系还是哲学系？她独自踌躇了一会儿后，坚定地填写了哲学系。这个看似偶然的抉择却注定了这位少女终将走出一条与众不同的人生道路，从此20世纪中国诗歌史上多了一位融哲学与诗歌为一体的诗人批评家——郑敏。

为了学习哲学而放弃进入外文系；学习哲学却同时钟情于诗歌写作；其诗学的集成又源于运用各种哲学理论和批判方法阐释中国现代诗歌的创作与现状，这就是郑敏。她认同海德格尔有关"诗歌与哲学是近邻"的说法，甚至以此为名，出版了文集《诗歌与哲学是近邻——结构-解构诗论》。对于哲学与文学之间极为复杂而微妙的关系，郑敏深有体会："哲学对我来说，它让我知道用我的脑子去思考，去追求，去探问，永远走这条路。诗是生命冲动的结果，是在心灵里的；心动才有诗，充满矛盾才是诗的动力。在诗中哲学不能脱离美学而存在，它永远只是一种来去不定的微光，闪烁在美学所建构的文字里，哲学在诗歌中只能是不存在的存在。哲学对我的作用和对学者不一样。哲学打开了我看事物的眼睛，能提升得高一点，找到一个高度，而不是一个哲学的概念。"[1] 的确，在20世纪30~40年代，一个年轻女性竟然独自做出学习哲学的决定，这在外人看来不可思议的举动实际需要的是非凡的勇气和独特的判断力。不过，对于郑敏而言，这个看似偶然的抉择，也并非一时冲动的结果，这既与她独立自主的个性和开放自由的家庭教育关联甚大，也与她秉承的某种天赋有关。在她

---

[1] 桤木、项健整理《郑敏：跨越世纪的诗哲人生》，载《郑敏文集》（诗歌卷，下），北京师范大学出版社，2012，第788页。

的一生中，哲学的思辨和诗学的悟性为其写作插上了双翼，使她比同时代的很多作家飞得更高，也更远。

在文学批评与诗歌创作之间，郑敏充满张力与韧性，最终实现某种平衡。童蔚如此评价其母亲："很明显的一点是，她对解构理论大力传播、阐释的同时，在创作方面仍保持自己一贯的审美，深受多恩、艾略特、里尔克、冯至等诗人的影响，她永远不会解构自己的诗歌体系。理论和创作像两个朋友，一个强调睿思，一个侧重神秘的魔力，有时候也会分道扬镳。写作需要诚实，她宣扬了她所相信的，也愈加含蓄地抒写她对世界的关注和对人性的理解，侧重以20世纪现代派诗风从事创作。"[①] 不过，这种看法只说明了郑敏早期写作的一个面向（现代主义风格），却忽略了另一个面向（后现代主义睿思）。恰恰是得益于解构思维、无意识理论和"深度意象派"等后现代主义诗歌流派的影响，郑敏才从现代主义（结构主义）走向了后现代主义（解构主义），她通过思维方式的突围（解构二元对立）和心灵书写（潜入无意识）而超越了早期的自己。最值得关注的一点是，其后现代主义不是激进的、断裂的或虚无的，而是保持了前现代主义（涵容了中国古典传统）、现代主义和后现代主义的多种文化传统的踪迹。这正是郑敏提出的"结构-解构-重构"的诗学理论之精髓，它会不停地"解构"既定的诗歌结构，加以拆散、重织、延宕、衍生、替补，呈现多元的、开放的、流动的与杂糅并置的审美景观，最终达到一种只可意会不可言传的悟性、禅意与生命境界。

对于诗人的身份，郑敏自诩为历史的"过渡者"与"边缘者"，保持着清醒、谦和的自知之明："我知道自己只是一个过渡者，是中国新诗寻找、走向成熟阶段的一个诗人，后来人看来肯定会发现很多不完美的地方。"[②] 身处众声喧哗的时代，一个人想要不为各种名利权势所动，甘居边缘，是需要极高的智慧与清晰的认知的。这与郑敏独立自主的性格与女性特有的耐力和韧性有关，得益于她所学的哲学专业给予她的智慧，也少不了命运的

[①] 童蔚：《死亡是最后的艺术——回忆郑敏晚年生活片段》，《诗探索》2023年第2辑，第34页。

[②] 桤木、项健整理《郑敏：跨越世纪的诗哲人生》，载《郑敏文集》（诗歌卷，下），北京师范大学出版社，2012，第785页。

恩赐或某种神秘的缘分。郑敏善于从边缘（局外人）的（女性、诗哲）视角观察人生、体悟时代，以超越于时代的睿智和柔性姿态面对生活。虽然她也经历过很长一段时间的迷惘与困惑，但她并未放弃寻觅与探索。终其一生，郑敏总是在不断地思考、冒险、远行、创造，挖掘潜藏在无意识深处的真实自我，在艺术技巧上不断实验、磨砺，并坦诚地记录每一个阶段、每一个时刻的反思与顿悟。

从郑敏推崇诗歌的生命意识与崇高感来看，其基于个人体验赞颂"女性""母性"的诗是一种趋于自然人性（博爱、包容、生命力）的书写，而其女性诗学则比较接近伍尔夫的"雌雄同体"或"双性写作"。郑敏认为女性应独立自主，超越自我（个人）的狭隘世界，到广阔天空中翱翔探索，"当空虚、迷茫、寂寞是一种反抗的呼声时，它们是有生命力的，是强大的回击；但当它们成为一种新式的'闺怨'，一种呻吟，一种乞怜时，它们不会为女性诗歌带来多少生命力。只有在世界里，在宇宙间，进行精神探索，才能找到 20 世纪真正的女性自我"[①]。这种向上性与超越性提升了女性书写的思想层次与境界，使女性融入了人类和世界，突破了性别与身份的禁锢，与自然、宇宙、大化合一。"如果说郑敏诗歌已经在汉语诗歌的语言平面上竖起一个新的高度，这个高度正是女性观物方式的长期积累和生命哲学的自觉兑现。或许不能不引起诗学界注意的是，郑敏正是以她自己漫长的诗歌实践展开中国的妇女诗学。"[②]在此意义上，其女性诗学与崇尚"阴""雌""柔""弱"的道家传统具有内在的一致性。

郑敏晚年并未停止思考和写作（或者说诗与思让她的生命处于充沛饱满的状态），无论是文学创作还是学术研究，她都尽可能做到深入浅出，寓深奥于平易之中，带有强烈的生命体验与深刻的思考。她不断反省、反诘中国新诗走过的道路，提出要重新认识中国哲学和古典诗歌中蕴含的优秀传统，试图在道家思想（道论）与后现代的解构理论（迪论）、"道"

---

① 郑敏：《女性诗歌：解放的幻梦》，载《诗歌与哲学是近邻——结构-解构诗论》，北京大学出版社，1999，第 395 页。
② 荒林：《郑敏诗歌——女性现代文本》，原刊发表于《广东社会科学》1998 年第 2 期，载吴思敬、宋晓冬编《郑敏诗歌研究论集》，学苑出版社，2011，第 93 页。

与"踪迹"、东方与西方、传统与创新之间展开对话。郑敏的写作是她置身于东西文明激烈撞击、频繁交流的全球化语境中,对个体存在和人类命运观察、思考与体悟后结下的一串串果子。这些果子在不同的阶段有不同的味道,有些甘甜醇香,有些虽苦涩却让人回味。

探索中国人或者中国文化身份是中国现代知识分子的使命。正是在20世纪不同历史语境与哲学文艺思潮的冲击下,结构-解构批评成为郑敏实现从现代主义向后现代主义、从结构主义向后结构主义转型的有力锐器,她借助它来颠覆、拆解二元对立的结构思维观,质疑自我中心主义或有形无形的控制系统,建构连接自我与他者、语言与世界、心灵与自由的诗歌传统与诗学文脉。同时,透过道家之眼,郑敏以直截了当的体悟方式通达了玄之又玄的解构主义,在古与今、西与东之间对话与交锋;通过阐释、融化各种前现代(古典)、现代与后现代哲学思潮与文学理论,她尝试在全球化语境下化用古典诗歌传统,激发中国优秀文脉中蕴涵的后现代基因(种子),为新诗与人文教育的健康发展殚精竭虑,大声呼吁。

作为诗人与批评家,她不断对比、探寻不同传统(踪迹)的互文关系,激发灵感。不同于法国或美国耶鲁批评派的解构批评家,郑敏是从中国文化传统语境和个人的创作经验出发,运用结构-解构-重构的循环批评观审视百年来新诗走过的曲折历程与得失,旨在为当代诗歌、现代汉语、语文教育等领域摆脱危机与困境提供参考。虽然读者并非完全认同郑敏的某些论断或个人见解,但重要的是,她提出了一些尖锐而关键的问题,关于新诗有无传统、白话文与文言文的语言变革、古典文化与现代文化的转化、文化传统与个人创新的关系等的论争,至今仍能引发深思,显然这也不会有一元化的答案(否则又陷入一元论)。因此,跨文化译介、阐释与误读本身并不意味着这种努力毫无意义,当代中国对传统文化的重视与中华文化的复兴恰恰是在中西文化相遇、碰撞与对话中被激发出来的一种回应。我们应从个体经验与历史语境出发,理解以郑敏为代表的中国现代派诗人所遭遇的某种困境与危机,理解她置身其间的时代及其作为人文知识分子的痛苦与挣扎。郑敏的现代性写作风格与选取的主题也决定了其诗歌的接受范围与影响力,随着时间的推移,她逐渐在国际诗坛获得赞誉、肯定与接纳。这反过来又提升了她在国内的声誉,使读者可以从双向视角评

结构-解构之维：郑敏的诗歌与诗学

价其诗歌地位与独特价值。

实际上，郑敏早期诗歌数量很少，只有薄薄的一个小册子（共收六十多首诗），在诗名上绝对比不上同一时期的穆旦、杜运燮或陈敬容等人。1948~1978年她处于蛰伏状态。相比之下，穆旦1952年留美回国不久努力适应环境。后来，应《人民日报》副刊主编袁水拍的约稿，他发表了好几首诗歌，力图跟上新形势，但不幸的是，还是遭到迫害，是九叶派中最早凋零的"一叶"。① 陈敬容在20世纪50~70年代也写诗译文，后期的诗歌创作风格主要停留在40年代的现代主义阶段，在写作技巧上一时无法超越早期。与其他九叶诗人相比，郑敏是幸运儿，她的生活相对平静，以音乐与爱人为伴，小心翼翼地呵护着内心的"爱丽丝"——童心未泯，爱心恒在。1979年复出诗坛之后，郑敏迎来了生命中的"第二春"，后期诗歌内容、风格、形式、语言等方面都有所突破，不断创新。这或许与她长期保持冷静而独立的思考、甘居边缘有关，也与其哲学智慧、勇于挑战自我密不可分。这令人想起荷马史诗《奥德赛》中那位聪明伟大的女性——珀涅罗珀（Penelope），为了应对一群求婚者的威胁与无法预知的暴力，她发明了一个消除危机、逃离陷阱的策略：白天织布，夜晚拆解，在不舍昼夜的结构与解构中劳作，以机智的方式应对外部世界的威胁与欺诈，最终迎来了团圆之日。像珀涅罗珀一样，郑敏没有忘记自己作为文本编织者（艺术家）的身份，她忍耐着，沉默着，延宕着，如蚕茧一般昼夜吐丝，留下丰富多彩的织锦，"福寿"双全。

郑敏不只是诗人，也是批评家、翻译家与教育家，她参与并见证了20世纪40年代、80~90年代重要的诗歌事件与诗学观念的变革，她提出的"结构-解构-重构"的诗学观、迪论与道论的互通互补、新诗与古典传统的联结、东西方超越主义与天地境界等一系列真知灼见，启发了80年代以来的许多年轻诗人（包括以顾城、北岛、林莽为代表的朦胧派和以王家新、西川、臧棣、姜涛为代表的学院派），她还培养了一批从事英美文学或比较文学研究的人才。她作为现代百年汉诗的"常青树"之挺拔形象，

---

① 穆旦在40年代自译的2首英译诗《饥饿的中国》《诗八首》，收入〔美〕克里克莫尔（Hubert Creekmore）主编的《世界名诗库》（*A Little Treasury of World Poetry*）（1952），为其赢得了一定的世界声誉。

无论是在人格上还是在诗品上，都获得了中外评论家的一致赞誉。

郑敏强调诗人阅读英美文学的能力，具备与国际诗人、学者直接交流的跨文化技巧。她多次出国讲学，出席各种国际诗歌节和学术会议。郑敏的写作、思想资源、学术视野与其开放自我、不断反思、积极交流的姿态密不可分。虽然诗歌属于小众领域，读者有限，但全人类对诗歌的热爱之情却是一样的。在互联网时代，现代诗歌的翻译与传播变得更为快速、便捷而多元化，诗人之声可以通过互联网传播得更远也更真切。2022年3月12日，女诗人明迪主持Zoom云上郑敏作品朗诵会，来自中国、美国、比利时、意大利、俄罗斯、马其顿、印度、巴勒斯坦、土耳其、新加坡、缅甸等国的40多位诗人、翻译家、汉学家、年轻学子聚集云端，用汉语、英语、法语、德语、荷兰语、西语、意大利语、葡萄牙语、印地语、阿语、土耳其语、泰语、缅甸语、拉脱维亚语、俄语、日语等几十种语言朗诵郑敏的诗歌，纪念诗人的远逝。跨国与跨界的多语种朗诵会现场视频被广泛传播，各国读者在"文学共和国"的视屏中，共享着中国诗歌的魅力，感受着人类共通的诗情画意。

2018年12月20日，郑敏荣获"玉润四会"首届女性诗歌终身成就奖，授奖词对其文学成就做出了中肯的评价："作为中国诗歌史上最重要的流派'九叶派'唯一在世的诗人，您是诗坛的常青树。您在哲与思之间游走，在东方古典美学与西方现代艺术之间寻找到了独一无二的诗艺之路。您以厚积薄发的词语和平静深邃的情感涂填诗神丰饶的秋天。您笔耕不辍，在经年累月的持续创作中，绘出了诗歌最绚烂的华章。"① 终其一生，郑敏孜孜不倦地进行着学术研究与创作，既勇敢地潜入潜意识深处，也无畏地翱翔在广阔的天空，去冒险开拓，去拥抱生命。

正是这种敢于挑战自我、突破藩篱的胆识与创造精神使郑敏成为20世纪文坛的一匹令人敬畏的"老马"，义无反顾地在诗歌的原野上奔腾。郑敏20世纪40年代曾写作《马》一诗，从中我们可以窥见"小马"对未来旅途与使命的某种预言：

---

① 授奖词由笔者在郑敏家中从其证书上抄录，特此说明。

>　　这混雄的形态当它静立
>　　在只有风和深草的莽野里
>　　原是一个奔驰的力的收敛
>　　渺视了顶上穹苍的高远……
>
>　　从那具遗留下的形体里
>　　再也找不见英雄的痕迹
>　　当年的英雄早已化成圣者
>　　当它走完世间艰苦的道路

　　诗歌中的"马"亦可视为郑敏一生形象的写照，它"在人生里却忍受更冷酷的鞭策，/所以它崛起颈肌，从不吐呻吟，/载着过重的负担，默默前行"。最终，当年充满远大理想、意气风发的她卸下了一切负担，成为一位"圣者"。2022年1月3日早晨，郑敏在医院平静地逝去。1月7日上午，这位百岁诗人的告别仪式在北京八宝山殡仪馆举行，送别者除了亲人，其余多为喜爱她的诗友、同事和学生。菊花厅两边张贴着诗评家唐晓渡写下的挽联："思运诗哲，启蒙世界先启蒙自己；语动声像，雕刻时光也雕刻内心。"

　　斯人已逝，诗歌永存；话语踪迹，播撒留痕。在《四个四重奏》中，诗人艾略特写道："现在的时间和过去的时间/也许都存在于未来的时间，/而未来的时间又容包于过去的时间。……过去可能存在和已经存在的，/都指向一个始终存在的终点。"有关过去与未来、生与死的书写也铭刻于郑敏的一首充满禅思玄意、达至天地境界的诗中：

>　　昨日何尝消逝
>　　未来其中蕴存
>　　我携着这些诗
>　　穿过今日窄门
>　　惊讶地再看见
>　　星空海潮峰巅

附录

郑敏年表（1920～2022）

1920～1922 年　1～2 岁

1920 年 7 月 18 日（农历六月初三）出生在北京闷葫芦罐（1947 年为"蒙福禄馆"，1965 年为"福禄巷"），祖籍福建长乐（今福州市长乐区）。祖父王允晳，字又点，号碧栖，光绪十一年（1885）举人，民国初年曾任安徽婺源县宰。

生父王子沅，曾留学法国、比利时，学习数学；回国后曾任外交部驻悉尼公使，四十几岁病逝；生母林耽宜，福建闽侯人，养育两男四女；喜好吟诵古诗词。

郑敏行四，快两岁时患严重的脑膜炎。病愈后，过继给父亲留学时的好友郑礼明（号朗昭，福建闽侯人），娶了林耽宜的妹妹林妍宜；随养父（下称父亲）改姓郑，成为郑家的独生女。

1923～1929 年　3～9 岁

父亲担任河南省六河沟的一家煤矿公司的总经理；跟随父母在矿山生活，度过寂寞的童年时代，喜爬山、游泳，观察自然与周边环境；接受父亲的算术等初级科学知识、家庭教师的古文启蒙，接触《西游记》等名著。

1930~1931 年　10~11 岁

随母返回北京，接受正规的小学教育，先后在公立"培元女子小学"（今北京第 19 中学）、"贝满女子中学附小"（今北京第一六六中学）就读。

1932~1937 年　12~17 岁

九一八事变后，父亲辞去六河沟煤矿公司的工作，举家迁往南京；没读完小学六年级，跳了一级，考入江苏省立南京女子中学。

初三时在北京大学中文系毕业的国文女老师章骏仪的鼓励下，阅读《简·爱》《冰岛渔夫》等外国小说和尼采的哲学书，吟诵《古诗十九首》等诗词；与同学自办"七人文学阅读会"（戏称"七只手"），每周六一起讨论交流心得。

在清华大学社会学系就读的大哥王勉的影响下，接触新文学，阅读鲁迅的杂文、周作人与梁实秋的散文、丁玲的小说，胡适、徐志摩、陈梦家、废名、戴望舒的诗。

七七事变后，全面抗战爆发。在 12 月日军占领南京之前，父亲携家人到庐山避难，故休学一学期。

1938~1939 年　18~19 岁

到陪都重庆，在张伯苓主办的公立"南渝中学"（天津南开中学战时校名）继续读高中。高二时，得到语文老师孟志孙的鼓励，阅读古文以及新文学。

1939 年被西南联合大学录取。9 月，到达昆明，在报名注册时就读哲学系（全称哲学心理学系），当时该系注册新生仅 12 人。

1940~1941 年　20~21 岁

在哲学系学习的同时，选修中文系的课程。

创作第一首诗《晚会》，继续写作《鹰》《马》《寂寞》等，得到德语老师冯至先生的指点。

1942~1943 年　22~23 岁

处女作《晚会》等数首诗在昆明的报纸副刊上发表。

1943 年 7 月，毕业于西南联合大学哲学系，获哲学学士学位，论文名称为《柏拉图的诗学》。

在冯至的推荐下，《诗九首》发表在陈占元主编的《明日文艺》1943 年第 1 期。

大学毕业后，先在重庆的一所护士学校教语文和英语，后到中央通讯社工作。

1944~1945 年　24~25 岁

随中央通讯社返回南京，继续从事写作；发表《读歌德 Selige Sahnsucht 后》《献给贝多芬》等诗。

1946~1947 年　26~27 岁

发表诗歌《墓园》《鹰》《清道夫》《残废者》《小漆匠》《舞蹈》《池塘》《死》《树》《歌德》《二元论》《学生》《春天》《贫穷》《无题》《岛》《寂静的渴求》《寂寞》《农人》《傍晚的孩童》《人们》《生的美：痛苦，斗争，忍受》《荷花（观张大千氏画）》《兽（一幅画）》等、文章《对于"积极"的一个解释》。

李瑛在《益世报·文学周刊》1947 年 3 月 22 日第 33 期，发表评论《读郑敏的诗》，这是学术界第一篇有关其诗作的评论。

1948~1950 年　28~29 岁

获美国布朗大学研究生奖学金；1948 年 9 月抵美，进入该校英语系攻读英国文学硕士。

出版《诗集1942~1947》（上海文化生活出版社1949年版），选入诗62首。

默弓（陈敬容的笔名）发表《真诚的声音：略论郑敏、穆旦、杜运燮》（《诗创造》1948年第12期）；1950年5月唐湜写评论《郑敏静夜里的祈祷》，称郑敏、穆旦、杜运燮为"昆明湖畔的一组trio"。

1950~1951年 30~31岁

在布朗大学攻读研士研究生，硕士论文题为《论约翰·多恩的爱情诗》，导师威伯斯特是布朗大学英语系17世纪英国文学主讲教授。

由于未及时完成硕士论文，于1951年9月转入伊利诺州立大学读博士预科，结识正在机电系攻读博士学位的童诗白（1920~2005）。两人一见钟情，并于1951年底在伊利诺伊州立大学的会堂举行婚礼。

1952~1954年 32~34岁

童诗白博士毕业后，就职于布鲁克林工学院电机系；随丈夫移居纽约，跟随茱莉亚学院声乐系泰乐教授自费学习声乐；闲暇时常去画廊或美术馆看展览，也常听音乐会。

1952年夏，提交硕士论文《论约翰·多恩的爱情诗》，获布朗大学英国文学硕士学位。

1955~1956年 35~36岁

1955年6月，夫妇二人与一批留学生从旧金山乘船，经香港到深圳，返回北京。童诗白到母校清华大学电机系任教，郑敏到中国科学院文学研究所西方组（今中国社会科学院外国文学研究所）工作。

1956年10月23日，女儿童蔚（诗人，曾任《中国妇女报》编辑）出生。

1957~1960年　37~40岁

认真学习政治，了解国内形势；"大跃进"时期，被下放到山西临汾农村半年。

1961~1963年　41~43岁

1961年，调到北京师范大学刚成立的外语系工作，教授基础英语、语法与口语等课程；参加"四清"运动，到山西农村插队一年，了解农村的现实生活。

1962年9月16日，儿子童朗（美国康奈尔大学电气与计算机学院教授）出生。

第二次搬家，入住清华大学教工17公寓一楼。

美籍华裔学者许芥昱编译《二十世纪中国诗歌》（1963），选入其英译诗12首；其诗首次被译为英文介绍到英语世界。

1964~1976年　44~56岁

1973年前在北京师范大学外语系英语组教授英美文学、英语语言等课程。

1973年后在俄改英师资班进修俄语；1975年后教授英语专业本科毕业班。开设英美文学、英语文学精读等课程。

钟玲与美国诗人王红公编译《兰舟：中国女诗人》（1972），选入英译诗2首。

张曼仪等主编《现代中国诗选（1917~1949）》（香港大学出版社1974），选入其诗10首。

1977~1978年　57~58岁

1977年暑假夫妇携女儿、儿子回南京探亲，祝贺童寯80岁寿辰。回北京后，与童寯用英语通信。

9月新学期，开设新课"美国文学英语选集"；1978年晋升副教授。

1979　59岁

年初接到唐祈来信，与40年代诗友杜运燮、袁可嘉、王辛笛、唐湜、陈敬容到曹辛之家里相聚（穆旦于1977年2月16日去世），商讨出版诗歌合集之事。此次见面后，写下搁笔三十余年后的第一首诗《有你在我身边——诗啊，我又找到了你！》。

秋天，荷兰莱顿大学东亚系在读博士生汉乐逸到北京访问，两人相识。

1980年　60岁

7月27日，致信邵燕祥，表露出激动矛盾的心态。

发表诗歌《让我们在树荫下行走》《石碑的请求》《冬天里的夏天》《希望与失望》《祖国呵，我紧紧拥抱你！》《诗信（致N.L.）》《桥（诗信之二，答N.L.一月三日信）》《六十弦》等。

发表英国理查·阿庭顿的译诗《意象组诗》、诗论《诗的深浅与读诗的难易》（署名晓鸣）、文章《"……千万只布谷鸟在歌唱"——读〈新人新作小辑〉》、论文《莎士比亚笔下的布鲁他斯》（后改名《恺撒大帝——一颗多截面的钻石》）《意象派诗的创新，局限及对现代派诗的影响》等。

1981年　61岁

招收硕士研究生，讲授莎士比亚戏剧、英国浪漫主义诗歌、17世纪英国玄学诗歌、中国现当代诗歌等课程。

《九叶集：四十年代九人诗选》（江苏人民出版社1981版），选入其诗20首。

经常与唐祈通信，直至唐祈于1990年1月20日去世。

北岛、顾城、林莽、江河、杨炼等朦胧派诗人到家中拜访。

发表诗歌《广场前的冥想》《我听见了什么声音?》《岩石》《雨夜遐思》《骆驼的脚印——致一个不知疲倦的知识分子》《但是你错了——写给一个高傲的人》《诗人的心愿》《寻找》、散文《弥留》等。

发表挪威 R. 耶可布森的译诗《向阳花》《阴郁的岗楼》《嘘——轻点》和美国罗伯特·布莱的译文《洁白的影子——〈耶可布森诗选集〉序》。

发表论文《英美诗创作中的物我关系》《英国浪漫主义大诗人华兹华斯的再评价》《诗的魅力的来源》等。

1982 年　62 岁

加入中国作家协会，晋升教授。

发表诗歌《修墙》《消息》《母亲的心在秋天》《珍珠》《昙花又悄悄地开了》《雕玉》《寄情》《风筝》《辩证的世界，辩证的诗——一株辩证之树》《诗人与诗》《窗前小柏——给青年朋友的一封信》《蚕》《鱼网只是给鱼儿织的》《我们的旅行刚开始》、散文诗《黝黑的手》《春耕的时候》。

发表论文《诗的内在结构——兼论诗和散文的区别》《庞德，现代诗歌派的爆破手》等。

1983 年　63 岁

荣获 1982~1983 年度"诗歌写作之星奖"。

出版文集《英美诗歌戏剧研究》（北京师范大学出版社 1983 版）。

发表诗歌《秋的组曲》《真正的故乡》《影子和真实》《为什么你……》《知识，请让我的孩子……》《鸽子与鲸鱼》《秦俑》《我渴望雨夜》《昙花又悄悄地开了》《送别冬日》《在死亡面前——克拉克的人工心脏》《有什么可怕?》《在口腔医院所想》《山与海——记青城山之游》《登山》《黄昏时的眺望》《城市的画》等。

发表美国 M.L. 罗森萨的译诗《时间之歌》《秋叶》《告别》《没有了丹尼的冬天》《每天的打击》。

1984 年　64 岁

首次参加荷兰鹿特丹举办的"国际诗歌节"及世界作家会议。

《八叶集》(香港三联书店与美国《秋水》杂志社联合出版 1984 版)，选入诗 22 首。

发表组诗《画与音乐》和诗歌《织锦》《年轻的脸》《现代的碑林》《太阳，时间的眼睛》《二月与四月——给勇敢的一代：老知青》《彩石的独白》等。

发表美国罗伯特·布莱的译文《寻找美国的诗神》和译诗《疾行》《散步在犁过的田野上》《雪困》《傍晚令人吃惊》《湖上夜钓》《圣诞驶车送双亲回家》《三章诗》《从睡梦中醒来》《数着小骨头尸体》《战争与沉寂》等。

发表诗论《诗的信息》、论文《从〈荒原〉看艾略特的诗艺》《诗的信息》等。

1985 年　65 岁

2 月 12 日，参加中国作家协会第四次会员代表大会闭幕后的诗歌座谈会。

4 月 5 日，出席圆明园诗社在北京林学院举办的现代派诗歌朗诵会。

7 月 2~4 日，参加《诗刊》编辑部召开的在京诗歌评论家、理论家座谈。

9~12 月，应美籍华裔学者、诗人叶维廉的邀请，赴美国加州大学圣迭戈分校访问，用英文开设"中国现代诗歌"课程；研读美国后现代诗，创作《我的东方灵魂》等。

发表组诗《海的肖像——忆一次航海所见》《第二个童年与海》、诗歌《彩虹门和雪山》《写在毕加索的画布上的幻想：山神与小鹿》《章鱼》、散文《Klim 奶粉罐》、论文《美国当代诗与现实》等。

1986 年　66 岁

招收博士研究生，开设当代美国诗歌、中国现当代诗歌、20 世纪西方文论、解构主义批评等课程。

第二次参加荷兰鹿特丹举办的"国际诗歌节"及世界作家会议。

2~6 月，作为美国科学院对华学术交流委员会（CSCPPC）的特邀学者，访问哥伦比亚大学、明尼苏达大学双城分校，被聘为名誉研究员；参加在加利福尼亚举行的中国新诗巡回朗诵演出，荣获圣何塞市"名誉市民"称号。

12 月 11 日，参加《文艺报》《诗刊》编辑部联合召开的诗歌座谈会。

出版诗集《寻觅集》（四川文艺出版社 1986 年版）。

发表诗歌《心象组诗（之一）》、论文《现实与梦幻的交织——佛罗斯特的高层结构诗》等。

1987 年　67 岁

12 月 10~16 日，参加在香港举办的"第五届国际文学理论人会：中国当代文学与现代主义研讨会"。

12 月 13 日，参加中华文化促进中心在香港沙田大会堂演讲室主办的"诗会"。

《寻觅集》获得"全国作协及诗刊社 1987 年最佳十册诗集奖"。

出版译著《美国当代诗选》（湖南人民出版社 1987 年版）。

发表组诗《心象组诗（之二）》《我的东方灵魂》、诗歌《小路》、文章《诗人与矛盾——纪念穆旦逝世十周年》等。

1988 年　68 岁

5 月 3~10 日，参加《诗刊》和中国作协在江苏淮阴-扬州举办的第二届"全国当代新诗研讨会"（运河笔会），与唐祈、牛汉等见面。

5月25日，参加在北京举行的"穆旦学术讨论会"。

发表诗歌《一次约会》《假象》《斗室》《春茧的幽灵》、《短文三则》、文章《足迹与镜子——今天新诗创作和评论的需要》《自欺的"光明"与自溺的"黑暗"》等。

1989年　69岁

3月，孙童闻森在美国出生。

4月6日，参加诗刊社召开的"纪念五四运动和新诗革命七十周年座谈会"。

11月，外孙林轩（小名豆豆）在北京出生。

冬淼编、郑敏等译《欧美现代派诗集》（中国青年出版社1989年版），选入译诗28首。

发表组诗《不再存在的存在》《沉重的抒情诗》《裸露》《诗人与死》、诗歌《画像》《谜》等。

发表论文《保罗·迪曼的解构观与影片〈红高粱〉》《回顾中国现代主义新诗的发展，并谈当前先锋派新诗创作》、评论《梁秉钧的诗》《女性诗歌：解放的幻梦》、自传《天外的召唤和深渊的探险》等。

1990年　70岁

1月20日唐祈逝世；2月2日致信其夫人高颖如、女儿唐真表达慰问。

10~12月，应叶维廉之邀，赴香港中文大学讲授"中国新诗史"；于香港沙田写诗《海底的石像》《有什么能隔开》《黎明》和论文《知其不可而为之：德里达寻找自由》。

12月1日，参加香港中文大学文学史研讨会，发言题目为《两种文学史观：玄学的和解构的》。

发表诗歌《你已经走完秋天的林径——悼念敬容》《晒》、组诗《诗人与死》（选录）、论文《解构主义与文学批评》《约翰·阿胥伯莱，今天的艾略特？》、评论《跟着历史的脚步长跑而来》《关于〈渴望：一只雄狮）》、评传《威廉斯》（后改名《威廉斯与诗歌后现代主义》）等。

1991 年　71 岁

获国务院高等教育突出贡献特殊津贴、教育部科研基金 1 万元。

5 月 2 日，参加北京大学中国新诗研究中心主办的"1991：中国现代诗的命运和前途"学术座谈会。

9~10 月，应斯德哥尔摩大学东方系的邀请，到瑞典、挪威、丹麦等国进行短期访问。

出版诗集《心象》（人民文学出版社 1991）、《早晨，我在雨里采花》（香港突破出版社 1991 年版，收入组诗十九首《诗人与死》）。

发表论文《两种文学史观：玄学的和解构的》《自由与深渊：德里达的两难》《诗和生命》《评论之评论——谈朱大可的"迷津"》等。

1992 年　72 岁

入选英国剑桥国际名人传中心出版《国际知识分子名人录》（*International Who's Who of Intellectuals*）第 10 版。

入选英国伦敦欧罗巴出版有限公司《国际妇女名人录》（*The international Who's Who of Women*）第 1 版。

发表组诗《当世纪烧尽它自己》、评论《诗人、读者、美和真理》（署名晓鸣）、论文《汉字与解构阅读》《20 世纪祖国大陆文学评论与西方解构思维的撞击》等。

1993 年　73 岁

2 月，到协和医院探望冯至，冯至于 2 月 22 日去世，享年 89 岁；写诗《告别（当一位敬爱的诗人离开尘世时）》。

5 月，在北京的一次学术会议上结识日本汉学家、诗人秋吉久纪夫。

9 月 18 日，参加《诗探索》编辑部与北京大学中国新诗研究中心主办的"93 中国现代诗学讨论会"。

发表诗歌《心中的声音》《当你看到和想到》《我从来没有见过你》《童年》、里尔克的译文《圣母哀悼基督》及评论《不可竭尽的魅力》。

发表论文《诗歌与科学：20 世纪末重读雪莱〈诗辩〉的震动与困惑》《中西小说观念比较》《诗与后现代》《论"黑色幽默"的美国特质》《世纪末的回顾：汉语语言变革与中国新诗创作》《从对抗到多元——谈弗·杰姆逊学术思想的新变化》、书评《又听到布谷声——谈王佐良先生的〈英国浪漫主义诗歌史〉》、自叙《闷葫芦之旅》《我的爱丽丝》等。

1994 年　74 岁

第三次参加荷兰鹿特丹举办的"国际诗歌节"。

8 月 8 日，秋吉久纪夫在中国社会科学院文学所刘福春的陪同下，到家中拜访，下午他们在北京市东城区福禄巷寻访到其出生地。

10 月 31 日，参加《诗探索》编辑部召开的中国当代诗歌发展研讨会，发言题目为《诗歌与文化》。

发表组诗《诗人与死》、散文《飘来的云块》、书信《致牛汉》、文章《我们的新诗遇到了什么问题？——今天新诗创作和评论的需要》《关于如何评价"五四"白话文运动之商榷》《中华文化传统的继承——一个老问题的新状况》《语言符号的滑动与民族无意识》《漫谈中华文化传统的革新与继承》等。

1995 年　75 岁

5 月 20 日，参加《诗探索》编辑部主办的"当代女性诗歌：态势与展望座谈会"。

6 月 17 日，《诗探索》主办读诗会"与郑敏同读《诗人与死》"，由刘福春主持，林莽、沈奇、臧棣、林祁、王家新、李华等参加，访谈录由徐丽松整理成《读郑敏的组诗〈诗人与死〉》。

6 月 23～28 日，参加《山花》编辑部以及"石虎诗会"在贵州红枫湖风景区举办的"现代诗歌学术研讨会"。

9~10月,赴美探望儿子童朗一家。9月14日,在巴尔的摩友人H先生家里小住一周;10月20日返回北京。在美国写诗《1995.9.16朗33岁诞辰赠诗》《秋天时的别离》《孙闻森在美半岁,寄书》《增友》《候鹿》《秋天的街景》《生命的距离》等。

12月6日,参加北京大学中国语言文学研究所等主办的"罗门、蓉子创作世界学术研讨会暨《罗门、蓉子文学创作系列》推介礼"。

发表组诗《生命之赐》《如果咒骂没有带来沉思》和诗歌《当你看到和想到》《狭长的西窗》《童年》《冬眠的树》《魔术师掌上的鸽子》《我从来没有见过你》《鸟语》《迟醒的马榕树》《谁征服谁?飞鱼与云团的对话》《秋之恋》《无题》《开花》《假如……然而……》《天鹅》、散文《致友人书》、回忆录《忆冯友兰先生的"人生哲学课"》等。

发表评论《诗歌与文化——诗歌·文化·语言(上下)》《女性诗歌研讨会后想到的问题》、论文《逻辑和宗教之融合——试论〈九三年〉主题的文本思路》《何谓"大陆新保守主义"》《中国诗歌的古典与现代》《文化·政治·语言三者关系之我见》等。

1996年　76岁

6月,送女儿童蔚赴荷兰鹿特丹参加"国际诗歌节"。

7月16~21日,赴成都参加四川作家协会、《星星》诗刊等单位主办的"中国·西岭雪山诗会",与蔡其矫、曾卓、牛汉、屠岸、翟永明等50余位诗人交流。

11月8~10日,于北京国防大学同心宾馆参加《诗探索》编辑部主办的"'字思维'与中国现代诗学研讨会"。

发表组诗《郑敏近作——母亲没有说出的话》《诗与形组诗》、诗歌《你的小手——想念九个月的闻森》《留给豆豆的诗(之一)》《留给豆豆的诗(之二)》《秋天与神户大地震》《这感觉》《背向窗外的秋色》《嘱咐》《十月的槐树林》《不知什么时候》《白果树》、对谈《读郑敏的组诗〈诗人与死〉》等。

发表论文《20世纪围绕语言之争：结构与解构》《探索当代诗风——我心目中的好诗》《诗人必须自救》《语言观念必须革新：重新认识汉语的审美功能与诗意价值》《一场关系到21世纪中华文化发展的讨论：如何评价汉语及汉字的价值》《学术讨论与政治文化情结》等。

1997 年　77 岁

再度获得教育部科研基金1万元。

发表访谈《遮蔽与差异——答王伟明先生十二问》、论文《余波邾邾——"'字思维'与中国现代诗学研讨会"的追思》《解构思维与文化传统》《读蓉子诗所想到的》等。

1998 年　78 岁

1月20日，孙女童闻斐出生于美国波士顿。

3月20~22日，参加北京作家协会、中国当代文学研究会、清华大学中文系和《诗探索》编辑部联合主办的"后新诗潮研讨会"。

5月初，接待诗人林莽的采访，整理为《郑敏先生访谈录》发表。

5月26日，参加生活·读书·新知三联书店出版之家主办的《艺术之子曹辛之》出版座谈会。

9月25日，参加《诗探索》编辑部与北京国际艺苑皇冠假日饭店主办的"北京之秋·现代诗歌朗诵会"。

出版文集《结构-解构视角：语言·文化·评论》（清华大学出版社1998年版）。

发表诗歌《君子兰，火之球》《我不知道》《永远的谜》《一幅后现代画前的祈祷》《告别》《叶落花落在深夜》《留下》《夏树与我》《孤寂的城堡》《追逐阳光》《春之祭》《诗的话语在创伤中》《黑马》《被遗忘的昨天（一首古文化哀歌）》《世纪的等待》《告别（当一位敬爱的诗人离开尘世时）》《如果咒骂没有带来沉思》《永远的损伤》《捕鲸》《跑者》《五台山的佛像》《我的君子兰》《时间没有现在》《一天的阴晴》《致诗神》《蝉声禅语》《给运燮》等。

发表论文《新诗百年探索与后新诗潮》《试论汉诗的某些传统艺术特点——新诗能向古典诗歌学些什么?》、评论《从蔡天新的诗观谈起》《辛之与〈九叶集〉》《传统流失与外国文学影响》等。

1999 年　79 岁

3 月 28 日，参加《诗探索》编辑部在朝阳区文化馆举办的祝贺日本学者秋吉久纪夫翻译"现代中国诗人丛书"10 卷出版座谈会，包括其日译本《郑敏诗集》（东京土曜美术社 1999 年版），收入日译诗 108 首。

9~11 月，赴美探望在康奈尔大学教书的童朗一家，在纽约州的依萨卡城小住近 3 个月，创作组诗《距离与别离套曲》《伊萨卡日记》等。

11 月 19 日，参加在北京人民大会堂召开的《人民文学》创刊 50 周年暨"天洲杯"诗歌奖颁奖大会，获"天洲杯"诗歌奖。

《语言观念必须更新——重新认识汉语的审美与诗意价值》获《文学评论》创刊 40 周年优秀论文奖。

出版文集《诗歌与哲学是近邻——结构-解构诗论》（北京大学出版社 1999 年版）。

发表组诗《诗的交响》《留给孩子们的诗：天真之歌》《忙碌与疯狂：失去天真之后》、诗歌《世纪的晚餐》、随笔《胡"涂"篇》、笔谈《重建传统意识与新诗走向成熟》、论文《诗歌审美经验》《对 21 世纪中华文化建设的期待》。

2000 年　80 岁

4 月 3 日，参加北京大学未名诗歌节，与刘福春一起讨论 20 世纪 40 年代诗歌。

4 月 25 日，接受首都师范大学新诗研究者吴思敬教授的访谈，访谈录由徐秀整理为《新诗究竟有没有传统？——与吴思敬先生谈诗》。

5 月 30 日，参加中国社会科学院文学研究所主办的"新诗：现代与古代的对话"学术活动，与董乃斌、刘福春座谈。

7月，全国语文高考试题中出现《金黄的稻束》，该诗入选全日制普通高级中学教科书。

12月24～28日，参加"大连·2000年中国当代诗歌研讨会"，发言《我对新诗的几点意见》。

出版《郑敏诗集（1979-1999）》（人民文学出版社2000年版）。

发表组诗《伊萨卡日记》《距离与别离套曲》、诗歌《世纪的脚步》《入秋》《笼中的老虎》《缘》、评论《解构主义是否已过时》《解构主义在今天》等。

2001年　81岁

8月7日，在现代文学馆参加"九叶诗派研讨会暨九叶文库入库仪式"。

发表组诗《给沉默者之歌》《思与无》、诗歌《偶感》《永远与未来》、文章《我的几点意见》（后改题《今天新诗应当追求什么？》）、《力图冲击中国新诗的几股思潮》《我对新诗的几点意见》、访谈稿《新诗究竟有没有传统？——与吴思敬先生谈诗》等。

2002年　82岁

6月16日，在现代文学馆参加"《新诗界》第二卷首发式暨新诗的革新与诗人的时代使命研讨会"。

10月27日，接受张大为采访，访谈录整理为《郑敏访谈录》。

发表组诗《距离》《生活的画面》、诗歌《这永远的弧线》《又一次》《发电子邮件》《圣诞之夜》《一尊雕像》《花篮》《天堂与地狱同在》《所有的人都在忙碌》《这永远的弧线》《又一次》《发电子邮件》《圣诞之夜》《悼念运燮》等。

发表文章《诗与朦胧》《诗与悟性》《九叶出版二十周年讲话》《教育与跨学科思维》、论文《中国新诗八十年反思》《中国新诗能向古典诗歌学些什么？》、回忆录《忆冯至吾师——重读〈十四行集〉》《创作与艺术转换——关于我的创作历程》《我在这里找回了文学第二生命》等。

2003 年　　83 岁

第三次搬家，入住清华大学教师公寓荷清苑小区。

4 月 27 日，接待李青松访谈，陈君整理访谈录《探求新诗内在的语言规律——与李青松先生谈诗》。

9 月 27 日，《羊城晚报》展开讨论《中国新诗究竟有没有传统？》，野曼、周良沛、王性初、向明、李瑛、杨匡汉、张同吾、李小雨、臧棣等学者参加，以《"新诗传统"是无效的》一文回应。

发表组诗《神交》、诗歌《最后的诞生》《画永远悬挂在画室的墙壁》《美神之颂》《爱神之颂》《历史与我：如梦如幻》《当我看到》《漂泊的云片》《四月二十九日的冥思》《复活》《告别三峡》《黑夜，哀巴比伦》等。

发表诗论《诗人到死诗方尽》《诗与历史》《关于〈活〉》、论文《全球化时代的诗人》《中国文学应当关注世界文化与文学理论的发展》《"迪菲昂斯"（différance）——解构理论冰山之一角》《时代与诗歌创作》等。

2004 年　　84 岁

获"2004 年度诗人奖"。

5 月 15 日，参加首都师范大学文化学院会议中心举行的"郑敏诗歌创作与诗歌理论研讨会"。

出版文集《思维·文化·诗学》（河北教育出版社 2004 年版）。

发表组诗《记忆的云片——自传》《看云及其他》《最后的和弦》、诗歌《迁居日告别林中的朋友——在远处战火中的沉思》《我的心遗落在……》《神秘的你》《无题——致理想》等。

发表文章《关于汉语新诗与其诗学传统十问》《关于新诗传统的对话》《关于诗歌传统》《〈金黄的稻束〉和它的诞生》《丧钟为谁敲响》《面对全球化：给五千年中华文化传统以当代的解读》《诗，哲理和我》《诗与诗的形式美》《必然中的偶然——辛笛与"九叶"的诞生及命名》等。

2005年　85岁

5月11日，于北京参加"诗人的春天·法国诗歌现状学术座谈会"。
5月15日，于北京参加"绿原诗歌创作研讨会"。
7月24日，童诗白去世，享年85岁。
10月22日，参加现代文学馆举办的"国际汉语诗歌协会"成立仪式。
屠岸主编中英对照《郑敏短诗选》（香港银河出版社2005年版）。

发表组诗《在黑夜与黎明之间》《心灵的低语》、诗歌《最后的里程》《历史：真正的诗人》《并不太迟》《斗室诗·床》《普罗米修斯的遗嘱》《在传统中写新诗》《我不停地更换驿马》《我时刻在阅读我的窗户》《历史在等待》等。

发表美国威廉·卡洛斯·威廉斯的译诗《为一位穷苦的老妇人而写》、罗伯特·布莱的译诗《战争与沉寂》等。

发表论文《全球化与中华文化传统的复兴》《在传统中写新诗》等。

2006年　86岁

获得中央电视台新年诗歌会授予的"年度诗人奖"，被誉为"中国女性现代性汉诗之母"。

4月8~9日，参加中国当代文学研究会、南开大学文学院主办的"穆旦诗歌创作学术研讨会"，发言题目为《再读穆旦》。

10月5日，接受在北京大学中文系攻读博士学位的韩国留学生黄智裕的采访，其博士学位论文题目为《现代性探索中的郑敏诗歌与理论——20世纪40至90年代》。

10月14~15日，参加北京大学中国新诗研究所和首都师范大学中国诗歌研究中心主办的"新世纪中国新诗国际学术研讨会"。

发表组诗《春天的沉思》《生命，多么神奇》、随笔《我与诗》、文章《20世纪40年代的一代诗人与中国新诗——为穆旦诗歌纪念会而写》《再读穆旦》《新世纪回顾结构与解构思维的发展》等。

2007年　87岁

春节期间，刘福春、牛汉、吴思敬、邵燕祥拜访。

10月19~20日，参加首都师范大学中国诗歌研究中心主办的"现当代诗歌：中韩学者对话会"，发言《新诗面对的问题》。

发表组诗《人生二题》。

2008年　88岁

5月，担任国际汉语诗歌协会副会长。

获中央电视台《新年新诗会》2008年度推荐诗人。

发表诗歌《画永远悬挂在画室的墙壁》《短诗一束》、文章《中国新诗与汉语》等。

2009年　89岁

8月9-10日，入选第二届青海湖金藏羚羊国际诗歌奖候选诗人。

发表诗歌《设想》《告别三峡》《读李商隐〈锦瑟〉有感——致已离去的SP》《爱神之颂》《最后的诞生》《4月29日冥思》、文章《新诗面对的问题》等。

2010年　90岁

2月6日，牛汉、谢冕拜访郑敏。

7月10日，出席北京师范大学中国当代新诗研究中心成立仪式。

7月18日，中国现代文学馆、中国作家协会等机构和朋友祝贺郑敏90岁寿辰，送来花篮。

9月，桤木、项健整理系列口述史《郑敏：跨越世纪的诗哲人生》。

发表诗歌《写于春天的热爱》《这样的时辰》《我看见了》《中午》

《致——》《秋天、枣树》《行走》《比起……》《上》《暮色中的旷野》《山里意象：松针上的绿》《读一位素昧平生的女诗人》等。

2011 年　　91 岁

10 月 17 日，刘燕陪同汉乐逸及其夫人苏桂枝（台湾）到家中拜访。

11 月 20 日，在刘燕教授和布朗大学校董谭崇义、胡其瑜教授的筹备下，布朗大学北京校友会在清华大学举办"郑敏诗歌朗诵会"，现场视频在布朗大学举办的"中国年作家论坛"展示。

12 月 15 日，参加 798 玫瑰之名艺术中心主办的"打开窗户——新诗探索四十年"活动。

吴思敬、宋晓冬编《郑敏诗歌研究论集》（北京学苑出版社 2011 年版）。

发表组诗《女人及其他》、文章《屠岸的十四行诗》等。

2012 年　　92 岁

3 月 15 日，中国新诗论坛在沙溪举行"新诗十九首"评选，《金黄的稻束》位列其中。

美国女记者 Debra Bruno 访谈《一位来自中国先锋诗人的回顾》（A Poet From China's Avant-Garde Looks Back）发表在 2012 年 8 月 9 日《华尔街日报》。

出版 6 卷本《郑敏文集》（北京师范大学出版社 2012 年版）；6 月 28 日，《郑敏文集》首发式暨郑敏诗歌创作 70 周年座谈会在北京师范大学举行，牛汉、屠岸、灰娃、谢冕、邵燕祥、章燕等诗人和学者参加。

2013 年　　93 岁

7 月 8~9 日，中国诗歌学会 2013 年度常务理事扩大会议在安徽黄山召开，聘郑敏为名誉会长。

11 月 7 日，参加"金秋 2013·北京师范大学国际文学周"系列活动之"文学的星空·北京师范大学校友作家展揭幕仪式"。

12月29日,与诗人余光中、姚风、阎安荣一起,获"2013年两岸诗会桂冠诗人奖"。

2014年　94岁

6月2日,首届"海子诗歌奖"颁奖典礼在京举行,担任顾问。

发表《致牛汉信》。

2015年　95岁

4月23日,公众号"凤凰文化"发布推文"95岁'九叶派'老诗人郑敏开口唱美声丨春天读诗",附有其朗诵《对春阴的愤怒》视频。

10月25日,参加在北京大学燕园南51号院举办的国际汉语诗歌协会成立10周年庆典,发表致辞。

2016年　96岁

1月15日,接受《星星》诗刊南鸥访谈,访谈录《哲与诗的幽光——百年新诗纪念专题〈世纪访谈〉郑敏篇》。

1月24日,谢冕、林莽、刘福春、刘红、徐丽松、王琪、李哲等拜访。

4月5日,"第二届杜甫国际诗歌节"设立"中国新诗百年华文诗人影像志",展出其个人影像特写。

张清华选编《郑敏的诗》(北京师范大学出版社2016年版)。

2017年　97岁

中秋节,林莽、刘福春、徐丽松、刘红等拜访。

6月14日,获北京大学中国诗歌研究院主办第六届"中坤国际诗歌奖"的"中国诗人奖",出席并发表感言。

8月15日,获"百年新诗贡献奖——创作成就奖"。

10月28日,获北京文艺网授予"2017年度北京文艺网诗人奖",亲临现场接受食指的颁奖,杨晓滨致授奖词。

出版《文化·语言·诗学——郑敏文论选》(福建人民出版社2017年版),系"闽籍学者文丛"之一。

2018年　98岁

12月20日,获中国史学学会、中共四会市委宣传部主办的"玉润四会"首届女性诗歌终身成就奖。

2019年　99岁

7月18日,亲朋好友在清华大学附近酒店为其举办百岁诞辰宴。

2020年　100岁

《诗探索》公众号推出"贺诗人郑敏先生百岁华诞专辑"。

12月24日,与王家新、蓝蓝、冯晏、胡敏、童蔚等共度平安夜。

出版两本文集《诗的高层结构——郑敏谈外国诗歌》《新诗与传统》(文津出版社2020年版)。

2021年　101岁

7月18日,与王家新、谭五昌、高星、贺中、宋狄、张高峰等三四十人共庆101岁大寿。

10月22日,以其诗歌为元素的诗剧《落·诗幻》在北京春风书院举行公益演出,由外孙林轩创作、导演。

在墨西哥新莱昂州首府蒙特雷的"诗人广场",举办"郑敏之树"命名仪式暨其作品朗诵会（A Tribute to Zheng Min）。

2022 年　102 岁

1月3日早晨7时，在北京的医院去世，享年102岁。

1月7日上午，告别仪式在八宝山殡仪馆举行，北京师范大学校领导和外语学院、文学院的师生、亲朋好友送行，包括吴思敬、张清华、方维规、刘洪涛、姚建斌、谭五昌、唐晓渡、西川、欧阳江河、蓝蓝、章燕、萧莎、刘燕等诗人与学者。

3月12日，诗人明迪主持"Zoom云上郑敏作品朗诵会"。

5月8日，广西师范大学独秀书房和望道读写社举办"以诗会友，寄予遥深——郑敏、任洪渊诗歌朗诵会"。

《文艺争鸣》2022年第3期发表《郑敏纪念专辑》，收录了罗振亚、王家新、李怡、徐惠、张洁宇、张桃洲、刘福春等学者的一组文章。

注：郑敏作品的发表细目参见刘燕撰录《郑敏年表》〔《郑敏文集》（文论卷，下），北京师范大学出版社2012年版〕；刘福春《郑敏文学年表》（《文艺争鸣》2022年第3期）；杨紫晗的硕士学论论文《郑敏年谱》（湖北大学，2023）。

参考文献

一 郑敏作品

1. 《诗集 1942-1947》，上海文化生活出版社，1949。
2. 《英美诗歌戏剧研究》，北京师范大学出版社，1982。
3. 《寻觅集》，四川文艺出版社，1986。
4. 《美国当代诗选》（郑敏编译），湖南人民出版社，1987。
5. 《欧美现代派诗集》（冬淼编、郑敏等译），中国青年出版社，1989。
6. 《心象》，人民文学出版社，1991。
7. 《早晨，我在雨里采花》，香港突破出版社，1991。
8. 《结构-解构视角：语言·文化·评论》，清华大学出版社，1998。
9. 《诗歌与哲学是近邻——结构-解构诗论》，北京大学出版社，1999。
10. 《郑敏诗集（1979-1999）》，人民文学出版社，2000。
11. 《思维·文化·诗学》，河南人民出版社，2004。
12. 《郑敏短诗选》（中英对照本，屠岸主编），汉乐逸等译，香港银河出版社，2005。
13. 《郑敏文集》（6卷本）（章燕主编），北京师范大学出版社，2012。
14. 《郑敏的诗》（张清华选编），北京师范大学出版社，2016。
15. 《文化·语言·诗学——郑敏文论选》（张炯、吴子林主编），福建人民出版社，2017。
16. 《诗的魅力——郑敏谈外国诗歌》，文津出版社，2020。
17. 《新诗与传统》，文津出版社，2020。

18. 《论约翰·多恩的爱情诗》（The Love Poems of John Donne，硕士论文，指导老师 Prof. Clarence. M. Webster），1952。

二 九叶派研究论著

1. 陈敬容：《陈敬容诗文集》，复旦大学出版社，2008。
2. 杜运燮、张同道主编《西南联大现代诗钞》，北京联合出版公司，2021。
3. 杜运燮、袁可嘉、周与良编《一个民族已经起来——怀念诗人翻译家穆旦》，江苏人民出版社，1987。
4. 唐湜：《九叶诗人："中国新诗"的中兴》，上海教育出版社，2003。
5. 唐湜：《新意度集》，生活·读书·新知三联书店，1990。
6. 唐湜：《一叶诗谈》，广西教育出版社，2000。
7. 蓝棣之编：《九叶派诗选》，人民文学出版社，1992。
8. 蒋登科：《九叶诗派的合璧艺术》/《九叶诗人论稿》，西南师范大学出版社，2002。
9. 蒋登科：《九叶诗人论稿》，西南师范大学出版社，2006。
10. 马永波：《九叶诗派与西方现代主义》，东方出版中心，2010。
11. 穆旦：《穆旦诗全集》（李方编），中国文学出版社，1996。
12. 辛笛等：《九叶集》，江苏人民出版社，1981。
13. 辛笛等：《八叶集》，香港三联书店与美国《秋水》杂志社联合出版，1984。
14. 王圣思选编《"九叶诗人"评论资料选》，华东师范大学出版社，1996。
15. 王圣思：《九叶之树长春》，华东师范大学出版社，1994。
16. 王圣思：《智慧是用水写成的——辛笛传》，华东师范大学出版社，2003。
17. 游友基：《九叶诗派研究》，福建教育出版社，1997。
18. 余峥：《九叶诗派综论》，海峡文艺出版社，2000。
19. 袁可嘉：《论新诗现代化》，生活·读书·新知三联书店，1988。
20. 袁可嘉：《半个世纪的脚印：袁可嘉诗文选》，人民文学出版社，2000。

21. 吴思敬、宋晓冬编《郑敏诗歌研究论集》，学苑出版社，2011。
22. 周礼红：《郑敏创作思想研究——兼及1940年代以降中国新诗发展动向的考察》，中央编译出版社，2014。

三 中文论著

1. 〔美〕爱德华·W.赛义德：《东方学》，王宇根译，生活·读书·新知三联书店，2000。
2. 〔英〕艾瑞克·霍布斯鲍姆：《极端的年代：1914-1991》，郑明萱译，中信出版社，2017。
3. 〔法〕伯努瓦·皮斯特：《德里达传》，魏柯玲译，中国人民大学出版社，2014。
4. 陈超：《中国探索诗鉴赏》（上下），河北人民出版社，1999。
5. 陈旭光：《中西诗学的会通》，北京大学出版社，2002。
6. 陈永国主编《翻译与后现代性》，中国人民大学出版社，2005。
7. 陈光炜：《中国当代诗歌史》，中国人民大学出版社，2003。
8. 陈远征：《现代中国的诗人与诗派》，湖南师范大学出版社，1994。
9. 崔道怡主编《"冰山理论"：对话与潜对话》，工人出版社，1987。
10. 〔英〕戴维·洛奇主编《二十世纪文学评论》，葛林等译，上海译文出版社，1993。
11. 〔加〕诺思洛普·弗莱：《批评的剖析》，陈慧、袁宪军等译，百花文艺出版社，1998。
12. 北岛：《时间的玫瑰》，生活·读书·新知三联书店，2015。
13. 卞之琳：《雕虫纪历》，人民文学出版社，1979。
14. 卞之琳：《人与诗：忆旧说新》，生活·读书·新知三联书店，1984。
15. 邓程：《论新诗的出路》，中国社会科学出版社，2004。
16. 杜运燮、张同道编《西南联大现代诗钞》，北京联合出版公司，2021。
17. 〔美〕大卫·雷·格里芬等：《超越解构：建设性后现代哲学的奠基者》，鲍世斌等译，中央编译出版社，2002。
18. 丁子春主编《欧美现代主义文艺思潮新论》，杭州大学出版社，1992。

19. 方梦之：《译学辞典》，上海外语教育出版社，2004。
20. 废名：《论新诗及其他》，辽宁教育出版社，1998。
21. 冯强：《新诗海外传播的当代性反思》，中国社会科学出版社，2019。
22. 冯友兰：《中国哲学简史》，涂又光译，北京大学出版社，2013。
23. 冯至：《十四行集》，解放军文艺出版社，2000。
24. 〔瑞士〕弗迪南·德·索绪尔：《普通语言学教程》，武汉大学出版社，2016。
25. 〔荷〕佛克马、伯顿斯编《走向后现代主义》，王宁等译，北京大学出版社，1991。
26. 〔法〕弗朗索瓦·于连：《迂回与进入》，杜小真译，生活·读书·新知三联书店，1998。
27. 〔英〕弗雷德·奥顿等编《现代主义，评论，现实主义》，崔诚等译，上海人民美术出版社，1996。
28. 〔美〕哈罗德·布鲁姆等：《读诗的艺术》，王敖译，南京大学出版社，2010。
29. 〔美〕哈罗德·布鲁姆：《误读图示》，朱立元、陈克明译，天津人民出版社，2008。
30. 〔美〕哈罗德·布鲁姆：《影响的焦虑：一种诗歌理论》，徐文博译，中国人民大学出版社，2019。
31. 〔荷〕汉乐逸：《发现卞之琳：一位西方学者的探索之旅》，李永毅译，外语教学与研究出版社，2010。
32. 洪子诚、刘登翰：《中国当代新诗史》，北京大学出版社，2005。
33. 洪子诚主编《在北大课堂读诗》，长江文艺出版社，2002。
34. 胡继华主编《比较文学经典导读》，北京师范大学出版社，2015。
35. 江弱水：《古典诗的现代性》，生活·读书·新知三联书店，2017。
36. 黄晋凯等主编《象征主义、意象派》，中国人民大学出版社，1989。
37. 柯文溥：《中国新诗流派史》，海峡文艺出版社，1993。
38. 蓝棣之：《现代诗歌理论：渊源与走势》，清华大学出版社，2002。
39. 蓝棣之：《现代诗的情感与形式》，人民文学出版社，2002。
40. 〔奥〕里尔克：《里尔克诗选》，绿原译，人民文学出版社，1996。

41. 〔奥〕里尔克：《给一个青年诗人的十封信》，冯至译，北京出版社，2019。

42. 李欧梵：《现代性的追求》，人民文学出版社，2010。

43. 李欧梵：《现代性的想象——从晚清到当下》，浙江大学出版社，2019。

44. 李怡：《中国现代新诗与古典诗歌传统》，北京大学出版社，2008。

45. 吕进等：《文化转型与中国新诗》，重庆出版社，2004。

46. 刘福春：《新诗纪事》，学苑出版社，2004。

47. 刘复生编《"80年代文学"研究读本》，上海书店，2018。

48. 〔美〕刘若愚：《中国诗学》，赵帆声等译，长江文艺出版社，1991。

49. 刘士杰：《文化名人：访谈与回忆》，山西教育出版社，2006。

50. 刘象愚等主编《从现代主义到后现代主义》，高等教育出版社，2002。

51. 柳鸣九主编《从现代主义到后现代主义》，中国社会科学出版社，1994。

52. 龙泉明：《中国新诗的现代性》，武汉大学出版社，2005。

53. 龙泉明：《中国新诗流变论》，人民文学出版社，2005。

54. 陆耀东：《二十年代中国各流派诗人论》，中国社会科学出版社，1986。

55. 陆扬：《德里达：解构之维》，华东师范大学出版社，1996。

56. 罗振亚：《中国现代主义诗歌史论》，社会科学文献出版社，2002。

57. 骆寒超：《20世纪新诗综论》，学林出版社，2001。

58. 吕进：《中国现代诗体论》，重庆出版社，2007。

59. 〔英〕马·布雷德伯里等编《现代主义》，胡家峦译，上海外语教育出版社，1992。

60. 〔德〕马丁·海德格尔：《海德格尔选集》，孙周兴选编，上海三联书店，1996。

61. 〔美〕马克·斯特兰德：《当代美国诗人：1940年后的美国诗歌》，马永波译，北京师范大学出版社，1999。

62. 〔美〕马泰·卡林内斯库：《现代性的五副面孔》，顾爱彬、李瑞华译，商务印书馆，2002。

63. 马祖毅等：《中国翻译通史·现当代部分》（第2卷），湖北教育出版社，2006。

64. 〔法〕乔治·斯坦纳：《通天塔：文学翻译理论研究》，庄绎传译，中国对外翻译出版社，1987。

65. 潘颂德：《中西现代新诗理论批评史》，学林出版社，2002。
66. 〔瑞士〕皮亚杰：《结构主义》，倪连生、王琳译，商务印书馆，2006。
67. 邱大平：《当代翻译理论与实践新探》，武汉大学出版社，2019。
68. 邱运华主编《文学批评方法与案例》，北京大学出版社，2005。
69. 裘小龙：《现代主义的缪斯》，上海文艺出版社，1989。
70. 〔瑞士〕荣格：《心理学与文学》，冯川等译，生活·读书·新知三联书店，1987。
71. 〔美〕史书美：《现代的诱惑：书写半殖民地中国的现代主义》，何恬译，江苏人民出版社，2007。
72. 孙玉石：《中国现代主义诗潮史论》，北京大学出版社，1999。
73. 〔美〕特里·伊格尔顿：《当代西方文学理论》，王逢振译，中国社会科学出版社，1988。
74. 童明：《解构广角观：当代西方文论精要》，中国社会科学出版社，2019。
75. 汪剑钊：《二十世纪中国现代主义诗歌》，文化艺术出版社，2006。
76. 王恩衷编译《艾略特诗学文集》，国际文化出版社，1989。
77. 〔美〕王德威：《抒情传统与中国现代性》，生活·读书·新知三联书店，2010。
78. 王纯菲、宋伟编著《中国现代性：理论视域与文学书写》，文化艺术出版社，2013。
79. 王逢振主编《2000年度新译西方文论选》，漓江出版社，2001。
80. 王光明：《现代汉诗的百年演变》，河北人民出版社，2003。
81. 《王国维文集》（第一卷），中国文史出版社，1997。
82. 王家新、孙文波编《中国诗歌九十年代备忘录》，人民文学出版社，2000。
83. 王宁：《翻译研究的文化转向》，清华大学出版社，2009。
84. 王晓明主编《二十世纪中国文学史论》，东方出版中心，1997。
85. 王岳川：《后现代主义文化研究》，北京大学出版社，1995。
86. 王泽龙：《中国现代主义诗潮论》，华中师范大学出版社，1995。
87. 王佐良：《英美现代诗谈》，北京出版社，2018。

88. 〔美〕韦勒克、沃伦:《文学理论》,刘象愚、邢培明等译,生活·读书·新知三联书店,1984。

89. 魏天无:《新诗现代性追求的矛盾与演进》,湖北教育出版社,2006。

90. 伍蠡甫、胡经之主编《西方文艺理论名著选编》,北京大学出版社,1987。

91. 西川:《大河拐大弯:一种探求可能性的诗歌理想》,北京大学出版社,2012。

92. 谢天振:《比较文学与翻译研究》,复旦大学出版社,2011。

93. 谢冕:《中国新诗史略》,北京大学出版社,2018。

94. 谢泳:《西南联大与中国现代知识分子》,福建教育出版社,2009。

95. 许进安采访、王仁宇整理《实说冯友兰》,北京大学出版社,2008。

96. 许霆:《中国现代文学诗学论稿》,上海文化出版社,2005。

97. 许霆、鲁德俊:《十四行体在中国》,苏州大学出版社,1995。

98. 徐崇温:《结构主义与后结构主义》,辽宁人民出版社,1986。

99. 徐友渔等:《语言与哲学》,生活·读书·新知三联书店,1996。

100. 〔法〕雅克·德里达:《论文字学》,汪堂家译,上海译文出版社,1999。

101. 〔法〕雅克·德里达:《书写与差异》,张宁译,生活·读书·新知三联书店,2001。

102. 〔法〕雅克·德里达:《解构与思想的未来》,吉林人民出版社,2006。

103. 杨春时:《现代性与中国文化》,国际文化出版社,2002。

104. 杨匡汉、刘福春主编《中国现代诗论》,花城出版社,1995。

105. 杨乃乔主编《比较文学概论》,北京大学出版社,2002。

106. 〔加〕叶嘉莹:《王国维及其文学批评》,广东人民出版社,1982。

107. 〔美〕叶维廉:《寻求跨中西文化的共同文学规律》,北京大学出版社,1987。

108. 〔美〕叶维廉:《中国诗学》,生活·读书·新知三联书店,1992。

109. 〔德〕伊瑟尔:《阅读行为》,金惠敏等译,湖南文艺出版社,1991。

110. 〔法〕伊夫·瓦岱:《文学与现代性》,田庆生译,北京大学出版社,2001。

111. 姚达兑：《世界文学理论导论》，中国社会科学出版社，2021。
112. 姚家华编《朦胧诗论争集》，学苑出版社，1989。
113. 游友基：《中国现代诗潮与诗派》，广西师范大学出版社，1993。
114. 袁可嘉：《欧美现代派文学概论》，上海文艺出版社，1993。
115. 乐黛云、王宁主编《中国文学与二十世纪西方文艺思潮》，中国社会科学出版社，1990。
116. 〔美〕周蕾：《妇女与中国现代性：西方与东方之间的阅读政治》，蔡青松译，上海三联书店，2008。
117. 刘勰著、周振甫注释《文心雕龙注释》，人民文学出版社，1981。
118. 张秉真等主编《未来主义，超现实主义》，中国人民大学出版社，1998。
119. 张隆溪：《道与逻各斯：东西方文学阐释学》，冯川译，江苏教育出版社，2006。
120. 张宁著译《解构之旅·中国印记——德里达专集》，南京大学出版社，2009。
121. 张松建：《抒情主义与中国现代诗学》，北京大学出版社，2012。
122. 张世英：《天人之际——中西哲学的困惑与选择》，人民出版社，1995。
123. 张桃洲：《现代汉语的诗性空间》，北京大学出版社，2005。
124. 张新颖编选《中国新诗1916—2000》，复旦大学出版社，2001。
125. 张子清：《二十世纪美国诗歌史》，吉林教育出版社，1995。
126. 钟玲：《文学评论集》，台湾时报文化出版公司，1984。
127. 赵毅衡：《诗神远游：中国如何改变了美国现代诗》，四川人民出版社，1985。
128. 赵毅衡编译《美国现代诗选》，外国文学出版社，1985。
129. 祝凤鸣：《枫香驿》，上海文艺出版社，2012。

四　中文论文

1. 韩小蕙：《有一位日本老人——秋吉久纪夫先生来到中国》，《诗探索》1999年第8期。
2. 〔韩〕黄智裕：《现代性探索中的郑敏诗歌与理论——二十世纪四十至

九十年代》，北京大学博士学位论文，2006。

3. 姜涛：《九叶派诗人郑敏晚年为何重提"传统"》，《北京晚报》2020年10月9日。

4. 李刚、谢燕红：《中国现代诗歌的英译传播与研究》，《南京大学文学院学报》2017年第4期。

5. 李怡、徐惠：《"诗"与"思"的合唱——郑敏先生祭》，《文艺争鸣》2022年第3期。

6. 刘畅：《阐释学理论视野下译者主体性的彰显》，《上海翻译》2016年第4期。

7. 刘福春：《郑敏文学年表》，《文艺争鸣》2022年第3期。

8. 罗振亚：《借镜西方的另一面——论郑敏20世纪40年代诗歌的"传统"倾向》，《文艺争鸣》2022年第3期。

9. 彭杰、孙晓娅：《古典与后现代的融汇——试析郑敏的后期创作》，《诗探索》2023年第2辑。

10. 裘小龙、张智中：《裘小龙访谈录：中国诗歌英译的现状与未来》，《文艺报》2019年12月6日。

11. 〔日〕秋吉久纪夫：《中国现代诗人梁上泉访问记》，邓海云译，《现代中国文化与文学》2009年第12期。

12. 童蔚：《死亡是最后的艺术——回忆郑敏晚年生活片段》，《诗探索》2023年第2辑。

13. 王家新：《不灭的生命之光——纪念郑敏先生》，《文艺争鸣》2022年第3期。

14. 〔美〕奚密：《差异的忧虑——为宇文所安的一个回响》，《中外文化与文论》1997年第2期。

15. 〔美〕奚密：《中国式的后现代？——现代汉诗的文化政治》，《中国研究》1998年第9期。

16. 萧乾：《文学翻译琐议》，《读书》1994年第7期。

17. 许霆：《中国诗人移植十四行体论》，《江苏社会科学》2010年第3期。

18. 许霆：《新诗发生与百年诗体建设》，《西南大学学报》2007年第5期。

19. 杨邦尼：《临近北岛这个"词"——北岛访谈》，《蕉风》2007年第

500 期。

20. 杨四平、严力、北塔：《远游的诗神：新诗在国外》，《诗歌月刊》2009 年第 9 期。

21. 易彬：《荷兰汉学家汉乐逸访谈录》，《新文学史料》2017 年第 4 期。

22. 〔美〕宇文所安、文楚安：《环球影响的忧虑：什么是世界诗？》，《中外文化与文论》1997 年第 2 期。

23. 曾立平：《郑敏研究述评》，《中国文学研究》2005 年第 2 期。

24. 张洁宇：《"新诗能向古典诗歌学些什么？"——也谈郑敏晚年强调"传统"的逻辑与意义》，《文艺争鸣》2022 年第 3 期。

25. 张清华：《郑敏先生二三事》，《文艺争鸣》2022 年第 5 期。

26. 张桃洲：《论郑敏在中国新诗史上的位置》，《文艺争鸣》2022 年第 3 期。

27. 张天佑辑注、唐真校：《"和你通信往往促使我思考和计划"——郑敏致唐祈十一封信》，《新文学史料》2022 年第 2 期。

28. 张同道：《郑敏诗论》，《中国现代文学研究丛刊》1997 年第 1 期。

29. 章明：《令人气闷的"朦胧"》，《诗刊》1980 年第 8 期。

30. 章燕：《在诗与思的合一中实现对生命的超越——郑敏先生永不停息的追求》，《文艺报》2020 年 8 月 14 日。

31. 章燕：《布谷鸟的欢歌在心中久久回荡——郑敏的英国浪漫主义诗歌情》，《诗探索》2023 年第 2 辑。

32. 赵美欧：《翻译作为一种"诗歌活动"：郑敏对美国当代诗歌的译介》，《外文研究》2020 年第 1 期。

33. 赵毅衡：《后学与中国新保守主义》，《二十一世纪》1995 年第 2 期。

34. 周宪：《跨文化研究：方法与观念》，《学术研究》2011 年第 4 期。

五　外文文献

1. Acton, Harold, & Ch'en, Shih-hsiang, trans., *Modern Chinese Poetry*, London: Duckworth, 1935.

2. Bruno, Debra. "A Poet From China's Avant-Garde Looks Back", https://

www. douban. com/note/506897275/？ cid＝42471985.

3. Chang Lin, Julia, *Women of the Red Plain*: *An Anthology of Contemporary Chinese Women's Poetry*, London: Penguin Books, 1992.

4. Chang Lin, Julia, ed. and trans. *Twentieth-Century Chinese Women's Poetry*: *An Anthology*, New York: M. E. Sharp, 2009.

5. Crevel, Maghiel van, *Language Shattered*: *Contemporary Chinese Poetry and Duoduo*, Leiden: Leiden University, 1996.

6. Culler, Jonathan D., *Deconstruction*: *Critical Concepts in Literary and Cultural Studies*, New York: Routledge, 2003.

7. Damrosch, D., *What is World Literature?* Princeton: Princeton University Press, 2003.

8. Derrida, J., *Of Grammatology*, Baltimore: John Hopkins Univ. Press, 1976.

9. Haft, Llody ed., *A Selective Guide to Chinese Literature 1900-1949*, Volume III: The Poem, Leiden: Brill, 1989.

10. Haft, Llody, *The Chinese Sonnet, Meaning of a Form*, Leiden: Leiden University, 2000.

11. Heaney, Seamus, *The Government of the Tongue*: *Selected Prose 1978 - 1987*, London & New York: Faber, 1988.

12. Hisa, Adrian ed., *Tao*: *Reception in East and West*, Bern: Peter Lang, 1994.

13. Hsu, Kai-Yu trans. and ed., *Twentieth Century Chinese Poetry*: *An Anthology*, Ithaca: Cornell University Press, 1963.

14. Kristeva, Julia, *Desire in Language*: *A Semiotic Approach to Literature and Art*, trans. by Leon Roudiez, New York: Columbia University Press, 1969.

15. Rexroth, Kenneth & Chung, Ling, *Orchid Boat*: *Woman Poets of China*, New York: McGraw Hill, 1972.

16. Tang Lau, Joseph S. M., and Goldblatt, Howard ed., *The Columbia Anthology of Modern Chinese Literature*, New York: Columbia University Press, 2007, 2nd.

17. Lee, Leo, *The Romantic Generation of Modern Chinese Writers*, Cambridge:

Harvard University Press, 1973.

18. Lefevere, André, *Translation, Rewriting and the Manipulation of Literary Fame*, London: Routledge, 1992.

19. Liu, Lydia, *Translingual Practice: Literature, National Culture, and Translated Modernity-China, 1900 – 1937*, Stanford: Stanford University Press, 1995.

20. McDougall, Bonnie S., and Louie, Kam: *The Literature of China in the Twentieth Century*, New York: Columbia University Press, 1999.

21. Mendelson, Edward, *Early Auden*, London: Faber & Faber, 1981.

22. Moi, Toril ed., *The Kristeva Reader*, New York: Columbia University Press, 1986.

23. Nida, Eugene A., *Toward A Science of Translation*, Leiden: Brill, 1964.

24. Newmark, Peter, *Approaches to Translating*, Shanghai: Shanghai Foreign Language Education Press, 2002.

25. Nord, Chritiane, *Translation as Purposeful Activity*, Shanghai: Shanghai Foreign Language Education Press, 2002.

26. Rojas, Carlos, *The Naked Gaze: Reflections on Chinese Modernity*, Cambridge: Harvard University Press, 2008.

27. Steiner, George, *After Babel: Aspects of Language and Translation*, Oxford: Oxford University Press, 2001.

28. Tang, Tao, ed., *History of Modern Chinese Literature*, Beijing: Foreign Language Press, 1993.

29. Venuti, Lawrence, *The Translator's Invisibility*, Shanghai: Shanghai Foreign Language Education Press, 2004.

30. Yeh, Michelle, *Modern Chinese Poetry: Theory and Practice Since 1917*, New Haven & London: Yale University, 1991.

31. Yeh, Michelle ed. & trans., *Anthology of Modern Chinese Poetry*, New Haven: Yale University Press, 2000.

32. Yip, Wai-Lim ed. & trans., *Lyrics from Shelters: Modern Chinese Poetry 1930–1950*, New York & London: Garland Publishing, 1992.

33. 秋吉久纪夫译《郑敏诗集》，东京：日本土曜美术社，1999.

六　视频影像

1. "2011年布朗大学校友郑敏的诗歌朗诵会"视频：https://youtu.be/Ym-_S1XrW34。
2. "2017年度北京文艺网诗人奖"，郑敏的颁奖视频：http://www.chinawriter.com.cn/n1/2017/1113/c403992-29643323.html。
3. http://www.iqiyi.com/w_19rv0eikl5.html。
4. 2021年12月23日，墨西哥新莱昂州首府"诗人广场"主办"郑敏之树"命名仪式暨郑敏作品朗诵会（A Tribute to Zheng Min），视频：https://www.poetrybj.com/detail/29697.html。

七　本书作者研究成果

1. 《"金黄的稻束"与人类的思想者》，《名作欣赏》2004年第4期。
2. 《郑敏年表》，《郑敏文集》（文论卷，下），北京师范大学出版社，2012。
3. 《郑敏诗学中解构思想与道家的关联》，载王柯平、胡继华主编《古典诗学与浪漫灵见——2012年十月学术论坛文萃》，中国大百科全书出版社，2014。
4. 《郑敏对不存在的存在之叩问——郑敏诗歌的哲学诉求与诗意呈现》，载王柯平、胡继华、常耀华编《历史诗学与现代想象》，北京师范大学出版社，2015。
5. 《无声的极光：郑敏十四行组诗〈诗人与死〉解读》，《中国现代文学研究丛刊》2015年第10期。
6. 《郑敏诗歌在英语世界的译介与传播研究》，《国际比较文学》2020年第4期。
7. 《"时间之花"：郑敏诗歌在海内外的译介与传播研究》，《汉语言文学研究》2022年第1期。
8. 《结构-解构视角：〈诗人与死〉的时空意象与拓扑思维》（与周安馨合

作），《江汉学术》2022年第2期。

9. 《绽放在宁静里的"时间之花"——追忆诗人郑敏》，《中国社会科学报》2022年1月22日，第12版。

10. 《汉乐逸英译〈诗人与死〉的翻译策略与跨文化阐释》（与周安馨合作），《国际汉学与比较文学研究》2022年第5辑。

11. 《郑敏诗歌的跨文化译介、经典化与国际声誉》，《诗探索》2023年第2辑。

12. 《创造的张力：郑敏对美国后诗歌的跨文化翻译与实践》，《汉语言文学研究》2024年第4期。

13. Six Poems, by Zheng Min, translated by Tammy Lai-ming Ho, with an introduction by Liuyan, *Chinese Literature Today*, The University of Oklahoma, Vol. 9, 2020 (2), Hanover: Taylor & Francis Group LLC.

14. 〔日〕秋吉久纪夫：《思念永恒的孤独旅者：女诗人郑敏》（与蒋笑宇合译），《跨文化研究》2021年第2期（总第10辑）。

后　记

　　写一部关于我尊敬、爱戴的郑敏先生的学术专著，对她一生的诗歌与诗学硕果进行研究，一直是我的心愿。但我未料到，这一写作时间长达二十多年，几乎贯穿了我自 2000 年以来在北京第二外国语学院的教学与研究生涯。在漫长的追随、观察与等待中，我时不时地阅读郑敏诗歌与论著，多次登门拜访郑敏，与之切磋；也与她的女儿童蔚成为好友。

　　这种追踪、学习与交流是陆陆续续的。奇怪的是，在本书初稿写到一半的时候，它就安静地搁置在电脑中，处于"未完成"状态。这一方面归因于我承担了繁重的教学任务，转向其他领域（如乔伊斯小说和国际汉学研究等），分散了时间和精力；另一方面则是我感到对郑敏的认知还不够深入，需静心研读各种著作，收集更多的文献与档案资料。同时，也需要我切身地进入她的心灵世界，了解她的生平与经历的社会变迁。似乎在等待着什么，我总是有意无意地延宕着写作计划，直到那个催促的时刻意外来临——2022 年 1 月 3 日早晨，郑先生以 102 岁的高龄仙逝，她的离去让我明白重拾书稿的时候到了。这种感觉就好像伍尔夫《到灯塔去》中的那位女画家、拉齐姆夫人的好友丽莉·布瑞斯珂（Lily Briescoe），只有等女主人公离世，她才能画完其肖像的最后一笔。

　　在此期间，我对郑敏（以及冰心、穆旦等其他中国现代诗人）的研究也在进行中。例如，自 2004 年开始，我发表了十多篇有关郑敏诗歌与批评的学术论文；给研究生开设了九叶派诗歌研究与中国现代诗歌研究课程；多次带着不同年级的研究生探望郑敏，让年轻人与长者面对面交流，留下了一些珍贵的素材、影像与口述材料。我在 2010 年 5 月远赴布朗大学英语系访学，寻觅诗人当年留学的足迹，查找相关档案文献。2012 年，我参与

后　记

《郑敏文集》（6卷本）的编务工作，撰写了《郑敏年表》。当然，我最感到骄傲的一件事是向北京文艺网总裁、画家杨佴旻先生主办的"北京文艺网诗歌评委会"推荐郑敏，她获得"2017年度北京文艺网诗人奖"。后来，我申请到2017年度北京市社会科学基金项目"北京作家郑敏在海内外的译介与传播研究"，积极推动郑敏诗歌的国际传播。

光阴荏苒，我从一名年轻学者步入中年，退休时间临近，我的心愿更加迫切——完成郑敏研究专著。目前呈现在读者面前的这本书《结构-解构之维：郑敏的诗歌与诗学》是我多年的学术总结。在写作过程中，我参考了众多学者有关郑敏研究的成果，特此致谢。

在北京师范大学读博期间，我与郑敏先生相遇，为之吸引，并一直追随她的足迹。后来在教学期间，我多次到她住于清华大学荷清苑的家中拜访，有时与中外友人或研究生一起，在书香满溢、鲜花绽放的客厅，聆听老先生灵感迸发、滔滔不绝的言说，时不时地逗弄那只可爱调皮的白猫，有时，郑敏会像少女那样深情歌吟，带给我们不一样的青春活力。

感谢童蔚及其家人的友善，提供了许多的便利，让我可以近距离接触郑先生，偶尔陪着吃饭，畅谈，散步，吟咏。记得有一年秋天，应童蔚邀请，我们与郑老一起到香山公园的一处茶室，听音品茗，嗅花赏草，聊天叙旧，如此美好温馨的相聚令我终生难忘。

感谢谢冕、童庆炳、刘象愚、吴思敬、罗钢、王一川、龚翰熊、易丹、张箭飞以及斯洛伐克汉学家马利安·高利克（Marián Gálik）、刘洪涛等前辈或师长在学术之路上给予我的谆谆教诲；感谢北京第二外国语学院跨文化学院的诸位同人王柯平、胡继华、袁宪军、杨平、院成纯、黄薇薇等一路同行，度过一段惬意而难忘的教学时光；感谢王家新、章燕、陈永国、萧莎、易晓明、杨佴旻、陈霞、梁潮、汉乐逸（荷）、谭崇义（美）、胡其瑜（美）、黄智裕（韩）、崔明淑（韩）、李永毅、黄华、庞琳、林鸣、林轩等师友热情的帮助；感谢我的研究生（王璨、李敏锐、王诗男、周安馨、姚珂琦、张旻月、夏尔瓦尼木、刘瀚阳、彭晓远等）在我开设的中国现代诗歌课堂上一起研读切磋诗歌。尤其是，我要感谢已故慈父刘瑞元和年近九旬的老母郑丽君，我的先生黄君方和女儿黄思齐，兄弟姐妹（刘彦铭、刘耘、刘琴）以及侄女（刘梦颖、刘述曦、黄丽苹）等亲人的关怀。他们以无微不至的爱，激励着我在学术之曲径上砥砺前行。感谢北京第二外国语学院为本书提供的出版基金；社会科学文献出版社的高雁女士精心编辑拙著，深表谢意。

2012年9月10日，郑先生在赠给我的6卷本《郑敏文集》上，写下了一句珍贵的留言："刘燕：希望你能从我的文集中看到一些我们共同的Traces！"诗人虽已处于"不存在"状态，但其曾经"存在"于世的智者形象、音容笑貌与诗思踪迹，始终散发着迷人的芬芳，至今播撒延宕。2022年1月7日上午，在北京八宝山殡仪馆送别郑先生后，我精心地保存了现场留下的她的一份简历、佩戴的一朵小白花、几段告别的影像，它们成为我追忆诗哲先贤的留痕，一如那些穿越时光的闪烁灵动的文字，不朽的话语并未消失，它们静默地绽放在时间的玫瑰园。

特以此书献给敬爱的郑敏先生，愿您的语词之美、睿智之光照亮每一位坚定追随者的生命旅程。

刘　燕

2024年5月28日于望京

图书在版编目(CIP)数据

结构-解构之维：郑敏的诗歌与诗学／刘燕著．--北京：社会科学文献出版社，2025.1. --（新时代中外人文交流丛书／常宇主编）．--ISBN 978-7-5228-4275-2

Ⅰ．I207.22

中国国家版本馆 CIP 数据核字第 2024TH3811 号

新时代中外人文交流丛书

结构-解构之维：郑敏的诗歌与诗学

著　　者	/	刘　燕
出 版 人	/	冀祥德
责任编辑	/	高　雁
责任印制	/	王京美

出　　版	/	社会科学文献出版社（010）59367226
		地址：北京市北三环中路甲29号院华龙大厦　邮编：100029
		网址：www.ssap.com.cn
发　　行	/	社会科学文献出版社（010）59367028
印　　装	/	三河市龙林印务有限公司
规　　格	/	开　本：787mm×1092mm　1/16
		印　张：18.75　字　数：297千字
版　　次	/	2025年1月第1版　2025年1月第1次印刷
书　　号	/	ISBN 978-7-5228-4275-2
定　　价	/	128.00元

读者服务电话：4008918866

版权所有 翻印必究